A PELE DE ONAGRO

Livros do autor na Coleção **L&PM** POCKET:

Como fazer a guerra – máximas e pensamentos de Napoleão

A COMÉDIA HUMANA:

Ascensão e queda de César Birotteau
O coronel Chabert seguido de *A mulher abandonada*
A duquesa de Langeais
Esplendores e misérias das cortesãs
Estudos de mulher
Eugénie Grandet
Ferragus
Ilusões perdidas
O lírio do vale
A menina dos olhos de ouro
A mulher de trinta anos
O pai Goriot
A pele de onagro
A vendeta seguido de *A paz conjugal*

Leia também na Coleção **L&PM** POCKET BIOGRAFIAS:

Balzac – François Taillandier

Honoré de Balzac

A COMÉDIA HUMANA
ESTUDOS DE COSTUMES
CENAS DA VIDA PRIVADA

A PELE DE ONAGRO

Tradução de PAULO NEVES

www.lpm.com.br

Coleção **L&PM** POCKET, vol. 686

Título do original: *La Peau de Chagrin*

Primeira edição na Coleção **L&PM** POCKET: março de 2008
Esta reimpressão: setembro de 2024

Tradução: Paulo Neves
Capa: Ivan Pinheiro Machado sobre ilustração de Porret para a edição de 1831
   de *La Peau de Chagrin* de Honoré de Balzac (© Rue des Archives/ Tal).
Preparação: Elisa Viali
Revisão: Lia Cremonese

CIP-Brasil. Catalogação na fonte
Sindicato Nacional dos Editores de Livros, RJ

B158p   Balzac, Honoré de, 1799-1850
     A pele de onagro / Honoré de Balzac; tradução de Paulo Neves.
   – Porto Alegre, RS : L&PM, 2024.
     288p. : 18 cm – (Coleção L&PM POCKET; 686)

   Tradução de: *La Peau de Chagrin*
   Inclui cronologia
   "A comédia humana. Estudos de costumes. Cenas da vida privada"
   ISBN 978-85-254-1745-9

     1. Ficção francesa. I. Neves, Paulo. II. Título. III. Série.

08-0800.   CDD: 843
                        CDU: 821.133.1-3

© da tradução, L&PM Editores, 2008

Todos os direitos desta edição reservados a L&PM Editores
Rua Comendador Coruja, 314, loja 9 – Floresta – 90.220-180
Porto Alegre – RS – Brasil / Fone: 51.3225.5777

Pedidos & Depto. Comercial: vendas@lpm.com.br
Fale conosco: info@lpm.com.br
www.lpm.com.br

Impresso no Brasil
Primavera de 2024

Sumário

Apresentação – *A comédia humana* / 7

Introdução – *O precursor do realismo mágico* / 11

A pele de onagro / 15
    Prefácio da primeira edição (1831) / 17
    O talismã / 29
    A mulher sem coração / 95
    A agonia / 190
    Epílogo / 276

Cronologia / 279

Apresentação

A comédia humana

Ivan Pinheiro Machado

A comédia humana é o título geral que dá unidade à obra máxima de Honoré de Balzac e é composta de 89 romances, novelas e histórias curtas.* Este enorme painel do século XIX foi ordenado pelo autor em três partes: "Estudos de costumes", "Estudos analíticos" e "Estudos filosóficos". A maior das partes, "Estudos de costumes", com 66 títulos, subdivide-se em seis séries temáticas: *Cenas da vida privada, Cenas da vida provinciana, Cenas da vida parisiense, Cenas da vida política, Cenas da vida militar* e *Cenas da vida rural*.

Trata-se de um monumental conjunto de histórias, considerado de forma unânime uma das mais importantes realizações da literatura mundial em todos os tempos. Cerca de 2,5 mil personagens se movimentam pelos vários livros de *A comédia humana*, ora como protagonistas, ora como coadjuvantes. Genial observador do seu tempo, Balzac soube como ninguém captar o "espírito" do século XIX. A França, os franceses e a Europa no período entre a Revolução Francesa e a Restauração têm nele um pintor magnífico e preciso. Friedrich Engels, numa carta a Karl Marx, disse: "Aprendi mais em Balzac sobre a sociedade francesa da primeira metade do século, inclusive nos seus pormenores econômicos (por exemplo, a redistribuição da propriedade real e pessoal depois da Revolução), do que em todos os livros dos historiadores, economistas e estatísticos da época, todos juntos".

---

* A ideia de Balzac era que *A comédia humana* tivesse 137 títulos, segundo seu *Catálogo do que conterá A comédia humana*, de 1845. Deixou de fora, de sua autoria, apenas *Les cent contes drolatiques*, vários ensaios e artigos, além de muitas peças ficcionais sob pseudônimo e esboços que não foram concluídos. (N.E.)

Clássicos absolutos da literatura mundial como *Ilusões perdidas, Eugénie Grandet, O lírio do vale, O pai Goriot, Ferragus, Beatriz, A vendeta, Um episódio do terror, A pele de onagro, A mulher de trinta anos, A fisiologia do casamento*, entre tantos outros, combinam-se com dezenas de histórias nem tão célebres, mas nem por isso menos deliciosas ou reveladoras. Tido como o inventor do romance moderno, Balzac deu tal dimensão aos seus personagens que já no século XIX mereceu do crítico literário e historiador francês Hippolyte Taine a seguinte observação: "Como William Shakespeare, Balzac é o maior repositório de documentos que possuímos sobre a natureza humana".

Balzac nasceu em Tours em 20 de maio de 1799, em uma família pequeno-burguesa que se emancipara economicamente a partir das oportunidades geradas pela sociedade pós Revolução Francesa. Com dezenove anos convenceu seus pais a sustentarem-no em Paris na tentativa de tornar-se um grande escritor. Obcecado pela ideia da glória literária e da fortuna, foi para a capital francesa em busca de periódicos e editoras que se dispusessem a publicar suas histórias – num momento em que Paris se preparava para a época de ouro do romance-folhetim, fervilhando em meio à proliferação de jornais e revistas. Consciente da necessidade do aprendizado e da sua própria falta de experiência e técnica, começou publicando sob pseudônimos exóticos, como Lord R'hoone e Horace de Saint-Aubin. Escrevia histórias de aventuras, romances policialescos, açucarados, folhetins baratos, qualquer coisa que lhe desse o sustento. Obstinado com seu futuro, evitava usar o seu verdadeiro nome para dar autoria a obras que considerava (e de fato eram) menores. Em 1829, lançou o primeiro livro a ostentar seu nome na capa – *A Bretanha em 1800* –, um romance histórico em que tentava seguir o estilo de *Sir* Walter Scott (1771-1832), o grande romancista escocês autor de romances históricos clássicos, como *Ivanhoé*. Nesse momento, Balzac sente que começou um grande projeto literário e lança-se fervorosamente na sua execução.

Paralelamente à enorme produção que detona a partir de 1830, seus delírios de grandeza levam-no a bolar negócios que vão desde gráficas e revistas até minas de prata. Mas fracassa como homem de negócios. Falido e endividado, reage criando obras-primas para pagar seus credores numa destrutiva jornada de trabalho de até dezoito horas diárias. "Durmo às seis da tarde e acordo à meia-noite, às vezes passo 48 horas sem dormir...", queixava-se em cartas aos amigos. Nesse ritmo alucinante, ele produziu alguns de seus livros mais conhecidos e despontou para a fama e para a glória. Em 1833, teve a antevisão do conjunto de sua obra e passou a formar uma grande "sociedade", com famílias, cortesãs, nobres, burgueses, notários, personagens de bom ou mau caráter, vigaristas, camponeses, homens honrados, avarentos, enfim, uma enorme galeria de tipos que se cruzariam e voltariam em várias histórias diferentes sob o título geral de *A comédia humana*. Convicto da importância que representava a ideia de unidade para todos os seus romances, escreveu à sua irmã, comemorando: "Saudai-me, pois estou seriamente na iminência de tornar-me um gênio". Vale ressaltar que nessa imensa galeria de tipos, Balzac criou um espetacular conjunto de personagens femininos que – como dizem unanimemente seus biógrafos e críticos – tem uma dimensão muito maior do que o conjunto dos seus personagens masculinos.

Aos 47 anos, massacrado pelo trabalho, pela péssima alimentação e pelo tormento das dívidas que não o abandonaram pela vida inteira, ainda que com projetos e esboços para pelo menos mais vinte romances, já não escrevia mais. Consagrado e reconhecido como um grande escritor, havia construído em frenéticos dezoito anos este monumento com quase uma centena de livros. Morreu em 18 de agosto de 1850, aos 51 anos, pouco depois de ter casado com a condessa polonesa Ève Hanska, o maior amor da sua vida. O grande intelectual Paulo Rónai (1907-1992), escritor, tradutor, crítico e coordenador da publicação de *A comédia humana* no Brasil, nas décadas de 1940 e 1950, escreveu em seu ensaio biográfico "A vida de Balzac": "Acabamos por ter a impressão de haver nele um velho conhecido, quase que um membro da família – e ao mesmo tempo compreendemos cada vez menos seu talento, esta monstruosidade que o diferencia dos outros homens".*

A verdade é que a obra de Balzac sobreviveu ao autor, às suas idiossincrasias, vaidades, aos seus desastres financeiros e amorosos. Sua mente prodigiosa concebeu um mundo muito maior do que os seus contemporâneos alcançavam. E sua obra projetou-se no tempo como um dos momentos mais preciosos da literatura universal. Se Balzac nascesse de novo dois séculos depois, ele veria que o último parágrafo do seu prefácio para *A comédia humana*** (publicado nesta edição), longe de ser um exercício de vaidade, era uma profecia:

> A imensidão de um projeto que abarca a um só tempo a história e a crítica social, a análise de seus males e a discussão de seus princípios autoriza-me, creio, a dar à minha obra o título que ela tem hoje: *A comédia humana*. É ambicioso? É justo? É o que, uma vez terminada a obra, o público decidirá.

---

* RÓNAI, Paulo. "A vida de Balzac". In: BALZAC, Honoré de. *A comédia humana*. Vol. 1. Porto Alegre: Globo, 1940. Rónai coordenou, prefaciou e executou as notas de todos os volumes publicados pela Editora Globo. (N.E.)

** Publicado na íntegra em *Estudos de mulher*, volume 508 da Coleção L&PM POCKET. (N.E.)

Introdução

O precursor do realismo mágico

Ivan Pinheiro Machado

> Na arte de narrar, Balzac é incomparável, pela sua imaginação, sua vivacidade e seu poder persuasivo. Tudo torna-se possível pela mão do mestre, e somos levados a deliciar-nos até mesmo com seus absurdos...
> *Raymond Mortimer*

O jovem escritor Gabriel García Márquez estava em Bogotá, tentando acabar seu primeiro livro, quando diariamente, à noite – sua hora predileta de trabalho –, faltava luz. Impedido de escrever, o futuro prêmio Nobel de Literatura fez um desaforado protesto ao prefeito, que respondeu com um sucinto bilhete: "Balzac – que escrevia muito melhor do que o senhor – trabalhava à luz de velas".

Nada mais uniria Balzac a García Márquez, além desta divertida anedota (narrada por este último em suas memórias), caso o escritor colombiano não ficasse célebre como um dos fundadores do "realismo mágico", estilo literário surgido em meados do século XX na América Latina e já antecipado por Balzac, justamente em *A pele de onagro*. São impressionantes os tentáculos que Honoré de Balzac lançou sobre a literatura e o pensamento ocidental. Fundador do romance moderno e do realismo, ele esteve sempre além do seu tempo. Embora tenha colocado toda a força de seu imenso talento a serviço de sua ambição por fama e fortuna, este fato não o impediu de construir uma obra monumental em tamanho e importância. Em quase uma centena de livros, lançou sementes de estilos que se multiplicariam nos séculos seguintes. Abordou assuntos até então jamais tocados, enfrentou preconceitos e retratou de forma definitiva e conclusiva a trepidante sociedade francesa do período pós-napoleônico. Tal foi sua influência que, além da literatura, são tributárias de seu talento a sociologia, a filosofia, a economia, a história geral e a história da vida privada dos períodos que descreveu.

Se no magnífico *Cem anos de solidão* uma personagem é capaz de levitar de tão linda, quase 150 anos antes Balzac já concebia um romance onde uma pele de onagro – espécie de jumento encontrado no oriente – conferia poderes especiais; a cada desejo atendido, a pele diminuía de tamanho, ao mesmo tempo em que encurtava a vida do seu proprietário. O fim da pele seria o fim da vida; o ônus pelo êxtase de todos os desejos atendidos.

Tudo começa quando Raphaël de Valentin, o protagonista, encontra-se com uma estranha criatura que lhe dá a pele de onagro, exatamente no momento em que ele, desesperado por ter fracassado na vida e no amor, planeja o seu suicídio. Entre a frivolidade da sociedade, a magistral beleza da condessa Fedora e a sincera humildade da bela Pauline, Raphaël – graças aos poderes da pele de onagro – sucumbe aos prazeres mundanos, aos encantos da corte e ao conforto da fortuna.

Trata-se de um tema fascinante, a partir do qual o escritor proporciona páginas verdadeiramente memoráveis, quer na descrição da incrível Fedora, com sua pele pálida e seus lábios cor de coral, quer na busca de um sentido filosófico para a existência, na qual ele coloca claramente sua crítica mordaz e implacável à sociedade francesa de então.

Balzac era jovem, tinha 32 anos, quando publicou este livro, em 1831. *A pele de onagro* introduz personagens que se eternizariam em outros romances, como Eugène de Rastignac e o médico Horace Bianchon. Ambos reaparecem três anos mais tarde em *O pai Goriot*. A curiosidade é que, embora publicado em 1834, *O pai Goriot* narra a juventude de Rastignac, nos seus tempos de amarga pobreza, quando era companheiro de Bianchon na miserável Pensão Vauquer. Numa espécie de *flashback* (mais uma invenção de Balzac), o dândi frívolo e superficial de *A pele de onagro* dá lugar a um Rastignac jovem, humano e idealista. O que nunca se saberá é se Balzac revisou o seu personagem, tornando-o melhor em *O pai Goriot*, ou se o lado "humano" e desinteressado de Rastignac corresponde apenas à ingenuidade da juventude.

A pele de onagro marcou o triunfo de Balzac. Foi o terceiro livro a sair com seu nome e o primeiro a utilizar a partícula honorífica "de" Balzac. Ele havia abandonado os pseudônimos em *A Bretanha de 1800*, livro que foi recebido favoravelmente pela crítica. A seguir veio *A fisiologia do casamento*, cujo escândalo no lançamento incrementou as vendas e despertou a atenção da crítica, do público e dos diretores dos jornais. *A pele de onagro* foi a consagração definitiva e um best-seller na época, com várias edições esgotadas rapidamente. Mas Balzac já estava endividado, e a pressão dos credores e sua imaginação prodigiosa fizeram com que, a partir daí, começasse a construção de *A comédia humana*, um dos maiores monumentos literários da humanidade.

A PELE DE ONAGRO

Prefácio da primeira edição (1831)

Certamente há muitos autores cujo caráter é vivamente reproduzido pela natureza de suas composições, nas quais a obra e o homem se confundem; mas há outros escritores cuja alma e os hábitos contrastam fortemente com a forma e o conteúdo de seus livros, assim, não existe uma regra para reconhecer o grau de afinidade entre os pensamentos de um artista e as fantasias de seus textos.

Essa concordância ou essas disparidades devem-se a uma natureza moral tão extravagante, tão secreta em seu funcionamento, como é a natureza nos caprichos da geração. A produção dos seres organizados e das ideias são dois mistérios incompreendidos, e as semelhanças ou as diferenças que esses dois tipos de criações têm com seus autores pouco provam a favor ou contra a legitimidade paterna.

Petrarca, Lorde Byron, Hoffmann e Voltaire eram homens de gênio, ao passo que Rabelais, homem sóbrio, desmentia a gula de seu estilo e as figuras de sua obra; bebia água ao enaltecer o vinho, assim como Brillat-Savarin comia muito pouco ao celebrar a boa mesa.

É o que acontece com o autor moderno mais original de que pode se enaltecer a Grã-Bretanha. Maturin*, o religioso a quem devemos *Eva*, *Melmoth e Bertram*, era galante, elegante, festejava as mulheres; o homem de concepções terríveis tornava-se, à noite, um peralta, um *dândi*. Do mesmo modo com Boileau, cuja conversação suave e polida de modo nenhum correspondia ao espírito satírico de seu verso insolente. Em sua maior parte, os poetas graciosos foram, eles mesmos, muito negligentes com a graça, como os escultores que, sempre ocupados em idealizar as mais belas formas humanas, em traduzir a volúpia das linhas, em combinar os traços dispersos da beleza, apresentam-se, quase todos, bastante malvestidos,

---

* Charles Robert Maturin (1782-1824), pregador protestante e autor de romances góticos. (N.T.)

desdenhando os enfeites, guardando os modelos do belo na alma, sem que nada transpire do lado de fora.

É muito fácil multiplicar os exemplos dessas desuniões e dessas coesões características entre o homem e seu pensamento; mas esse duplo fato é tão constante que seria pueril insistir.

Seria possível uma literatura se o nobre coração de Schiller fosse de alguma forma cúmplice de Franz Moor*, sua mais execrável concepção, a mais profunda malvadez que um dramaturgo já pôs no palco? Não foram os mais sombrios autores trágicos geralmente pessoas doces e de costumes patriarcais, como o prova o venerável Ducis? Até mesmo Favart**, que traduziu com mais sutileza, graça e espírito os matizes imperceptíveis dos pequenos costumes burgueses, trata-se de um honesto camponês da Beauce enriquecido por uma especulação pecuária.

Apesar da incerteza das leis que regem a fisiognomonia literária, os leitores nunca permanecem imparciais entre um livro e o poeta. Involuntariamente, desenham no pensamento uma figura, constroem um homem, supõem-no jovem ou velho, alto ou baixo, amável ou maldoso. Uma vez pintado o autor, tudo está dito. O quadro está completo!

E então somos corcundas em Orléans, loiros em Bordeaux, franzinos em Brest, corpulentos e gordos em Cambrai. Um salão nos odeia, enquanto outro nos eleva às nuvens. Assim, enquanto os parisienses escarneciam de Mercier***, ele era o oráculo dos russos em São Petersburgo. Viramos enfim um ser múltiplo, espécie de criatura imaginária, que o leitor veste com sua fantasia e quase sempre despoja de alguns méritos para substituí-los por vícios próprios. E às vezes ainda ouvimos de alguém:

"Não o imaginava *assim*!"

Se o autor do presente livro fosse enaltecido por tais julgamentos errôneos feitos pelo público, ele evitaria discutir este

---

* Personagem de *Os bandidos* (1772). (N.T.)

** Charles Simon Favart (1710-1792) e Jean-François Ducis (1733-1816), citado logo antes, foram ambos dramaturgos. (N.T.)

*** Sébastien Mercier (1740-1814), escritor. (N.T.)

singular problema de fisiologia da escrita. Teria facilmente se resignado a passar por um fidalgo literário, de bons costumes, virtuoso, sábio, bem-visto em todo lugar. Infelizmente, ele é reputado velho, em parte devasso e cínico; algumas pessoas imprimiram-lhe na face todas as feiuras dos sete pecados capitais, sem sequer reconhecer seus méritos, pois nem tudo é vicioso no vício. Ele tem toda a razão, portanto, de aplainar a falsa opinião pública a seu respeito.

Mas, pensando bem, ele talvez preferisse uma merecida má reputação do que um mentiroso renome de virtude. Afinal, o que é uma reputação literária hoje? Um cartaz vermelho ou azul colado em cada esquina. E que poema sublime terá algum dia a chance de chegar à popularidade do Paraguay-Roux e de um certo Emplastro*?

A má-fama veio de um livro ao qual ele não apôs seu nome, pois havia perigo em assiná-lo, mas que agora confessa.

Essa obra é a *Fisiologia do casamento*, por uns atribuída a um velho médico, por outros a um cortesão libertino da Pompadour, ou a algum misantropo sem ilusões, que em toda a sua vida não conheceu uma única mulher digna de respeito.

O autor divertiu-se muitas vezes com esses erros e mesmo os acolheu como se fossem elogios; mas hoje acredita que, se um escritor deve submeter-se calado às vicissitudes das reputações puramente literárias, não lhe é permitido aceitar com a mesma resignação uma calúnia que mancha seu caráter. Uma falsa acusação ataca ainda mais nossos amigos do que nós mesmos; quando o autor deste livro percebeu que não se defenderia sozinho buscando destruir opiniões que lhe podem ser prejudiciais, ele superou a repugnância bastante natural que sente ao falar de si. Prometeu a si mesmo livrar-se de um numeroso público que não o conhece para satisfazer o pequeno que o conhece, feliz por justificar, assim, certas amizades com que é honrado e algumas aprovações das quais se orgulha.

---

* O Paraguay-Roux era um remédio para dor de dentes. O outro produto é provavelmente um emplastro brasileiro que a publicidade apresentava como eficaz contra todas as doenças venéreas. (N.T.)

Será ele agora tachado de presunçoso, ao reivindicar aqui os tristes privilégios de Sanchez, esse bom jesuíta que escreveu, sentado numa cadeira de mármore, seu célebre *De matrimonio*, no qual todos os caprichos da volúpia são julgados no tribunal eclesiástico e traduzidos do confessionário, com um admirável entendimento das leis que governam a união conjugal? Seria então a filosofia mais culpada do que o sacerdócio?

Haverá impertinência em acusar-se de uma vida inteiramente laboriosa? Deverá ser censurado por exibir uma certidão de nascimento que lhe dá trinta anos? Não tem ele o direito de pedir, aos que não o conhecem, para não questionarem sua moralidade, seu profundo respeito pela mulher, e para deixarem de ser, com um espírito casto, o protótipo do cinismo?

Se as pessoas que gratuitamente falaram mal do autor da *Fisiologia*, apesar das prudentes precauções do prefácio, quiserem, ao ler este novo livro, ser consequentes, elas deveriam julgar o escritor tão delicadamente amoroso agora como antes era pervertido. Mas o elogio não o sensibilizaria, assim como a reprovação não o atingiu. Embora muito tocado pelo apoio que suas composições possam receber, ele se recusa a entregar sua pessoa aos caprichos populares. No entanto, é muito difícil convencer o público de que um autor pode conceber o crime sem ser criminoso! Assim, após ter sido antes acusado de cinismo, o autor não ficaria surpreso de passar agora por um brincalhão, por um pândego, ele, cujos numerosos trabalhos revelam uma vida solitária e sóbria sem a qual a fecundidade do espírito não existe.

Certamente ele poderia compor aqui uma autobiografia que despertaria fortes simpatias a seu favor; mas hoje sente-se bem acolhido demais para escrever impertinências à maneira de tantos *prefaciadores* e consciencioso demais em seus trabalhos para ser humilde; além disso, não sendo um tipo enfermiço, apresentar-se-ia decididamente como um triste herói de prefácio.

Se vocês deixarem a pessoa e os hábitos de fora dos livros, o autor reconhecerá que terão plena autoridade sobre seus escritos; poderão acusá-los de impudência, vituperar a pena mal aprendida para pintar quadros inconvenientes, coligir observações problemáticas, acusar falsamente a sociedade e atribuir a ela vícios ou desgraças de que estaria isenta. O sucesso é uma sentença soberana nessas questões difíceis, e então a *Fisiologia do casamento* talvez fosse completamente absolvida. Quem sabe mais tarde a compreendam melhor, e pode ser que um dia o autor tenha a satisfação de ser estimado homem casto e sério.

No entanto, muitas leitoras não ficarão satisfeitas ao saber que o autor da *Fisiologia* é jovem, metódico como um subchefe de repartição, sóbrio como um doente em regime, bebedor de água e trabalhador, pois elas não compreenderão como um jovem de hábitos puros pôde penetrar tão fundo nos mistérios do casamento. E assim a acusação pode reproduzir-se sob novas formas. Mas, para concluir este rápido processo em favor de sua inocência, talvez lhe bastasse levar às fontes do pensamento as pessoas pouco familiarizadas com as operações da inteligência humana.

Embora restrito aos limites de um prefácio, este ensaio psicológico talvez ajude a explicar as estranhas disparidades que existem entre o talento de um escritor e sua fisionomia. Essa questão, certamente, interessa bem mais às mulheres-poetas do que ao próprio autor.

A arte literária, cujo objeto é reproduzir a natureza pelo pensamento, é a mais complicada de todas as artes.

Pintar um sentimento, fazer reviver as cores, os dias, os semitons, os matizes, mostrar com exatidão uma cena precisa, mar ou paisagem, homens ou monumentos, eis o que é a pintura.

A escultura é ainda mais restrita em seus recursos. Possui apenas uma pedra e uma cor para exprimir a mais rica das naturezas, o sentimento nas formas humanas: assim, o escultor oculta sob o mármore um imenso esforço de idealização que poucas pessoas levam em conta.

Mais vastas, porém, as ideias compreendem tudo: o escritor deve estar familiarizado com todos os efeitos, todas as naturezas. Ele é obrigado a ter dentro de si uma espécie de espelho concêntrico no qual, seguindo sua fantasia, o universo se reflete, caso contrário o poeta, e mesmo o observador, não existem; pois não se trata apenas de ver, é preciso ainda lembrar-se e gravar suas impressões com palavras escolhidas, orná-las com toda a graça das imagens ou transmitir-lhes a vivacidade das sensações primordiais.

Sem entrar nos meticulosos *aristotelismos* criados por cada autor para sua obra, por cada pedante em sua teoria, o autor pensa estar de acordo que a *arte literária* de toda inteligência, alta ou baixa, é composta de duas partes bem distintas: *a observação* e *a expressão*.

Muitos homens distintos são dotados do talento de observar, sem possuírem o de dar uma forma animada aos pensamentos; há também escritores dotados de um estilo maravilhoso, sem serem guiados pelo gênio sagaz e curioso que vê e registra tudo. Dessas duas disposições intelectuais resultam, de certo modo, uma visão e um tato literários. A tal homem, *o fazer*; a outro, *a concepção*; este toca a lira sem produzir uma única daquelas harmonias sublimes que fazem chorar ou pensar; aquele compõe poemas somente para ele, por falta de instrumento.

A reunião das duas capacidades faz o homem completo; mas essa rara e feliz concordância ainda não é o gênio, ou melhor, não constitui a vontade que engendra uma obra de arte.

Além dessas duas condições essenciais ao talento, ocorre, entre os poetas ou entre os escritores realmente filósofos, um fenômeno moral, inaudito, que a ciência dificilmente pode explicar. É uma espécie de segunda visão que lhes permite adivinhar a verdade em todas as situações possíveis; ou, melhor ainda, um poder que os transporta aonde devem e querem estar. Eles inventam o verdadeiro por analogia ou veem o objeto a descrever, independentemente de o objeto ir a eles ou eles mesmos irem até o objeto.

O autor contenta-se em expor os termos desse problema sem buscar a solução, pois para ele trata-se de uma justificação, não de uma teoria filosófica a deduzir.

Portanto, o escritor deve ter analisado os caracteres, abraçado todos os costumes, percorrido o globo inteiro e sentido todas as paixões antes de escrever um livro; ou as paixões, os países, os costumes, os caracteres, acidentes da natureza e da moral, tudo chega a seu pensamento. Ele é avarento, ou concebe momentaneamente a avareza, ao traçar o retrato do *Laird de Dumbiedikes**. Ele é criminoso, concebe o crime, ou o convoca e o contempla, ao escrever *Lara***.

Não encontramos meio-termo nessa proposição cervicoliterária.

Mas, aos que estudam a natureza humana, está claramente demonstrado que o homem de gênio possui as duas capacidades.

Em espírito ele viaja através dos espaços, tão facilmente que as coisas, outrora observadas, renascem fielmente dentro dele, belas ou terríveis, com a graça ou o horror primitivo que tiveram. Ele realmente viu o mundo, ou sua alma revelou-lhe intuitivamente o mundo. Assim, o pintor que retrata com maior exatidão as paisagens de Florença nunca esteve em Florença; da mesma forma, um escritor pode descrever maravilhosamente o deserto, suas areias, suas miragens, suas palmeiras, sem nunca ter estado no Saara.

Têm os homens o poder de fazer vir o universo ao seu cérebro? Ou seu cérebro é um talismã com o qual abolem as leis do tempo e do espaço? A ciência ainda vai hesitar muito em escolher entre esses dois mistérios igualmente inexplicáveis. Constantemente, porém, a inspiração descreve ao poeta infinitas transfigurações e semelhantes às mágicas fantasmagorias de nossos sonhos. Um sonho é talvez o brinquedo natural dessa singular capacidade, quando está desocupada!

Essas faculdades que o mundo admira com razão, um autor as possui em maior ou menor escala, talvez em razão da maior ou menor perfeição ou imperfeição de seus órgãos. Ou, quem sabe, o dom da criação é uma pequena fagulha caída do alto sobre o homem, e as adorações devidas aos grandes gênios

---

* Personagem de *A prisão de Edimburgo*, de Walter Scott. (N.A.)
** Poema de Lorde Byron. (N.A.)

seriam uma nobre e elevada prece! Não fosse assim, por que nossa estima seria proporcional à força, à intensidade do raio celeste que brilha neles? Ou será que devemos avaliar o entusiasmo que nos causam os grandes homens pelo grau de prazer que nos dão, pela maior ou menor utilidade de suas obras? Que cada um escolha entre o materialismo e o espiritualismo!

Esta metafísica literária afastou bastante o autor da questão pessoal. Mas, embora na produção mais simples, mesmo em *Riquet à la Houppe**, haja um trabalho de artista, e embora uma obra ingênua seja com frequência marcada pelo *mens divinior*** quando este brilha num vasto poema, ele não tem a pretensão de escrever para si essa ambiciosa teoria, a exemplo de alguns autores contemporâneos cujos prefácios são as *pequenas peregrinações* de *pequenos Childe-Harold***. Ele somente quis reclamar para os autores os antigos privilégios do clero, que julgava a si próprio.

A *Fisiologia do casamento* era uma tentativa de retornar à literatura sofisticada, animada, zombeteira e alegre do século XVIII, em que os autores nem sempre mantinham-se retos e rígidos, em que, sem discutir a toda hora a poesia, a moral e o drama, escreviam-se dramas, poesia e livros de vigorosa moral. O autor deste livro busca favorecer a reação literária que alguns bons espíritos preparam, aborrecidos com nosso vandalismo atual e fatigados de ver tantas pedras amontoadas sem que surja algum monumento. Ele não compreende a afetação, a hipocrisia de nossos costumes, e também recusa às pessoas insensíveis o direito de serem difíceis.

De todos os lados elevam-se queixas sobre a cor sanguinolenta dos escritos modernos. As crueldades, os suplícios, gente lançada ao mar, a forca, o patíbulo, os condenados, as atrocidades quentes e frias, os carrascos, tudo tornou-se cômico!

---

* História infantil de Charles Perrault: *Riquet topetudo*. Em português, numa tradução de Monteiro Lobato. (N.T.)

** O espírito mais divino. (N.T.)

*** Referência ao poema narrativo de Byron, *Childe Harold's Pilgrimage*. (N.T.)

Não faz muito, o público deixou de simpatizar com os *jovens enfermos*, os *convalescentes* e os doces tesouros de melancolia contidos na enfermaria literária. Disse adeus aos *tristes*, aos *leprosos*, às langorosas elegias. Estava cansado dos *bardos* nebulosos e das sílfides, como hoje está farto da Espanha, do Oriente, dos suplícios, dos piratas e da história da França *à Walter Scott*. O que nos resta, então?

Se o público condenasse os esforços dos escritores que tentam restaurar a literatura franca de nossos antepassados, seria preciso um dilúvio de bárbaros, a combustão das bibliotecas e uma nova Idade Média; então os autores recomeçariam mais facilmente o círculo eterno no qual o espírito humano gira como um cavalo de picadeiro.

Se *Polyeucte* não existisse, mais de um poeta moderno seria capaz de refazer Corneille, e veríamos essa tragédia surgir em três teatros ao mesmo tempo, sem contar os *vaudevilles* em que Polyeucte cantaria sua profissão de fé cristã sobre um motivo de *La Muette**. Enfim, os autores têm razão, muitas vezes, em suas impertinências contra o tempo presente. O mundo nos pede belas pinturas? Onde estariam os modelos? As roupas mesquinhas de vocês, suas revoluções fracassadas, seus burgueses discursadores, sua religião morta, seus poderes extintos, seus reis de meia tigela são tão poéticos que precisam transfigurá-los?

Hoje não podemos senão fazer troça. A zombaria é a literatura das sociedades que expiram. Assim, o autor deste livro, sujeito às vicissitudes de seu empreendimento literário, aguarda novas acusações.

Alguns autores contemporâneos são mencionados em seu livro; ele espera que sua estima profunda pelo caráter ou os escritos deles não seja posta em dúvida, e também protesta de antemão contra alusões a que poderiam dar ensejo os personagens postos em cena. Ele buscou menos traçar retratos do que apresentar tipos.

Enfim, o tempo presente marcha tão depressa, a vida intelectual transborda em toda parte com tanta força, que várias

---

* *La Muette de Portici*, ópera de Scribe (1828). (N.T.)

ideias envelheceram, foram capturadas, expressas, quando o autor imprimia seu livro: ele sacrificou algumas delas; as que manteve, sem perceber que as usava, eram certamente necessárias à harmonia do livro.

H.B.

Sterne, *Tristram Shandy*, cap. CCCXXII.*

*Ao sr. Savary,
Membro da Academia das ciências.*

---

* Segundo os estudiosos de Balzac, ele teria utilizado na epígrafe esse desenho de Laurence Sterne para representar a forma "serpentina" da vida, com suas ondulações caprichosas, e também o caráter "brincalhão" do romance. (N.T.)

O TALISMÃ

Por volta do fim de outubro último, um jovem entrou no Palais-Royal no momento em que abriam as casas de jogo, de acordo com a lei que protege uma paixão essencialmente tributável. Sem hesitar muito, subiu a escada da espelunca designada pelo número 36.

– Seu chapéu, por favor – disse-lhe com uma voz seca e rabugenta um velhote pálido agachado na obscuridade, protegido por um balcão, que se levantou de repente mostrando um rosto moldado sobre um tipo ignóbil.

Quando entramos numa casa de jogo, a lei começa por despojar-nos do chapéu. Será uma parábola evangélica e providencial? Não será antes uma maneira de firmar conosco um contrato infernal, exigindo uma espécie de penhor? Seria para obrigar-nos a manter uma atitude respeitosa diante dos que vão ganhar nosso dinheiro? É a polícia, escondida em todos os esgotos sociais, que insiste em saber o nome de nosso chapeleiro ou o nosso, se o inscrevemos no forro do chapéu? Será, enfim, para tomarem a medida de nosso crânio e montarem uma estatística instrutiva sobre a capacidade cerebral dos jogadores? Sobre esse ponto, a administração guarda um silêncio completo. Mas podemos estar certos de que, tão logo damos um passo em direção à mesa de jogo, nosso chapéu não mais nos pertence, assim como não mais pertencemos a nós mesmos; estamos no jogo, nós, nossa fortuna, nosso chapéu, nossa bengala e nosso sobretudo. À saída, o Jogo nos demonstrará, por um atroz epigrama em ação, que ele ainda nos deixa alguma coisa ao devolver-nos a bagagem. Mas, se o chapéu é novo, aprenderemos à nossa custa que é preciso ter um traje de jogador.

O espanto manifestado pelo jovem ao receber uma ficha numerada em troca do chapéu, cujas abas, por sorte, estavam ligeiramente gastas, indicava uma alma ainda inocente; o velhote, que certamente aviltara-se desde a juventude nos férvidos prazeres da vida dos jogadores, lançou-lhe um olhar opaco e sem calor, no qual um filósofo teria visto as misérias do asilo, a vagabundagem das pessoas arruinadas, os processos judiciais por uma série de crimes praticados, a pena perpétua, a expatriação em trabalhos forçados em Guazacoalco*. Esse homem, cuja comprida face branca era alimentada apenas pelas sopas gelatinosas de d'Arcet**, apresentava a pálida imagem da paixão reduzida a seu termo mais simples. Em suas rugas havia o traço de velhas torturas, ele devia jogar seus magros vencimentos no dia mesmo em que os recebia. Como um cavalo velho no qual as chicotadas não têm mais efeito, nada o fazia estremecer; os gemidos surdos dos jogadores que saíam arruinados, suas mudas imprecações, seus olhares abestalhados o encontravam sempre insensível. Ele era o *Jogo* encarnado. Se o jovem tivesse contemplado esse triste Cérbero***, talvez tivesse dito a si mesmo: "Não há mais que um baralho de cartas nesse coração!". Mas ele não escutou esse conselho vivo posto ali certamente pela Providência, que também pôs o fastio à porta de todos os prostíbulos. Entrou decididamente na sala onde o som do ouro exercia um fascínio sobre os sentidos atiçados pela cobiça. Esse jovem fora levado até ali, provavelmente, pela mais lógica de todas as eloquentes frases de J.-J. Rousseau, e cujo triste pensamento, acredito, é o seguinte: *Sim, admito um homem que vá ao Jogo; mas é quando não vê mais, entre ele e a morte, senão sua última moeda.*

À noite, as casas de jogo têm apenas uma poesia vulgar, mas cujo efeito é garantido como o de um drama sanguinolento. As salas estão cheias de espectadores e jogadores, de velhos indigentes que se arrastam até ali para se aquecerem, repletas de faces agitadas, de orgias começadas no vinho e dispostas a terminar no Sena. Se a paixão é abundante, o número excessivo de atores impede-nos de contemplar face a face o demônio do jogo. A noitada é uma verdadeira composição; o

---

* Nome de um rio do México onde, durante a Restauração, houve uma tentativa de colonização francesa. (N.T.)

** Referência a um produto criado e comercializado pelo químico Jean-Pierre d'Arcet (1777-1844). (N.T.)

*** O cão que guardava a entrada do Inferno, na mitologia grega. (N.T.)

conjunto inteiro clama e cada instrumento da orquestra modula sua frase. Vemos ali muitos homens respeitáveis em busca de distrações, e que as pagam como pagam o prazer do teatro, da boa mesa, ou como vão a uma mansarda comprar, a baixo preço, dolorosos arrependimentos por três meses. Mas será que compreendemos tudo o que há de delírio e vigor na alma de um homem que espera com impaciência a abertura de uma casa de jogo? Entre o jogador da manhã e o da noite existe a diferença que distingue o marido indiferente e o amante extasiado sob a janela da amada. De manhã comparecem apenas a paixão palpitante e a necessidade em seu aberto horror. Nesse momento podemos admirar um verdadeiro jogador, um jogador que não comeu, não dormiu, não viveu, não pensou, enquanto era rudemente flagelado pelo impulso de dobrar a aposta, enquanto sofria o comichão de um lance de *trinta e um*. Nessa hora maldita deparamos com olhos cuja calma assusta, com rostos que nos fascinam, com olhares que erguem as cartas e as devoram. Assim, as casas de jogo só são sublimes na abertura de suas sessões. Se a Espanha tem suas touradas, se Roma teve seus gladiadores, Paris orgulha-se de seu Palais-Royal, cujas provocadoras roletas dão o prazer de ver o sangue correr aos borbotões, sem que os pés da plateia corram o risco de escorregar. Lancemos um olhar furtivo a essa arena, entremos... Que nudez! As paredes, cobertas de um papel ensebado até a altura de um homem, não oferecem uma única imagem que possa refrescar a alma. Não há sequer um prego para facilitar o suicídio. O piso está gasto, sujo. Uma mesa oblonga ocupa o centro da sala. A simplicidade das cadeiras de palha, espremidas ao redor do pano verde gasto pelo ouro, demonstra uma curiosa indiferença ao luxo em homens que vão ali perecer pela fortuna e pelo luxo. Essa antítese humana revela-se em toda parte onde a alma reage poderosamente sobre si mesma. O apaixonado quer vestir sua amante de seda, de um tecido macio do Oriente, e na maior parte do tempo a possui sobre um catre. O ambicioso sonha-se no topo do poder, enquanto humilha-se na lama do servilismo. O comerciante vegeta no fundo de uma loja úmida e insalubre, enquanto constrói uma vasta mansão, de onde seu filho, herdeiro precoce, será expulso por uma licitação fraterna. Enfim, existe algo mais desagradável do que um prostíbulo? Singular problema! Sempre em oposição consigo mesmo, enganando as esperanças pelos males presentes, e os males por um futuro que não lhe pertence, o homem imprime a todos os seus atos o caráter da inconsequência e da fraqueza. Neste mundo, nada é completo senão a desgraça.

No momento em que o jovem entrou na sala, alguns jogadores já se encontravam ali. Três velhos calvos estavam sentados, indiferentes, em volta da mesa de jogo; seus rostos de gesso, impassíveis como os dos diplomatas, revelavam almas cansadas, corações que havia muito deixaram de palpitar, mesmo ao se arriscarem com os bens extradotais de uma mulher. Um jovem italiano de cabelos negros e pele azeitonada apoiava tranquilamente os cotovelos na ponta da mesa e parecia escutar os pressentimentos secretos que fatalmente soam ao jogador: "Sim. Não!" Essa cabeça meridional respirava ouro e fogo. Sete ou oito espectadores, de pé, posicionados de maneira a formar uma galeria, aguardavam as cenas que os lances da sorte preparavam, as figuras dos atores, o movimento do dinheiro e do rodo. Silenciosos, imóveis, esses desocupados estavam ali como o povo na praça da Grève, quando o carrasco corta uma cabeça. Um homem alto e seco, de roupas puídas, segurava uma folha na mão, registrando com um alfinete as saídas do Vermelho ou do Preto. Era um desses Tântalos modernos que vivem à margem de todos os prazeres de seu século, um desses avarentos sem tesouro que fazem uma aposta imaginária; espécie de louco razoável que se consola de suas misérias acalentando uma quimera, que age com o vício e o perigo como os padres jovens com a Eucaristia, quando ensaiam a missa. Diante da banca, um ou dois especuladores, finos conhecedores das chances do jogo e que, como antigos condenados, não se assustam mais com as galés, tinham vindo para arriscar três lances e levar imediatamente o ganho provável do qual viviam. Dois velhos serventes passeavam negligentemente de braços cruzados, olhando de tempo em tempo pelas janelas, como para mostrar aos passantes seus rostos vulgares, à maneira de tabuleta. O carteador e o crupiê acabavam de lançar aos jogadores aquele olhar opaco que os mata, e diziam com uma voz aguda: "Façam suas apostas!", no momento em que o jovem abriu a porta. O silêncio ficou mais profundo e as cabeças viraram-se, por curiosidade, em direção ao recém-chegado. Coisa inédita! Os velhos embotados, os serventes petrificados, os espectadores e mesmo o fanático italiano, todos, ao verem o desconhecido, experimentaram um indefinível sentimento de pavor. É preciso ser muito infeliz para obter a piedade, ou muito fraco para despertar uma simpatia, ou ter um aspecto muito sinistro para fazer tremer as almas nessa sala onde as dores devem ser mudas, a miséria alegre e o desespero decente. Pois bem, havia tudo isso na sensação nova que agitou esses corações gelados quando o jovem entrou. Mas não choraram às vezes os carrascos sobre as virgens cujas louras cabeças iam ser cortadas a um sinal da Revolução?

Num relance, os jogadores leram no rosto do novato algum horrível mistério; seus traços jovens eram marcados de uma graça nebulosa, seu olhar atestava esforços traídos, mil esperanças frustradas! A sombria impassibilidade do suicídio dava a essa fronte uma palidez opaca e doentia, um sorriso amargo desenhava pequenas dobras nos cantos da boca, e a fisionomia exprimia uma resignação difícil de encarar. Algum secreto gênio cintilava no fundo dos olhos, talvez velados pelas fadigas do prazer. Era a devassidão que punha sua marca suja nesse rosto outrora puro, ardente, e agora degradado? Os médicos certamente teriam atribuído a lesões do coração ou dos pulmões o círculo amarelo que rodeava as pálpebras e o rubor que marcava as faces, ao passo que os poetas teriam reconhecido nesses sinais as devastações da ciência, os vestígios de noites de estudo à luz de uma lamparina. Mas uma paixão mais mortal do que a doença, uma doença mais implacável do que o estudo e o gênio desfiguravam essa cabeça jovem, contraíam esses músculos vigorosos, torciam esse coração que as orgias, o estudo e a doença haviam apenas roçado. E assim, como os condenados que acolhem com respeito um célebre criminoso que chega à prisão, todos aqueles demônios humanos, especialistas em torturas, saudaram uma dor inusitada, uma ferida profunda que sondava seus olhares, e reconheceram um de seus príncipes na majestade da ironia muda, na elegante miséria dos trajes. O jovem vestia um fraque de bom gosto, mas o ajuste excessivo da gravata sobre o colete fazia supor que não havia por baixo uma camisa. As mãos, belas como mãos de mulher, eram de uma limpeza duvidosa; enfim, havia dois dias ele não usava luvas! Se o crupiê e os próprios serventes estremeceram, é que os encantos da inocência floresciam por vestígios nas formas finas, delgadas, nos cabelos louros e raros, naturalmente encaracolados. Nesse rosto de vinte e cinco anos, o vício parecia ser apenas um acidente. Nele, o verdor da juventude lutava ainda com as devastações de uma impotente lascívia. As trevas e a luz, o nada e a existência combatiam-se, produzindo ao mesmo tempo graça e horror. O jovem apresentava-se ali como um anjo sem luz, desviado de seu caminho. Assim, todos aqueles eméritos professores do vício e da infâmia, como uma velha desdentada que se compadece ao ver uma bela moça oferecer-se à corrupção, estiveram a ponto de gritar ao noviço: "Vá embora!" Este caminhou diretamente à mesa, permaneceu de pé, lançou sem calcular uma moeda de ouro que trazia na mão e que rolou sobre o Preto; depois, como as almas fortes que detestam trapaceiras incertezas, dirigiu ao crupiê um olhar turbulento e calmo ao mesmo tempo. Era tão alto o valor desse lance que os velhos não fizeram aposta; mas o italiano, com o fanatismo da paixão, percebeu uma ocasião favorável e apostou todo o seu monte de moedas contra o desconhecido. O crupiê esqueceu de dizer as frases que com o tempo converteram-se num grito rouco e ininteligível: "Façam suas apostas! – Aposta encerrada! Nenhuma aposta mais." As cartas foram distribuídas e o crupiê pareceu desejar boa sorte ao recém-chegado, indiferente à perda ou ao ganho dos que se lançam nesses sombrios prazeres. Cada um dos espectadores quis ver um drama e a última cena na sorte daquela moeda de ouro; seus olhos faiscavam, pousados sobre as cartas fatídicas; mas, apesar da atenção com que fitavam alternadamente o jovem e as cartas, não puderam perceber qualquer sintoma de emoção em seu rosto frio e resignado; "Vermelho, par!", disse oficialmente o crupiê. Uma espécie de arquejo surdo saiu do peito do italiano quando viu cair, uma a uma, as notas dobradas que a banca lhe lançou. Quanto ao jovem, ele só compreendeu sua ruína no momento em que o rodo estendeu-se para recolher seu napoleão. O marfim produziu um ruído seco à moeda que, rápida como uma flecha, foi juntar-se ao monte de dinheiro diante da banca. O desconhecido fechou os olhos docemente, os lábios empalideceram; mas logo tornou a abrir as pálpebras e a boca readquiriu a cor vermelha. Fingiu ser um inglês para quem a vida não tem mistérios e desapareceu sem mendigar consolo algum por um daqueles olhares dilacerantes que os jogadores desesperados dirigem com frequência à plateia. Quantos acontecimentos se comprimem no espaço de um segundo, e quantas coisas, num lance de dado!

– Foi certamente sua última jogada – disse sorrindo o crupiê após um momento de silêncio, durante o qual manteve a moeda de ouro entre o polegar e o indicador para mostrá-la aos assistentes.

– É um doido que vai se jogar no rio – respondeu um frequentador olhando ao redor os jogadores, que se conheciam todos.

– Bah! – exclamou um dos serventes, tomando uma pitada de rapé.

– Devíamos ter imitado este senhor! – disse um dos velhos aos colegas, apontando para o italiano.

Todos olharam para o feliz jogador cujas mãos tremiam ao contar as notas de dinheiro.

– Ouvi uma voz – disse ele – que me soprava no ouvido: "O jogo vencerá contra o desespero desse moço".

– Ele não é um jogador – retomou o crupiê. – Se fosse, teria dividido seu dinheiro em três apostas para ter mais chances.

O jovem passava sem pedir de volta o chapéu, mas o velho cão de guarda, observando o mau estado daquele farrapo, o devolveu sem proferir uma palavra. O jogador restituiu a ficha com um gesto mecânico e desceu as escadas assobiando *Di tanti palpitti**, mas com um sopro tão fraco que ele mesmo mal ouvia aquelas notas deliciosas.

Logo achou-se sob as galerias do Palais-Royal, foi até a Rue Saint-Honoré, tomou o caminho das Tulherias e atravessou o jardim com um passo indeciso. Andava como num deserto, passando ao lado de homens que ele não via, escutando, através dos clamores populares, uma única voz, a da morte; perdido, enfim, numa meditação entorpecedora, semelhante à que outrora apoderava-se dos criminosos conduzidos numa carroça do Tribunal até o patíbulo da praça da Grève, vermelho de todo o sangue derramado desde 1793.

Existe algo de grande e terrível no suicídio. As quedas da maioria das pessoas não são perigosas, como as das crianças que caem de muito baixo e apenas se ferem; mas quando um grande homem se despedaça, ele deve vir de muito alto, deve ter-se elevado até os céus, vislumbrado algum paraíso inacessível. Implacáveis devem ser os furacões que o forçam a pedir a paz da alma à boca de uma pistola. Quantos jovens talentos confinados numa mansarda estiolam-se e perecem por falta de um amigo, de uma mulher consoladora, em meio a um milhão de criaturas, em meio a uma multidão cansada de ouro e que se aborrece. Ante esse pensamento, o suicídio assume proporções gigantescas. Entre uma morte voluntária e a fecunda esperança que atraiu um jovem a Paris, só Deus sabe quantas concepções frustradas, quantas poesias abandonadas, quantos desesperos e gritos sufocados, quantas tentativas inúteis e obras-primas abortadas! Cada suicídio é um poema sublime de melancolia. Onde encontraremos, no oceano das literaturas, um livro flutuante cujo gênio se compare a esta notícia breve:

Ontem, às quatro horas, uma moça jogou-se no Sena do alto da Pont des Arts.

---
* Uma ária muito popular de Rossini. (N.T.)

Diante desse laconismo parisiense, todos os dramas e romances empalidecem, mesmo este velho título: *As lamentações do glorioso rei de Kaërnavan, aprisionado por seus filhos*, último fragmento de um livro perdido, cuja simples leitura fazia Sterne chorar, ele que abandonou a mulher e os filhos.

O desconhecido foi assaltado por inúmeros pensamentos semelhantes, que passavam aos pedaços em sua alma, como bandeiras rasgadas esvoaçando em meio a uma batalha. Depôs por um momento o fardo da inteligência e das lembranças para deter-se diante de algumas flores que a brisa balançava suavemente entre a massa da folhagem. Subitamente tomado por uma convulsão da vida que se insurgia sob a opressiva ideia do suicídio, ele levantou os olhos ao céu; e ali, nuvens cinzentas, rajadas de vento carregadas de tristeza, uma atmosfera pesada, ainda o aconselhavam a morrer. Dirigiu-se até a ponte Royal, pensando nas últimas fantasias de seus predecessores. Sorriu ao lembrar que lorde Castlereagh satisfez a mais humilde de nossas necessidades antes de cortar a garganta, e que o acadêmico Auger foi buscar sua tabaqueira para aspirar rapé enquanto marchava para a morte. Ele analisava essas extravagâncias e interrogava a si mesmo, quando, encostando-se no parapeito da ponte para deixar passar um carregador do mercado que lhe manchou levemente a manga do casaco, surpreendeu-se ao sacudir cuidadosamente o pó. Tendo chegado ao ponto mais alto da ponte, olhou a água com um ar sinistro.

– Mau tempo para se afogar – disse-lhe rindo uma velha vestida de farrapos. – O Sena está sujo e frio!

Ele respondeu com um sorriso cheio de ingenuidade que atestava o delírio de sua coragem; mas logo estremeceu ao ver de longe, na entrada das Tulherias, a barraca com um cartaz onde estão traçadas estas palavras em letras garrafais: *Socorro aos afogados*. Imaginou o sr. Dacheux armado de sua filantropia, despertando e fazendo mover os virtuosos remos que se abatem sobre a cabeça dos afogados quando, por desgraça, voltam à tona; viu-o atraindo os curiosos, buscando um médico, preparando fumigações; leu as lamentações dos jornalistas, escritas entre as alegrias de um festim e o sorriso de uma dançarina; ouviu o som das moedas dadas pelo prefeito aos barqueiros, por sua cabeça. Morto, ele valia cinquenta francos, mas vivo era apenas um homem de talento sem protetores, sem amigos, sem leito, sem tambor, um verdadeiro zero social, inútil ao Estado, que não tinha a menor preocupação com ele. Uma morte em pleno dia pareceu-lhe ignóbil; resolveu morrer durante a noite, a fim de deixar um cadáver indecifrável a essa sociedade que desconhecia a grandeza de sua vida. Assim, continuou seu caminho e dirigiu-se até o Quai Voltaire, tomando a atitude indolente de um desocupado que quer matar o tempo. Quando desceu os degraus que terminam o passeio da ponte, no ângulo do Quai, os livros expostos sobre o parapeito chamaram sua atenção; por pouco não perguntou o preço de alguns deles. Sorriu, pôs filosoficamente as mãos nos bolsos do colete e ia retomar sua atitude de fria indiferença quando ouviu com surpresa algumas moedas tilintarem de um modo verdadeiramente estranho no fundo do bolso. Um sorriso de esperança iluminou-lhe o rosto, espalhou-se dos lábios até a testa, fez brilhar de alegria os olhos e as faces sombrias. Essa faísca de felicidade assemelhava-se às chamas nos restos de um papel já consumido pelo fogo; mas o rosto teve o destino das cinzas negras e voltou a ficar triste, quando o desconhecido, após retirar vivamente a mão do bolso, viu que eram três vinténs.

– Ah! meu bom senhor, *la caritá! la caritá! Catarina!* Uma esmola para comprar pão!

Um pequeno limpa-chaminés, de rosto inchado e escuro, corpo coberto de fuligem, roupas esfarrapadas, estendeu a mão para arrancar desse homem seus últimos vinténs.

Dois passos adiante, um pobre velho envergonhado, doentio, miserável, ignobilmente vestido de um pano esburacado, disse-lhe com uma voz grave e surda:

– Dê *o que quiser*, eu rezarei a Deus pelo senhor...

Mas, quando o jovem olhou para o velho, este calou-se e não pediu mais nada, reconhecendo talvez naquele rosto fúnebre a marca de uma miséria mais dura do que a dele.

– *La caritá! la caritá!*

O desconhecido lançou as moedas ao menino e ao velho pobre, deixando o passeio para dirigir-se às casas do outro lado; ele não podia mais suportar o aspecto pungente do Sena.

– Rezaremos a Deus para que lhe conserve a vida – disseram os dois mendigos.

Ao chegar à vitrine de um vendedor de estampas, esse homem quase morto viu uma moça que descia de uma luxuosa carruagem. Contemplou com delícia essa encantadora pessoa, cujo rosto branco estava harmoniosamente enquadrado no cetim de um elegante chapéu. Foi seduzido pelo porte esbelto, pelos graciosos movimentos. O vestido, ligeiramente levantado pelo estribo, deixou-lhe ver uma perna cujos finos contornos eram desenhados por uma meia branca e bem esticada. A moça entrou na loja, examinou álbuns, coleções de litografias, e os adquiriu por várias moedas de ouro que brilharam e retiniram sobre o balcão. O jovem, aparentemente ocupado em observar, à entrada, gravuras expostas na vitrine, dirigiu à bela desconhecida o olhar mais penetrante que um homem pode dar, e recebeu em troca um daqueles olhares indiferentes lançados ao acaso aos passantes. Da parte dele, era um adeus ao amor, à mulher. Mas essa derradeira e poderosa interrogação não foi compreendida, não tocou o coração dessa mulher frívola, não a fez corar nem baixar os olhos. O que significava isso para ela? Uma admiração a mais, um desejo inspirado que à noite haveria de sugerir-lhe esta doce frase: "Eu estava *bem* hoje".

O jovem passou prontamente a um outro quadro, não se virou quando a desconhecida tornou a subir na carruagem. Os cavalos partiram, essa última imagem do luxo e da elegância eclipsou-se como ia eclipsar-se sua vida. Caminhou com um passo melancólico ao longo das lojas, examinando sem muito interesse amostras de mercadorias. Quando não havia mais lojas, pôs-se a olhar o Louvre, o Instituto, as torres da Notre Dame, as do Tribunal, a Pont des Arts. Esses monumentos pareciam adquirir uma fisionomia triste ao refletirem os tons cinzentos do céu, cujos raros espaços sem nuvens davam um aspecto ameaçador a Paris que, como uma graciosa mulher, está sujeita a inexplicáveis caprichos de feiura e de beleza. Assim, a própria natureza conspirava para mergulhar o moribundo num êxtase doloroso. Exposto a um poder maléfico, cuja ação dissolvente tem por veículo o fluido que circula em nossos nervos, ele sentia seu organismo chegar imperceptivelmente aos fenômenos da fluidez. Os tormentos dessa agonia imprimiam-lhe um movimento semelhante ao das ondas e faziam-lhe ver os prédios e os homens através de uma névoa onde tudo ondulava. Quis subtrair-se às palpitações produzidas em sua alma pelas reações da natureza física e dirigiu-se a uma loja de antiguidades com a intenção de alimentar seus sentidos, ou de esperar ali a noite, examinando objetos de arte. Era, de certo modo, buscar coragem e pedir um trago, como fazem os criminosos que não confiam em suas forças a caminho do cadafalso. Mas a consciência da morte próxima devolveu por um momento ao jovem a segurança de uma duquesa que tem dois amantes, e ele entrou na loja de curiosidades com um ar desembaraçado, deixando ver nos lábios o sorriso fixo como o de um bêbado. Não estava ele embriagado da vida, ou talvez da morte? Logo tornou a cair em suas vertigens, continuando a ver as coisas sob estranhas cores ou animadas de um leve movimento cuja causa, certamente, era a circulação irregular de seu sangue, ora agitado como uma cascata, ora tranquilo e insípido como água morna. Ele pediu simplesmente para visitar a loja, para ver se achava algumas raridades que procurava. Um rapaz de rosto jovial e bochechudo, cabelos ruivos e um gorro de lontra na cabeça confiou a guarda da loja a uma velha camponesa, espécie de *Caliban** feminino, ocupada em limpar um fogão de aquecimento cujas maravilhas deviam-se ao gênio de Bernard de Palissy**, e depois falou ao visitante num tom indiferente:

– Veja, senhor, veja! Embaixo temos apenas coisas bastante ordinárias; mas, se estiver disposto a subir ao primeiro andar, posso lhe mostrar belas múmias do Cairo, várias cerâ-

---

* Personificação da força bruta em *A tempestade*, de Shakespeare. (N.T.)
** Famoso sábio e ceramista francês (1510-1590). (N.T.)

micas incrustadas, alguns ébanos esculpidos, *Renascença legítima*, recentemente chegados e muito belos.

Na horrível situação em que se encontrava o desconhecido, essa tagarelice de cicerone, essas frases tolamente mercantis eram como as mesquinhas impertinências pelas quais os espíritos limitados assassinam um homem de gênio. Levando sua cruz até o fim, ele pareceu escutar o guia e respondeu-lhe por gestos ou por monossílabos; mas imperceptivelmente soube conquistar o direito de ficar em silêncio e pôde sem receio entregar-se às suas últimas meditações, que foram terríveis. Ele era poeta, e sua alma deparou-se fortuitamente com um imenso campo, onde veria primeiro as ossadas de vinte mundos.

À primeira vista, a loja ofereceu-lhe um quadro confuso, no qual todas as obras humanas e divinas misturavam-se. Crocodilos, serpentes, macacos sorriam para vitrais de igreja, pareciam querer morder os bustos, correr atrás dos objetos de laca, trepar nos lustres. Um vaso de Sèvres, onde a sra. Jacotot pintara Napoleão, achava-se ao lado de uma esfinge dedicada a Sesóstris. O começo do mundo e os acontecimentos de ontem casavam-se numa grotesca simplicidade. Um espeto de assar carne estava colocado sobre um ostensório, um sabre republicano sobre um arcabuz da Idade Média. A sra. Dubarry pintada a pastel por Latour, com uma estrela na cabeça, nua e sobre uma nuvem, parecia contemplar com concupiscência um cachimbo indígena, buscando adivinhar a utilidade das espirais que serpenteavam em direção a ela. Os instrumentos de morte, punhais, pistolas curiosas, armas com mecanismo secreto, misturavam-se com os instrumentos de vida: terrinas de porcelana, pratos da Saxônia, taças diáfanas vindas da China, saleiros antigos, frascos de confeitos feudais. Um navio de marfim vogava, de velas abertas, sobre o dorso de uma imóvel tartaruga. Uma máquina pneumática vazava um olho do imperador Augusto, majestosamente impassível. Vários retratos de almotacés franceses, burgomestres holandeses, tão insensíveis como foram em vida, elevavam-se acima desse caos de antiguidades, lançando nele um olhar pálido e frio.

Todos os países do mundo pareciam ter trazido algum pedaço de suas ciências, uma amostra de suas artes. Era uma espécie de monturo filosófico a que nada faltava, nem o cachimbo do selvagem, nem a pantufa dourada e verde do serralho, nem o sabre do mouro, nem o ídolo dos tártaros. Havia desde a bolsa de tabaco do soldado até o cibório do sacerdote e as plumas de um trono. Esses monstruosos quadros eram ainda submetidos aos acidentes de luz pela extravagância de uma série de reflexos devidos à confusão dos matizes, à brusca oposição de dias e noites. O ouvido acreditava perceber gritos ininterruptos, o espírito, dramas inacabados, e o olhar, fogos mal extintos. Enfim, uma poeira obstinada lançava seu tênue véu sobre todos aqueles objetos, cujos ângulos multiplicados e as numerosas sinuosidades produziam os mais pitorescos efeitos.

O desconhecido comparou inicialmente as três salas repletas de civilização, cultos, divindades, obras-primas, realezas, devassidão, razão e loucura a um espelho cheio de facetas, cada uma representando um mundo. Após essa impressão nebulosa, quis escolher seus prazeres; mas, à força de examinar, de pensar, de sonhar, foi possuído por uma febre, talvez devida à fome que rugia em suas entranhas. A visão de tantas existências nacionais ou individuais, atestadas por aqueles testemunhos humanos que lhes sobreviviam, acabou por entorpecer os sentidos do jovem; o desejo que o levara até a loja realizou-se: ele saiu da vida real, subiu aos poucos a um mundo ideal, chegou aos palácios encantados do Êxtase, onde o universo lhe apareceu em fragmentos e em traços de fogo, assim como outrora o futuro passou flamejante aos olhos de São João, em Patmos.

Uma multidão de figuras doloridas, graciosas e terríveis, obscuras e lúcidas, longínquas e próximas, surgiu em grupos, às miríades, por gerações. O Egito, misterioso e rígido, ergueu-se de suas areias, representado por uma múmia envolta em faixas escuras; depois os faraós, que sepultaram povos para construir seu túmulo, e Moisés, e os hebreus, e o deserto; ele entreviu todo um mundo antigo e solene. Fresca e suave, uma estátua de mármore apoiada sobre uma coluna helicoidal, radiante de brancura, falou-lhe dos mitos voluptuosos da Grécia e da Jônia. Ah! Quem não teria sorrido como ele ao ver, sobre um fundo vermelho, a moça morena dançando na fina argila de um vaso etrusco, diante do deus Príapo, que ela saudava com um ar alegre? Diante dela, uma rainha latina acariciava com amor uma quimera. Os caprichos da Roma imperial respiravam todos ali e revelavam o banho, o leito, o toucador de uma Júlia indolente, sonhadora, à espera do seu Tibulo*. Armada com o poder dos talismãs árabes, a cabeça de Cícero evocava as lembranças da Roma livre e abria-lhe as páginas de Tito Lívio. O jovem contemplou *Senatus Populusque Romanus*: o cônsul, os lictores, as togas bordadas de púrpura, as lutas do Fórum e o povo enfurecido desfilavam lentamente diante dele como as nebulosas figuras de um sonho. Finalmente, a Roma cristã dominava essas imagens. Uma pintura abria os céus, e ele via a Virgem Maria mergulhada numa nuvem de ouro, no seio dos anjos, eclipsando a glória do sol, escutando as queixas dos infelizes aos quais essa Eva regenerada sorria com doçura. Ao tocar um mosaico feito com as diferentes lavas do Vesúvio e do Etna, sua alma lançava-se na cálida e fulva Itália: assistia às orgias dos Borgia, corria pelos montes Abruzos, desejava os amores italianos, apaixonava-se pelos rostos brancos de grandes olhos negros. Estremecia aos encontros noturnos interrompidos pela fria espada de um marido ao ver uma adaga da Idade Média cuja empunhadura era trabalhada como um rendado e cuja ferrugem assemelhava-se a manchas de sangue. A Índia e suas religiões reviviam num ídolo de chapéu pontiagudo na cabeça, com losangos levantados, enfeitado de guizos, vestido de ouro e seda. Junto à figura de porcelana, uma esteira, linda como a bailarina que nela se enrolava, exalava ainda os odores do sândalo. Um monstro da China, de olhos vesgos, boca contorcida e membros torturados, excitava a alma pelas invenções de um povo que, fatigado do belo sempre igual, encontra inefáveis prazeres na fecundidade da feiura. Um saleiro saído dos ateliês de Benvenutto Cellini transportou-o ao Renascimento, ao tempo em que as artes e a

---

* Poeta latino (54-19 a.C.). (N.T.)

licenciosidade floresciam, em que os soberanos divertiam-se com suplícios, em que os concílios deitados nos braços das cortesãs decretavam a castidade para os simples padres. Viu as conquistas de Alexandre num camafeu, os massacres de Pizarro num arcabuz de mecha, as guerras de religião desenfreadas, ardentes, cruéis, no fundo de um capacete. Depois, as risonhas imagens da cavalaria surgiram de uma armadura de Milão soberbamente damasquinada, bem polida e sob a viseira da qual brilhavam ainda os olhos de um paladino.

Esse oceano de móveis, de invenções, de modas, de obras e ruínas compunha um poema sem fim. Formas, cores, pensamentos, tudo revivia ali; mas nada de completo oferecia-se à alma. O poeta devia acabar os croquis do grande pintor que fizera esse imenso quadro onde os inúmeros acidentes da vida humana eram lançados em profusão, com desdém. Depois de possuir o mundo, depois de contemplar países, épocas, reinados, o jovem voltou-se para existências individuais. Personificou-se novamente, apoderou-se dos detalhes e deixou de lado a vida das nações, demasiado opressiva para um só homem.

Ali dormia uma criança de cera, salva do gabinete de Ruysch*, e essa maravilhosa criatura lembrou-lhe as alegrias da infância. À visão da tanga virginal de uma moça do Taiti, sua ardente imaginação pintou-lhe a vida simples da natureza, a casta nudez do verdadeiro pudor, as delícias da preguiça tão natural ao ser humano, todo um destino calmo à beira de um regato fresco e sonhador, debaixo de uma bananeira que produzia um maná saboroso, sem cultura. Mas, de repente, transformava-se em corsário e assumia a terrível poesia marcada no papel de Lara**, vivamente inspirado pelas cores nacaradas de uma infinidade de conchas, exaltado pela visão de madrepérolas que recendiam a sargaço, algas e tempestades atlânticas. Ao admirar mais adiante as delicadas miniaturas, os arabescos de azul-cobalto e ouro que enriqueciam um precioso missal manuscrito, ele esquecia os tumultos do mar.

---

* Anatomista e embalsamador holandês (1638-1731). (N.T.)

** Personagem de Byron. (N.T.)

Docemente embalado num pensamento de paz, juntava-se novamente ao estudo e à ciência, desejava a vida farta dos monges, isenta de tristezas, isenta de prazeres, e deitava-se no fundo de uma cela, contemplando pela janela em ogiva os campos, os bosques, os vinhedos do seu mosteiro. Diante de alguns quadros dos Teniers, vestia o capote de um soldado ou a miséria de um operário; desejava usar o gorro sujo e enegrecido dos flamengos, embriagar-se de cerveja, jogar cartas com eles, e sorrir a uma corpulenta camponesa de atraente gordura. Tiritava de frio ao ver a neve pintada por Mieris, participava de um combate num quadro de Salvator Rosa. Acariciava uma machadinha dos Illinois e sentia o escalpelo de um cherokee que lhe arrancava a pele do crânio. Maravilhado à visão de uma rabeca, imaginava-a nas mãos de uma castelã, saboreando sua melodiosa cantiga e declarando a ela seu amor, à noite, junto a uma lareira gótica, na penumbra onde se perdia um olhar de consentimento. Agarrava todas as alegrias, colhia todas as dores, apoderava-se de todas as fórmulas de existência, espalhando tão generosamente sua vida e seus sentimentos pelos simulacros dessa natureza plástica e vazia que o ruído de seus passos repercutia-lhe na alma o som distante de um outro mundo, como o rumor de Paris que chega às torres da Notre Dame.

Ao subir a escada que conduzia às salas situadas no primeiro andar, o jovem viu escudos votivos, panóplias, tabernáculos esculpidos, figuras de madeira penduradas nas paredes, dispostas em cada degrau. Perseguido pelas formas mais estranhas, por criações maravilhosas nos confins da morte e da vida, ele caminhava nos encantamentos de um sonho. Por fim, duvidando de sua existência, viu-se como aqueles objetos curiosos, nem completamente morto, nem completamente vivo. Quando entrou nos novos depósitos, o dia começava a declinar; mas a luz parecia inútil para as riquezas resplandecentes de ouro e prata que ali se amontoavam. Os mais custosos caprichos de perdulários mortos em mansardas, depois de terem possuído milhões, estavam nesse bazar das loucuras humanas. Uma escrivaninha, adquirida por cem mil francos e revendida por cem vinténs, jazia junto a uma fechadura de segredo, cujo preço teria pago, outrora, o resgate de um rei. Ali o gênio humano aparecia em toda a pompa de sua miséria, em toda a glória de suas gigantescas insignificâncias. Uma mesa de ébano, verdadeiro ídolo de artista, esculpido a partir de desenhos de Jean Goujon, e que custou vários anos de trabalho, fora comprada, talvez, ao preço de lenha. Cofres preciosos, móveis feitos por mãos de fada, estavam ali desdenhosamente amontoados.

– Você tem milhões aqui – exclamou o jovem ao chegar ao final de uma imensa fila de peças douradas e esculpidas por artistas do século passado.

– Diga bilhões – respondeu o rapaz bochechudo. – Mas isso ainda não é nada, suba ao terceiro andar e verá!

O desconhecido acompanhou o guia e chegou a uma quarta galeria onde sucessivamente passaram, diante de seus olhos fatigados, vários quadros de Poussin, uma sublime estátua de Michelangelo, algumas encantadoras paisagens de Claude Lorrain, um Gerard Dow que se assemelhava a uma página de Sterne, uns Rembrandt, uns Murillo, uns Velázquez sombrios e coloridos como um poema de Byron; depois, baixos-relevos antigos, taças de ágata, maravilhosos ônix! Enfim: eram trabalhos que tiravam o gosto do trabalho, obras-primas acumuladas que faziam odiar as artes e matavam o entusiasmo. Ele deparou-se com uma Virgem de Rafael, mas estava cansado de Rafael. Uma figura de Correggio não obteve sequer seu olhar. Um inestimável vaso de pórfiro antigo, cujas esculturas circulares representavam as mais licenciosas e grotescas obscenidades romanas, delícias de alguma Corina*, mal recebeu um sorriso. Ele sufocava sob os destroços de cinquenta séculos desaparecidos, estava doente de todos aqueles pensamentos humanos, assassinado pelo luxo e as artes, oprimido por essas formas renascentes que, como monstros engendrados a seus pés por algum gênio maligno, lançavam-no a um combate sem fim.

Semelhante em seus caprichos à química moderna, que

---

* Poetisa grega do século V a.C. (N.T.)

resume a criação por um gás, não compõe a alma terríveis venenos pela rápida concentração de seus prazeres, de suas forças ou de suas ideias? Não perecem muitos homens fulminados por algum ácido moral subitamente derramado em seu interior?.

– O que contém esta caixa? – ele perguntou ao chegar a um grande gabinete, último amontoado de glória, de esforços humanos, de originalidades, de riquezas, entre as quais mostrou com o dedo uma grande caixa quadrada, em mogno, suspensa por uma corrente de prata segurada por um prego.

– Ah! o patrão é que tem a chave – disse o rapaz com um ar de mistério. – Se quiser ver esse retrato, me arriscarei a chamar o patrão.

– Se arriscará? – disse o visitante. – Seu patrão é um príncipe?

– Não sei – respondeu o rapaz.

Ambos se olharam por um momento, espantados. Tendo interpretado o silêncio do desconhecido como um desejo, o guia deixou-o sozinho no gabinete.

Vocês alguma vez já se lançaram na imensidão do espaço e do tempo ao lerem as obras geológicas de Cuvier? Arrebatados por seu gênio, pairaram sobre o abismo sem limites do passado, como suspensos pela mão de um mágico? A alma, ao descobrir de corte em corte, de camada em camada, sob as pedreiras de Montmartre ou nos xistos dos Urais, esses animais cujos restos fossilizados pertencem a civilizações antediluvianas, assusta-se de entrever bilhões de anos, milhões de povos que a frágil memória humana, que a indestrutível tradição divina esqueceram, e cujas cinzas, acumuladas na superfície do nosso globo, formam meio metro de terra que nos dão o pão e as flores. Não é Cuvier o maior poeta do nosso século? Lorde Byron reproduziu bem, em palavras, algumas agitações morais; mas nosso imortal naturalista reconstruiu mundos com ossos esbranquiçados, reconstruiu, como Cadmo, cidades a partir de dentes, repovoou milhares de florestas e os mistérios da zoologia com alguns fragmentos de hulha, redescobriu populações de gigantes nos pés de um mamute. Essas figuras erguem-se, crescem e povoam regiões, em harmonia com suas estaturas colossais. Ele é poeta com números, ele é sublime ao pôr um zero ao lado de um sete. Dá vida ao nada sem pronunciar palavras artificialmente mágicas, escava uma pedra de gesso, percebe ali uma marca, e nos diz: "Vejam!" De repente, os mármores se animalizam, a morte se vivifica, o mundo se desenrola! Após inumeráveis dinastias de criaturas gigantescas, após raças de peixes e clãs de moluscos, chega enfim o gênero humano, produto degenerado de modelo grandioso, destruído talvez pelo Criador. Animados por seu olhar retrospectivo, esses homens fracos, há pouco nascidos, podem transpor o caos, entoar um hino sem fim e configurar o passado do universo numa espécie de Apocalipse retrógrado. Diante dessa assustadora ressurreição devida à voz de um único homem, a migalha cujo usufruto nos é concedido nesse infinito sem nome, comum a todas as esferas e que chamamos *O Tempo*, esse minuto de vida nos causa dó. Perguntamo-nos, esmagados sob tantos universos em ruínas, para que servem nossas glórias, nossos ódios, nossos amores, e se vale a pena viver para tornarmo-nos um ponto intangível no futuro. Arrancados do presente, estamos mortos até que nosso criado entre e anuncie-nos: "A senhora condessa respondeu que espera o senhor!"

Essas maravilhas que acabavam de mostrar ao jovem toda a criação conhecida causaram em sua alma o abatimento que a visão científica das criações desconhecidas produz no filósofo; ele desejou mais do que nunca morrer, e sentou-se numa curul, deixando vagar seus olhares pelas fantasmagorias desse panorama do passado. Os quadros se iluminaram, as cabeças de virgem lhe sorriram, as estátuas se coloriram de uma vida enganadora. Ajudadas pela sombra e postas a dançar pelo tormento febril que fermentava em seu cérebro despedaçado, essas obras agitaram-se e turbilhonaram diante dele; cada figura grotesca lançou-lhe um esgar, as pálpebras dos personagens representados nos quadros abaixaram-se sobre seus olhos para refrescá-los. Cada uma dessas formas

estremeceu, saltitou, saiu de seu lugar, gravemente, leviana-
mente, com leveza ou brusquidão, conforme seus hábitos,
seu caráter e seu contexto. Foi um misterioso sabá digno das
fantasias entrevistas pelo doutor Fausto no Broken*. Mas
essas ilusões de ótica geradas pelo cansaço, pela tensão das
forças oculares ou pelos caprichos do crepúsculo não podiam
assustar o desconhecido. Os terrores da vida eram impotentes
ante uma alma familiarizada com os terrores da morte. Ele
até mesmo favoreceu, por uma espécie de cumplicidade
zombeteira, as extravagâncias desse galvanismo moral, cujos
prodígios juntavam-se aos últimos pensamentos que lhe davam
ainda o sentimento da existência. Um clarão, ao deixar o céu,
lançou um último reflexo vermelho em luta contra a noite; ele
ergueu a cabeça, viu um esqueleto mal iluminado que inclinou
dubitativamente o crânio da direita à esquerda, como para lhe
dizer: "Os mortos ainda não querem saber de você!" Ao passar
a mão na testa para afastar o sono, o jovem sentiu um vento
fresco produzido por alguma lanugem que lhe roçou a face e
estremeceu. Nas vidraças ressoou um estalo surdo, ele pensou
que essa carícia fria, digna dos mistérios do túmulo, vinha de
algum morcego. Durante um momento ainda, os vagos reflexos
do poente permitiram-lhe ver indistintamente os fantasmas que
o cercavam; depois, toda essa natureza morta aboliu-se numa
mesma tonalidade escura. A noite, a hora de morrer, chegara
subitamente. Transcorreu então um certo lapso de tempo
durante o qual ele não teve uma percepção clara das coisas
terrestres, ou porque estivesse sepultado num devaneio profundo, ou porque cedesse à sonolência provocada pela fadiga
e pela multidão de pensamentos que lhe rasgavam o coração.
De repente, acreditou ter sido chamado por uma voz terrível
e estremeceu, como quando, em meio a um pesadelo, somos
precipitados nas profundezas de um abismo. Fechou os olhos,
os raios de uma intensa luz o ofuscavam; via brilhar no seio
das trevas uma esfera avermelhada cujo centro era ocupado
por um velhote que se mantinha de pé e dirigia a ele a clari-

---

* A montanha onde as feiticeiras celebravam o sabá na noite de Walpurgis.
(N.T.)

dade de uma lamparina. Não o ouvira chegar, nem falar, nem mover-se. Essa aparição tinha algo de mágico. O mais intrépido dos homens, surpreendido assim em seu sono, teria certamente tremido diante dessa figura que parecia saída de um sarcófago vizinho. A singular juventude que animava os olhos imóveis dessa espécie de fantasma impedia o desconhecido de crer em efeitos sobrenaturais; todavia, durante o rápido intervalo que separou sua vida sonambúlica de sua vida real, ele permaneceu na dúvida filosófica recomendada por Descartes e foi então dominado, contra a vontade, pelas inexplicáveis alucinações cujos mistérios são condenados por nosso orgulho, ou que nossa ciência impotente busca em vão analisar.

Imaginem um velhote seco e magro, vestido com um manto de veludo preto, apertado na cintura por um grosso cordão de seda. Na cabeça, um barrete de veludo igualmente preto deixava passar, de cada lado da face, longas mechas de cabelos brancos e envolvia o crânio de modo a enquadrar rigidamente a testa. O manto ocultava o corpo como numa vasta mortalha e não deixava ver outra forma humana a não ser um rosto estreito e pálido. Sem o braço descarnado, como se fosse um bastão coberto de um tecido, que o velho mantinha erguido para projetar sobre o jovem a luz da lamparina, esse rosto teria parecido suspenso no ar. Uma barba grisalha e cortada em ponta escondia o queixo dessa criatura bizarra e dava-lhe o aspecto daquelas cabeças judaicas que servem de modelo aos artistas quando querem representar Moisés. Os lábios desse homem eram tão descorados, tão finos, que era preciso uma atenção particular para adivinhar a linha traçada pela boca no rosto branco. A larga testa enrugada, as faces lívidas e encovadas, o rigor implacável dos pequenos olhos verdes desprovidos de cílios e sobrancelhas podiam fazer supor que o *Pesador de ouro* de Gerard Dow havia saído de seu quadro. Uma argúcia de inquisidor, revelada pela sinuosidade das rugas e pelas pregas circulares junto às têmporas, revelava um conhecimento profundo das coisas da vida. Era impossível enganar esse homem que parecia ter o dom de surpreender os pensamentos no fundo dos corações mais discretos. Os costumes de todas as nações do globo e suas sabedorias estavam resumidos em sua face fria, assim como as produções do mundo inteiro que se acumulavam em seus depósitos empoeirados. Teríamos lido nele a tranquilidade lúcida de um Deus que vê tudo, ou a força orgulhosa de um homem que viu tudo. Um pintor, com duas expressões diferentes e em duas pinceladas, teria feito dessa figura uma bela imagem do Pai Eterno ou a máscara escarninha de Mefistófeles, pois nela se achavam, juntos, um supremo poderio na fronte e sinistros gracejos na boca. Ao esmagar todos os sofrimentos humanos sob um poder imenso, esse homem devia ter matado as alegrias terrestres. O moribundo estremeceu ao pressentir que esse velho gênio habitava uma esfera estranha ao mundo, na qual vivia sozinho, sem dor, porque não conhecia mais os prazeres. O velho permanecia de pé, imóvel, inabalável como uma estrela em meio a uma nuvem de luz. Seus olhos verdes, cheios de uma malícia calma, pareciam iluminar o mundo moral assim como sua lamparina iluminava aquele gabinete misterioso.

Tal foi o estranho espetáculo que surpreendeu o jovem no momento em que abriu os olhos, após ter sido embalado por pensamentos de morte e por imagens fantasiosas. Se ele permaneceu aturdido, se deixou-se momentaneamente dominar por uma crença digna de crianças que escutam as histórias de suas amas, deve-se atribuir esse erro ao véu estendido sobre sua vida e seu entendimento por suas meditações, ao embotamento dos nervos irritados, ao drama violento cujas cenas acabavam de lhe produzir as atrozes delícias contidas numa porção de ópio. Essa visão ocorria em Paris, junto ao Quai Voltaire, no século XIX, tempo e lugar em que a magia devia ser impossível. Achando-se próximo da casa onde havia morrido o deus da incredulidade francesa*, o desconhecido, discípulo de Gay-Lussac e de Arago, depreciador das trapaças que fazem os homens do poder, certamente obedecia apenas às fascinações poéticas a que nos entregamos com frequência, tanto para fugir das desesperadoras verdades como para

---

* Referência a Voltaire. Logo a seguir são citados dois físicos franceses do começo do século XIX. (N.T.)

tentar o poder de Deus. Ele tremeu, portanto, diante dessa luz e desse velho, agitado pelo inexplicável pressentimento de algum poder estranho; mas essa emoção era semelhante à que todos sentimos diante de Napoleão, ou diante de algum grande homem de gênio e revestido de glória.

– O senhor deseja ver o retrato de Jesus Cristo pintado por Rafael? – disse-lhe cortesmente o velho, com uma voz de sonoridade clara e breve que tinha algo de metálico.

E ele pôs a lamparina sobre o fuste de uma coluna quebrada, de modo que a caixa recebesse toda a claridade.

Aos nomes religiosos de Jesus Cristo e de Rafael, o jovem deixou escapar um gesto de curiosidade, certamente esperado pelo comerciante, que acionou um mecanismo. Súbito, a tampa de mogno deslizou numa ranhura, caiu sem ruído e expôs a tela à admiração do desconhecido. Ao ver essa imortal criação, ele esqueceu as fantasias da loja, os caprichos de seu sono, voltou a ser homem, reconheceu no velho uma criatura de carne, muito viva, de modo nenhum fantasmagórica, e retornou ao mundo real. A terna solicitude, a doce serenidade do divino rosto influíram imediatamente sobre ele. Um perfume derramado dos céus dissipou os tormentos infernais que lhe queimavam a medula dos ossos. A cabeça do Salvador dos homens parecia sair das trevas figuradas por um fundo negro; uma auréola de raios resplandecia intensamente ao redor da cabeleira, de onde a luz parecia sair; na fronte, na cor da pele, havia uma eloquente convicção que escapava de cada traço por penetrantes eflúvios. Os lábios vermelhos faziam ouvir a palavra de vida e o espectador buscava sua ressonância sagrada nos ares, pedindo ao silêncio suas maravilhosas parábolas, escutava-a no futuro, reencontrava-a nos ensinamentos do passado. O Evangelho era traduzido pela simplicidade calma daqueles olhos adoráveis onde se refugiavam as almas perturbadas. Enfim, a religião católica lia-se por inteiro num suave e magnífico sorriso que parecia exprimir o preceito no qual ela se resume: *Amai-vos uns aos outros!* Essa pintura inspirava uma prece, recomendava o perdão, abafava o egoísmo, despertava todas as virtudes adormecidas. Compartilhando o privilégio dos encantamentos da música, a obra de Rafael nos lançava sob a sedução imperiosa das lembranças, e seu triunfo era completo, esquecia-se o pintor. O prestígio da luz também agia sobre essa maravilha; por momentos, a cabeça parecia agitar-se na distância, no seio de alguma nuvem.

– Cobri essa tela com moedas de ouro – disse friamente o comerciante.

– Pois bem, agora é preciso morrer – exclamou o jovem, que saía de um devaneio cujo último pensamento o trouxera de volta a seu fatal destino, fazendo-o livrar-se, por imperceptíveis deduções, de uma última esperança à qual se apegara.

– Ah! Ah! Eu tinha razão de desconfiar de você – respondeu o velho, pegando as duas mãos do jovem e apertando-as pelos punhos, como num torno.

O desconhecido sorriu tristemente desse engano e disse com uma voz suave:

– Não tema, senhor, trata-se da minha vida e não da sua. Por que não confessar um inocente embuste? – continuou, após observar o velho inquieto. – À espera do anoitecer, a fim de poder afogar-me sem escândalo, vim ver suas riquezas. Quem não perdoaria esse último prazer a um homem de ciência e de poesia?

O desconfiado comerciante examinou com um olhar sagaz o rosto tristonho de seu falso freguês, enquanto o escutava falar. Logo tranquilizado pelo acento daquela voz dolorida, ou talvez lendo naqueles traços sem cor o sinistro destino que havia pouco fizera estremecer os jogadores, soltou-lhe as mãos; mas, por um resto de suspeita que revelou uma experiência pelo menos centenária, estendeu negligentemente o braço em direção a um aparador, como para apoiar-se, e disse, tomando ali um estilete:

– Será você um funcionário sem contrato há três anos, sem receber gratificação?

O desconhecido não pôde deixar de sorrir ao fazer um gesto negativo.

– Seu pai o reprovou por ter nascido? Terá perdido a honra?

– Se eu quisesse desonrar-me, continuaria vivendo.

– Por acaso foi vaiado nos *Funambules**, ou obrigado a compor cantigas para pagar o enterro da amante? Não estará com a doença do ouro, com a vontade de destronar o tédio? Enfim, que engano o faz querer morrer?

– Não busque o princípio da minha morte nas razões vulgares que determinam a maior parte dos suicídios. Para dispensar-me de revelar sofrimentos raros e difíceis de exprimir em linguagem humana, eu lhe direi que estou na mais profunda, na mais ignóbil, na mais aguda de todas as misérias. E não quero – acrescentou num tom de voz cujo orgulho selvagem desmentia as palavras precedentes – mendigar nem amparo nem consolações.

– Eh! Eh! – Essas duas sílabas, que o velho emitiu como única resposta, assemelhavam-se ao ruído de uma matraca. Depois, ele prosseguiu: – Sem forçá-lo a implorar, sem fazê-lo corar, e sem dar-lhe um centavo da França, um *parat* do Levante, um *parain* da Sicília, um *heller* da Alemanha, um copeque da Rússia, um *farthing* da Escócia, um só dos sestércios ou dos óbolos do mundo antigo, nem uma piastra do novo, sem oferecer-lhe absolutamente nada em ouro, prata, moeda, papel ou título, quero fazê-lo mais rico, mais poderoso e mais considerado do que pode ser um rei constitucional.

O jovem acreditou que o velho perdera o juízo e ficou como que entorpecido, sem ousar responder.

– Vire-se – disse o comerciante, pegando a lamparina para dirigir a luz à parede defronte ao retrato – e olhe esta Pele – acrescentou.

O jovem ergueu-se bruscamente e mostrou certa surpresa ao notar, acima do lugar onde se sentara, um pedaço de chagrém** pendurado à parede, cuja dimensão não excedia a de uma pele de raposa; mas, por um fenômeno inexplicável à primeira vista, essa pele projetava, na profunda obscuridade que reinava na loja, raios tão luminosos como os de um pequeno cometa. Incrédulo, o jovem aproximou-se desse pretenso

---

* Espetáculo de títeres e pantomimas, criado em Paris em 1815. (N.T.)

** Uma variedade de couro granulado preparado com pele de jumento, cavalo ou caprino, usado em marroquinaria ou encadernação. (N.T.)

talismã que devia preservá-lo da desgraça e, por uma frase mental, zombou dele. No entanto, animado de uma curiosidade muito legítima, inclinou-se para examinar alternadamente a pele de todos os lados, e logo descobriu uma causa natural para aquela estranha luminosidade. Os grãos escuros do chagrém estavam tão cuidadosamente polidos e lustrados, as riscas caprichosas eram tão limpas e tão nítidas, que, como as facetas da granada*, as asperezas do couro oriental formavam pequenos pontos que refletiam intensamente a luz. Ele demonstrou matematicamente a razão desse fenômeno ao velho que, como resposta, sorriu com malícia. Esse sorriso de superioridade fez o jovem cientista acreditar-se, naquele momento, vítima de algum charlatanismo. Não quis levar mais um enigma ao túmulo e virou rapidamente a Pele, como uma criança ávida de conhecer os segredos de seu brinquedo novo.

– Ah! Ah! – exclamou – aqui está a marca do selo que os orientais chamam de o sinete de Salomão.

– Então o conhece? – perguntou o comerciante, cujas narinas soltaram duas ou três baforadas de ar que expressavam mais ideias do que as mais enérgicas palavras.

– Há no mundo um homem bastante simplório para crer nessa quimera? – exclamou o jovem, irritado ao perceber esse riso mudo e cheio de amargas derrisões. – O senhor não sabe – acrescentou – que as superstições do Oriente consagraram a forma mística e os caracteres mentirosos desse emblema que representa um poder fabuloso? Eu estaria incorrendo na mesma tolice, nesta circunstância, se falasse de Esfinges ou de Grifos, cuja existência é, de certo modo, mitologicamente aceita.

– Já que é um orientalista – retomou o velho –, pode ler este parágrafo?

Ele aproximou a lamparina do talismã que o jovem segurava pelo avesso e mostrou-lhe caracteres incrustados no tecido daquela Pele maravilhosa, como se tivessem sido produzidos pelo animal ao qual ela pertencera.

– Confesso – disse o desconhecido – que não consigo adivinhar o procedimento utilizado para gravar tão profundamente essas letras na pele de um onagro**.

---

* Mineral de cor vermelho-castanha. (N.T.)

** Jumento selvagem encontrado nos desertos da Ásia. (N.E.)

E, virando-se com vivacidade para as mesas cobertas de antiguidades, seus olhos pareceram buscar alguma coisa.

– O que procura? – perguntou o velho.

– Um instrumento para cortar o chagrém, a fim de ver se as letras são impressas ou incrustadas.

O velho apresentou seu estilete ao desconhecido, que tentou abrir a Pele no lugar onde as palavras estavam escritas; mas, quando retirou uma pequena camada de couro, as letras reapareceram tão nítidas e idênticas às que estavam impressas que, durante um momento, ele acreditou nada haver retirado.

– Realmente, a indústria do Levante tem segredos muito particulares – disse ele, examinando a sentença oriental com uma espécie de inquietude.

– Sim – respondeu o velho –, é melhor atribuir isso aos homens do que a Deus!

As palavras misteriosas estavam dispostas desta maneira:

او ملكتـنى ملكت الكّل
و لكن عمرك ملكى
واراد الله هكدا
اطلب و ستـنـنال مطالبك
و لكن قس مطالبك على عمرك
وهى داهنا
فدكل مرامك ستسنزل اياامك
أتريد فى
الله مجيبك
آمـن

O que queria dizer o seguinte:

Se me possuíres, possuirás tudo. Mas tua vida me
pertencerá. Deus quis assim. Deseja, e teus
desejos serão realizados. Mas regula
teus desejos por tua vida. Ela
está aqui. A cada desejo,
decrescerei assim como
teus dias. Queres-me?
Toma-me. Deus
te atenderá.
Assim
seja!

— Ah! lê fluentemente o sânscrito! — disse o velho. — Viajou à Pérsia ou à Bengala?

— Não, senhor — respondeu o jovem, apalpando com curiosidade aquela Pele simbólica, semelhante a uma folha de metal por sua pequena flexibilidade.

O velho comerciante recolocou a lamparina sobre a coluna de onde a tirara, lançando ao jovem um frio olhar de ironia que parecia dizer: "Ele já não pensa mais em morrer".

— Isto é um gracejo, é um mistério? — perguntou o jovem desconhecido.

O velho sacudiu a cabeça e disse gravemente:

— Não sei responder. Ofereci o terrível poder que esse talismã confere a homens dotados de mais energia do que você parece ter; porém, mesmo escarnecendo da problemática influência que poderia exercer sobre seu futuro, nenhum deles quis arriscar-se a firmar esse contrato fatalmente proposto por não sei que força. Penso como eles; duvidei, abstive-me e...

— Nem ao menos tentou? — interrompeu o jovem.

— Tentar! — respondeu o velho. — Se estivesse no alto da coluna da praça Vendôme, tentaria lançar-se nos ares? É possível deter o curso da vida? Pôde o homem alguma vez fracionar a morte? Antes de entrar neste gabinete, você havia decidido suicidar-se; mas de repente um segredo o interessa e afasta a ideia de morrer. Criança! Cada um de seus dias não lhe oferecerá um enigma mais interessante do que este? Escute-me. Conheci a corte licenciosa do Regente. Como você, eu estava então na miséria, mendigava meu pão. No entanto, atingi a idade de cento e dois anos e fiquei milionário: a desgraça deu-me a fortuna, a ignorância instruiu-me. Vou revelar-lhe em poucas palavras um grande mistério da vida humana. O homem esgota-se por dois atos instintivamente realizados que secam as fontes de sua existência. Dois verbos exprimem todas as formas que essas duas causas de morte possuem: *Querer* e *Poder*. Entre esses dois termos da ação humana, há uma outra fórmula que é a dos sábios, e devo a ela a minha felicidade e longevidade. *Querer* nos queima e *Poder* nos destrói, mas *Saber* deixa o nosso frágil organismo num perpétuo estado de calma. Assim o desejo, ou o querer, está morto em mim, morto pelo pensamento; o movimento, ou o poder, decidiu-se pelo funcionamento natural de meus órgãos. Em poucas palavras: coloquei minha vida não no coração que se cansa, não nos sentidos que se embotam, mas no cérebro que não se desgasta e que sobrevive a tudo. Nenhum excesso machucou minha alma nem meu corpo. No entanto, vi o mundo inteiro, meus pés pisaram as mais altas montanhas da Ásia e da América, aprendi todas as línguas humanas, vivi sob todos os regimes. Emprestei dinheiro a um chinês tomando por penhor o corpo de seu pai, dormi na tenda de um árabe confiando na sua palavra, assinei contratos em todas as capitais europeias e deixei sem receio meu ouro no *wigham** dos selvagens; enfim, obtive tudo porque soube desdenhar tudo. Minha única ambição foi ver. Ver não é saber? E saber, meu jovem, não é gozar intuitivamente? Não é descobrir a substância mesma do fato e apoderar-se essencialmente dele? O que resta de uma posse material? Uma ideia. Considere então como deve ser bela a vida de um homem que, podendo imprimir todas as realidades em seu pensamento, transporta para sua alma as

---

* A grafia correta é *wigwam*, tenda dos índios da América do Norte. (N.T.)

fontes da felicidade, extrai delas incontáveis volúpias ideais despojadas das máculas terrestres. O pensamento é a chave de todos os tesouros, produz as alegrias do avarento sem causar-lhe as preocupações. Assim pairei sobre o mundo, onde meus prazeres sempre foram gozos intelectuais. Minhas orgias eram a contemplação dos mares, dos povos, das florestas, das montanhas! Vi tudo, mas tranquilamente, sem fadiga; nunca desejei nada, esperei tudo. Passeei pelo universo como no jardim de uma casa que me pertencia. O que os homens chamam mágoas, amores, ambições, reveses, tristeza são para mim ideias que transformo em devaneios; em vez de senti-las, eu as exprimo, as traduzo; em vez de deixar que devorem minha vida, as dramatizo, as desenvolvo, divirto-me com elas como romances lidos por uma visão interior. Nunca tendo fatigado meus órgãos, desfruto ainda de uma saúde robusta. E como minha alma herdou toda a força de que não abusei, minha cabeça é ainda mais rica que meus depósitos. Aqui – disse ele batendo na testa – estão os verdadeiros milhões. Passo jornadas deliciosas lançando um olhar inteligente ao passado, evoco países inteiros, lugares, visões do oceano, figuras historicamente belas! Tenho um serralho imaginário onde possuo todas as mulheres que não tive. Revejo com frequência as guerras, as revoluções e as julgo. Oh! Como preferir as admirações febris e passageiras por carnes mais ou menos viçosas, por formas mais ou menos arredondadas, como preferir todos os desastres das vontades enganadas à faculdade sublime de fazer comparecer dentro de si o universo, ao prazer imenso de mover-se sem estar preso aos laços do tempo e aos obstáculos do espaço, ao prazer de abarcar tudo, de tudo ver, de inclinar-se à borda do mundo para interrogar as outras esferas, para escutar a Deus? Isto – disse ele com uma voz estridente, apontando para o chagrém – é o *poder* e o *querer* reunidos. Aqui estão as ideias sociais, os desejos excessivos, as intemperanças, as alegrias que matam, as dores que prolongam demais a vida; pois o mal talvez seja apenas um violento prazer. Quem poderia determinar o ponto em que a volúpia torna-se um mal e aquele em que o mal é ainda a volúpia? As mais vivas luzes do mundo ideal não acariciam a visão, enquanto as mais doces trevas do mundo físico sempre a ferem? A palavra Sabedoria não vem de saber? E o que é a loucura senão o excesso de um querer ou de um poder?

– Pois então eu quero, sim, viver com excesso – disse o desconhecido, pegando a pele de onagro.

– Cuidado, meu jovem – exclamou o velho com uma incrível vivacidade.

– Dediquei minha vida ao estudo e ao pensamento, mas eles não me alimentaram – replicou o desconhecido. – Não quero ser ludibriado por uma pregação digna de Swedenborg, nem por seu amuleto oriental, nem pelos caridosos esforços que faz para reter-me num mundo onde minha existência é doravante impossível. Vejamos! – acrescentou, apertando o talismã com a mão tremendo e olhando para o velho. – Quero um jantar regiamente esplêndido, uma bacanal digna do século em que tudo, dizem, se aperfeiçoou! Que meus convivas sejam jovens, espirituosos e sem preconceitos, alegres até a loucura! Que os vinhos se sucedam sempre mais incisivos, espumantes e capazes de nos embriagar por três dias! Que essa noite seja enfeitada de mulheres ardentes! Quero que a Orgia em delírio, rugindo, nos leve em seu carro de quatro cavalos para além dos limites do mundo e nos lance em praias desconhecidas: que as almas subam aos céus ou mergulhem na lama, que se elevem ou se rebaixem, pouco importa! Ordeno a esse poder sinistro que junte todas as alegrias numa só. Sim, tenho necessidade de juntar os prazeres do céu e da terra num último abraço para então morrer. Desejo também antigos cantos eróticos depois de beber, cantos que despertem os mortos, e beijos sem fim cujo clamor percorra Paris como um crepitar de incêndio, despertando os esposos e inspirando-lhes um ardor penetrante que rejuvenesça todos, mesmo os septuagenários!

Uma gargalhada saiu da boca do velhote; nos ouvidos do jovem enlouquecido, ela ressoou como um zumbido do inferno e o interrompeu tão despoticamente que ele se calou.

– Acredita – disse o comerciante – que meu chão vai abrir-se de repente para dar passagem a mesas suntuosamente servidas e a convivas do outro mundo? Não, não, meu estouvado jovem. Você assinou o pacto, tudo está dito. Agora suas vontades serão escrupulosamente satisfeitas, mas à custa de sua vida. O círculo de seus dias, representado por essa pele, se contrairá conforme a força e o número de seus desejos, desde o mais pequeno até o mais exorbitante. O brâmane a quem devo esse talismã explicou-me outrora que haveria uma misteriosa concordância entre os destinos e os desejos do possuidor. Seu primeiro desejo é vulgar, eu poderia realizá-lo; mas deixo esse cuidado aos acontecimentos de sua nova existência. Afinal, queria morrer, não é mesmo? Pois bem, seu suicídio foi apenas adiado.

Surpreso e quase irritado por ver-se sempre ridicularizado por aquele estranho velhote cuja intenção semifilantrópica pareceu-lhe claramente demonstrada nesse último gracejo, o desconhecido exclamou:

— É o que verei, senhor, se minha fortuna mudar durante o caminho ao sair daqui. Mas, se não estiver zombando de um infeliz, desejo, para vingar-me de tão fatal serviço, que o senhor se apaixone por uma dançarina! Compreenderá então a felicidade de uma orgia, e talvez prodigalize todos os bens que tão filosoficamente poupou.

Saiu sem ouvir um grande suspiro que o velho soltou, atravessou as salas e desceu as escadas dessa casa, seguido pelo rapaz bochechudo que em vão quis iluminar-lhe o caminho; ele corria com a presteza de um ladrão pego em flagrante delito. Cegado por uma espécie de delírio, não percebeu sequer a inacreditável flexibilidade da pele de onagro que, maleável como uma luva, enrolou-se sob seus dedos frenéticos e pôde entrar no bolso de seu casaco, onde a colocou quase maquinalmente. Lançando-se da porta da loja à calçada, esbarrou em três rapazes que passavam de braços dados.

— Animal!
— Imbecil!

Tais foram as amáveis interpelações que trocaram.

— Ei, é Raphaël!

– Ah! Estávamos à sua procura!

– Como! É você?

Essas três frases amistosas sucederam-se à injúria tão logo a claridade de um lampião balançado pelo vento iluminou as faces desse grupo espantado.

– Meu caro amigo – disse a Raphaël o rapaz que ele quase derrubara –, venha conosco.

– O que houve?

– Venha, direi do que se trata enquanto andamos.

À força ou de boa vontade, Raphaël foi cercado pelos amigos que, prendendo-o pelos braços ao alegre bando, levaram-no em direção à Pont des Arts.

– Meu caro – continuou o orador – estamos à sua procura há cerca de uma semana. No seu respeitável hotel Saint--Quentin, onde, entre parênteses, a eterna tabuleta continua exibindo letras pretas e vermelhas como no tempo de J.-J. Rousseau, sua Leonarda* disse-nos que havia partido para o campo, ainda que seguramente não tivéssemos o aspecto de cobradores, credores, guardas do comércio, etc. Não importa! Ontem Rastignac** viu você no Bouffons***, recobramos coragem e apostamos o amor-próprio em descobrir se estava encarapitado nas árvores dos Champs-Élysées, se dormia por dois vinténs nas casas filantrópicas onde os mendigos deitam--se sobre cordas esticadas, ou se, mais feliz, acampava em alguma alcova. Não o encontramos em parte alguma, nem nos registros de presos de Sainte-Pélagie, nem nos da Force! Os ministérios, a Ópera, as casas conventuais, cafés, bibliotecas, órgãos da Prefeitura, redações de jornalistas, restaurantes, salas de teatro, tudo o que Paris possui de bons e de maus lugares foi cuidadosamente investigado; lamentávamos a perda de um homem dotado de bastante gênio para fazer-se procurar

---

* Alusão à velha cozinheira, cúmplice de um grupo de bandidos, do *Gil Blas*, de Lesage. (N.T.)

** Personagem da *Comédia humana* que reaparece sobretudo em *O pai Goriot*. (N.T.)

*** O teatro italiano da sala Favart, em Paris. (N.T.)

na corte e nas prisões. Falávamos em canonizá-lo como um herói de Julho* e, palavra de honra, sentimos sua falta.

Nesse momento Raphaël passava com os amigos pela Pont des Arts, de onde, sem escutá-los, olhava as águas do Sena que refletiam as luzes de Paris. Acima desse rio, onde pouco antes quisera precipitar-se, as predições do velho realizavam-se, a hora de sua morte era fatalmente adiada.

– Sentimos de verdade sua falta! – disse o amigo, continuando o discurso. – Trata-se de um plano no qual o incluímos por sua qualidade de homem superior, isto é, de homem que sabe colocar-se acima de tudo. A escamoteação constitucional da bolinha no copo da realeza faz-se hoje, meu caro, mais gravemente do que nunca. A infame monarquia derrubada pelo heroísmo popular era uma mulher de maus costumes com quem se podia rir e banquetear; mas a pátria é uma esposa rabugenta e virtuosa, precisamos aceitar, queiramos ou não, suas carícias afetadas. Ora, você sabe que o poder transferiu-se das Tulherias para os jornalistas, assim como o orçamento mudou de bairro, passando do Faubourg Saint-Germain para a Chaussée-d'Antin. Mas aqui está uma coisa que talvez não saiba: o governo, isto é, a aristocracia de banqueiros e advogados, que representam hoje a pátria como os padres representavam antes a monarquia, sentiu a necessidade de mistificar o bom povo da França com palavras novas e velhas ideias, a exemplo dos filósofos de todas as escolas e dos homens fortes de todos os tempos. Assim, querem inculcar-nos uma opinião regiamente nacional, provando que é bem melhor pagar um bilhão, duzentos milhões e trinta e três centavos à pátria, representada pelos senhores fulano e beltrano, do que um bilhão, cem milhões e nove centavos a um rei que dizia *eu* em vez de dizer *nós*. Em suma, um jornal armado de uns bons duzentos ou trezentos mil francos acaba de ser fundado com o objetivo de fazer uma oposição que contente os descontentes sem prejudicar o governo nacional do rei-cidadão. Ora, como zombamos tanto da liberdade quanto

---

*A Revolução constitucional de julho de 1830, que levou ao trono Luís Felipe. (N.T.)

do despotismo, tanto da religião quanto da incredulidade; como para nós a pátria é uma capital onde as ideias se trocam e se vendem a tanto por linha, onde todos os dias acontecem suculentos jantares e numerosos espetáculos, onde pululam licenciosas prostitutas, onde as ceias só terminam no dia seguinte, onde os amores circulam por hora como as carruagens públicas; e como Paris será sempre a mais adorável de todas as pátrias, a pátria da alegria, da liberdade, da inteligência, das belas mulheres, dos maus súditos, do vinho bom, e onde o bastão da autoridade nunca se fará sentir em demasia já que estamos próximos dos que o detêm..., nós, verdadeiros adeptos do deus Mefistófeles, resolvemos remendar o espírito público, tornar a vestir os atores, pregar novas tábuas no barraco governamental, medicar os doutrinários, cozinhar novamente os velhos republicanos, realçar os bonapartistas e reabastecer o centro, contanto que nos seja permitido rir *in petto** dos reis e dos povos, não manter à noite nossa opinião da manhã e levar uma vida alegre à Panúrgio** ou à moda oriental, deitados em macias almofadas. Destinamos a você as rédeas desse império macarrônico e burlesco, e assim vamos levá-lo ao jantar oferecido pelo fundador do dito jornal, um banqueiro aposentado que, não sabendo o que fazer do dinheiro, quer trocá-lo por frases de espírito. Lá, será acolhido como um irmão, será saudado rei dos espíritos aventureiros a quem nada assusta, cuja perspicácia descobre as intenções da Áustria, da Inglaterra ou da Rússia, antes que a Rússia, a Inglaterra ou a Áustria tenham intenções! Sim, você será nomeado o soberano dos poderes inteligentes que fornecem ao mundo os Mirabeau, os Talleyrand, os Pitt, os Metternich, enfim, todos esses ousados comediantes que jogam entre si os destinos de um império como os homens comuns jogam seu *kirschenwasser*** no dominó. Nós o apresentamos como o mais intrépido companheiro que já lutou corpo a corpo com a Orgia, esse monstro admirável que todos os espíritos

---

* Em segredo. (N.T.)
** Personagem de Rabelais. (N.T.)
*** Licor de cereja. (N.T.)

fortes querem enfrentar; chegamos mesmo a afirmar que ele ainda não o venceu. Espero que não desminta nossos elogios. Taillefer, nosso anfitrião, prometeu ultrapassar as saturnais de nossos pequenos Lúculos modernos. Ele é bastante rico para pôr grandeza nas ninharias, elegância e graça no vício. Está ouvindo, Raphaël? – perguntou o orador, interrompendo-se.

– Sim – respondeu o jovem, menos espantado com a realização de seus desejos do que com a maneira natural pela qual os acontecimentos se encadeavam. Embora não pudesse crer numa influência mágica, ele admirava os acasos do destino humano.

– Mas responde sim como se pensasse na morte do avô – replicou-lhe um dos companheiros.

– Ah! – respondeu Raphaël com um acento de ingenuidade que fez rir aqueles escritores, a esperança da jovem França. – Eu pensava, meus amigos, que estamos a ponto de virar uns grandes patifes! Até agora praticamos a impiedade entre dois vinhos, pesamos a vida estando embriagados, avaliamos os homens e as coisas enquanto digeríamos. Virgens nos fatos, éramos ousados em palavras; porém, marcados agora pelo ferro em brasa da política, vamos entrar nesse campo de trabalhos forçados e perder nossas ilusões. Quando não se acredita mais senão no diabo, é lícito lamentar o paraíso da juventude, o tempo de inocência em que estendíamos devotamente a língua a um bom padre para receber o sagrado corpo de nosso Senhor Jesus Cristo. Ah, meus bons amigos, se sentimos tanto prazer em cometer nossos primeiros pecados, é que tínhamos remorsos para embelezá-los e fazê-los picantes, saborosos, ao passo que agora...

– Oh! agora – retomou o primeiro interlocutor – resta-nos...

– O quê? – disse um outro.

– O crime...

– Está aí uma palavra que possui a altura de uma forca e a profundidade do Sena – replicou Raphaël.

– Você não me entendeu. Falo dos crimes políticos. Desde a manhã de hoje, invejo apenas uma existência, a dos conspiradores. Amanhã não sei se minha fantasia será a mesma; mas esta noite a vida pálida de nossa civilização, uniforme como os trilhos de uma ferrovia, faz meu coração saltar de desgosto! Sou tomado de paixão pelos infortúnios da derrota de Moscou, pelas emoções do *Corsário vermelho** e pela existência dos contrabandistas. Já que não há mais cartuxos na França, eu queria ao menos uma Botany-Bay**, uma espécie de enfermaria destinada aos pequenos lordes Byron que, tendo amarrotado a vida como um guardanapo após o jantar, nada mais têm a fazer do que incendiar seu país, arrebentar os miolos, conspirar pela república ou exigir a guerra...

– Émile – disse com entusiasmo o vizinho de Raphaël ao interlocutor –, sem a revolução de Julho, palavra de honra, eu teria virado padre para levar uma vida animal nos confins de algum campo e...

– E leria o breviário todo dia?

– Sim.

– Você é ridículo.

– Todos lemos os jornais.

– Nada mal para um jornalista! Mas cale a boca, estamos caminhando em meio a uma massa de assinantes. Você sabe que o jornalismo é a religião das sociedades modernas, e nessa religião há um progresso.

– Qual?

– Os pontífices não são obrigados a crer, nem tampouco o povo.

Tagarelando assim como colegas de classe que leram muito o *De viris illustribus****, eles chegaram a uma mansão da Rue Joubert.

Émile era um jornalista que conquistara mais glória sem fazer nada do que outros com seus sucessos. Crítico ousado, cheio de verve e mordacidade, possuía todas as qualidades que seus defeitos comportavam. Franco e brincalhão, dizia abertamente mil epigramas a um amigo que, ausente, ele defendia com coragem e lealdade. Escarnecia de tudo, mesmo

---

* Romance de Fenimore Cooper. (N.T.)

** Lugar de deportação de forçados ingleses na Austrália. (N.T.)

*** Livro usado então no ensino elementar de latim, na França. (N.T.)

de seu futuro. Sempre sem dinheiro, permanecia mergulhado, como todos os homens de alguma importância, numa inexprimível preguiça, lançando um livro numa palavra na cara de pessoas que não sabiam pôr uma palavra nos livros. Pródigo de promessas que nunca realizava, fizera de sua fortuna e de sua glória uma almofada para dormir, correndo assim o risco de despertar velho num asilo. Aliás, amigo até no cadafalso, fanfarrão de cinismo e simples como uma criança, só trabalhava para se divertir ou por necessidade.

— Vamos fazer, conforme a expressão do mestre Alcofribas, um *tronçon de chiere lie** — disse ele a Raphaël, apontando-lhe as cestas de flores que perfumavam e enfeitavam a escada.

— Gosto de átrios bem aquecidos e forrados de ricos tapetes — respondeu Raphaël. — O luxo desde a entrada é raro na França. Aqui, sinto-me renascer.

— E lá dentro vamos rir e beber mais uma vez, meu pobre Raphaël. Espero que saiamos vencedores e marchemos sobre toda essa gente.

Depois, com um gesto de escárnio, mostrou os convidados entrando num salão que resplandecia de douraduras, de luzes, e onde eles logo foram acolhidos pelos jovens mais notáveis de Paris. Um acabava de revelar um novo talento, rivalizando por seu primeiro quadro com as glórias da pintura imperial. Outro lançara na véspera um livro cheio de acidez, marcado por uma espécie de desdém literário, e que abria novos caminhos à escola moderna. Mais adiante, um escultor, cuja fisionomia rude acusava um vigoroso gênio, conversava com um desses trocistas frios que, conforme a ocasião, não querem reconhecer superioridade em parte alguma ou a reconhecem em toda parte. Aqui, o mais espirituoso de nossos caricaturistas, de olhar malicioso, boca mordaz, espreitava os epigramas para traduzi-los em traços de lápis. Ali, um jovem e audacioso escritor, que melhor do que ninguém destilava a quintessência dos pensamentos políticos ou resumia, brin-

---

* Alcofribas Noisier, pseudônimo anagramático de François Rabelais, o autor de *Pantagruel*. A expressão citada designa um festim acompanhado de orgias. (N.T.)

cando, o espírito de um escritor fecundo, conversava com um poeta cujos escritos esmagariam todas as obras da época presente, se seu talento tivesse a força de seu ódio. Ambos procuravam não dizer a verdade e não mentir, trocando doces lisonjas. Um músico célebre consolava em *si bemol*, e com uma voz zombeteira, um jovem político que recentemente caíra da tribuna sem se ferir. Jovens autores sem estilo estavam junto a jovens autores sem ideias, prosadores cheios de poesia junto a poetas prosaicos. Ao ver esses seres incompletos, um pobre saint-simoniano, bastante ingênuo para acreditar em sua doutrina, os reunia com caridade, querendo certamente transformá-los em religiosos de sua ordem. Havia ali, também, dois ou três desses cientistas que põem o azoto na conversação e vários autores de *vaudeville* dispostos a enfeitá-la com os efêmeros brilhos que, como as cintilações do diamante, não dão luz nem calor. Alguns amantes de paradoxos, que riem à socapa dos que mostram sua admiração ou seu desprezo pelos homens e pelas coisas, já faziam aquela política de dois gumes, com a qual conspiram contra todos os sistemas sem tomar partido a favor de nenhum. O *julgador*, que não se surpreende com nada, que assoa o nariz no meio de uma cavatina no Bouffons, grita *Bravo!* antes de todo o mundo e contradiz os que se antecipam a ele, estava ali buscando atribuir-se as frases das pessoas de espírito. Entre esses convidados, cinco tinham futuro, uns dez haveriam de obter alguma glória passageira; quanto aos outros, podiam dizer a si mesmos, como todas as mediocridades, a famosa mentira de Luís XVIII: *União e anistia*. O anfitrião tinha a alegre despreocupação de um homem que gasta dois mil escudos. De tempo em tempo, seus olhos dirigiam-se com impaciência à porta do salão, aguardando os convidados que se faziam esperar. Logo apareceu um homenzinho gordo que foi recebido com um lisonjeiro rumor: era o notário que, naquela mesma manhã, havia certificado a criação do jornal. Um mordomo vestido de preto veio abrir as portas da ampla sala de jantar, onde cada um, sem cerimônia, foi procurar seu lugar em volta de uma mesa imensa. Antes de deixar o salão, Raphaël dirigiu-lhe um último olhar. Seu desejo fora completamente realizado. A seda e o ouro guarneciam as paredes. Ricos candelabros com inúmeras velas faziam brilhar os menores detalhes dos frisos dourados, as delicadas esculturas de bronze e as suntuosas cores do mobiliário. As flores raras de alguns vasos, artisticamente construídos com bambus, espalhavam suaves perfumes. Mesmo as tapeçarias respiravam uma elegância sem pretensão; enfim, havia em tudo uma graça poética cujo prestígio devia estimular a imaginação de um homem sem dinheiro.

– Cem mil francos de renda são um belo comentário do catecismo e nos ajudam maravilhosamente a pôr *a moral em ações*! – disse ele, suspirando. – Sim, minha virtude não progride. Para mim, o vício é uma mansarda, uma roupa puída, um pobre chapéu no inverno e dívidas com o porteiro. Ah! quero viver nesse luxo por um ano, seis meses, não importa! e depois morrer. Terei ao menos esgotado, conhecido, devorado inúmeras existências.

– Oh! – disse Émile que o escutava – está tomando a carruagem de um agente de câmbio pela felicidade. Você em breve se entediaria da fortuna, ao perceber que ela retira a chance de ser um homem superior. Entre as pobrezas da riqueza e as riquezas da pobreza, alguma vez o artista hesitou? Não precisamos, nós, sempre lutar? Assim, prepare seu estômago, olhe – e apontou com um gesto heroico o majestoso, o três vezes santo e confortador aspecto que apresentava a sala de jantar do beato capitalista. – Esse homem – prosseguiu – só se deu o trabalho de acumular seu dinheiro para nós. Não é ele uma espécie de esponja esquecida pelos naturalistas entre os corais, e que deve ser pressionada com delicadeza antes que os herdeiros a suguem? Não acha que os baixos-relevos que decoram as paredes têm estilo? E os lustres, os quadros, que luxo! A acreditar nos invejosos e nos que insistem em conhecer os segredos da vida, esse homem teria matado, durante a Revolução, um alemão e algumas outras pessoas, entre as quais, ao que dizem, seu melhor amigo e a mãe desse amigo. Pode-se imaginar tais crimes sob os cabelos grisalhos desse venerável Taillefer? Ele tem a aparência de um homem bom.

Veja como a prataria cintila: cada um desses raios brilhantes seria para ele uma punhalada? Ora, vamos, seria o mesmo que acreditar em Maomé. Se o público tivesse razão, aqui há trinta homens de coragem e talento que estariam dispostos a comer as vísceras, a beber o sangue de uma família. E nós dois, jovens cheios de candor e entusiasmo, seríamos cúmplices do crime! Tenho vontade de perguntar ao nosso capitalista se ele é um homem honesto.

– Não agora! – exclamou Raphaël. – Mas quando estiver caindo de bêbado e depois de jantarmos.

Os dois amigos sentaram-se, rindo. Primeiro, e por um olhar mais rápido que a palavra, cada convidado pagou seu tributo de admiração à suntuosa visão oferecida pela longa mesa, branca como uma camada de neve recém-caída, e na qual se elevavam simetricamente pratos e talheres coroados de pãezinhos tostados. Os cristais reproduziam as cores do arco-íris em seus reflexos estrelados, as velas traçavam fogos cruzados ao infinito, as iguarias sob as baixelas de prata aguçavam o apetite e a curiosidade. As palavras foram bastante raras. Os vizinhos se olharam, o vinho de Madeira circulou. Depois o primeiro serviço apareceu em toda a sua glória: teria honrado o falecido Cambacérès, e Brillat-Savarin* o teria celebrado. Os vinhos de Bourdeaux e de Bourgogne, brancos e tintos, foram servidos em régia profusão. Essa primeira parte do festim era comparável, ponto por ponto, à abertura de uma tragédia clássica. O segundo ato tornou-se um pouco mais agitado. Cada conviva bebera razoavelmente, mudando de vinhos segundo seus caprichos, de modo que, no momento em que levaram os restos desse magnífico serviço, tempestuosas discussões surgiram; frontes pálidas ficaram coradas, vários narizes começavam a avermelhar, os rostos inflamavam-se, os olhos faiscavam. Durante essa aurora da embriaguez, o discurso ainda não saiu dos limites da civilidade; mas os gracejos e as frases espirituosas escaparam aos poucos de todas as bocas; depois a calúnia elevou de mansinho

---

* O autor da *Fisiologia do gosto*. Cambacérès era um ministro francês conhecido pela reputação de gastrônomo. (N.T.)

sua cabeça de serpente e falou com uma voz flauteada; aqui e ali, alguns dissimulados escutaram atentamente, esperando guardar o que ouviam. O segundo serviço, portanto, encontrou os espíritos completamente excitados. Cada um comia enquanto falava, falava enquanto comia, sem se preocupar com a afluência das bebidas, puras e aromáticas, e o exemplo foi contagioso. Taillefer quis animar os convidados e mandou servir os terríveis vinhos do Ródano, o ardente Tokay, o velho Roussillon capitoso. Desenfreados como os cavalos de uma mala-postal que parte de uma estação, esses homens, fustigados pelas chispas do vinho de Champagne impacientemente esperado, mas abundantemente servido, deixaram então galopar seu espírito no vazio daqueles raciocínios que ninguém escuta, puseram-se a contar histórias sem nenhum ouvinte, recomeçaram cem vezes aquelas interpelações que ficam sem resposta. A orgia soltou sua grande voz, sua voz composta de clamores confusos que aumentavam como os *crescendo* de Rossini. E então começaram os brindes insidiosos, as bravatas, os desafios. Todos renunciavam à glória de sua capacidade intelectual para reivindicar a dos barris, dos tonéis, das cubas. Cada um parecia ter duas vozes. Chegou um momento em que os senhores falavam todos ao mesmo tempo, enquanto os criados sorriam. Mas essa mistura de frases, na qual paradoxos duvidosamente luminosos, verdades grotescamente vestidas chocavam-se através de gritos, julgamentos mútuos, sentenças soberanas e tolices, como em meio a um combate em que se cruzam tiros de canhão, bala e metralhadora, teria certamente interessado algum filósofo pela singularidade dos pensamentos, ou surpreendido um político pela extravagância dos sistemas. Era ao mesmo tempo um livro e um quadro. As filosofias, as religiões, as morais, tão diferentes de uma latitude a outra, os governos, enfim, todos os grandes atos da inteligência humana, tombaram sob uma foice tão longa como a do Tempo, e dificilmente se podia saber se era manejada pela Sabedoria bêbada ou pela Embriaguez tornada sábia e clarividente. Arrebatados por uma espécie de tempestade, aqueles espíritos pareciam, como o mar agitado contra as falésias, querer derrubar todas as leis entre as quais flutuam as civilizações, satisfazendo assim, sem que o soubessem, à vontade de Deus que deixa o bem e o mal na natureza, e conserva somente para si o segredo da luta perpétua de ambos. Furiosa e burlesca, a discussão foi, de certo modo, um sabá das inteligências. Entre os tristes gracejos ditos por esses filhos da Revolução ao nascimento de um jornal e as frases pronunciadas pelos alegres beberrões ao nascimento de Gargântua, havia todo o abismo que separa o século XIX do XVI. Este preparava, rindo, uma destruição, enquanto o nosso ri em meio às ruínas.

– Como se chama aquele moço? – perguntou o notário apontando Raphaël. – Acho que ouvi você chamá-lo de Valentin.

– O que está querendo dizer com Valentin apenas? – exclamou Émile, rindo. – Raphaël de Valentin, por favor! Portamos *uma águia dourada sobre fundo negro, coroada de prata, com bico e garras de goles*, e uma bela divisa: *Non cecidit animus**! Não somos uma criança encontrada, mas o descendente do imperador *Valens*, da linhagem dos *Valentinois*, fundador das cidades de Valência na Espanha e na França, herdeiro legítimo do império do Oriente. Se deixamos o sultão Mahmud reinar em Constantinopla, é por pura boa vontade, e por falta de dinheiro ou de soldados.

Émile descreveu no ar, com o garfo, uma coroa acima da cabeça de Raphaël. O notário recolheu-se por um momento e logo voltou a beber, deixando escapar um gesto autêntico pelo qual parecia confessar que não podia incluir em sua clientela as cidades de Valência, Constantinopla, Mahmud, o imperador Valens e a família dos Valentinois.

– A destruição desses formigueiros chamados Babilônia, Tiro, Cartago ou Veneza, sempre esmagados sob os pés de um gigante que passa, não seria uma advertência dada ao homem por um poder escarnecedor? – disse Claude Vignon, espécie de escravo comprado para declamar Bossuet por dez vinténs a linha.

---

* Nossa coragem não faltou. (N.T.)

– Moisés, Sila, Luís XI, Richelieu, Robespierre e Napoleão são talvez um mesmo homem que retorna através das civilizações como um cometa nos céus! – respondeu um ballanchista*.

– Por que sondar a Providência? – disse Canalis, o compositor de baladas.

– Ora, a Providência! – exclamou o julgador, interrompendo-o. – Não conheço nada no mundo mais elástico.

– Mas Luís XIV fez perecer mais homens para cavar os aquedutos do castelo de Maintenon do que a Convenção para estabelecer com justiça o imposto, uniformizar a lei, nacionalizar a França e partilhar igualmente as heranças – disse Massol**, um jovem que virou republicano por falta de uma partícula diante do nome.

– O senhor, que toma o sangue por vinho – respondeu-lhe Moreau***, proprietário de terras no Oise –, desta vez deixará cada um com a cabeça sobre os ombros?

– Por que deixar, senhor? Os princípios da ordem social não merecem alguns sacrifícios?

– Veja, Bixiou! O republicano está dizendo que a cabeça desse proprietário seria um sacrifício – observou um jovem a seu vizinho.

– Os homens e os acontecimentos nada significam – continuou o republicano, expondo sua teoria entre soluços. – Em política e em filosofia não há senão princípios e ideias.

– Que horror! Então não sentiria pesar algum em matar seus amigos por um *se*?

– Meu amigo, o homem com remorsos é o verdadeiro celerado, pois tem alguma ideia da virtude, enquanto Pedro, o Grande, e o duque de Alba eram sistemas, e o corsário Monbard, uma organização.

– Mas não pode a sociedade privar-se de seus sistemas e de suas organizações? – disse Canalis.

– Isso mesmo! – exclamou o republicano.

---

* Adepto do pensador francês Pierre-Simon Ballanche (1776-1847). (N.T.)

** Personagem da *Comédia humana* que reaparece em *Esplendores e misérias das cortesãs*.(N.T.)

*** Outro personagem da *Comédia humana*, que reaparece em *Uma estreia na vida*.(N.T.)

– Ah! sua estúpida república me dá náuseas! Não se pode degolar tranquilamente um galo sem esbarrar na lei agrária.

– Seus princípios são excelentes, meu pequeno Brutus recheado de trufas! Mas você se parece com meu criado; o coitado é tão cruelmente perseguido pela mania de limpeza que, se lhe deixasse escovar minhas roupas à vontade, eu viveria nu.

– Vocês são uns brutos! Querem limpar a nação com palitos de dentes – replicou o republicano. – Na opinião de vocês, a justiça seria mais perigosa que os ladrões.

– Rá, rá! – fez o advogado Desroches.

– Como são enfadonhos com sua política! – disse Cardot, o notário. – Fechem a porta. Não há ciência ou virtude que valha uma gota de sangue. Se quiséssemos fazer a liquidação da verdade, provavelmente a encontraríamos em falência.

– Ah! sem dúvida é menos custoso divertirmo-nos no mal do que discutirmos no bem. Eu trocaria todos os discursos pronunciados na tribuna nos últimos quarenta anos por uma truta, um conto de Perrault ou um desenho de Charlet.

– Tem toda a razão! Passe-me os aspargos. Pois, afinal, a liberdade gera a anarquia, a anarquia leva ao despotismo e o despotismo reconduz à liberdade. Milhões de indivíduos pereceram sem terem podido fazer triunfar nenhum desses sistemas. Não é o círculo vicioso em que sempre há de girar o mundo moral? Quando o homem acredita ter-se aperfeiçoado, ele apenas mudou as coisas de lugar.

– Oh! Oh! – exclamou Cursy, o autor de *vaudevilles*. – Então, senhores, um brinde a Carlos X, pai da liberdade*!

– Por que não? – disse Émile. – Quando o despotismo está nas leis, a liberdade está nos costumes, e *vice-versa*.

– Bebamos então à imbecilidade do poder que nos dá tanto poder sobre os imbecis! – disse o banqueiro.

– Ei, meu caro! Napoleão pelo menos nos deixou a glória! – bradou um oficial da Marinha que nunca saíra de Brest.

---

* Brinde irônico a um rei que, por suas medidas reacionárias, provocou a Revolução de julho de 1830. (N.T.)

— Ah! a glória, triste gênero alimentício. Custa caro e não se conserva. Não seria ela o egoísmo dos grandes homens, como a felicidade é o dos tolos?

— Você deve ser muito feliz.

— O primeiro a inventar as cercas era certamente um homem fraco, pois a sociedade só beneficia os fracos. Colocados nas duas extremidades do mundo moral, o selvagem e o pensador têm igualmente horror da propriedade.

— Bonito! — exclamou Cardot. — Se não houvesse propriedades, como faríamos escrituras?

— Essas ervilhas estão deliciosamente fantásticas!

— ...e o padre foi encontrado morto na cama, no dia seguinte...

— Quem está falando de morte? Não brinquem! Tenho um tio.

— Certamente se conformaria em perdê-lo.

— A questão não é essa.

— Atenção, senhores! *Maneira de matar um tio.* Silêncio! (Atenção! Atenção!) Primeiro, tenham um tio corpulento e gordo, septuagenário pelo menos: são os melhores tios. (Sensação.) Façam-no comer, por um pretexto qualquer, patê de fígado de ganso...

— Mas meu tio é um homem seco, avarento e sóbrio!

— Ah! esses tios são monstros que abusam da vida.

E o homem dos tios continuou:

— Anunciem-lhe, durante a digestão, a falência de seu banqueiro.

— E se ele resistir?

— Enviem-lhe uma bela garota!

— E se ele for... — disse o outro, fazendo um gesto negativo.

— Então não é um tio, os tios são essencialmente pândegos.

— A voz da Malibran* perdeu duas notas.

— Não, senhor.

— Sim, senhor.

---

* Cantora lírica da época, de origem espanhola. (N.T.)

– Oh! Sim e não: não é essa a história de todas as dissertações religiosas, políticas e literárias? O homem é um bufão que dança sobre precipícios!

– Se estou lhe entendendo, eu sou um tolo.

– Ao contrário, é porque não me entende que é um tolo.

– A instrução, que bobagem! O sr. Heineffettermach calcula o número dos volumes impressos em mais de um bilhão, e a vida de um homem não permite ler mais de cento e cinquenta mil. Então expliquem-me o que significa a palavra *instrução*! Para uns, consiste em saber os nomes do cavalo de Alexandre, do cão fila Berecillo, do senhor dos Acordes* e em ignorar o do homem a quem devemos o transporte de madeira pelo rio ou a porcelana. Para outros, ser instruído é saber queimar um testamento e viver como pessoa honesta, amada e considerada, em vez de reincidir no roubo de um relógio, com as cinco circunstâncias agravantes, e acabar morrendo na praça da Grève, odiada e desonrada.

– Nathan** o será?

– Ah! Seus colaboradores, senhor, têm muito espírito.

– E Canalis?

– É um grande homem, não falemos mais dele.

– Vocês estão bêbados!

– A consequência imediata de uma constituição é o achatamento das inteligências. Artes, ciências, monumentos, tudo é devorado por um terrível sentimento de egoísmo, nossa lepra atual. Os trezentos burgueses, sentados no parlamento, não pensarão senão em plantar álamos. O despotismo faz ilegalmente grandes coisas, a liberdade não se dá sequer o trabalho de fazer legalmente as muito pequenas.

– A reforma do ensino de vocês fabrica mercadoria barata de carne humana – disse um absolutista, interrompendo. – As individualidades desaparecem num povo nivelado pela instrução.

– Mas o objetivo da sociedade não é promover a cada um o bem-estar? – perguntou o saint-simoniano.

– Se tivesse cinquenta mil francos de renda, não pensaria no povo. Está apaixonado pela humanidade? Vá a

* Pseudônimo de Etienne Tabourot, autor de *Bigarrures* [Miscelâneas]. (N.T.)
** Personagem da *Comédia humana* que reaparece em *Uma filha de Eva*. (N.T.)

Madagascar: lá encontrará um povo novinho em folha pronto para ser saint-simonizado, classificado, posto numa redoma; mas aqui cada um entra naturalmente no seu alvéolo, como um botão no seu buraco. Os porteiros são porteiros, e os tolos são estúpidos sem precisarem ser promovidos por um colégio de padres. Ah! Ah!

– Você é um carlista.

– E por que não? Amo o despotismo, ele anuncia um certo desprezo pela raça humana. Não odeio os reis, eles são muito engraçados! Reinar dentro de um quarto, a trinta milhões de léguas do sol, isso não significa nada?

– Vamos resumir essa ampla visão da civilização – disse o cientista. Para instruir o escultor desatento, ele havia iniciado uma discussão sobre o começo das sociedades e sobre os povos autóctones. – Na origem das nações, a força foi de certo modo material, uniforme, grosseira; depois, com o crescimento dos agregados, os governos procederam por decomposições mais ou menos hábeis do poder primitivo. Assim, na alta Antiguidade, a força estava na teocracia; o sacerdote segurava a espada e o turíbulo. Mais tarde, passou a haver dois sacerdotes: o pontífice e o rei. Nossa sociedade atual, último termo da civilização, distribuiu o poder conforme o número das combinações, e chegamos às forças chamadas indústria, pensamento, dinheiro, palavra. Com isso, não tendo mais unidade de marcha, o poder não cessa de dirigir-se a uma dissolução social, a qual tem por única barreira o interesse. Assim, não nos apoiamos nem na religião, nem na força material, mas na inteligência. Equivale o livro à espada e a discussão, à ação? Eis o problema.

– A inteligência matou tudo – exclamou o carlista. – A liberdade absoluta leva as nações ao suicídio, elas se entediam no triunfo, como um inglês milionário. O que vão nos dizer de novo? Hoje, ridicularizam todos os poderes, e é uma coisa tão vulgar quanto negar a Deus! Não há mais crença, e o século é como um velho sultão perdido na orgia! Enfim, o lorde Byron de vocês, em último desespero de poesia, cantou as paixões do crime.

— Você não sabe – respondeu-lhe Bianchon*, completamente bêbado – que uma dose de fósforo a mais ou a menos faz o gênio ou o criminoso, o homem de espírito ou o idiota, o homem virtuoso ou o bandido?

— Pode-se tratar assim a virtude? – exclamou Cursy. – A virtude, tema de todas as peças de teatro, desfecho de todos os dramas, base de todos os tribunais!

— Eh! Cale a boca, animal. Sua virtude é Aquiles sem calcanhar! – disse Bixiou.

— Bebamos!

— Quer apostar que bebo uma garrafa de vinho de Champagne num único gole?

— Que prova de talento! – exclamou Bixiou.

— Estão bêbados como uns carroceiros – disse um rapaz que derramava, muito seriamente, o vinho por seu colete.

— Sim, meu senhor, o governo atual é a arte de fazer reinar a opinião pública.

— A opinião? Mas é a mais viciosa de todas as prostitutas! Segundo vocês, homens de moral e de política, seria preciso sempre preferir as leis à natureza, a opinião à consciência. E assim tudo é verdadeiro, tudo é falso! Se a sociedade nos deu travesseiros de penas, ela compensou o benefício com a gota, assim como criou os procedimentos jurídicos para temperar a justiça, e as bronquites em consequência dos xales de Caxemira.

— Monstro! – disse Émile, interrompendo o misantropo. – Como pode falar mal da civilização diante de vinhos, iguarias tão deliciosas, e com o queixo encostado à mesa? Morda esse cabrito de pés e chifres dourados, mas não morda sua mãe!

— Será culpa minha se o catolicismo consegue pôr um milhão de deuses num saco de farinha, se a república sempre acaba em algum Napoleão, se a realeza se acha entre o assassinato de Henrique IV e o julgamento de Luís XVI, se o liberalismo transforma-se em La Fayette?

— Você não o beijou em julho?

— Não.

---

* Horace Bianchon: Personagem de *A comédia humana*, aparece em *O pai Goriot*, entre outras obras. (N.E.)

– Então cale a boca, cético.
– Os céticos são os homens mais conscienciosos.
– Eles não têm consciência.
– O que está dizendo? Têm pelo menos duas.
– Gozar antecipadamente o céu! Eis aí, meu caro, uma ideia verdadeiramente comercial. As religiões antigas eram apenas um feliz desenvolvimento do prazer físico, mas nós desenvolvemos a alma e a esperança; houve aí um progresso.
– Eh! Meus bons amigos, o que podem esperar de um século estufado de política? – disse Nathan. – Qual foi o destino da *História do Rei da Boêmia e de seus sete castelos**, a mais maravilhosa concepção...
– Isso? – bradou o julgador de uma ponta da mesa à outra. – É um conjunto de frases tiradas ao acaso de um chapéu, um livro escrito para os loucos de Charenton.
– Você é um idiota!
– E você, um velhaco!
– Oh! Oh!
– Ah! Ah!
– Eles vão duelar.
– Não.
– Amanhã, senhor.
– Já! – respondeu Nathan.
– Vamos, vamos! Os dois são bravos.
– E você também! – disse o provocador.
– Mal conseguem ficar de pé.
– Ah! Acho que não consigo levantar-me! – disse o belicoso Nathan, erguendo-se como uma pandorga indecisa.

Lançou à mesa um olhar abestalhado; depois, como que extenuado pelo esforço, voltou a cair sobre a cadeira, inclinou a cabeça e permaneceu mudo.

– Não seria engraçado – disse o julgador a seu vizinho – eu duelar por um livro que nunca vi nem li?

– Émile, cuidado com o casaco, seu vizinho está ficando pálido – disse Bixiou.

---
* Livro de Charles Nodier (1830). (N.T.)

– Kant? É mais um balão lançado para divertir os tolos, meu senhor. O materialismo e o espiritualismo são duas belas raquetes com que charlatães de beca fazem a bola ir de um lado a outro. Que Deus esteja em tudo, segundo Espinosa, ou que tudo venha de Deus, segundo São Paulo... Imbecis! Abrir ou fechar uma porta não é o mesmo movimento? O ovo vem da galinha ou a galinha do ovo? (Passe-me o pato!) Eis aí toda a ciência.

– Seu tolo – gritou-lhe o cientista. – A questão que coloca é resolvida por um fato.

– Qual?

– As cátedras dos professores não foram feitas para a filosofia, mas sim a filosofia para as cátedras! Ponha os óculos e leia o orçamento.

– Ladrões!
– Imbecis!
– Larápios!
– Trouxas!

– Onde encontraremos, a não ser em Paris, uma troca tão animada e tão rápida entre os pensamentos? – disse Bixiou, com uma voz de baixo-barítono.

– Vamos, Bixiou, represente uma farsa clássica, faça uma caricatura!

– Querem que eu represente o século XIX?
– Atenção!
– Silêncio!
– Ponham surdinas nos focinhos!
– Cale a boca, chinês!
– Deem vinho a essa criança para que se cale!
– Vamos lá, Bixiou!

O artista abotoou o casaco preto até o pescoço, pôs as luvas amarelas e caracterizou-se de modo a imitar a *Revue des Deux Mondes* envesgando os olhos; mas o ruído cobriu sua voz e foi impossível compreender uma única palavra de seu gracejo. Se não representou o século, ao menos representou a revista, pois ele próprio não ouviu o que disse.

A sobremesa foi servida como por encantamento, numa mesa de centro em bronze dourado, saída dos ateliês de

Thomire. Altas figuras, criadas por um célebre artista com as formas convencionais na Europa para a beleza ideal, sustentavam e ofereciam buquês de morangos, abacaxis, tâmaras frescas, uvas, pêssegos, laranjas chegadas de Setúbal por navio, romãs, frutas da China, enfim, todas as surpresas do luxo, os milagres do *petit-four*, os doces mais saborosos, as guloseimas mais sedutoras. As cores desse quadro gastronômico eram realçadas pelo brilho da porcelana, por linhas cintilantes de ouro, pelo recorte dos vasos. Graciosa como as franjas líquidas do oceano, verde e leve, a nata batida coroava as paisagens de Poussin, copiadas em Sèvres. O território de um príncipe alemão não teria pago essa riqueza insolente. A prata, o nácar, o ouro e os cristais foram prodigalizados sob novas formas; mas os olhos entorpecidos e a febre verbosa da embriaguez mal permitiram que os convivas tivessem uma vaga intuição dessa fantasia digna de um conto oriental. Os vinhos de sobremesa trouxeram seus perfumes e suas chamas, filtros poderosos, vapores feiticeiros que engendram uma espécie de miragem intelectual, que amarram fortemente os pés e entorpecem as mãos. As pirâmides de frutas foram saqueadas, o tumulto e as vozes cresceram. Então não houve mais palavras distintas, vidros partiram-se em pedaços e risadas atrozes eram lançadas como foguetes. Cursy pegou uma trompa e pôs-se a tocar uma fanfarra. Foi como um sinal dado pelo diabo. A assembleia em delírio berrou, assobiou, cantou, gritou, rugiu, urrou. Era engraçado ver aqueles homens naturalmente alegres tornarem-se sombrios como os desfechos das tragédias de Crébillon, ou sonhadores como marinheiros passeando de carro. Os discretos diziam seus segredos a curiosos que não escutavam. Os melancólicos sorriam como dançarinas ao terminar suas piruetas. Claude Vignon bamboleava à maneira dos ursos enjaulados. Amigos íntimos brigavam. As semelhanças animais inscritas nos rostos humanos, e tão curiosamente demonstradas pelos fisiologistas, reapareciam vagamente nos gestos, nos hábitos do corpo. Havia ali um livro pronto para algum Bichat que estivesse presente sem ter bebido e comido. O dono da festa, sentindo-se bêbado, não ousava levantar-se, mas aprovava as extravagâncias dos convivas com um esgar fixo, procurando manter um ar decente e hospitaleiro. Seu rosto largo, agora avermelhado e azul, quase violáceo, terrível de ver, associava-se ao movimento geral por esforços semelhantes ao balanço de um navio.

– O senhor matou mesmo aquelas pessoas? – perguntou-lhe Émile.

– Dizem que a pena de morte vai ser abolida graças à revolução de Julho – respondeu Taillefer, que ergueu as sobrancelhas com um ar de astúcia e estupidez ao mesmo tempo.

– Mas de vez em quando as vê em sonho? – retomou Raphaël.

– Há prescrição! – disse o assassino cheio de ouro.

– E sobre o túmulo – falou Émile num tom sardônico – o administrador do cemitério gravará: *Transeuntes, derramai uma lágrima em memória delas!* – E continuou: – Oh! Eu daria cem vinténs ao matemático que me demonstrasse por uma equação algébrica a existência do inferno.

Lançou uma moeda no ar, exclamando:

– Cara para Deus!

– Não olhe – disse Raphaël apanhando a moeda. – O que sabemos? O acaso é tão brincalhão.

– Ai! – prosseguiu Émile com um ar tristemente cômico – não vejo onde pôr os pés entre a geometria do incrédulo e o *Pater noster* do papa. Ah! Bebamos! *Trinc**, acho eu, é o oráculo da diva Garrafa e serve de conclusão ao *Pantagruel*.

– Devemos ao *Pater noster* – respondeu Raphaël – nossas artes, nossos monumentos, nossas ciências talvez; e, benefício ainda maior, nossos governos modernos, nos quais uma sociedade vasta e fecunda é representada por quinhentas inteligências, sendo que suas forças opostas se neutralizam, deixando todo o poder à *civilização*, rainha gigantesca que substitui o *rei*, essa antiga e terrível figura, espécie de falso destino criado pelo homem entre o céu e ele. Diante de tantas obras realizadas, o ateísmo parece um esqueleto infecundo. O que acha?

---

* *Trink*, em alemão, significa "Beba". (N.T.)

– Penso nos rios de sangue derramados pelo catolicismo – disse friamente Émile. – Ele tomou nossas veias e nossos corações para fazer uma imitação do dilúvio. Mas não importa! Todo homem que pensa deve marchar sob a bandeira do Cristo. Somente ele consagrou o triunfo do espírito sobre a matéria, somente ele nos revelou poeticamente o mundo intermediário que nos separa de Deus.

– Acha mesmo? – retomou Raphaël, lançando-lhe um indefinível sorriso de embriaguez. – Pois bem, para não nos comprometermos, façamos o famoso brinde: *Diis ignotis**!

E esvaziaram seus cálices de ciência, gás carbônico, perfume, poesia e incredulidade.

– Se os senhores quiserem passar ao salão, o café os espera – disse o mordomo.

Nesse momento, quase todos os convivas rolavam no seio dos limbos deliciosos em que as luzes do espírito se extinguem, em que o corpo, liberto de seu tirano, entrega-se às alegrias delirantes da liberdade. Uns, tendo chegado ao apogeu da embriaguez, permaneciam tristonhos e tentavam com dificuldade captar um pensamento que lhes atestasse a própria existência; outros, mergulhados no marasmo produzido por uma digestão pesada, negavam o movimento. Intrépidos oradores diziam ainda vagas palavras cujo sentido escapava a eles mesmos. Alguns estribilhos ressoavam como o ruído de um mecanismo obrigado a cumprir sua vida artificial e sem alma. O silêncio e o tumulto acasalavam-se de maneira bizarra. Contudo, ao ouvirem a voz sonora do criado que, na falta de um mestre, lhes anunciava alegrias novas, os convivas levantaram-se, arrastados, suspendidos ou carregados uns pelos outros.

Durante um momento, o grupo inteiro ficou imóvel e enfeitiçado no limiar da porta. Os gozos excessivos do banquete empalideceram frente ao espetáculo estimulante que o anfitrião oferecia ao mais voluptuoso dos sentidos. Sob as velas acesas de um lustre dourado, em volta de uma mesa enfeitada de prata e cobre, um grupo de mulheres apresentou-se de repente aos

---

* Aos deuses desconhecidos. (N.T.)

convivas estupefatos, cujos olhos brilharam como diamantes. Ricos eram os ornamentos, porém ainda mais ricas eram aquelas beldades deslumbrantes diante das quais desapareciam todas as maravilhas do palácio. Os olhos apaixonados dessas mulheres, encantadoras como fadas, tinham ainda mais vivacidade do que as torrentes de luz que faziam resplandecer os reflexos acetinados das tapeçarias, a brancura dos mármores e os relevos delicados dos bronzes. O coração ardia ao ver os contrastes de seus cabelos agitados e de suas atitudes, todas com maneiras e atrativos diversos. Era um jardim de flores mescladas de rubis, safiras e coral, colares negros em volta de pescoços de neve, echarpes flutuando como as luzes de um farol, turbantes orgulhosos, túnicas modestamente provocantes. Esse serralho oferecia seduções para todos os olhos, volúpias para todos os caprichos. Numa pose encantadora, uma dançarina parecia estar nua sob as dobras onduladas da caxemira. Aqui uma gaze diáfana, ali uma seda cintilante escondiam ou revelavam misteriosas perfeições. Pezinhos delicados falavam de amor, bocas frescas e vermelhas calavam-se. Frágeis e decentes moças, virgens falsas cujas belas cabeleiras respiravam uma religiosa inocência, apresentavam-se aos olhares como aparições que um sopro podia dissipar. Depois, beldades aristocráticas de olhar frio, mas indolentes, esguias e graciosas, inclinavam a cabeça como se ainda precisassem obter régias proteções. Uma inglesa, branca e casta figura aérea, descida das nuvens de Ossian*, parecia um anjo de melancolia, um remorso fugindo do crime. A parisiense, cuja beleza reside numa graça indescritível, vaidosa de seu vestido e de seu espírito, armada de uma onipotente fragilidade, maleável e dura, sereia sem coração e sem paixão, mas que sabe artificiosamente criar os tesouros da paixão e imitar as vozes do coração, não faltava nessa perigosa assembleia em que brilhavam também italianas de aparência tranquila e conscienciosas de sua felicidade, ricas normandas de formas magníficas, mulheres meridionais de cabelos negros e olhos rasgados. Pareciam as beldades de

---

* Nome de um antigo bardo escocês, retomado pelo poeta Macpherson num livro de 1760. (N.T.)

Versalhes convocadas por Lebel*, que desde a manhã haviam preparado todas as suas armadilhas e chegavam como um grupo de escravas orientais chamadas pela voz do mercador para partir na aurora. Permaneciam interditas, envergonhadas, e comprimiam-se ao redor da mesa como abelhas zumbindo no interior de uma colmeia. Aquele constrangimento medroso, censura e galanteio ao mesmo tempo, era ou uma sedução calculada ou um pudor involuntário. Talvez um sentimento que a mulher nunca abandona completamente lhes ordenasse a cobrirem-se com o manto da virtude, para darem mais charme e excitação às prodigalidades do vício. Assim, a conspiração urdida pelo velho Taillefer pareceu ameaçada de fracasso. Aqueles homens sem freio foram, de início, subjugados pelo poder majestoso de que é investida a mulher. Um murmúrio de admiração ressoou como a mais doce música. O amor não viajara acompanhado da embriaguez; em vez de um furacão de paixões, os convivas, surpreendidos num momento de fraqueza, entregaram-se às delícias de um voluptuoso êxtase. Com a voz da poesia que sempre os domina, os artistas examinaram com felicidade as delicadas nuanças que distinguiam aquelas beldades escolhidas. Despertado por um pensamento, talvez devido à emanação do ácido carbônico do vinho de Champagne, um filósofo estremeceu ao pensar nas infelicidades que traziam até ali aquelas mulheres, talvez outrora dignas das mais puras homenagens. Cada uma delas tinha, certamente, um drama sangrento a contar. Quase todas carregavam infernais torturas e arrastavam atrás de si homens sem fé, promessas traídas, alegrias resgatadas pela miséria. Os convivas aproximaram-se delas com polidez, e começaram então conversas tão variadas como eram os tipos. Formaram-se grupos. Parecia um salão de boas maneiras em que as moças e as mulheres oferecem aos convidados, após o jantar, o amparo do café, dos licores e do açúcar aos glutões embaraçados nos trabalhos de uma digestão recalcitrante. Mas logo ouviram-se risadas, o murmúrio aumentou, as vozes elevaram-se. Domada por um momento, a orgia, por intervalos, ameaçou despertar. Essas alternâncias

---

* O mordomo de Luís XV. (N.T.)

de silêncio e ruído tinham uma vaga semelhança com uma sinfonia de Beethoven.

    Sentados num divã macio, os dois amigos viram aproximar-se deles, primeiro, uma moça alta e bem feita de corpo, de porte soberbo e fisionomia bastante irregular, mas penetrante, impetuosa, e que impressionava a alma por vigorosos contrastes. Sua cabeleira escura, lascivamente encaracolada, parecia já ter sofrido os combates do amor e caía em mechas sobre os largos ombros que ofereciam perspectivas atraentes de ver. Longos rolos castanhos envolviam em parte um pescoço majestoso, no qual a luz deslizava por intervalos, revelando a fineza dos mais lindos contornos. A pele, de um branco fosco, fazia realçar os tons quentes e animados de suas vivas cores. Os olhos, de cílios longos, lançavam chamas ousadas, faíscas de amor! A boca, vermelha, úmida, entreaberta, chamava o beijo. Essa mulher tinha uma compleição robusta, mas amorosamente elástica; seu seio, seus braços eram amplamente desenvolvidos, como os das belas figuras de Carracci, mas ela parecia desembaraçada, flexível, e seu vigor lembrava a agilidade de uma pantera, assim como a elegância masculina de suas formas prometia volúpias devoradoras. Embora devesse saber rir e brincar, seus olhos e seu sorriso assustavam o pensamento. Como as profetisas agitadas por um demônio, ela surpreendia mais do que agradava. Todas as expressões passavam em blocos e como em relâmpagos na sua fisionomia móvel. Ela talvez fascinasse homens entediados, mas um rapaz a temeria. Era uma estátua colossal, caída do alto de um templo grego, sublime à distância, mas grosseira se vista de perto. Sua beleza fulminante, porém, devia despertar os impotentes, sua voz, encantar os surdos, seus olhares, reanimar os velhos esqueletos. Assim, Émile comparou-a vagamente a uma tragédia de Shakespeare, espécie de arabesco admirável em que a alegria uiva, em que o amor tem algo de selvagem, em que a magia da graça e da felicidade sucedem aos sangrentos tumultos da cólera; monstro que sabe morder e acariciar, que sabe rir como um demônio, chorar como os anjos, improvisar num único amplexo todas as seduções da mulher, exceto os suspiros da melancolia e o recato encantador de uma virgem, para em seguida rugir, rasgar as entranhas, destruir sua paixão, seu amante; enfim, destruir-se a si mesma, como faz um povo insurreto. Vestida de veludo vermelho, ela calcava com um pé indiferente algumas flores já caídas da cabeça de suas companheiras, e com a mão desdenhosa estendia aos dois amigos uma bandeja de prata. Orgulhosa de sua beleza, de seus vícios talvez, exibia um braço branco que se destacava vivamente sobre o veludo. Estava ali como a rainha do prazer, como uma imagem da alegria humana, daquela alegria que dissipa os tesouros acumulados por três gerações, que ri sobre cadáveres, zomba dos antepassados, dissolve pérolas e tronos, transforma os jovens em velhos, e muitas vezes os velhos em jovens; daquela alegria permitida apenas aos gigantes fatigados do poder, marcados pelo pensamento, ou para os quais a guerra tornou-se como um brinquedo.

— Como se chama? — perguntou-lhe Raphaël.

— Aquilina.

— Oh! Oh! Você vem de *Veneza salva** — exclamou Émile.

— Sim — ela respondeu. — Assim como os papas adotam novos nomes ao subirem acima dos homens, adotei um outro ao elevar-me acima de todas as mulheres.

— Então deve ter, como sua padroeira, um nobre e terrível conspirador que a ama e sabe morrer por você — disse vivamente Émile, despertado por aquela aparência de poesia.

— Eu o tive — ela disse. — Mas a guilhotina foi minha rival. Assim, ponho sempre uns panos vermelhos em meu vestido para que minha alegria nunca vá longe demais.

— Oh! Se vocês deixarem que ela conte a história dos quatro rapazes de La Rochelle, isso não terá fim. Portanto, cale-se, Aquilina! Não têm todas as mulheres um amante a lamentar? Mas nem todas têm a felicidade de ter perdido o seu num cadafalso. Ah! Eu preferiria saber que o meu está deitado numa cova em Clamart do que no leito de uma rival.

Essas frases foram pronunciadas com uma voz suave e melodiosa pela mais inocente, a mais bela e a mais gentil

---

* Nome de uma tragédia do inglês Otway, de 1682. (N.T.)

criatura que, sob o condão de uma fada, nasceu de um ovo encantado. Ela havia chegado a passos silenciosos e tinha um rosto delicado, um corpo franzino, olhos azuis encantadores de modéstia, faces frescas e puras. Uma náiade ingênua que escapa de sua fonte não é mais tímida, nem mais branca nem mais inocente do que essa jovem que parecia ter dezesseis anos, que parecia ignorar o mal, ignorar o amor, não conhecer as tempestades da vida e vir de uma igreja onde teria rezado aos anjos para anteciparem seu chamado aos céus. Somente em Paris encontram-se essas criaturas de rosto cândido que escondem a depravação mais profunda, os vícios mais refinados, sob uma fronte tão doce e terna como a flor da margarida. Inicialmente enganados pelas celestes promessas escritas nos suaves encantos dessa jovem, Émile e Raphaël aceitaram o café que ela serviu em taças apresentadas por Aquilina e passaram a interrogá-la. Por uma sinistra alegoria, ela acabou por transfigurar, aos olhos dos dois poetas, não sei que face da vida humana, opondo à expressão rude e apaixonada de sua imponente companheira o retrato de uma corrupção fria, voluptuosamente cruel, bastante estouvada para cometer um crime, bastante forte para rir dele; espécie de demônio sem coração, que pune as almas ricas e ternas por sentirem as emoções das quais ele é privado, que encontra sempre um disfarce de amor para vender, lágrimas para o funeral de sua vítima e alegria para ler, à noite, seu testamento. Um poeta teria admirado a bela Aquilina; o mundo inteiro devia fugir da tocante Euphrasie: uma era a alma do vício, a outra, o vício sem alma.

– Eu gostaria muito de saber – disse Émile a essa graciosa criatura – se às vezes você pensa no futuro.

– O futuro? – ela respondeu, rindo. – O que é o futuro? Por que eu pensaria no que ainda não existe? Nunca olho para trás nem adiante. Já não é muito ocupar-me de uma jornada inteira? Aliás, nós conhecemos o futuro, é o asilo.

– Como pode ver daqui o asilo e não evitar de chegar lá? – exclamou Raphaël.

– O que tem o asilo de tão assustador? – perguntou a terrível Aquilina. – Quando não somos nem mães nem esposas, quando a velhice nos põe meias pretas nas pernas e rugas na testa, descora tudo o que há de mulher em nós e seca a alegria nos olhares de nossos amantes, do que poderíamos ter necessidade? De nossos enfeites, vocês não veem mais senão o lodo primitivo que marcha sobre duas patas, frio, seco, decomposto, e que passa fazendo um ruído de folhas mortas. Os mais belos vestidos transformam-se em farrapos, o âmbar que perfumava a alcova desprende um cheiro de esqueleto e morte. Além disso, se há um coração nesse lodo, vocês todos o insultam, não permitem sequer uma lembrança dele. Assim, se nessa época da vida estamos numa rica mansão a cuidar dos cachorros, ou num asilo a remendar roupas velhas, nossa existência não é exatamente a mesma? Esconder nossos cabelos brancos debaixo de um lenço quadriculado de vermelho e azul ou debaixo de rendados, varrer as ruas com a vassoura ou os degraus das Tulherias com cetim, aquecer-se ao borralho num vaso de barro ou sentar-se em *foyers* dourados, assistir ao espetáculo da praça da Grève ou ir à Ópera, há tanta diferença assim?

– *Aquilina mia*, você nunca teve tanta razão no meio de seus desesperos – retomou Euphrasie. – Sim, as caxemiras, os rendados, os perfumes, o ouro, a seda, o luxo, tudo o que brilha, tudo o que agrada, só vai bem na juventude. Somente o tempo poderia triunfar sobre nossas loucuras, mas a felicidade nos absolve. Vocês riem do que digo – ela exclamou, lançando um sorriso venenoso aos dois amigos. – Não tenho razão? Prefiro morrer de prazer que de doença. Não tenho nem a mania da perpetuidade nem grande respeito pela espécie humana, considerando o que Deus fez dela! Se me derem milhões, eu os comerei; não quero guardar um centavo para o próximo ano. Viver para agradar e reinar, tal é a sentença que cada batida do meu coração pronuncia. A sociedade me aprova, não cessa de dar-me os meios de minhas dissipações. Por que o bom Deus me dá toda manhã o dinheiro que gasto toda noite? Por que constroem asilos para nós? Como Deus não nos colocou entre o bem e o mal para escolhermos o que nos fere ou nos aborrece, eu seria muito boba se não me divertisse.

– E os outros?

– Os outros? Eles que se arranjem! Prefiro rir de seus sofrimentos a ter que chorar sobre os meus. Desafio um homem a causar-me a menor aflição.

– O que sofreu para pensar assim? – perguntou Raphaël.

– Fui abandonada em troca de uma herança, eu! – disse ela, fazendo uma pose que fez sobressair todas as suas seduções. – No entanto passei dias e noites trabalhando para alimentar meu amante. Não quero mais ser enganada por algum sorriso, alguma promessa, e pretendo fazer de minha existência um longo divertimento.

– Mas – exclamou Raphaël – a felicidade não vem da alma?

– Ora, e nada significa – interveio Aquilina – ser admirada, receber elogios, triunfar sobre todas as mulheres, mesmo as mais virtuosas, esmagando-as com nossa beleza, com nossa riqueza? Aliás, vivemos mais num único dia do que uma boa burguesa em dez anos, e isso diz tudo.

– Uma mulher sem virtude não é odiosa? – disse Émile a Raphaël.

Euphrasie lançou-lhes um olhar de víbora e respondeu com um inimitável acento de ironia:

– A virtude! Deixemo-la para as feias e as corcundas. O que seriam elas sem isso, as pobres mulheres?

– Então cale-se – exclamou Émile. – Não fale do que não conhece.

– Ah! Não conheço! – repetiu Euphrasie. – Entregar-se a vida inteira a um homem detestado, saber criar filhos que nos abandonam e dizer a eles "Obrigada!" quando nos ferem o coração: eis as virtudes que ordenam à mulher. E ainda por cima, para recompensar sua abnegação, vocês lhe impõem sofrimentos, buscando seduzi-la; se ela resiste, comprometem-na. Bela vida! Mais vale permanecer livre, amar os que nos agradam e morrer jovem.

– Não tem medo de pagar por isso algum dia?

– Pois bem – ela respondeu –, em vez de misturar os prazeres com tristezas, minha vida será dividida em duas partes: uma juventude certamente alegre e uma incerta velhice durante a qual sofrerei de bom grado.

– Ela não amou – disse Aquilina com uma voz profunda. – Nunca andou cem léguas para ir devorar com mil delícias um olhar e uma recusa; não atou sua vida a um fio de cabelo, nem tentou apunhalar vários homens para salvar seu soberano, seu senhor, seu deus. Para ela, o amor era um coronel bonito.

– Rá, rá! *La Rochelle* – respondeu Euphasie. – O amor é como o vento, não sabemos de onde vem. Aliás, se tivesse sido amada por um animal, você teria horror das pessoas de espírito.

– O Código nos proíbe de amar os animais – replicou a grande Aquilina com um acento irônico.

– Eu a achava mais indulgente com os militares – disse Euphrasie, rindo.

– Como elas são felizes de poderem abdicar assim da razão! – exclamou Raphaël.

– Felizes! – disse Aquilina, sorrindo de piedade e lançando aos dois amigos um olhar terrível. – Ah! Vocês ignoram o que é ser condenada ao prazer com um morto no coração.

Contemplar naquele momento os salões era ter uma visão antecipada do Pandemônio de Milton. As chamas azuis do ponche punham cores infernais nos rostos dos que ainda podiam beber. Danças loucas, animadas por uma selvagem energia, provocavam risos e gritos que explodiam como detonações de fogos de artifício. Juncadas de mortos e moribundos, a alcova e uma saleta ofereciam a imagem de um campo de batalha. A atmosfera era cálida de vinho, prazeres e palavras. A embriaguez, o amor, o delírio e o esquecimento do mundo estavam nos corações, nos rostos, estavam escritos nos tapetes, expressos pela desordem, e punham em todos os olhares véus que faziam ver no ar vapores inebriantes. Como nas faixas luminosas, traçadas por um raio de sol, agitava-se uma poeira brilhante através da qual se viam as formas mais caprichosas, as lutas mais grotescas. Aqui e ali, grupos de figuras enlaçadas confundiam-se com os mármores brancos, nobres obras-primas da escultura que ornavam os aposentos. Embora os dois amigos conservassem ainda uma espécie de lucidez enganadora nas ideias, nos sentidos, e um último frêmito, simulacro imperfeito da vida, era-lhes impossível reconhecer o que havia de real nas fantasias bizarras, de possível nos quadros sobrenaturais que passavam incessantemente diante de seus olhos cansados. O céu sufocante de nossos sonhos, a ardente suavidade que as figuras adquirem em nossas visões, sobretudo uma certa agilidade carregada de grilhões, enfim, os fenômenos mais inusitados do sono os assaltavam tão vivamente que eles tomaram os jogos dessa orgia pelos caprichos de um pesadelo em que o movimento é silencioso e os gritos se perdem sem som. Nesse momento, o criado de confiança conseguiu, não sem dificuldade, chamar seu patrão na antecâmara e dizer-lhe ao ouvido:

– Senhor, os vizinhos estão nas janelas e reclamam do barulho.

– Se não gostam do barulho, por que não forram de palha as portas? – exclamou Taillefer.

Raphaël deixou então escapar uma gargalhada tão burlescamente intempestiva que seu amigo perguntou-lhe a razão dessa alegria brutal.

– Dificilmente me compreenderá – ele respondeu. – Em primeiro lugar, eu teria de confessar que você me deteve no Quai Voltaire no momento em que eu ia jogar-me no Sena, e certamente irá querer saber os motivos dessa morte. Mas se eu acrescentasse que, por um acaso quase fabuloso, as ruínas mais poéticas do mundo material acabavam então de resumir-se aos meus olhos por uma tradução simbólica da sabedoria humana; e se eu dissesse que agora os restos de todos os tesouros intelectuais que devastamos à mesa culminam nestas duas mulheres, imagens vivas e originais da loucura, e que nossa profunda despreocupação com os homens e as coisas serviu de transição aos quadros fortemente coloridos de dois sistemas de existência tão diametralmente opostos, você me entenderia melhor? Se não estivesse bêbado, talvez visse aí um tratado de filosofia.

— Se não estivesse com os dois pés sobre esta poderosa Aquilina, cujos roncos se assemelham ao rugido de uma tempestade prestes a cair – respondeu Émile, que se distraía enrolando e desenrolando os cabelos de Euphrasie sem ter muita consciência dessa inocente ocupação –, teria vergonha da embriaguez e dessa conversa fiada. Seus dois sistemas cabem numa frase e se reduzem a um pensamento. A vida simples e mecânica conduz a uma sabedoria insana ao sufocar nossa inteligência pelo trabalho, enquanto a vida transcorrida no vazio das abstrações ou nos abismos do mundo moral conduz a uma louca sabedoria. Em suma, matar os sentimentos para viver até a velhice ou morrer jovem aceitando o martírio das paixões, eis nosso dilema. Além disso, esse dilema luta com os temperamentos que nos deu o rude brincalhão*, a quem devemos o modelo de todas as criaturas.

— Imbecil! – exclamou Raphaël, interrompendo-o. – Se continuar a resumir-se desse jeito, há de escrever volumes! Se eu tivesse a pretensão de formular propriamente essas duas ideias, diria que o homem se corrompe pelo exercício da razão e se purifica pela ignorância. Eis aí o processo contra a sociedade! Mas, quer vivamos com os sábios ou morramos com os loucos, o resultado não é, cedo ou tarde, o mesmo? O grande abstraidor de quintessências exprimiu, outrora, esses dois sistemas em duas palavras: *Carymary, Carymara***.

— Você me faz duvidar do poder de Deus, pois está sendo mais estúpido do que ele é poderoso – replicou Émile. – Nosso querido Rabelais resolveu essa filosofia numa palavra mais breve que *Carymary, Carymara*: é *talvez*, de onde Montaigne tirou seu *Que sais-je?***** E essas últimas palavras da ciência moral não são muito mais que a exclamação de Pirro indeciso entre o bem e o mal, como o asno de Buridan entre duas porções de aveia. Mas deixemos de lado essa eterna discussão que termina hoje em *sim e não*. Que experiência queria fazer

---

* Émile parece referir-se aqui a Deus. (N.T.)

** Alusão ao *Pantagruel* de Rabelais. (N.T.)

*** Que sei eu? (N.T.)

ao jogar-se no Sena? Estava com inveja da máquina hidráulica da ponte Notre-Dame?

– Ah! Se conhecesse minha vida...

– Ah! – disse Émile – não pensei que fosse tão vulgar, essa frase está saturada. Então não sabe que todos temos a pretensão de sofrer muito mais que os outros?

– Ah! – suspirou Raphaël.

– Está sendo um bufão com esse seu *ah!* Vejamos: uma doença da alma ou do corpo o obriga a puxar toda manhã, por uma contração dos músculos, os cavalos que à noite devem esquartejá-lo, como fez outrora Damiens?* Por acaso comeu um cachorro cru, sem sal, numa mansarda, e os filhos disseram: "Estou com fome"? Vendeu os cavalos da amante para ir jogar? Por acaso foi descontar, num falso domicílio, uma falsa letra de câmbio passada por um falso tio, com receio de chegar tarde demais? Vamos, estou escutando. Se ia jogar-se n'água por uma mulher, uma letra protestada ou por tédio, eu o renego. Confesse, não minta; não estou pedindo memórias históricas. Sobretudo, seja tão breve quanto a embriaguez permite: sou exigente como um leitor e estou prestes a dormir como uma mulher que reza o terço.

– Pobre idiota! – disse Raphaël. – Desde quando as dores não são proporcionais à sensibilidade? Quando chegarmos ao grau de ciência que nos permita fazer uma história natural dos corações, nomeá-los, classificá-los em gêneros, subgêneros, famílias, em crustáceos, sáurios, microscópicos... sei lá!, então, meu bom amigo, ficará provado que existem alguns ternos e delicados como flores, que se rompem como elas por ligeiros esfregamentos que alguns corações minerais nem sequer percebem.

– Oh, por favor, poupe-me desse prefácio – disse Émile, com um ar gracioso e compadecido ao mesmo tempo, tomando a mão de Raphaël.

---

* O autor de uma tentativa de assassinato de Luís XV, condenado ao suplício do esquartejamento. (N.T.)

A MULHER SEM CORAÇÃO

Depois de ficarem silenciosos durante um momento, Raphaël falou, deixando escapar um gesto de indiferença:

– Na verdade não sei se devo atribuir aos vapores do vinho e do ponche a lucidez que me permite abarcar, neste instante, toda a minha vida como um quadro em que as figuras, as cores, as sombras, as luzes e os semitons são fielmente reproduzidos. Esse jogo poético de minha imaginação não me surpreenderia, se não fosse acompanhado de uma espécie de desdém por meus sofrimentos e por minhas alegrias passadas. Vista à distância, minha vida é como que contraída por um fenômeno moral. O longo e lento sofrimento que durou dez anos pode hoje ser reproduzido por algumas frases nas quais a dor não será mais do que um pensamento, e o prazer, uma reflexão filosófica. Julgo, em vez de sentir...

– Está sendo enfadonho como as emendas de um projeto de lei – disse Émile.

– É possível – respondeu Raphaël sem protestar. – Assim, para não cansar seus ouvidos, não falarei dos dezessete primeiros anos de minha vida. Até então, vivi como você, como milhares de outros, a vida de colégio ou de liceu, cujas desgraças fictícias e as alegrias reais são as delícias de nossa lembrança, e à qual nossa gastronomia enfastiada torna a pedir os legumes das sextas-feiras, porque não voltamos a saboreá-los de novo: bela vida, cujos trabalhos nos parecem desprezíveis e que, no entanto, nos ensinou o trabalho...

– Chegue logo ao drama! – disse Émile, num tom que era em parte cômico, em parte impaciente.

– Quando saí do colégio – retomou Raphaël, solicitando por um gesto o direito de continuar –, meu pai impôs-me uma disciplina severa, alojando-me num quarto contíguo a seu gabinete; eu me deitava às nove da noite e levantava às cinco da manhã; ele queria que eu estudasse Direito de modo consciencioso, frequentando ao mesmo tempo a escola e um advogado; mas as normas de tempo e de espaço eram tão severamente aplicadas às minhas caminhadas, aos meus trabalhos, e meu pai, durante o jantar, exigia contas tão rigorosas de...

– Mas o que me importa isso? – disse Émile.

– Ah! Que o diabo o carregue! – respondeu Raphaël. – Como poderá entender meus sentimentos se não conto os fatos imperceptíveis que influíram em minha alma, marcando-a com o temor e deixando-me por muito tempo na ingenuidade primitiva de um rapaz? Assim, até os vinte e um anos curvei-me sob um despotismo tão frio quanto o de uma regra monástica. Para lhe revelar as tristezas de minha vida, talvez baste descrever meu pai: um homem alto, seco e magro, rosto pálido como que cortado à faca, de poucas palavras, teimoso como uma solteirona, meticuloso como um chefe de escritório. Sua paternidade pairava acima de meus travessos e alegres pensamentos, e os encerrava como debaixo de uma redoma de chumbo; se eu queria manifestar-lhe um sentimento doce e terno, ele me recebia como uma criança que vai dizer tolices; eu tinha mais medo dele do que tive dos meus professores, para ele eu tinha sempre oito anos. Ainda o vejo à minha frente. Em seu sobretudo marrom, no qual se mantinha ereto como um círio pascal, parecia um arenque defumado envolvido no papel avermelhado de um panfleto. No entanto, eu amava meu pai, no fundo ele era justo. Talvez não odiemos a severidade quando ela é justificada por um grande caráter, por costumes puros, e quando suficientemente mesclada de bondade. Se meu pai nunca afrouxou as rédeas, se até os vinte anos nunca colocou dez francos à minha disposição, dez miseráveis, dez libertinos francos, tesouro imenso cuja posse fazia-me invejar em vão inefáveis delícias, ele buscava ao menos oferecer-me algumas distrações. Depois de prometer-me durante meses um prazer, levava-me a um teatro, a um concerto, a um baile onde eu esperava encontrar uma amante. Uma amante! Para mim, era a independência. Mas, encabulado e tímido, não sabendo o idioma dos salões e não conhecendo ali ninguém, sempre voltava para casa com o coração virgem e repleto de desejos. No dia seguinte, como um cavalo de esquadrão submetido às rédeas de meu pai, retornava logo cedo ao advogado, ao Direito, ao Tribunal. Afastar-me do caminho uniforme que meu pai traçara seria expor-me à sua cólera: à primeira falta, ele ameaçava embarcar-me, na qualidade de grumete, para as Antilhas. Assim eu sentia um horrível pavor quando ousava aventurar-me, durante uma hora ou duas, em alguma festa. Pense na imaginação mais errante, no coração mais apaixonado, na alma mais terna, no espírito mais poético, sempre em presença do homem mais empedernido, mais irascível, mais frio do mundo. Enfim, case uma moça com um esqueleto e compreenderá a existência cujas cenas curiosas posso apenas citar a você: projetos de fuga frustrados à visão de meu pai, desesperos acalmados pelo sono, desejos reprimidos, melancolias dissipadas pela música. Eu exalava minha infelicidade em melodias. Beethoven ou Mozart foram muitas vezes meus discretos confidentes. Hoje acho graça ao lembrar-me de todos os preconceitos que turvavam minha consciência nessa época de inocência e de virtude: se punha o pé num restaurante, acreditava-me arruinado; minha imaginação fazia-me considerar um café como um lugar de devassidão, onde os homens perdiam a honra e comprometiam sua fortuna; quanto a arriscar dinheiro no jogo, era preciso tê-lo. Oh! Mesmo que eu faça você dormir com essas histórias, quero contar uma das mais terríveis alegrias de minha vida, uma daquelas alegrias armadas de garras e que se cravam no coração como um ferro em brasa no ombro de um condenado. Eu estava num baile na casa do duque de Navarreins, primo de meu pai. Mas, para que possa compreender perfeitamente minha situação, precisa saber que eu vestia um terno puído, sapatos velhos, uma gravata de cocheiro e luvas de segunda mão. Fiquei num canto, a fim de poder tomar sorvetes à vontade e contemplar as belas mulheres. Meu pai me viu. Por uma razão que nunca adivinhei, tamanho o atordoamento que me causou esse ato de confiança, ele me deu a carteira e as chaves para que as guardasse. A dez passos de mim, alguns homens jogavam. Eu ouvia o ouro tilintar. Tinha vinte anos e queria passar um dia inteiro mergulhado nos crimes da minha idade. Era uma libertinagem de espírito que não encontra analogia nem nos caprichos das cortesãs, nem nos sonhos das mocinhas. Havia um ano que eu me imaginava bem-vestido, numa carruagem, com uma bela mulher ao meu lado, bancando o grande senhor, jantando no Véry, indo à noite ao teatro, decidido a só voltar no dia seguinte para a casa de meu pai, mas armado contra ele de uma aventura com mais intrigas que *O Casamento de Fígaro**, e da qual ele não pudesse desvencilhar-se. Calculava que toda essa alegria custaria uns cinquenta escudos, pois vivia ainda no encanto da idade da inocência. Fui então a uma saleta onde, sozinho, com olhos ávidos e dedos trêmulos, contei o dinheiro de meu pai: cem escudos! Evocadas por essa quantia, minhas sonhadas alegrias apareceram diante de mim, dançando como as feiticeiras de Macbeth em volta do caldeirão, mas aliciantes, frementes, deliciosas! Tornei-me um patife decidido. Sem escutar nem as badaladas nos meus ouvidos, nem as batidas precipitadas do meu coração, peguei duas moedas de vinte francos que ainda vejo! Sua data estava apagada e a figura de Bonaparte fazia uma careta. Enfiando a carteira no bolso, fui para a mesa de jogo segurando duas moedas de ouro na palma úmida da mão e fiquei girando em volta dos jogadores como um gavião sobre um galinheiro. Tomado de angústias inexprimíveis, lancei de repente um olhar translúcido a meu redor. Certo de não estar sendo visto por nenhum conhecido, apostei num homenzinho gordo e satisfeito, sobre cuja cabeça acumulei mais orações e votos do que os que se fazem no mar durante três tempestades. Depois, com um instinto de criminalidade ou de maquiavelismo surpreendente em minha idade, fui plantar-me junto a uma porta, olhando através dos salões sem nada ver. Minha alma e meus olhos davam voltas em torno do fatal pano verde. Dessa noite data a primeira observação fisiológica à qual devo a espécie de penetração que me permitiu captar alguns mistérios de nossa dupla natureza. Virei as costas à mesa onde se disputava minha futura felicidade, felicidade tanto mais profunda, talvez, por ser criminosa. Entre os dois jogadores e mim havia uma espessa sebe,

---

* Comédia de Beaumarchais (1784). (N.T.)

quatro ou cinco fileiras de homens que conversavam; o burburinho das vozes impedia distinguir o som das moedas que se misturava ao ruído da orquestra; apesar de todos esses obstáculos, por um privilégio concedido às paixões e que lhes dá o poder de aniquilar o espaço e o tempo, eu ouvia distintamente as palavras dos dois jogadores, conhecia os pontos, sabia qual dos dois virava o rei, como se tivesse visto as cartas; enfim, a dois passos do jogo, eu empalidecia com seus caprichos. De repente, meu pai passou diante de mim, compreendi então esta frase das Escrituras: "O espírito de Deus passou diante de sua face!" Eu havia ganho. Através do turbilhão de homens que gravitava ao redor dos jogadores, corri até a mesa insinuando-me com a destreza de uma enguia que escapa pela malha rompida de uma rede. De dolorosas, minhas fibras tornaram-se alegres. Eu era como um condenado que, marchando ao suplício, encontra o Rei. Por acaso, um homem condecorado reclamou quarenta francos que faltavam. Suspeitado por olhos inquietos, empalideci e gotas de suor escorreram por minha testa. O crime de ter roubado meu pai pareceu-me bem vingado. Mas o homenzinho gordo disse então com uma voz certamente angélica: "Todos esses senhores apostaram", e pagou os quarenta francos. Ergui a cabeça e lancei olhares triunfantes aos jogadores. Depois de repor na carteira de meu pai o dinheiro que eu pegara, mantive minha aposta naquele digno e honesto senhor, que continuou a ganhar. Tão logo me vi de posse de cento e sessenta francos, enrolei-os num lenço de modo que não pudessem se mexer nem soar quando voltássemos para casa, e não joguei mais. "Que estava fazendo no jogo?", perguntou meu pai ao entrarmos no fiacre. "Eu olhava", respondi, tremendo. "Mas não haveria nada de extraordinário", ele prosseguiu, "se tivesse sido forçado, por amor-próprio, a apostar algum dinheiro. Aos olhos das pessoas da sociedade, você parece ter idade suficiente para ter o direito de cometer tolices. Assim eu o desculparia, Raphaël, se tivesse se servido de minha carteira..." Não respondi nada. Quando chegamos em casa, devolvi a meu pai as chaves e o dinheiro. Ao entrar no quarto, ele esvaziou a carteira em cima da lareira, contou as moedas, virou-se para mim com um ar bastante amável e disse-me, separando cada frase por uma pausa mais ou menos longa e significativa: "Meu filho, você logo terá vinte anos. Estou contente com você. Está precisando de uma mesada, nem que seja para aprender a economizar, a conhecer as coisas da vida. A partir desta noite, eu lhe darei cem francos por mês. Disponha do dinheiro como quiser. Aqui está o primeiro trimestre do ano", acrescentou, acariciando uma pilha de moedas, como para verificar a soma. Confesso que estive a ponto de lançar-me a seus pés, de dizer-lhe que eu era um patife, um infame e, pior ainda, um mentiroso! A vergonha reteve-me; ia beijá-lo, mas ele me repeliu levemente. "Agora você é um homem, *meu filho*", disse. "O que faço é uma coisa simples e justa, pela qual não precisa me agradecer. Se tenho direito à sua gratidão, Raphaël", ele prosseguiu num tom suave, mas cheio de dignidade, "é por ter preservado sua juventude das desgraças que devoram todos os rapazes em Paris. Daqui por diante, seremos dois amigos. Dentro de um ano, será doutor em direito. Não sem alguns desprazeres e algumas privações, adquiriu conhecimentos sólidos e o amor ao trabalho, necessários aos homens destinados a tratar dos assuntos públicos. Aprenda a conhecer-me, Raphaël. Não quero fazer de você nem um advogado, nem um notário, mas um homem de Estado que possa ser a glória de nossa pobre família. Até amanhã!", e despediu-me com um gesto misterioso. A partir desse dia, meu pai iniciou-me abertamente em seus projetos. Eu era filho único e perdera minha mãe dez anos antes. No passado, pouco satisfeito de ter o direito de lavrar a terra com a espada na cintura, meu pai, chefe de uma família histórica mais ou menos esquecida no Auvergne, veio a Paris para lutar ali com o diabo. Dotado daquela astúcia que torna os homens do sul da França tão superiores quando acompanhada de energia, conseguiu, sem grande auxílio, conquistar uma posição no núcleo mesmo do poder. A Revolução logo derrubou sua fortuna, mas ele soube desposar a herdeira de uma grande casa e, durante o Império, esteve a ponto de restituir à nossa família seu antigo esplendor.

A Restauração, que devolveu à minha mãe bens consideráveis, arruinou meu pai. Tendo outrora comprado várias terras dadas pelo Imperador a seus generais e situadas em países estrangeiros, ele combatia há dez anos com liquidantes e diplomatas, com tribunais prussianos e bávaros, para manter-se na posse contestada dessas infelizes doações. Meu pai lançou-me no labirinto inextricável desse vasto processo do qual dependia nosso futuro. Podíamos ser condenados a restituir os rendimentos, bem como o valor de alguns bosques cortados de 1814 a 1816; nesse caso, as propriedades de minha mãe mal eram suficientes para salvar a honra de nosso nome. Assim, no dia em que meu pai pareceu, de certo modo, ter-me emancipado, caí sob o jugo mais odioso. Tive de combater como num campo de batalha, trabalhar dia e noite, visitar homens de Estado, buscar descobrir sua religião, tentar interessá-los por nosso caso, seduzi-los, a eles, suas mulheres, seus criados, seus cães, e disfarçar essa horrível função sob formalidades elegantes, sob agradáveis gracejos. Compreendi todas as tristezas que desfiguravam o rosto de meu pai. Durante cerca de um ano, levei aparentemente a vida de um homem de sociedade, mas essa dissipação e a pressa de ligar-me com parentes de prestígio ou com pessoas que nos pudessem ser úteis exigiam imensos esforços. Meus divertimentos não eram mais que petições, e minhas conversas, relatórios. Até então, eu fora virtuoso pela impossibilidade de entregar-me às minhas paixões de rapaz; mas, temendo causar a ruína de meu pai ou a minha por uma negligência, tornei-me meu próprio déspota, não ousando permitir-me nem prazeres, nem gastos. Quando somos jovens, quando os homens e as coisas ainda não nos tiraram, à força de ofensas, aquela delicada flor de sentimento, aquele verdor de pensamento, aquela nobre pureza de consciência que nunca nos deixa transigir com o mal, sentimos vivamente nossos deveres; nossa honra fala alto e faz-se escutar; somos francos e sem rodeios; eu era assim, então. Quis justificar a confiança de meu pai; um pouco antes, ter-lhe-ia roubado deliciosamente uma mísera quantia; mas, carregando com ele o fardo de seus negócios, de seu nome, de sua casa, ter-lhe-ia dado em segredo meus bens, minhas esperanças, assim como lhe sacrifiquei meus prazeres, feliz mesmo por esse sacrifício. Assim, quando o sr. de Villèle exumou, expressamente para nós, um decreto imperial sobre as prescrições, e com isso nos arruinou, assinei a venda de minhas propriedades, conservando apenas uma ilha sem valor, situada no meio do rio Loire, e onde se achava o túmulo de minha mãe. Hoje, talvez, não me faltariam os argumentos, os subterfúgios, as discussões filosóficas, filantrópicas e políticas, para dispensar-me de fazer o que meu advogado chamou de uma *besteira*. Mas aos vinte e um anos, repito, somos apenas generosidade, calor e amor. As lágrimas que vi nos olhos de meu pai foram então para mim a mais bela das fortunas, e a lembrança dessas lágrimas muitas vezes consolou minha miséria. Dez meses após ter pago seus credores, meu pai morreu de tristeza, ele me adorava e havia me arruinado: essa ideia o matou. Em 1826, com vinte e dois anos, no final do outono, acompanhei sozinho o enterro de meu primeiro amigo, de meu pai. Poucos rapazes sabem o que é estar sozinho com seus pensamentos, atrás de um carro fúnebre, perdido em Paris, sem futuro, sem fortuna. Os órfãos recolhidos pela caridade pública têm ao menos por futuro o campo de batalha, por pai o governo ou o procurador do rei, e por refúgio o asilo. Eu não tinha nada! Três meses depois, um leiloeiro judicial entregou-me mil cento e doze francos, resultado líquido da sucessão paterna. Credores haviam me obrigado a vender nossa mobília. Acostumado desde a infância a dar um grande valor aos objetos de luxo que me cercavam, não pude deixar de mostrar um certo espanto diante desse resto de conta exigido. "Oh! disse-me o leiloeiro, isso tudo era muito *rococó*!" Palavra terrível que ofendia todas as religiões de minha infância e despojava-me de minhas primeiras ilusões, as mais prezadas de todas. Minha fortuna resumia-se a uma lista de venda, meu futuro jazia numa bolsa de pano contendo mil cento e doze francos, a Sociedade aparecia-me na pessoa de um leiloeiro que me falava de chapéu na cabeça. Jonathas, um criado que gostava de mim e a quem minha mãe instituíra outrora uma renda vitalícia de quatrocentos francos, disse-me, quando deixei a casa de onde tantas vezes saí alegremente de carruagem: "Seja bem econômico, sr. Raphaël!" Ele chorava, o pobre homem. Tais são, meu caro Émile, os acontecimentos que dominaram meu destino, modificaram minha alma e colocaram-me, ainda jovem, na mais falsa de todas as situações sociais – disse Raphaël, após ter feito uma pausa. – Laços de família, mas frágeis, ligavam-me a algumas casas ricas cujo acesso meu orgulho teria impedido, se o desprezo e a indiferença já não me tivessem fechado as portas. Embora aparentado a pessoas muito influentes e que prodigalizavam sua proteção a estranhos, eu não tinha parentes nem protetores. Sempre detida em suas expansões, minha alma fechara-se em si mesma. Cheio de franqueza e de naturalidade, eu devia parecer frio, dissimulado; o despotismo de meu pai havia tirado toda a confiança em mim; eu era tímido e desajeitado, não acreditava que minha voz pudesse exercer a menor influência, vivia descontente comigo, achava-me feio, tinha vergonha do meu olhar. Apesar da voz interior que deve sustentar os homens de talento em suas lutas e que me clamava: "Coragem! Vamos!", apesar das súbitas revelações de minha força na solidão, apesar da esperança que me animava ao comparar as obras novas admiradas pelo público com as que giravam em meu pensamento, eu duvidava de mim como uma criança. Era possuído de uma excessiva ambição, acreditava-me destinado a grandes coisas, e sentia-me no nada. Tinha necessidade dos homens e via-me sem amigos. Precisava abrir um caminho no mundo e ficava ali sozinho, menos receoso do que envergonhado. Durante o ano em que fui lançado por meu pai no turbilhão da grande sociedade, entrei nela com um coração novo, com a alma fresca. Como todos os jovens, eu aspirava em segredo a belos amores. Encontrei entre os rapazes de minha idade uma seita de fanfarrões que andavam de cabeça erguida, diziam bobagens, sentavam-se sem tremer ao lado de mulheres que me pareciam as mais imponentes, dizendo impertinências, mordendo a ponta da bengala, fazendo gracinhas, prostituindo para eles mesmos as mais encantadoras pessoas, pondo ou afirmando ter posto a cabeça em todos os travesseiros, dando a impressão de recusar o prazer, considerando as mais virtuosas e recatadas como presas fáceis que podiam ser conquistadas por simples palavras, ao menor gesto ousado, ao primeiro olhar insolente! Declaro a você, com toda a sinceridade: a conquista do poder ou de um grande renome literário parecia-me um triunfo menos difícil de obter que o sucesso junto a uma mulher de elevada posição, jovem, inteligente e graciosa. Então vi que as perturbações do meu coração, meus sentimentos e meus cultos estavam em desacordo com as máximas da sociedade. Eu tinha ousadia, mas apenas na alma, não nas maneiras. Soube mais tarde que as mulheres não queriam ser mendigadas; conheci muitas delas, que eu adorava de longe, às quais entregava um coração a toda prova, uma alma pronta a ser dilacerada, uma energia que não se assustava com sacrifícios nem torturas; elas pertenciam a tolos que eu não teria desejado nem como porteiros. Quantas vezes, mudo, imóvel, não admirei a mulher de meus sonhos surgindo num baile; devotando então em pensamento minha existência a carícias eternas, eu punha todas as esperanças num olhar e oferecia a ela, em meu êxtase, um amor de jovem que corre ao encontro de ilusões. Em alguns momentos, teria dado minha vida por uma única noite. Pois bem, nunca tendo encontrado ouvidos onde lançar minhas frases apaixonadas, olhares onde repousar os meus, um coração para o meu coração, vivi todos os tormentos de uma impotente energia que devorava a si mesma, seja por falta de ousadia ou de ocasião, seja por inexperiência. Talvez eu quisesse fazer-me compreender desesperadamente, ou temesse ser compreendido demais. No entanto, tinha uma tempestade pronta para cada olhar cortês que pudessem dirigir-me. Apesar de minha prontidão em tomar esse olhar ou palavras aparentemente afetuosas como um terno assentimento, eu nunca ousava falar, mas tampouco calava-me convenientemente. À força de sentimento, minha fala era insignificante, e meu silêncio tornava-se estúpido. Certamente era muito ingênuo diante de uma sociedade falsa que vive das luzes, que exprime seus pensamentos em frases convencionais ou por palavras ditadas pela moda. E eu não sabia falar calando-me, nem calar-me falando. Enfim, guardando em mim fogos que ardiam, tendo uma alma semelhante à que as mulheres desejam encontrar, dominado pela exaltação de que elas são ávidas e possuindo a energia com que se enaltecem os tolos, todas as mulheres foram perfidamente cruéis comigo. Assim eu admirava ingenuamente os heróis das rodas sociais quando celebravam seus triunfos, sem suspeitá-los de mentira. Claro que cometia o erro de desejar um amor só em palavras, de querer encontrar, num coração de mulher frívola e leviana, sedenta de luxo, inebriada de vaidade, aquela paixão grande e forte, aquele oceano que batia tempestuosamente em meu coração. Oh! Sentir-se nascido para amar, para fazer uma mulher feliz, e não achar ninguém, nem mesmo uma corajosa e nobre Marceline* ou alguma velha marquesa! Carregar tesouros num alforje e não poder encontrar nem uma criança, uma menina curiosa para admirá-los. Muitas vezes quis matar-me de desespero.

– Você está lindamente trágico esta noite! – exclamou Émile.

– Ah! Deixa-me condenar minha vida – respondeu Raphaël. – Se sua amizade não tem a força de escutar minhas elegias, se não pode conceder-me meia hora de tédio, então durma! Mas não me pergunte mais a razão de meu suicídio que murmura, que se ergue, que me chama e que eu saúdo. Para julgar um homem, é preciso ao menos entrar no segredo de seu pensamento, de suas infelicidades, de suas emoções; querer conhecer de uma vida apenas os acontecimentos materiais é fazer cronologia, a história dos tolos!

O tom amargo com que essas palavras foram pronunciadas tocou tão vivamente Émile que, a partir desse momento, ele prestou toda a atenção a Raphaël, olhando-o com um ar de idiota.

– Mas agora a luz que colore esses acidentes – retomou o narrador – lhes dá um novo aspecto. A ordem das coisas

---

* A mãe de Fígaro em *O casamento de Fígaro*. (N.T.)

que outrora eu considerava como um infortúnio engendrou talvez as belas faculdades de que mais tarde me orgulhei. A curiosidade filosófica, os trabalhos excessivos, o amor à leitura, que desde os sete anos de idade até minha estreia no mundo ocuparam constantemente minha vida, não me teriam dotado da facilidade com que, a julgar pelo que você diz, sei exprimir minhas ideias e marchar à frente no vasto campo dos conhecimentos humanos? O abandono a que fui condenado, o hábito de reprimir meus sentimentos e de viver em meu coração não me investiram do poder de comparar, de meditar? Ao me preservar das excitações mundanas que apequenam a mais bela alma e reduzem-na a um farrapo, não se concentrou minha sensibilidade para tornar-se o órgão aperfeiçoado de uma vontade mais alta que o querer da paixão? Ignorado pelas mulheres, lembro-me de tê-las observado com a sagacidade do amor desdenhado. Agora compreendo que a sinceridade do meu caráter devia desagradar! Será que as mulheres não querem um pouco de hipocrisia? Eu que sou alternadamente, na mesma hora, adulto e criança, fútil e pensador, sem preconceitos e cheio de superstições, muitas vezes mulher como elas, não as devo ter feito tomarem minha ingenuidade por cinismo, e a pureza do meu pensamento por libertinagem? Para elas, a ciência era tédio, o langor feminino, fraqueza. Essa excessiva mobilidade de imaginação, a desgraça dos poetas, certamente fazia-me ser visto como um homem incapaz de amor, sem constância nas ideias, sem energia. Idiota quando me calava, eu talvez as assustasse quando procurava agradá-las, e as mulheres condenaram-me. Aceitei, com lágrimas e tristeza, a sentença proferida pelo mundo. Essa pena produziu seu fruto. Quis vingar-me da sociedade, quis possuir a alma de todas as mulheres submetendo-lhes a inteligência, vendo todos os olhares fixos em mim quando meu nome fosse pronunciado por um criado à entrada de um salão. Proclamei-me um grande homem. Desde a infância, batia na testa dizendo-me, como André de Chénier: "Tem alguma coisa aqui dentro!" Acreditava sentir em mim um pensamento a exprimir, um sistema a estabelecer, uma ciência a explicar. Ó meu caro Émile! Hoje, quando tenho apenas vinte e seis anos, quando estou certo de que morrerei ignorado, sem nunca ter sido o amante da mulher que sonhei possuir, posso contar a você minhas loucuras? Não tomamos todos, em maior ou menor grau, nossos desejos por realidades? Ah! Eu não gostaria de ter como amigo um jovem que em seus sonhos não se tivesse visto com uma coroa na cabeça, sobre um pedestal, cercado de complacentes amantes. Eu, muitas vezes, fui general, imperador; fui Byron e depois nada. Tendo me imaginado no topo das coisas humanas, logo percebia que todas as montanhas, todas as dificuldades ainda estavam por ser enfrentadas. Esse imenso amor-próprio que se agitava em mim, essa crença sublime num destino e que talvez leve ao gênio, quando um homem não deixa a alma ser tosada ao contato das coisas tão facilmente quanto uma ovelha exposta aos espinhos dos matagais por onde passa, tudo isso salvou-me. Quis cobrir-me de glória e trabalhar em silêncio pela amante que esperava ter um dia. Todas as mulheres resumiam-se numa só, e eu acreditava encontrar essa mulher na primeira que se oferecia a meus olhares; vendo uma rainha em cada uma delas, todas deviam, como as rainhas obrigadas a tomar iniciativas com seus amantes, vir a meu encontro, e eu era sofredor, pobre e tímido. Ah! Por aquela que tivesse chorado por mim, eu tinha tanta gratidão no coração, além do amor, que a teria adorado a vida inteira. Mais tarde, minhas observações ensinaram-me verdades cruéis. Assim, meu caro Émile, arrisquei-me a viver eternamente só. As mulheres estão habituadas, não sei por que tendência de seu espírito, a ver num homem de talento apenas os defeitos e num tolo apenas as qualidades; elas sentem grande simpatia pelas qualidades do tolo, que são uma perpétua lisonja de seus próprios defeitos, enquanto o homem superior não lhes oferece prazeres suficientes para compensar suas imperfeições. O talento é uma febre intermitente, nenhuma mulher tem vontade de compartilhar apenas seus incômodos; todas querem encontrar nos amantes motivos para satisfazer sua vaidade. O que elas amam em nós são elas mesmas! Um pobre homem, orgulhoso, artista, dotado do poder de criar, não está armado de um contundente egoísmo? Existe ao seu redor um turbilhão de pensamentos no qual ele envolve tudo, mesmo a amante, que deve acompanhar esse movimento. Pode uma mulher adulada acreditar no amor de tal homem? Irá ela procurá-lo? Esse amante não está disposto a entregar-se, em volta de um divã, àqueles arremedos sentimentais que as mulheres tanto prezam e que são o triunfo dos homens falsos e insensíveis. Falta-lhe tempo para trabalhar; como ele o gastaria rebaixando-se com enfeites de mau gosto? Pronto a dar minha vida de uma só vez, eu não a parcelaria com miudezas. Enfim, há nas manobras de um agente de câmbio que presta favores a uma mulher pálida e afetada algo de mesquinho que causa horror ao artista. O amor abstrato não basta a um homem pobre e grande, ele quer a devoção completa. Essas pequenas criaturas que passam a vida experimentando caxemiras e são os cabides da moda não têm devoção, elas a exigem, e veem no amor o prazer de comandar, não de obedecer. A verdadeira esposa de coração, carne e osso deixa-se arrastar para onde vai aquele em quem reside sua vida, sua força, sua glória, sua felicidade. Os homens superiores precisam de mulheres orientais que saibam conhecer-lhes as necessidades; pois, para eles, a desgraça está na discordância de seus desejos e dos meios. Eu, que me acreditava um homem de gênio, amava precisamente essas mulheres insignificantes! Alimentando ideias tão contrárias às ideias aceitas, tendo a pretensão de subir ao céu sem escada, possuindo tesouros sem cotação, armado de conhecimentos extensos que me sobrecarregavam a memória e que eu ainda não classificara, ainda não assimilara; estando sozinho, sem parentes, sem amigos, no meio do mais terrível deserto, um deserto pavimentado, um deserto animado, pensando e vivendo onde tudo, mais do que inimigo, é indiferente, a resolução que tomei era natural, embora louca; ela comportava algo de impossível que me deu coragem. Meu plano era este. Meus mil e cem francos podiam manter-me por três anos, e concedia-me esse prazo para publicar uma obra que pudesse chamar a atenção pública sobre mim, trazer-me a fortuna ou a fama. Alegrava-me pensar que ia viver de pão e leite como um solitário da Tebaida, mergulhado no mundo dos livros e das ideias, numa esfera inacessível ao mundo dessa Paris tumultuosa, esfera de trabalho e de silêncio na qual, como as crisálidas, eu me construía um túmulo para renascer brilhante e glorioso. Arriscava-me a morrer para viver. Reduzindo a existência a suas verdadeiras necessidades, ao estritamente necessário, eu achava que trezentos e sessenta e cinco francos por ano seriam suficientes à minha pobreza. De fato, essa magra quantia satisfez minha vida, enquanto quis suportar minha própria disciplina claustral...

– É impossível – exclamou Émile.

– Vivi cerca de três anos assim – respondeu Raphaël, com uma espécie de orgulho. – Vamos fazer as contas? – continuou. – Três vinténs de pão, dois de leite e três de salsichas impediam-me de morrer de fome e mantinham meu espírito num estado de lucidez singular. Como sabe, observei maravilhosos efeitos produzidos pela dieta sobre a imaginação. Meu alojamento custava três vinténs por dia, queimava por noite a mesma quantia de óleo, eu mesmo limpava o quarto, e usava camisas de flanela para não gastar mais que dois vinténs por dia na lavanderia. Aquecia-me com carvão mineral, cujo preço dividido por dia nunca ultrapassou dois vinténs. Tinha trajes, roupas de baixo e calçados para três anos, e só vestia-me para ir a alguns cursos públicos e às bibliotecas. Esses gastos reunidos somavam apenas dezoito vinténs, restavam-me dois para os imprevistos. Durante esse longo período, não me lembro de ter cruzado a Pont des Arts, nem de alguma vez ter comprado água; de manhã, ia buscá-la na fonte da praça Saint-Michel, na esquina da Rue des Grès. Oh! Eu ostentava minha pobreza com orgulho. Em sua vida de miséria, um homem que pressente um belo futuro marcha como um inocente conduzido ao suplício, ele não se envergonha. Não quis prever a doença. Como Aquilina, eu considerava o asilo sem terror. Não duvidei um só momento de minha boa saúde. Aliás, o pobre só deve deitar-se para morrer. Eu mesmo cortava meus cabelos, até o momento em que um anjo de amor ou de bondade... Mas não quero antecipar o que estou narrando.

Saiba apenas, meu caro amigo, que, na falta de amante, vivi com um grande pensamento, com um sonho, uma mentira na qual começamos todos, uns mais, outros menos, a acreditar. Hoje rio de mim, desse *eu* talvez santo e sublime que não existe mais. A sociedade, o mundo, nossos hábitos, nossos costumes, vistos de perto, revelaram-me o perigo de minha crença inocente e o quanto eram supérfluos meus ardentes esforços. Essas provisões são inúteis ao ambicioso. Deve ser leve a bagagem de quem persegue a fortuna. O erro dos homens superiores é desperdiçar a juventude buscando serem dignos do favor. Enquanto os pobres acumulam força e ciência para carregar sem esforço o peso de um prestígio que os evita, os intrigantes, cheios de palavras e desprovidos de ideias, vão e vêm, surpreendem os tolos e alojam-se na confiança dos semitolos; aqueles estudam, estes marcham, aqueles são modestos, estes são ousados; o homem de gênio cala seu orgulho, o intrigante exibe o seu e necessariamente obtém sucesso. Os homens do poder têm tanta necessidade de acreditar no mérito pronto, no talento desavergonhado, que é uma infantilidade o verdadeiro sábio esperar recompensas humanas. Certamente não busco parafrasear os lugares comuns da virtude, o *Cântico dos cânticos* eternamente declamado pelos gênios desconhecidos; quero deduzir logicamente a razão dos frequentes sucessos obtidos pelos homens medíocres. Ai! O estudo é tão maternalmente bom, que é talvez um crime pedir-lhe outras recompensas que não as puras e doces alegrias com que alimenta seus filhos. Lembro-me de ter algumas vezes molhado meu pão no leite, sentado junto à janela e ali, respirando o ar da rua, deixado meus olhos pairarem sobre uma paisagem de telhados castanhos, cinzas, vermelhos, de ardósia, telhas cobertas de musgo amarelo ou verde. Se essa vista a princípio me pareceu monótona, logo descobri singulares belezas. Às vezes, ao anoitecer, riscos luminosos, saídos de janelas mal fechadas, matizavam e animavam as profundezas escuras daquele país original. Outras vezes, a luz pálida dos lampiões projetava reflexos amarelados através da neblina, indicando vagamente nas ruas as ondulações dos telhados comprimidos, oceano de ondas imóveis. Outras vezes, enfim, raras figuras apareciam no meio desse deserto tristonho; entre as flores de algum jardim suspenso, eu entrevia o perfil anguloso e curvado de uma velha a regar capuchinhas, ou então, na janela carcomida de uma água-furtada, uma jovem a pentear-se, acreditando-se sozinha, e de quem eu via apenas a bela fronte e os longos cabelos elevados no ar por um lindo braço branco. Eu admirava nas calhas algumas vegetações efêmeras, pobres ervas logo arrancadas por um temporal! Observava o musgo, suas cores reavivadas pela chuva, e que ao sol transformava-se num veludo seco e castanho com reflexos caprichosos. Enfim, os poéticos e fugazes efeitos da luz, as tristezas da neblina, as súbitas cintilações do sol, o silêncio e as magias da noite, os mistérios da aurora, as fumaças de cada chaminé, todos os acidentes dessa singular natureza, então familiares para mim, distraíam-me. Essas savanas de Paris, formadas por telhados nivelados como uma planície, mas que cobriam abismos povoados, vinham até minha alma e harmonizavam-se com meus pensamentos. É fatigante reencontrar bruscamente o mundo quando descemos das alturas celestes para onde nos levam as meditações científicas; compreendi então perfeitamente a nudez dos mosteiros. Pois bem, quando tomei a decisão de seguir meu novo plano de vida, busquei uma moradia nos bairros mais desertos de Paris. Num fim de tarde, ao voltar de l'Estrapade, passei pela Rue des Cordiers para voltar à minha casa. Na esquina da Rue de Cluny, vi uma menina de uns catorze anos que jogava peteca com uma de suas companheiras, e cujos risos e travessuras divertiam os vizinhos. Estava um dia bonito, fazia calor, era setembro ainda. Diante de cada porta, mulheres sentadas tagarelavam como numa cidade de província num dia de festa. Observei primeiro a menina, cuja fisionomia tinha uma admirável expressão, o corpo como a posar para um pintor. Era uma cena maravilhosa. Procurei a causa dessa simplicidade no meio de Paris, notei que a rua era sem saída e devia ter pouco trânsito. Lembrando-me que J.-J. Rousseau havia morado nesse lugar, avistei o hotel Saint-Quentin, agora decadente; tive a esperança de achar ali um abrigo barato e quis visitá-lo. Ao entrar numa peça baixa, vi os clássicos candelabros de cobre guarnecidos de velas, metodicamente enfileirados acima de cada chave, e fiquei impressionado com a limpeza que reinava nessa sala geralmente bastante malcuidada nos outros hotéis, e que me pareceu pintada como um quadro de gênero; o canapé azul, os utensílios, os móveis tinham a elegância de um cenário convencional. A dona do hotel, mulher de uns quarenta anos, cujas feições exprimiam infelicidades e cujo olhar era como embaçado por lágrimas, levantou-se e veio atender-me; aceitei humildemente a tarifa do meu aluguel. Sem parecer surpresa, ela procurou uma chave entre as outras, conduziu-me às mansardas e mostrou-me um quarto com vista para os telhados e os pátios das casas vizinhas, em cujas janelas prendiam-se longos varais de roupa lavada. Nada era mais horrível do que essa mansarda de paredes amarelas e sujas, que cheirava à miséria e chamava seu sábio. O teto era inclinado e as telhas tinham frestas que deixavam ver o céu. Havia lugar para uma cama, uma mesa, algumas cadeiras, e no ângulo agudo do telhado pude colocar meu piano. Não sendo bastante rica para mobiliar essa gaiola digna dos *piombi* de Veneza*, a pobre mulher nunca tinha podido alugá-la. Provido apenas dos objetos pessoais poupados da venda imobiliária que acabara de fazer, logo acertei com a hoteleira e instalei-me ali no dia seguinte. Vivi nesse sepulcro aéreo durante cerca de três anos, trabalhando noite e dia sem descanso, com tanto prazer que o estudo parecia-me ser o mais belo tema, a mais acertada solução da vida humana. A calma e o silêncio necessários ao sábio têm algo de doce, de inebriante como o amor. O exercício do pensamento, a busca das ideias, as contemplações tranquilas da Ciência nos prodigalizam inefáveis delícias, indescritíveis como tudo o que participa da inteligência, cujos fenômenos são invisíveis a nossos sentidos exteriores. Assim, somos sempre forçados a explicar

---

* Chumbos de Veneza, como eram chamados os cárceres no andar superior do palácio ducal. (N.T.)

os mistérios do espírito por comparações materiais. O prazer de nadar num lago de água pura, entre rochas, bosques e flores, sozinho e acariciado por uma brisa suave, daria aos ignorantes uma imagem bem pequena da felicidade que eu sentia quando minha alma se banhava na claridade de não sei que luz, quando escutava as vozes terríveis e confusas da inspiração, quando de uma fonte desconhecida as imagens jorravam em meu cérebro palpitante. Ver uma ideia despontar no campo das abstrações humanas como o sol de manhã, elevar-se como ele e, mais ainda, crescer como uma criança, chegar à puberdade, fazer-se lentamente viril, é uma alegria superior às outras alegrias terrestres, é talvez um divino prazer. O estudo põe uma espécie de magia em tudo o que nos cerca. A pequena mesa sobre a qual eu escrevia, coberta de um oleado castanho, meu piano, meu leito, minha poltrona, as extravagâncias do papel de parede, os móveis, todas essas coisas animavam-se e tornavam-se para mim humildes amigos, os cúmplices silenciosos do meu futuro; quantas vezes, olhando para elas, não lhes comuniquei minha alma? Com frequência, deixando meus olhos viajarem por uma moldura empenada, encontrei ideias novas, uma prova impressionante do meu sistema ou palavras que eu julgava acertadas para exprimir pensamentos quase intraduzíveis. De tanto contemplar os objetos que me cercavam, descobri em cada um sua fisionomia, seu caráter. Seguidamente eles me falavam; se, por cima dos telhados, o sol poente lançava através de minha estreita janela uma luz furtiva, eles se coloriam, empalideciam, brilhavam, se entristeciam ou se alegravam, sempre surpreendendo-me por efeitos novos. Esses miúdos acidentes da vida solitária, que escapam às preocupações do mundo, são o consolo dos prisioneiros. E eu era o cativo de uma ideia, o prisioneiro de um sistema, mas sustentado pela perspectiva de uma vida gloriosa. A cada dificuldade vencida, eu beijava as mãos doces da mulher de olhos azuis, elegante e rica, que um dia haveria de acariciar meus cabelos e dizer-me com ternura: "Como sofre, meu pobre anjo!" Eu havia empreendido duas grandes obras. Uma comédia devia dar-me em pouco tempo o renome e a fortuna, e o ingresso na sociedade onde queria reaparecer com os direitos e as regalias do homem de gênio. Todos viram nessa obra-prima o primeiro erro de um jovem que sai do colégio, uma verdadeira tolice infantil. Os gracejos cortaram as asas de fecundas ilusões que desde então não voltaram a despertar. Somente você, meu caro Émile, acalmou a ferida profunda que outros causaram em meu coração! Somente você admirou minha *Teoria da vontade*, essa longa obra para a qual aprendi as línguas orientais, a anatomia, a fisiologia, à qual dediquei a maior parte do meu tempo. No meu entender, essa obra completará os trabalhos de Mesmer, de Lavater, de Gall, de Bichat, abrindo um novo caminho à ciência humana. Ali concentra-se minha vida, nesse sacrifício diário, nesse trabalho de bicho da seda desconhecido do mundo e cuja única recompensa reside talvez no trabalho mesmo. Desde a idade da razão até o dia em que terminei minha teoria, observei, aprendi, li e escrevi sem descanso, minha vida foi como um longo castigo na escola. Amante efeminado da preguiça oriental, apaixonado por meus sonhos, sensual, sempre trabalhei recusando-me os prazeres da vida parisiense. Guloso, fui sóbrio; amando os passeios e as viagens marítimas, desejando visitar vários países, sentindo ainda prazer em fazer ricochetear, como um menino, seixos na água, permaneci constantemente sentado, com uma pena na mão. Conversador, ia escutar em silêncio os professores nos cursos públicos da Biblioteca e do Museu. Dormi sobre meu catre solitário como um religioso da ordem de São Bento e, no entanto, a mulher era minha única quimera, uma quimera que eu acariciava e que me fugia sempre! Enfim, minha vida foi uma cruel antítese, uma perpétua mentira. E depois queremos julgar os homens! Às vezes meus gostos naturais se reavivavam como um fogo há muito incubado. Por uma espécie de miragem ou de febre, eu, viúvo de todas as mulheres que desejava, desprovido de tudo e alojado numa mansarda de artista, via-me então cercado de amantes maravilhosas! Percorria as ruas de Paris, recostado nas macias almofadas de uma elegante carruagem. Sentia-me roído pelo vício, mergulhado na devassidão, querendo tudo, possuindo tudo; eu era um ébrio em jejum, como Santo Antônio em sua tentação. Felizmente, o sono vinha extinguir essas visões devoradoras; no dia seguinte, a ciência chamava-me sorrindo e eu retornava, fiel. Imagino que as mulheres ditas virtuosas devem com frequência ser tomadas por esses turbilhões de desejo, loucura e paixão que se elevam em nós, contra a nossa vontade. Esses sonhos têm seus encantos, assemelham-se àquelas conversas à noite, no inverno, junto à lareira, de onde partimos para a China. Mas o que acontece com a virtude durante essas deliciosas viagens em que o pensamento transpõe todos os obstáculos? Durante os dez primeiros meses de minha reclusão, levei a vida pobre e solitária que descrevi a você; de manhã cedo e sem ser visto, eu mesmo ia buscar as provisões para a jornada; limpava meu quarto, era ao mesmo tempo o patrão e o criado, diogenizava* com um incrível orgulho. Mas depois desse período, durante o qual a hoteleira e a filha espionaram meus hábitos e costumes, examinaram minha pessoa e compreenderam minha miséria, talvez porque elas mesmas eram infelizes, criaram-se inevitáveis ligações entre mim e elas. Pauline, aquela encantadora menina cujas graças ingênuas e secretas haviam-me de certo modo levado até ali, prestou-me vários serviços que não pude recusar. Todos os infortúnios são irmãos, têm a mesma linguagem, a mesma generosidade, a generosidade dos que, nada possuindo, são pródigos de sentimento, pagam com seu tempo e sua pessoa. Imperceptivelmente, Pauline foi tomando conta do meu quarto, quis servir-me, e sua mãe não se opôs. Vi a própria mãe remendando minhas roupas e corando ao ser surpreendida nessa caridosa ocupação. Tendo-me tornado, contra minha vontade, o protegido delas, aceitei seus serviços. Para compreender essa singular afeição, é preciso conhecer o arrebatamento do trabalho, a tirania das ideias e a repugnância instintiva pelos detalhes da vida material que sente o homem dedicado ao pensamento. Podia eu resistir à delicada atenção com que

---

* Neologismo de Balzac com o nome do filósofo cínico Diógenes, que vivia dentro de um barril. (N.T.)

Pauline trazia, a passos silenciosos, minha refeição frugal, quando notava que, depois de sete ou oito horas, eu nada comera? Com a graça da mulher e a ingenuidade da infância, ela sorria-me fazendo um sinal para dizer que eu não devia vê-la. Era Ariel introduzindo-se como uma sílfide sob meu teto e prevendo minhas necessidades. Uma noite, Pauline contou-me sua história com uma tocante ingenuidade. Seu pai era chefe de esquadrão dos granadeiros a cavalo da guarda imperial. Na travessia do rio Beresina, foi aprisionado pelos cossacos. Mais tarde, quando Napoleão propôs trocá-lo por reféns, as autoridades russas mandaram em vão procurá-lo na Sibéria; segundo outros prisioneiros, ele escapara com o projeto de ir para as Índias. Desde então, a sra. Gaudin, minha hoteleira, não obteve novas notícias do marido; aconteceram os desastres de 1814 e 1815; sozinha, sem recursos e sem amparo, ela decidiu alugar quartos para sustentar a filha. Continuava esperando rever o marido. Sua maior tristeza era deixar Pauline sem educação, sua Pauline, afilhada da princesa Borghese*, e que não devia faltar ao belo destino prometido por sua imperial protetora. Quando a sra. Gaudin confiou-me essa dor amarga que a matava, dizendo-me com uma voz dilacerante: "Eu daria o pedaço de papel que faz Gaudin barão do Império e o direito que temos à dotação de Witschnau para ver Pauline educada em Saint-Denis!", estremeci. Para agradecer os cuidados que as duas mulheres prodigalizavam-me, tive a ideia de oferecer-me para completar a educação de Pauline. A candura com que ambas aceitaram minha proposta foi igual à ingenuidade que a ditava. Tive assim horas de recreação. A menina tinha as melhores disposições, aprendeu com tanta facilidade o piano que logo tocava melhor que eu. Acostumada a pensar em voz alta junto de mim, ela manifestava as mil delicadezas de um coração que se abre para a vida como o cálice de uma flor lentamente desdobrada pelo sol; escutava-me com recolhimento e prazer, pondo em mim seus olhos negros e aveludados que pareciam sorrir; repetia as lições com uma voz

---

* Irmã de Napoleão Bonaparte. (N.T.)

doce e carinhosa, demonstrando uma alegria infantil quando eu ficava contente com ela. A mãe, cada dia mais inquieta de ter de preservar de todo perigo uma jovem que desenvolvia as promessas feitas pelas graças de sua infância, via com prazer a filha encerrar-se o dia todo para estudar. Como meu piano era o único que ela podia utilizar, Pauline aproveitava minhas ausências para exercitar-se. Quando eu voltava, encontrava-a em meu quarto, vestida com toda a simplicidade; mas, ao menor movimento, seu corpo flexível e os encantos de sua pessoa revelavam-se sob os tecidos grosseiros. Como a heroína do conto *A pele de asno**, ela deixava ver um pezinho delicado em sapatos ignóbeis. Mas esses lindos tesouros, essa rica menina, todo esse luxo de beleza, estavam como que perdidos para mim. Eu impusera-me só ver em Pauline uma irmã, teria horror de enganar a confiança da mãe; admirava essa menina encantadora como um quadro, como o retrato de uma amante morta. Enfim, era uma filha, uma estátua. Novo Pigmalião, quis fazer de uma virgem viva e colorida, sensível e falante, um mármore; eu era muito severo com ela, mas quanto mais lhe fazia sentir os efeitos do meu despotismo de mestre, mais dócil e submissa ela se tornava. Se fui encorajado em minha reserva e em minha contenção por sentimentos nobres, não me faltaram, porém, as razões de procurador. Não concebo a probidade do dinheiro sem a probidade do pensamento. Enganar uma mulher ou declarar falência foi sempre a mesma coisa para mim. Amar uma jovem ou deixar-se amar por ela constitui um verdadeiro contrato cujas condições devem ser bem entendidas. Temos o direito de abandonar a mulher que se vende, mas não a jovem que se dá, pois ela ignora a extensão de seu sacrifício. Assim, se eu tivesse casado com Pauline, teria sido uma loucura. Não seria como lançar uma alma doce e virgem em terríveis desgraças? Minha indigência falava em sua linguagem egoísta e vinha sempre pôr sua mão de ferro entre mim e essa boa criatura. Além disso, confesso, para a minha vergonha, que não concebo o

---

* De Charles Perrault. A heroína disfarça-se sob uma pele de asno para fugir do próprio pai, que quer se casar com ela. (N.T.)

amor na miséria. Talvez haja em mim uma depravação devido a esta doença humana que chamamos a civilização; mas uma mulher, por mais atraente que seja, como a bela Helena, a Galateia de Homero, não exerce poder algum sobre meus sentidos se estiver malvestida. Ah! O amor envolve-se de seda, de caxemira, dos luxos que o enfeitam maravilhosamente bem, porque ele próprio é talvez um luxo. Em meus desejos, gosto de esfregar graciosos vestidos, rasgar flores, pôr minha mão devastadora nos elegantes edifícios de um penteado aromático. Olhos ardentes, ocultos por um véu de renda que os olhares atravessam como a chama rasga a fumaça do canhão, oferecem-me fantásticas seduções. Meu amor quer escadas de seda subidas em silêncio, numa noite de inverno. Que prazer chegar coberto de neve num quarto iluminado por perfumes, atapetado de sedas pintadas, e ali encontrar uma mulher que igualmente sacode a neve; pois que outro nome dar aos voluptuosos véus de musselina por meio dos quais ela se desenha como um anjo em sua nuvem, e dos quais vai sair? Preciso também de uma felicidade temerosa, de uma audaciosa segurança. Enfim, quero rever essa misteriosa mulher, resplandecente, no meio da sociedade, mas virtuosa, cercada de homenagens, vestida de rendas, diamantes, dando ordens à cidade, tão elevada e imponente que ninguém ouse dirigir-lhe desejos. No meio de sua corte, quero que ela me lance um olhar furtivo, um olhar que desminta esses artifícios, um olhar que sacrifique o mundo e os homens! É verdade que cem vezes senti-me ridículo de amar algumas bonecas de seda, de veludo, de finas cambraias de linho, exibindo os esforços de um cabeleireiro, velas, uma carruagem, um título, heráldicas coroas pintadas por vidraceiros ou fabricadas por um ourives, enfim, tudo o que há de falso e de menos mulher na mulher; zombei de mim, critiquei-me, mas foi em vão. Uma mulher aristocrática e seu sorriso fino, a distinção de suas maneiras e o respeito consigo mesma fascinam-me; quando ergue uma barreira entre ela e o mundo, essa mulher desperta em mim todas as vaidades, que são a metade do amor. Invejada por todos, minha felicidade parece mais saborosa. Nada fazendo do que fazem as outras mulheres, não andando, não vivendo como elas, envolvida numa túnica que estas não podem ter, respirando perfumes só seus, minha amante parece pertencer-me ainda mais. Quanto mais distanciada da terra, mesmo naquilo que o amor possui de terrestre, mais ela se embeleza aos meus olhos. Felizmente para mim, na França estamos há vinte anos sem rainha; caso contrário, eu teria amado a rainha! Para ter as maneiras de uma princesa, uma mulher deve ser rica. E o que era Pauline diante das minhas romanescas fantasias? Podia ela vender-me noites que custam a vida, um amor que mata e põe em jogo todas as faculdades humanas? Dificilmente morremos por pobres moças que se entregam! Nunca pude destruir esses sentimentos nem esses devaneios de poeta. Nasci para o amor impossível, e o acaso quis que eu fosse servido muito além de minhas aspirações. Quantas vezes não calcei de cetim os pezinhos de Pauline, não aprisionei num vestido de gaze seu corpo esbelto de álamo jovem, não lancei sobre seu seio uma leve echarpe, fazendo-a pisar os tapetes de sua mansão e conduzindo-a a uma elegante carruagem? Eu a teria adorado assim; mas, ao dar-lhe um orgulho que ela não tinha, eu a despojava de todas as virtudes, de suas graças inocentes, de sua deliciosa naturalidade, de seu sorriso ingênuo, para mergulhá-la no Estige* de nossos vícios e tornar seu coração invulnerável, para enfeitá-la com nossos crimes, para fazer dela a boneca caprichosa de nossos salões, uma mulher frágil que se deita ao amanhecer e renasce ao anoitecer, à aurora das velas. Pauline era toda sentimento, toda frescor; eu a queria seca e fria. Nos últimos dias de minha loucura, a lembrança mostrou-me Pauline, como nos mostra as cenas da infância. Mais de uma vez fiquei enternecido, pensando em deliciosos momentos: ora eu revia essa menina encantadora sentada junto à minha mesa, ocupada em costurar, tranquila, silenciosa, recolhida e levemente iluminada pela luz que, descendo da claraboia, desenhava pequenos reflexos prateados em seus cabelos escuros; ora ouvia seu riso jovem, ou sua voz de timbre claro

---

* O rio do Inferno, na mitologia grega. (N.T.)

entoar as graciosas cantilenas que compunha sem esforços. Muitas vezes minha Pauline exaltava-se ao tocar música, seu rosto assemelhando-se, de uma maneira impressionante, à nobre cabeça pela qual Carlo Dolci quis representar a Itália. Através dos excessos de minha existência, a memória cruel mostrava-me essa jovem como um remorso, como a imagem da virtude. Mas deixemos a pobre menina com seu destino! Por mais infeliz que ela possa ser, ao menos a protegi de uma terrível tempestade, evitando arrastá-la ao meu inferno. Até o último inverno, minha vida foi a vida tranquila e estudiosa da qual procurei dar a você uma pequena imagem. Nos primeiros dias de dezembro de 1829, encontrei Rastignac que, apesar do estado miserável de minhas roupas, deu-me o braço e quis saber da minha situação financeira com um interesse verdadeiramente fraterno. Deixando-me seduzir por essa atitude, contei-lhe brevemente minha vida e minhas esperanças. Ele pôs-se a rir, chamou-me ao mesmo tempo homem de gênio e tolo. Sua voz fanfarrona de gascão, sua experiência do mundo, a opulência que devia à sua habilidade agiram sobre mim de uma maneira irresistível. Rastignac fez-me morrer no asilo, desconhecido como um tolo, acompanhou meu cortejo fúnebre, atirou-me à vala comum. Com a verve amável que o torna tão sedutor, mostrou-me todos os homens de gênio como charlatães. Declarou-me que eu tinha um sentido a menos, e que acabaria morrendo se continuasse a viver sozinho na Rue des Cordiers. Segundo ele, eu devia frequentar a sociedade, habituar as pessoas a pronunciarem meu nome e despojar-me do humilde *senhor* que não convém a um grande homem em vida. "Os imbecis", ele exclamou, "chamam esse ofício de *fingir*, os moralistas o proscrevem sob o nome de *vida dissipada*; não nos detenhamos nos homens, interroguemos os resultados. Você trabalha, não é mesmo? Pois bem, nunca conseguirá nada. Quanto a mim, que posso fazer tudo e não trabalho, que sou preguiçoso como uma lagosta, conseguirei tudo. Comunico-me, mexo-me, e oferecem-me um lugar; gabo-me, os outros creem em mim; contraio dívidas, os outros pagam! A dissipação, meu caro, é um sistema político. A vida de um homem ocupado em devorar sua fortuna torna-se com frequência uma especulação; ele investe seus capitais em amigos, em prazeres, em protetores, em conhecidos. Um negociante arrisca um milhão? Durante vinte anos ele não dorme, não bebe nem se diverte; fica chocando seu milhão, anda com ele por toda a Europa; entedia-se, entrega-se a todos os demônios que o homem inventou; e então uma liquidação, como já vi acontecer, deixa-o sem vintém, sem nome, sem amigos. O dissipador, ao contrário, diverte-se em viver, em fazer correr seus cavalos. Se por acaso perde seus capitais, tem a chance de ser nomeado tesoureiro público, de conseguir um bom casamento, de ser o adido de um ministro ou de um embaixador. Continuará tendo amigos, uma reputação e dinheiro. Conhecendo as engrenagens do mundo, ele as manobra em seu proveito. Ou esse sistema é lógico, ou não passo de um louco. Não é essa a moralidade da comédia representada diariamente na sociedade? Sua obra está acabada", ele acrescentou após uma pausa, "você tem um talento imenso! Pois bem, chegou ao meu ponto de partida. Agora trate de fazer seu próprio sucesso, é mais garantido. Faça alianças nas rodas sociais, conquiste elogiadores. Quanto a mim, reclamo metade de sua glória, serei o joalheiro que pôs os diamantes em sua coroa. E, para começar", ele acentuou, "esteja aqui amanhã à noite. Apresentarei você numa casa onde Paris inteira comparece, a nossa Paris, a dos elegantes, dos milionários, das celebridades, enfim, dos homens que falam de ouro como Crisóstomo*. Quando essa gente adota um livro, o livro vira moda; se ele é realmente bom, terá recebido sem querer um diploma de gênio. Se tem espírito, meu caro rapaz, faça você mesmo a fortuna de sua teoria compreendendo melhor a teoria da fortuna. Amanhã à noite verá a bela condessa Fedora, a mulher da moda." "Nunca ouvi falar dela." "Você é um cafre", disse Rastignac, rindo. "Não conhecer Fedora! Uma mulher casadoura que possui cerca de oitenta mil francos de renda, que não dá satisfações a ninguém e a quem ninguém pede satis-

---

* São João Crisóstomo, padre da Igreja, célebre pela eloquência. (N.T.)

fações! Uma espécie de problema feminino, uma parisiense metade russa, uma russa metade parisiense! Uma mulher em cuja casa editam-se todas as produções românticas que não aparecem, a mais bela mulher de Paris, a mais graciosa! Você é mesmo um cafre, a criatura intermediária entre o cafre e o animal. Adeus, até amanhã!" Fez uma pirueta e desapareceu sem esperar minha resposta, não admitindo que um homem racional pudesse recusar ser apresentado a Fedora. Como explicar o fascínio de um nome? *Fedora* perseguiu-me como um mau pensamento com o qual se busca transigir. Uma voz me dizia: "Você irá à casa de Fedora". Por mais que me debatesse com essa voz e lhe gritasse que mentia, ela esmagava todos os meus raciocínios com este nome: Fedora. Não eram esse nome e essa mulher o símbolo de todos os meus desejos e o tema de minha vida? O nome despertava as poesias artificiais da sociedade, fazia brilhar as festas da Paris elegante e as lantejoulas da vaidade. A mulher aparecia-me com todos os problemas da paixão que me agitavam. Talvez não fosse nem a mulher nem o nome, mas os vícios, que se erguiam em minha alma para tentar-me de novo. A condessa Fedora, rica e sem amante, resistindo às seduções parisienses; não era a encarnação de minhas esperanças, de minhas visões? Criei para mim uma mulher, desenhei-a no pensamento, sonhei-a. Durante a noite não dormi, tornei-me seu amante, vivi em poucas horas uma vida inteira, uma vida de amor, e saboreei suas ardentes e fecundas delícias. No dia seguinte, incapaz de aguentar o suplício de esperar longamente a noite, fui alugar um romance e passei o dia lendo, impedindo-me assim de pensar e de contar as horas. Durante a leitura, o nome Fedora ressoava em mim como um som que se ouve ao longe, que não perturba, mas que se faz escutar. Felizmente eu possuía ainda um terno preto e um colete branco em bom estado; de toda a minha fortuna, restavam-me cerca de trinta francos, que eu espalhara entre as roupas, nas gavetas, a fim de colocar entre uma moeda de cem vinténs e minhas fantasias a difícil barreira de uma busca e os acasos de uma circum-navegação pelo quarto. No momento de vestir-me, procurei meu tesouro em meio a um oceano de papéis. Você pode imaginar, pela escassez do numerário, as riquezas que se foram com o aluguel das luvas e do fiacre: consumiram o pão de um mês inteiro. Ai! Nunca nos falta dinheiro para os caprichos, só discutimos o preço das coisas úteis e necessárias. Esbanjamos dinheiro com dançarinas e regateamos com um operário cuja família espera, faminta, o pagamento de um serviço. Quanta gente tem um terno de cem francos, um diamante no castão da bengala e janta por vinte e cinco vinténs! É como se os prazeres da vaidade nunca nos custassem bastante caro! Rastignac, fiel ao encontro marcado, sorriu da minha metamorfose e gracejou comigo; mas, enquanto íamos para a casa da condessa, deu-me caridosos conselhos sobre a maneira de comportar-me com ela; descreveu-a avarenta, vaidosa e desconfiada; mas avarenta com luxo, vaidosa com simplicidade, desconfiada com simpatia. "Você conhece meus compromissos", ele me disse, "e sabe o quanto eu perderia em mudar de amor. Como observei Fedora desinteressadamente, a sangue frio, minhas observações devem ser justas. Quando pensei em apresentar você a ela, pensei em seus interesses: tenha cuidado com tudo o que vai dizer, ela tem uma memória cruel, é de uma astúcia capaz de desesperar um diplomata, saberia adivinhar o momento em que ele diz a verdade. Cá entre nós, acho que seu casamento não é reconhecido pelo Imperador, pois o embaixador da Rússia pôs-se a rir quando lhe falei dela. Ele não a recebe e a cumprimenta apenas ligeiramente quando a encontra no *Bois**. No entanto, ela frequenta o salão da sra. de Sérisy, vai à casa das sras. de Nucingen e de Restaud. Na França, sua reputação permanece intacta; a duquesa de Carigliano**, a esposa de marechal mais pedante dos meios bonapartistas, vai com frequência passar com ela o verão em sua terra. Muitos jovens enfatuados, filhos de um par de França, ofereceram-lhe um nome em troca de sua fortuna; polidamente, ela despachou todos. Talvez sua sensibilidade só comece com o título de

---

* Bois de Boulogne, lugar de passeio elegante em Paris. (N.T.)

** Sra. de Sérisy, sras. de Nucingen e de Restaud e a duquesa de Carigliano são personagens da *Comédia humana*.

conde! Você não é marquês? Vá em frente se ela o agradar! Eis o que chamo dar instruções." Esse gracejo fez-me pensar que Rastignac queria rir e excitar minha curiosidade, e assim minha paixão improvisada chegou ao paroxismo quando nos detivemos diante de um peristilo ornado de flores. Ao subir uma vasta escadaria atapetada, onde observei todos os requintes do *comfort* inglês, meu coração palpitava; eu corava, desmentia minha origem, meus sentimentos, meu orgulho, sentia-me idiotamente burguês. Ai! Eu saía de uma mansarda, após três anos de pobreza, sem saber ainda colocar acima das bagatelas da vida os tesouros adquiridos, os imensos capitais intelectuais que nos enriquecem num momento, quando o poder cai em nossas mãos sem nos esmagar, porque o estudo nos preparou antecipadamente para as lutas políticas. Avistei uma mulher de uns vinte e dois anos, de porte médio, vestida de branco, rodeada de homens, indolentemente recostada numa otomana e tendo à mão um leque de plumas. Ao ver entrar Rastignac, levantou-se, veio ao nosso encontro, sorriu com graça, dirigiu-me numa voz melodiosa um cumprimento certamente afetado; nosso amigo anunciara-me como um homem de talento, e sua habilidade e ênfase brincalhona provocaram uma acolhida lisonjeira. Fui o objeto de uma atenção particular que me deixou confuso; mas Rastignac havia falado, felizmente, de minha modéstia. Encontrei ali cientistas, homens de letras, ex-ministros, pares de França. A conversação retomou seu curso um momento depois de minha chegada e, sentindo que tinha uma reputação a manter, fiquei mais tranquilo. Sem abusar da palavra quando me era concedida, procurei resumir as discussões por palavras mais ou menos incisivas, profundas ou espirituosas. Causei alguma sensação. Pela milésima vez na vida, Rastignac foi profeta. Quando havia bastante gente para que cada um reencontrasse sua liberdade, meu introdutor deu-me o braço e fomos dar uma volta pelos aposentos. "Não dê a impressão de estar muito maravilhado com a princesa", ele me disse, "ela adivinharia o motivo de sua visita." As salas eram mobiliadas com um gosto requintado. Vi quadros bem escolhidos. Cada peça tinha, como nas casas dos ingleses mais opulentos, seu caráter particular, e a tapeçaria de seda nas paredes, a decoração, a forma dos móveis, o menor enfeite, harmonizavam-se com um pensamento dominante. No budoar gótico, cujas portas eram ocultadas por cortinas, as molduras dos tecidos, o relógio de pêndulo, os desenhos do tapete, tudo era gótico; o teto, com vigas de madeira esculpida, apresentava ao olhar ornamentos em relevo cheios de graça e originalidade, e os revestimentos eram artisticamente trabalhados. Nada destoava nessa bela decoração, nem mesmo as janelas, cujos vidros eram coloridos e preciosos. Fiquei surpreso ao ver uma saleta moderna onde algum artista esgotara a ciência da nossa decoração, por seu aspecto leve, suave, sem ostentação, de douraduras sóbrias. Era amorosa e vaga como uma balada alemã, um verdadeiro reduto construído para uma paixão de 1827, perfumado por jardineiras cheias de flores raras. Depois dessa saleta, seguia-se uma peça dourada onde revivia o gosto do século de Luís XIV, produzindo um curioso mas agradável contraste com nossos cenários atuais. "Ficará bem alojado aqui", disse-me Rastignac com um sorriso no qual transparecia uma leve ironia. "Não é sedutor?", acrescentou, sentando-se. Mas logo levantou-se, tomou-me pela mão e conduziu-me ao quarto de dormir, mostrando-me sob um dossel de musselina e chamalote brancos um leito voluptuoso docemente iluminado, o leito de uma jovem fada prometida a um gênio. "Não há um impudor, uma insolência e um coquetismo além de toda medida", ele falou em voz baixa, "em deixar que contemplem esse trono do amor? Em não se entregar a ninguém e permitir que todos ponham aqui o olhar? Se eu estivesse livre, queria ver essa mulher submissa e chorando à minha porta". "Está tão certo da virtude dela?" "Os mais audaciosos de nossos conquistadores, e mesmo os mais hábeis, confessam ter fracassado junto dela; ainda a amam e são seus amigos devotados. Essa mulher não é um enigma?" Tais palavras despertaram em mim uma espécie de embriaguez, já sentia um ciúme antecipado. Vibrando de alegria, voltei precipitadamente ao salão onde deixara a condessa, mas a encontrei no budoar gótico. Ela deteve-me com um sorriso, fez-me sentar a seu lado, interrogou-me sobre meus trabalhos e pareceu interessar-se vivamente por eles quando lhe expus meu sistema através de gracejos, em vez de adotar a linguagem doutoral de um professor. Pareceu divertir-se muito ao saber que a vontade humana era uma força material semelhante ao vapor; que, no mundo moral, nada resistia a essa força quando um homem habitua-se a concentrá-la, a manejá-la, a dirigir constantemente sobre as almas a projeção dessa massa fluida; que esse homem podia, se quisesse, modificar tudo relacionado à humanidade, mesmo as leis absolutas da natureza. As objeções de Fedora revelavam uma certa fineza de espírito; por uns momentos concordei com ela para lisonjeá-la, mas destruí seus raciocínios de mulher com uma palavra, chamando sua atenção para um fato cotidiano da vida, o sono, fato aparentemente vulgar, mas no fundo cheio de problemas insolúveis para o sábio, e isso atiçou sua curiosidade. A condessa chegou a ficar um instante silenciosa quando eu lhe disse que nossas ideias eram seres organizados, completos, que viviam num mundo invisível e influíam sobre nossos destinos, citando como provas os pensamentos de Descartes, de Diderot, de Napoleão, que haviam influenciado e ainda influenciam todo um século. Tive a honra de distrair essa mulher, que me convidou a visitá-la; no estilo da corte, ela me abria as portas. Seja porque eu tomasse, segundo um louvável hábito, fórmulas polidas por palavras sinceras, seja porque Fedora visse em mim uma celebridade próxima e quisesse aumentar sua coleção de sábios, tive a impressão de agradá-la. Evoquei todos os meus conhecimentos fisiológicos e meus estudos anteriores sobre a mulher para examinar minuciosamente, naquela noite, essa singular pessoa e suas maneiras: oculto no vão de uma janela, espionei seus pensamentos observando-lhe as atitudes, estudando os procedimentos de uma dona de casa que vai e vem, senta-se e conversa, chama um homem, interroga-o e apoia-se num batente de porta para escutá-lo; observei em seu andar um movimento entrecortado suave, uma graciosa ondulação do vestido. Ela despertava tão poderosamente o desejo que fiquei muito incrédulo sobre sua virtude. Se hoje Fedora ignorava o amor, ela devia ter sido antes muito apaixonada, pois uma experiente volúpia transparecia até na maneira como se colocava diante do interlocutor, apoiada à parede com uma graça sedutora como se estivesse a ponto de cair, mas também de fugir se um olhar muito intenso a intimidasse. Com os braços docemente cruzados, parecendo respirar as palavras, escutando-as com um olhar benevolente, ela exalava sentimento. Seus lábios frescos e vermelhos destacavam-se sobre uma tez muito branca. Os cabelos castanhos realçavam a cor alaranjada dos olhos sulcados de veias como uma pedra de Florença, e cuja expressão dava mais delicadeza a suas palavras. O busto, enfim, possuía as graças mais atraentes. Uma rival talvez tivesse apontado a dureza das espessas sobrancelhas, que pareciam juntar-se, e criticado a imperceptível penugem que ornava os contornos do rosto. Eu vi a paixão marcada em tudo. O amor estava escrito nas pálpebras italianas dessa mulher, em seus belos ombros dignos da Vênus de Milo, em suas feições, no lábio superior um pouco saliente e levemente sombreado. Era mais do que uma mulher, era um romance. Sim, essas riquezas femininas, o conjunto harmonioso das linhas, as promessas que essa bela estrutura fazia à paixão, eram temperados por uma reserva constante, por uma modéstia extraordinária que contrastavam com a expressão de toda a sua pessoa. Era preciso uma observação tão sagaz como a minha para descobrir nessa natureza os sinais de um destino de volúpia. Para explicar mais claramente meu pensamento, havia em Fedora duas mulheres, separadas talvez pelo busto. Uma delas era fria, somente a cabeça parecia ser amorosa; antes de observar um homem, ela preparava o olhar, como se algo de misterioso se passasse dentro dela, uma espécie de convulsão em seus olhos tão brilhantes. Enfim, ou minha ciência era imperfeita, e eu ainda tinha muitos segredos a descobrir no mundo moral, ou a condessa possuía uma bela alma cujos sentimentos e as emanações transmitiam à sua fisionomia aquele charme que nos subjuga e nos fascina, aquela influência puramente moral, tanto mais poderosa por combinar com as simpatias do desejo. Saí maravilhado, seduzido por essa mulher, embriagado por seu luxo, afagado em tudo o que meu coração tinha de nobre, de vicioso, de bom e de mau. Ao sentir-me tão emocionado, tão vivo, tão exaltado, acreditei compreender o atrativo que levava até ali aqueles artistas, diplomatas, homens do poder, agiotas feitos de metal como seus cofres; certamente eles vinham buscar junto dela a mesma emoção delirante que fazia vibrar todas as forças do meu ser, agitando meu sangue nas veias mais finas, excitando o menor nervo e palpitando em meu cérebro! Ela não se dera a nenhum para conservar todos. Uma mulher é coquete enquanto não ama. "Talvez tenha sido casada ou vendida a algum velho", eu disse a Rastignac, "e a lembrança das primeiras núpcias lhe faz detestar o amor." Voltei a pé do Faubourg Saint-Honoré, onde mora Fedora. Entre sua mansão e a Rue des Cordiers, há quase uma Paris inteira, mas, embora fizesse frio, o caminho pareceu-me curto. Empreender a conquista de Fedora no inverno, num rude inverno, quando eu não tinha nem trinta francos em meu poder, quando a distância que nos separava era tão grande! Somente um jovem pobre pode saber o que custa uma paixão, em carruagens, luvas, ternos, camisas, etc. Se o amor continuar platônico por muito tempo, será a ruína. Há na escola de Direito tipos como os Lauzun*, para os quais é impossível uma paixão alojada num apartamento de primeiro andar. E como podia eu, fraco, malvestido, pálido e lívido como um artista em convalescença, lutar com jovens de cabelo frisado, bonitos, elegantes, com gravatas de causar inveja à Croácia**, ricos, armados de tílburis e vestidos de impertinência? "Ah! Fedora ou a morte!", bradei ao passar por uma ponte. "Fedora é a fortuna!" O belo budoar gótico e a sala à Luís XIV passaram diante de meus olhos; tornei a ver a condessa com seu vestido branco de amplas e graciosas mangas, seu andar sedutor, seu busto tentador. Quando cheguei

---

* Dois duques dos séculos XVII e XVIII, famosos por suas conquistas amorosas. (N.T.)

** Balzac alude à peça de vestuário de soldados croatas, no século XVII, que deu origem à palavra "gravata" (em francês *cravate*, derivada de *croate*). (N.T.)

em minha mansarda nua, fria, tão mal coberta como a peruca de um naturalista, estava ainda envolvido pelas imagens do luxo de Fedora. Esse contraste era um mau conselheiro, os crimes devem nascer assim. Amaldiçoei então, tremendo de raiva, minha decente e honesta miséria, minha mansarda fecunda onde tantos pensamentos haviam surgido. Pedi contas a Deus, ao diabo, ao governo, a meu pai, ao universo inteiro, do meu destino, da minha desgraça; deitei-me faminto, murmurando risíveis imprecações, mas decidido a seduzir Fedora. Esse coração de mulher era um último bilhete de loteria a prometer minha fortuna. Não falarei sobre minhas primeiras visitas à casa de Fedora para chegar rapidamente ao drama. Embora procurasse dirigir-me à alma dessa mulher, tentei ganhar seu espírito, colocar sua vaidade a meu favor. A fim de ser amado, dei a ela mil razões para amar-se a si mesma, nunca a deixei num estado de indiferença; as mulheres querem emoções a qualquer preço, e dei isso a ela; preferia vê-la encolerizada do que indiferente comigo. Se de início, animado por uma vontade firme e pelo desejo de me fazer amar, exerci um pouco de influência sobre ela, logo minha paixão cresceu, não fui mais senhor de mim, caí na verdade, me perdi e fiquei perdidamente apaixonado. Não sei bem o que vem a ser o que chamamos, em poesia ou na conversação, *amor*; mas o sentimento que repentinamente desenvolveu-se em minha dupla natureza, não o encontrei descrito em parte alguma, nem nas frases retóricas e rebuscadas de J.-J. Rousseau, em cujo alojamento eu talvez morava, nem nas frias concepções de nossos dois séculos literários, nem nos quadros da Itália. Somente a vista do lago de Bienne, alguns motivos de Rossini, a Madonna de Murillo que o marechal Soult possui, as cartas de Lescombat, algumas frases esparsas nas coletâneas de anedotas, mas sobretudo as preces dos místicos e algumas passagens dos nossos *fabliaux**, puderam transportar-me às divinas regiões do meu primeiro amor. Nada nas linguagens humanas, nenhuma tradução do pensamento feita com o auxílio de cores, mármores, palavras ou sons, poderia

---

* Contos populares franceses dos séculos XII e XIII. (N.T.)

expressar a energia, a verdade, o acabamento e a instantaneidade do sentimento na alma! Sim, quem diz arte diz mentira. O amor passa por transformações infinitas antes de misturar-se para sempre à nossa vida e tingi-la com sua cor de chama. O segredo dessa infusão imperceptível escapa à análise do artista. A verdadeira paixão exprime-se por gritos, por suspiros que aborrecem um homem frio. É preciso amar sinceramente para, ao ler *Clarisse Harlowe**, participar dos rugidos de Lovelace. O amor é uma fonte que parte de seu leito de ervas, flores e seixos, muda de natureza e de aspecto ao transformar-se em riacho e rio, e lança-se num incomensurável oceano onde os espíritos incompletos veem a monotonia, onde as grandes almas se abismam em perpétuas contemplações. Como ousar descrever essas cores transitórias do sentimento, esses nadas que têm tanto valor, essas palavras cujo acento esgota os tesouros da linguagem, esses olhares mais fecundos que os mais ricos poemas? Em cada uma das cenas místicas pelas quais nos apaixonamos imperceptivelmente por uma mulher, abre-se um abismo que devora todas as poesias humanas. Ah! Como poderíamos reproduzir por glosas as vivas e misteriosas agitações da alma, quando nos faltam palavras para descrever os mistérios visíveis da beleza? Que fascinação! Quantas horas não estive mergulhado num êxtase inefável ocupado em *vê-la*! O que me fazia feliz? Não sei. Naqueles momentos, se seu rosto fosse inundado de luz, operava-se nele um fenômeno que o fazia resplandecer; a imperceptível penugem que doura sua pele fina e delicada desenhava docemente seus contornos, com a graça que admiramos nas linhas longínquas do horizonte quando se perdem no sol. Era como se o sol a acariciasse unindo-se a ela, ou como se escapasse de sua face radiante uma luz mais viva que a própria luz; depois, uma sombra que passava sobre essa doce figura produzia um colorido que variava suas expressões, mudando-lhe as tonalidades. Muitas vezes um pensamento parecia pintar-se em sua testa de mármore; o olhar ficava rubro, a pálpebra vacilava, suas feições ondulavam agitadas

---

* Romance do inglês Samuel Richardson (século XVIII). (N.T.)

por um sorriso; o vermelho dos lábios de coral animava-se, abria-se e fechava-se; não sei que reflexo dos cabelos lançava tons escuros sobre as têmporas; em cada um desses detalhes, ela falava. Cada matiz de beleza era uma nova festa para os meus olhos, revelava encantos desconhecidos ao meu coração. Eu queria ler um sentimento, uma esperança em todas essas fases do rosto. Palavras mudas transmitiam-se de alma a alma como um som no eco, dando-me alegrias passageiras que deixavam uma impressão profunda. Sua voz causava-me um delírio que eu mal conseguia conter. Imitando não sei que príncipe da Lorena, poderia não sentir um carvão em brasa na palma da mão enquanto ela passasse os dedos macios por meus cabelos. Não era mais admiração, desejo, mas um feitiço, uma fatalidade. Com frequência, de volta a meu quarto, eu via indistintamente Fedora em sua casa e participava vagamente de sua vida; se ela sofria, eu sofria, e dizia a ela no dia seguinte: "Você sofreu!" Quantas vezes ela não veio no silêncio da noite, evocada pela força do meu êxtase! Então, súbita como uma luz que se acende, derrubava minha pena, assustava a Ciência e o estudo, que fugiam, desolados; força-va-me a admirá-la, na pose atraente em que eu a vira pouco antes. Ou então eu mesmo comparecia diante dela no mundo das aparições e a saudava como uma esperança pedindo-lhe para ouvir sua voz prateada, e depois despertava, chorando. Um dia, depois de prometer ir ao teatro comigo, ela capricho-samente recusou sair e pediu-me para deixá-la sozinha. De-sesperado por uma contradição que me custava um dia de trabalho e, preciso dizer?, minhas últimas moedas, fui onde ela deveria ter estado, querendo ver a peça que ela desejara ver. Tão logo instalei-me, recebo um choque elétrico no coração. Uma voz me diz: "Ela está aí!" Viro-me, percebo a condessa no fundo de seu camarote junto à plateia, escondida na som-bra. Meu olhar não hesitou, meus olhos a encontraram com uma lucidez fabulosa, minha alma voou em direção à sua vida como um inseto voa à sua flor. O que foi que avisou meus sentidos? Esses sobressaltos íntimos podem surpreender as pessoas superficiais, mas os efeitos de nossa natureza interior são tão simples como os fenômenos habituais de nossa visão exterior; assim, não fiquei surpreso, mas irritado. Meus estudos sobre a nossa capacidade moral, tão pouco conhecida, serviam ao menos para fazer encontrar em minha paixão algumas provas vivas do meu sistema. Essa aliança do sábio e do apaixonado, de uma verdadeira idolatria e de um amor científico, tinha algo de bizarro. A Ciência muitas vezes alegra-se com o que desespera o amante, e este, quando crê triunfar, expulsa para longe de si, com felicidade, a Ciência. Fedora viu-me e ficou séria, eu a incomodava. No primeiro intervalo, fui a seu encontro; estava sozinha e fiquei no camarote. Embora nunca tivéssemos falado de amor, pressenti uma explicação. Eu ainda não lhe dissera meu segredo, no entanto havia entre nós uma espécie de entendimento: ela me confiava seus projetos de diversões e me perguntava na véspera, com uma espécie de inquietude amistosa, se eu viria no dia seguinte; consultava-me com um olhar quando dizia uma frase espirituosa, como se quisesse agradar exclusivamente a mim; se eu ficava amuado, ela se mostrava carinhosa; se parecia estar zangada, eu tinha de certo modo o direito de interrogá-la; se eu cometia alguma falta, ela deixava-se rogar um longo tempo antes de perdoar-me. Nessas disputas cheias de amor, que passamos a apreciar, quanta graça e coquetismo ela mostrava, e quanta felicidade encontrei! Mas naquele momento nossa intimidade ficou completamente suspensa, permanecemos um diante do outro como dois estranhos. A condessa estava glacial e temi uma desgraça. "Você vai me acompanhar", ela me disse quando a peça terminou. O tempo havia mudado subitamente. Quando saímos, caía uma neve misturada com chuva. A carruagem de Fedora não pôde chegar até a porta do teatro. Vendo uma mulher bem-vestida atravessar a rua, um funcionário estendeu o guarda-chuva acima de nossas cabeças e reclamou o preço do serviço quando subimos na carruagem. Eu nada tinha, teria vendido dez anos de minha vida para ter dois vinténs. Tudo o que faz o homem e suas inúmeras vaidades foram esmagadas em mim por uma dor infernal. Estas palavras: "Não tenho moeda alguma, meu caro!" foram ditas num tom duro que pareceu vir de minha paixão contrariada, ditas por mim, irmão daquele homem, eu que conhecia tão bem o infortúnio! Eu que no passado dera setecentos mil francos com tanta facilidade! O cocheiro afastou o funcionário e os cavalos partiram. Ao voltar à sua mansão, Fedora, distraída, ou fingindo estar preocupada, respondeu com desdenhosos monossílabos às minhas perguntas. Fiquei em silêncio, foi um momento horrível. Sentamo-nos diante da lareira da sala. Quando o mordomo retirou-se, após ter atiçado o fogo, a condessa virou-se para mim com um ar indefinível e disse com uma espécie de solenidade: "Desde que voltei à França, minha fortuna tentou alguns jovens, recebi declarações de amor que poderiam ter satisfeito meu orgulho, conheci homens cuja afeição era tão sincera e profunda que teriam me desposado, mesmo que tivessem encontrado em mim apenas uma pobre moça como fui outrora. Enfim, sr. de Valentin, saiba que novas riquezas e títulos foram-me oferecidos; mas saiba também que nunca voltei a ver as pessoas mal inspiradas que quiseram me falar de amor. Se minha afeição por você fosse superficial, não lhe daria este aviso, no qual há mais amizade que orgulho. Uma mulher expõe-se a receber uma espécie de afronta quando, supondo-se amada, recusa-se de antemão a um sentimento sempre lisonjeiro. Conheço as cenas de Arsinoé, de Araminta*, assim, estou familiarizada com as respostas que posso ouvir em tal circunstância; mas espero hoje não ser mal julgada por um homem superior, por ter-lhe mostrado francamente minha alma." Ela exprimia-se com o sangue-frio de um advogado, de um notário, explicando a seus clientes os meios de um processo ou os artigos de um contrato. O timbre claro e sedutor da voz não acusava a menor emoção; o rosto e a atitude, sempre nobres e decentes, pareciam ter uma frieza, uma secura diplomáticas. Ela certamente havia meditado suas palavras e programado essa cena. Oh!, meu caro amigo, quando certas mulheres sentem prazer em nos dilacerar o coração, quando decidem nele enfiar um punhal e

---

* Arsinoé é uma personagem do *Misantropo* de Molière, e Araminta, de numerosas comédias do século XVIII. (N.T.)

fazê-lo girar na ferida, essas mulheres são adoráveis, elas amam ou querem ser amadas! Um dia recompensarão nossas dores, assim como Deus, dizem, há de recompensar as boas obras; devolvendo em prazer o cêntuplo de um mal cuja violência elas apreciam, não é essa maldade cheia de paixão? Mas ser torturado por uma mulher que nos mata com indiferença é um suplício atroz! Naquele momento, Fedora aniquilava, sem saber, todas as minhas esperanças, destruía minha vida e meu futuro com a fria despreocupação e a inocente crueldade de uma criança que, por curiosidade, rasga as asas de uma borboleta. "Mais tarde", acrescentou Fedora, "você reconhecerá, espero, a solidez da afeição que ofereço a meus amigos. Verá que com eles sou sempre bondosa e dedicada. Saberia dar-lhes minha vida, mas eu mereceria o desprezo se aceitasse um amor sem retribuí-lo. Paro por aqui. Você é o único homem a quem declarei estas últimas palavras." No primeiro momento eu não soube o que dizer, tive dificuldade de controlar o furacão que se erguia dentro de mim; mas logo reprimi minhas sensações no fundo da alma e pus-me a sorrir: "Se eu lhe disser que a amo", respondi, "serei banido; se me comportar com indiferença, você me punirá. Os padres, os magistrados e as mulheres nunca se despem inteiramente de suas vestes. O silêncio nada prejulga; assim, considere bom, senhora, que eu me cale. Por ter feito tão fraternas advertências, deve ter receio de me perder, e esse pensamento poderia satisfazer meu orgulho. Mas deixemos de lado a personalidade. Você é talvez a única mulher com quem pude discutir em filosofia uma resolução tão contrária às leis da natureza. Comparada aos outros indivíduos de sua espécie, você é um fenômeno. Pois bem, procuremos juntos, de boa fé, a causa dessa anomalia psicológica. Existirá em você, como em muitas mulheres orgulhosas de si mesmas, enamoradas de suas perfeições, um sentimento de egoísmo refinado que a faz sentir horror de pertencer a um homem, de abdicar a vontade e de submeter-se a uma superioridade convencional que a ofende? Se for assim, me parecerá mil vezes mais bela. Terá sido maltratada uma primeira vez pelo amor? Talvez o valor que deve dar à elegância de seu corpo, a seu delicado busto, a faça temer os estragos da maternidade: não seria essa uma das razões secretas para recusar-se a ser muito amada? Terá imperfeições que a tornam virtuosa contra sua vontade? Não se zangue, apenas discuto, examino, estou a mil léguas da paixão. A natureza, que produz cegos de nascença, pode também criar mulheres surdas, cegas e mudas em amor. Você é realmente um tema precioso para a observação médica! Não sabe tudo o que vale. Talvez tenha uma aversão muito legítima pelos homens; eu concordo, todos me parecem feios e odiosos. Assim tem razão", acrescentei, sentindo o meu coração inflar, "você deve desprezar-me, não existe homem que seja digno de você!" Não repetirei agora os sarcasmos que disse a ela, rindo. Pois bem, o discurso mais acerado, a ironia mais aguda não lhe arrancaram nem um movimento nem um gesto de despeito. Escutava-me conservando nos lábios, nos olhos, seu sorriso habitual, um sorriso que lhe parecia ser uma vestimenta, e sempre o mesmo para os amigos, os simples conhecidos e os estranhos. "Não acha que mereço ser exposta num anfiteatro?*", disse ela, aproveitando um momento durante o qual eu a olhava em silêncio. "Como vê", continuou, rindo, "não tenho suscetibilidades bobas em amizades! Muitas mulheres puniriam sua impertinência fechando-lhe a porta." "Você pode expulsar-me de sua casa sem ser obrigada a justificar sua severidade." Ao dizer isso, sentia-me pronto a matá-la se me mandasse embora. "Você está louco", ela exclamou, sorrindo. "Nunca pensou", continuei, "nos efeitos de um violento amor? Homens desesperados muitas vezes assassinaram sua amante." "É melhor morrer do que ser infeliz", ela respondeu friamente. "Um homem apaixonado acabará um dia por abandonar sua mulher, deixando-a na miséria após ter-lhe devorado a fortuna." Essa aritmética atordoou-me. Percebi claramente um abismo entre mim e essa mulher, jamais poderíamos nos compreender. "Adeus, eu disse friamente." "Adeus", ela respondeu, inclinando a cabeça num gesto amis-

---

* Referência irônica aos anfiteatros das faculdades de medicina onde corpos eram dissecados. (N.T)

toso. "Até amanhã." Olhei para ela durante um momento, dardejando-lhe todo o amor ao qual eu renunciava. Ela estava de pé e lançava-me seu sorriso banal, o detestável sorriso de uma estátua de mármore que parece exprimir o amor, no entanto frio. Será que entende, meu caro, todas as dores que me assaltaram ao voltar para casa debaixo da chuva e da neve, andando sobre o gelo das ruas durante uma légua, tendo perdido tudo? Oh!, saber que ela nem sequer supunha minha miséria, que me acreditava rico como ela, com uma confortável carruagem! Quanta ruína e decepção! Não se tratava mais de dinheiro, mas de todas as fortunas da minha alma. Eu seguia ao acaso, discutindo comigo mesmo as palavras daquela estranha conversa, perdia-me tanto nos comentários que acabava por duvidar do valor nominal das palavras e das ideias! E continuava amando, amava aquela mulher fria cujo coração queria ser conquistado a todo momento e que, apagando sempre as promessas da véspera, apresentava-se no dia seguinte como uma nova amante. Ao passar pelo Instituto, um movimento febril apoderou-se de mim. Lembrei então que estava em jejum. Não possuía um centavo. Para cúmulo da desgraça, a chuva deformava meu chapéu. Como abordar dali por diante uma mulher elegante e comparecer a um salão sem um chapéu decente? Graças a cuidados extremos, e embora maldissesse a moda tola que nos condena a exibir o chapéu conservando-o o tempo todo na mão, eu conseguira, até então, manter o meu num estado duvidoso. Não sendo nem novo nem muito velho, nem muito sedoso nem com manchas de bolor, podia passar por um chapéu de um homem cuidadoso; mas sua existência artificial chegava a seu último período, ele estava torto, acabado, um verdadeiro farrapo, digno representante do seu dono. Por falta de trinta vinténs, eu perdia a minha industriosa elegância. Ah!, quantos sacrifícios ignorados eu não fizera a Fedora nos últimos três meses! Muitas vezes gastei o dinheiro necessário ao pão de uma semana para ir vê-la por um momento. Abandonar meus trabalhos e jejuar, não era nada! Mas atravessar as ruas de Paris sem sujar-me de lama, correr para evitar a chuva, chegar à casa dela tão bem-vestido como os pretensiosos que a cercavam, ah!, para um poeta apaixonado e distraído, essa tarefa tinha inúmeras dificuldades. Minha felicidade e meu amor dependiam de um pingo de lama no colete branco. Renunciar a vê-la se me enlameasse, se me molhasse! Não possuir cinco vinténs para que um engraxate limpasse-me as botas! Minha paixão amplificou esses pequenos suplícios ignorados, imensos num homem irritável. Os infelizes fazem sacrifícios dos quais não devem falar às mulheres que vivem numa esfera de luxo e de elegância; elas veem o mundo através de um prisma que tinge de ouro os homens e as coisas. Otimistas por egoísmo, cruéis por bom-tom, essas mulheres isentam-se de refletir em nome de suas satisfações e absolvem-se de sua indiferença à infelicidade pelo arrebatamento do prazer. Para elas, um centavo nunca vale um milhão, o milhão é que lhes parece valer um centavo. Se o amor deve defender sua causa por grandes sacrifícios, ele deve também cobri-los com um véu, sepultá-los no silêncio. Ao esbanjarem a vida e a fortuna, ao se sacrificarem, os homens ricos beneficiam-se dos preconceitos mundanos que sempre dão um certo brilho às loucuras amorosas; para eles, o silêncio fala e o véu é uma graça, ao passo que a minha miséria condenava-me a terríveis sofrimentos sem que eu pudesse dizer: "Eu amo!" ou "Eu morro!" Mas havia afinal um sacrifício? Não era eu ricamente recompensado pelo prazer que sentia em imolar tudo por ela? A condessa havia dado extremos valores, associado a excessivos prazeres, aos acidentes mais vulgares da minha vida. Antes despreocupado em matéria de vestuário, agora eu respeitava meu terno como um outro eu. Entre receber um ferimento e rasgar meu fraque, eu não teria hesitado! Você deve então colocar-se em minha situação, Émile, e compreender os pensamentos furiosos, o frenesi crescente que me agitavam enquanto eu andava, e que a marcha talvez agravasse! Eu sentia uma espécie de alegria infernal por estar no auge do infortúnio. Queria ver um presságio de fortuna nessa derradeira crise; mas o mal possui tesouros sem fundo. A porta do meu hotel estava entreaberta. Através dos recortes em forma de coração que havia na janela, avistei uma luz projetada na rua. Pauline e sua mãe conversavam, à minha espera. Ouvi pronunciarem meu nome, escutei. "Raphaël", dizia Pauline, "é muito mais bonito que o estudante do número sete! Seus cabelos louros têm uma cor encantadora. A senhora não percebe algo na voz dele, não sei, mas algo que mexe com o coração? Além disso, embora pareça um pouco orgulhoso, é tão bom, tem maneiras tão distintas! Oh! Ele é mesmo encantador! Estou certa de que todas as mulheres devem ser loucas por ele" "Fala como se o amasse", disse a sra. Gaudin. "Ah! Amo-o como um irmão", ela respondeu rindo. "Seria muito ingrata se não tivesse amizade por ele! Acaso não me ensinou música, desenho, gramática, enfim, tudo o que sei? A senhora não dá muita atenção a meus progressos, minha boa mãe, mas estou ficando tão instruída que dentro de pouco tempo serei capaz de dar aulas, e então poderemos ter uma empregada." Afastei-me de mansinho e, depois de fazer algum ruído, entrei na sala para pegar minha lamparina, que Pauline quis acender. A pobre menina acabava de pôr um bálsamo delicioso sobre minhas chagas. Esse ingênuo elogio à minha pessoa deu-me um pouco de coragem. Senti a necessidade de crer em mim mesmo e de obter um julgamento imparcial sobre o verdadeiro valor de minhas qualidades. Minhas esperanças, assim reanimadas, refletiram-se nas coisas que eu via. Talvez eu ainda não tivesse examinado bem a cena tantas vezes oferecida a meus olhares por aquelas duas mulheres no meio daquela sala; mas então admirei, em sua realidade, o mais delicioso quadro da natureza modesta tão ingenuamente reproduzida pelos pintores flamengos. A mãe, sentada junto a um fogo quase extinto, tricotava meias, deixando vagar nos lábios um sorriso bom. Pauline coloria um leque, as tintas e os pincéis espalhados sobre uma mesinha falavam aos olhos por efeitos provocantes. Tendo deixado seu lugar e se levantado para acender minha lamparina, sua face branca recebeu toda a luz; era preciso estar subjugado por uma terrível paixão para não adorar suas mãos transparentes e rosadas, o ideal de sua cabeça e sua atitude virginal! A noite e o silêncio davam seu encanto a esse laborioso serão, a esse pacífico interior. Aqueles trabalhos contínuos e alegremente suportados mostravam uma resignação religiosa cheia de sentimentos elevados. Uma indefinível harmonia existia ali entre as coisas e as pessoas. Na casa de Fedora o luxo era seco, despertava em mim maus pensamentos, ao passo que essa humilde miséria e essa índole boa refrescavam-me a alma. Talvez me sentisse humilhado diante do luxo; junto daquelas duas mulheres, naquela sala escura onde a vida simplificada parecia refugiar-se nas emoções do coração, talvez me reconciliasse comigo mesmo, encontrando a oportunidade de exercer a proteção que o homem gosta tanto de dar. Quando me aproximei de Pauline, ela lançou-me um olhar quase maternal e exclamou, com as mãos trêmulas, pondo na mesa a lamparina: "Meu Deus!, como está pálido! E está todo molhado! Mamãe vai secar sua roupa." Após uma ligeira pausa, prosseguiu: "Senhor Raphaël, sei que gosta de leite; esta noite fizemos creme, quer provar?" E saltou como um gatinho sobre uma tigela de porcelana cheia de leite, oferecendo-a e colocando-a sob meu nariz de uma maneira tão gentil que hesitei: "Faria essa desfeita?", ela disse com uma voz alterada. Nossos dois orgulhos compreendiam-se: Pauline parecia sofrer com sua pobreza e reprovar minha altivez. Fiquei comovido. Aquele creme era talvez seu desjejum do dia seguinte, mesmo assim aceitei. A pobre menina tentou ocultar sua alegria, mas esta cintilava nos olhos. "Eu estava mesmo precisando", eu disse a ela ao sentar-me. (Uma expressão de preocupação passou por sua testa.) "Você lembra, Pauline, aquela passagem em que Bossuet nos mostra Deus recompensando mais ricamente um copo d'água que uma vitória?" "Sim", ela respondeu. E seu peito arfava como o de um passarinho nas mãos de uma criança. "Pois bem, como em breve iremos nos separar", acrescentei com uma voz não muito segura, "quero demonstrar minha gratidão por todos os cuidados que você e sua mãe tiveram por mim." "Oh! não seja por isso", disse ela rindo. Seu riso ocultava uma emoção que me condoeu. "Meu piano", continuei sem parecer ter ouvido suas palavras, "é um dos melhores instrumentos de Érard: aceite-o. Fique com ele sem escrúpulos, eu realmente não poderia levá-lo na viagem que espero fazer." Esclarecidas talvez pelo tom de melancolia com que pronunciei essas palavras, as duas mulheres pareceram ter-me compreendido e olharam-me com um misto de curiosidade e pavor. A afeição que eu buscava nas frias regiões da alta sociedade estava ali, verdadeira, sem ostentação, mas generosa e talvez duradoura. "Não se preocupe tanto", disse a mãe. "Fique aqui. A esta hora meu marido está a caminho", ela continuou. "Esta noite, li o evangelho de São João enquanto Pauline mantinha entre os dedos nossa chave amarrada a uma Bíblia, a chave girou. Esse presságio anuncia que Gaudin está bem de saúde e próspero. Pauline fez o mesmo em relação ao senhor e ao rapaz do número sete, mas a chave girou apenas para o senhor. Seremos todos ricos, Gaudin retornará milionário. Eu o vi em sonho num navio cheio de serpentes; felizmente a água estava turva, o que significa ouro e pedrarias do além-mar." Essas palavras amistosas e vazias, como as vagas canções com que as mães adormecem as dores de um filho, devolveram-me uma espécie de calma. A voz e o olhar da boa mulher exalavam aquela doce cordialidade que não apaga a tristeza, mas que a apazigua, embala e alivia. Mais perspicaz que a mãe, Pauline examinava-me com inquietude, seus olhos inteligentes pareciam adivinhar minha vida e meu futuro. Com uma inclinação de cabeça, agradeci a mãe e a filha; depois me retirei, temendo me emocionar. Sozinho no quarto, deitei-me no meu infortúnio. Minha fatal imaginação desenhou mil projetos sem base e ditou-me resoluções impossíveis. Quando um homem se arrasta nos escombros de sua fortuna, ele ainda encontra alguns recursos; mas eu estava no nada. Ah!, meu caro, acusamos com muita facilidade a miséria. Sejamos indulgentes com os efeitos do mais ativo de todos os dissolventes sociais. Onde reina a miséria, não existe mais pudor, nem crimes, nem virtudes, nem espírito. Eu estava então sem ideias, sem forças, como uma menina caída de joelhos diante de um tigre. Um homem sem paixão e sem dinheiro permanece senhor de si; mas um infeliz que ama, não pertence mais a si próprio e não pode se matar. O amor nos dá uma espécie de devoção por nós mesmos, respeitamos em nós uma outra vida; e então ele se torna a mais horrível das desgraças, a desgraça com uma esperança, uma esperança que nos faz aceitar torturas. Adormeci com a ideia de no dia seguinte confiar a Rastignac a singular determinação de Fedora. "Ah! ah!" disse-me Rastignac vendo-me entrar em sua casa às nove da manhã, "sei o que o traz aqui, Fedora o dispensou. Algumas boas almas invejosas de sua influência sobre a condessa falaram em casamento. Deus sabe as loucuras que os rivais atribuem a você e as calúnias de que é o objeto!" "Tudo está explicado!", pensei. E, recordando todas as minhas impertinências, achei a condessa sublime. Na minha opinião, eu era um infame que ainda não sofrera o bastante, e na indulgência dela vi apenas a paciente caridade do amor. "Não vamos tão depressa", disse-me o prudente gascão. "Fedora possui a perspicácia natural às mulheres profundamente egoístas; ela o julgou talvez no momento em que ainda via nela apenas a fortuna e o luxo; a despeito da habilidade que você possui, ela leu em sua alma. É bastante dissimulada para que uma dissimulação não seja perdoada por ela. Creio que você tomou um mau caminho", ele acrescentou. "Apesar da fineza de espírito e das maneiras, essa criatura parece-me imperiosa como todas as mulheres que sentem prazer apenas na cabeça. Para ela, a felicidade reside inteiramente no bem-estar, nos prazeres sociais. Na casa dela, o sentimento é um papel teatral; ela faria você infeliz e o transformaria em seu principal criado!" Rastignac falava a um surdo. Eu o interrompi, expondo--lhe com um aparente bom humor minha situação financeira. "Ontem à noite", ele respondeu, "uma sorte contrária levou-me todo o dinheiro de que eu pudesse dispor. Não fosse esse infortúnio vulgar, partilharia de bom grado meu dinheiro com você. Mas vamos almoçar no restaurante, talvez as ostras nos deem um bom conselho." Vestiu-se, mandou preparar o tílburi; depois, como dois milionários, chegamos no Café de Paris com a impertinência dos audaciosos especuladores que vivem de capitais imaginários. Esse endiabrado gascão confundia-me pelo desembaraço de suas maneiras e pelo descaramento imperturbável. No momento em que tomávamos o café, após uma refeição frugal e bem escolhida, Rastignac, que distribuía acenos de cabeça a uma série de jovens igualmente recomendáveis pela graça de sua pessoa e pela elegância do vestuário, disse-me, ao ver entrar um desses *dândis*: "Aí está o homem que você precisa!" E fez um sinal a um cavalheiro bem engravatado, que parecia procurar uma mesa a seu gosto, para que se aproximasse. "Esse cara", disse-me Rastignac ao ouvido, "é famoso por publicar livros que ele não compreende. É químico, historiador, romancista, publicista; possui a quarta parte, um terço, a metade de não sei quantas peças teatrais, e é ignorante como a mula de dom Miguel*. Não é um homem, é um nome, um rótulo familiar ao público. Assim, nunca entraria nos gabinetes nos quais há esta inscrição aos analfabetos: *Aqui escrevemos suas cartas*. É bastante astuto para enganar um congresso inteiro. Em suma, é um mestiço em moral, nem totalmente honesto, nem completamente patife. Mas, boca calada! Ele já duelou e a sociedade não exige mais para dizer dele: 'É um homem honrado'." "E então, meu excelente e respeitável amigo, como vai Sua Inteligência?", disse-lhe Rastignac, quando o desconhecido sentou-se na mesa vizinha. "Nem bem, nem mal. Estou sobrecarregado de trabalho. Tenho nas mãos o material necessário para fazer memórias históricas muito curiosas e não sei a quem passá-las. Isso me preocupa, preciso andar depressa, as memórias vão sair de moda." "São memórias contemporâneas, antigas, sobre a corte, sobre o quê?" "Sobre o caso do Colar**." "Não é mesmo um milagre?", disse-me Rastignac rindo, para depois voltar-se ao especulador: "O sr. de Valentin", prosseguiu, designando-me, "é um amigo meu que lhe apresento como uma de nossas futuras celebridades literárias. Ele teve uma tia marquesa, de muito prestígio na corte, e há dois anos vem

---

* Alusão ao rei de Portugal que, em 1825, sofreu um acidente causado pelas mulas de sua carruagem. (N.T.)

** Um caso relacionado a Maria Antonieta, pouco antes da Revolução francesa. (N.T.)

trabalhando numa história realista da revolução." Depois, inclinando-se junto ao ouvido do singular negociante, acrescentou: "É um homem de talento, mas pode escrever essas memórias usando o nome da tia, a cem escudos por volume". "O negócio me serve", o outro respondeu, ajeitando a gravata, "Garçom, e as minhas ostras?!" "Sim, mas terá de pagar-me vinte e cinco escudos de comissão e um volume adiantado a ele", prosseguiu Rastignac. "Não, não. Adiantarei apenas cinquenta escudos para estar mais seguro de receber prontamente o manuscrito." Rastignac repetiu-me essa proposta mercantil em voz baixa e, sem consultar-me, respondeu a ele: "Estamos de acordo. Quando podemos vê-lo para fechar o negócio?" "Venham jantar aqui, amanhã à noite, às sete horas." Levantamo-nos, Rastignac lançou uma moeda ao garçom, pôs a conta a pagar no bolso e saímos. Eu estava estupefato com a leviandade, a despreocupação com que ele vendera minha respeitável tia, a marquesa de Montbauron. "Prefiro embarcar para o Brasil e ensinar aos índios álgebra, que não sei, do que sujar o nome de minha família!" Rastignac interrompeu-me com uma gargalhada. "Você é um bobo! Primeiro pegue os cinquenta escudos e escreva as memórias. Quando estiverem prontas, recuse colocá-las sob o nome de sua tia, imbecil! A sra. de Montbauron, morta no cadafalso, com suas anquinhas, sua consideração, sua beleza, sua maquiagem e suas chinelas valem bem mais do que seiscentos francos. Se o livreiro não quiser pagar o que vale sua tia, ele encontrará algum velho cavaleiro da indústria ou alguma condessa enlameada para assinar as memórias." "Oh!", exclamei comigo mesmo, "por que saí da minha virtuosa mansarda? O mundo tem seu lado sujo e ignóbil." "Isso é poesia", respondeu Rastignac, "e aqui se trata de negócios. Você é uma criança. Escute, o público julgará as memórias; quanto ao nosso proxeneta literário, não gastou ele oito anos de vida e pagou por cruéis experiências suas relações com a livraria? Ao partilhar desigualmente com ele o trabalho do livro, sua parte em dinheiro não é a melhor? Vinte e cinco luíses é muito mais dinheiro para você do que mil francos para ele. Vamos, você pode escrever memórias históricas, até mesmo obras de arte, quando Diderot fez seis sermões por cem escudos." "De todo modo", respondi, comovido, "para mim é uma necessidade: assim, meu caro amigo, devo-lhe agradecimentos. Vinte e cinco luíses me farão bastante rico." "E mais rico do que pensa", ele acrescentou, rindo. "Se Finot me der uma comissão no negócio, não percebe que ela será para você? Vamos ao Bois de Boulogne, ele disse; lá veremos sua condessa e a bela viuvinha que devo esposar, uma encantadora pessoa, uma alsaciana meio gordinha. Lê Kant, Schiller, Jean-Paul e uma quantidade de livros hidráulicos. Tem a mania de sempre pedir minha opinião; sou obrigado a dar a impressão de compreender todo esse sentimentalismo alemão, de conhecer um monte de baladas, todas essas drogas que o médico me proibiu. Ainda não pude despi-la de seu entusiasmo literário, ela chora rios à leitura de Goethe e sou obrigado a chorar um pouco, pois ali há cinquenta mil francos de renda, meu caro, e o mais lindo pezinho, a mais linda mãozinha da Terra. Ah!, se ela não dissesse *meu ancho* e *sancar*, em vez de *meu anjo* e *zangar*, seria uma mulher perfeita." Vimos a condessa, numa elegante carruagem. A coquete nos saudou muito afetuosamente, lançando-me um sorriso que me pareceu então divino e cheio de amor. Ah, eu estava feliz, acreditava-me amado, tinha dinheiro e tesouros de paixão, bastava de miséria! Leve, contente de tudo, encontrei a namorada do meu charmoso amigo. As árvores, o ar, o céu, toda a natureza parecia repetir-me o sorriso de Fedora. Ao voltarmos dos Champs-Élysées, fomos ao chapeleiro e ao alfaiate de Rastignac. O caso do Colar permitiu-me abandonar meu miserável estado de paz para entrar num formidável estado de guerra. Doravante podia lutar sem receio, em graça e elegância, com os jovens que giravam ao redor de Fedora. Voltei ao meu quarto. Ali encerrei-me, aparentemente tranquilo debaixo da claraboia, mas despedindo-me do meu teto, vivendo no futuro, dramatizando minha vida, antecipando os ganhos do amor e suas alegrias. Ah!, como uma existência pode tornar-se agitada entre as quatro paredes de uma mansarda! A alma humana é uma fada, metamorfoseia uma palha em diamantes; sob sua varinha mágica os palácios eclodem como as flores dos campos sob as cálidas inspirações do sol. No dia seguinte, por volta do meio-dia, Pauline bateu docemente à porta e trouxe-me, adivinhe o quê?, uma carta de Fedora. A condessa pedia-me para encontrá-la no Luxembourg para dali irmos juntos ao Museu e ao Jardin des Plantes. "O mensageiro espera a resposta", ela me disse após um momento de silêncio. Rabisquei rapidamente uma carta de agradecimento que Pauline levou. Vesti-me. No momento em que, bastante contente comigo mesmo, terminava de arrumar-me, um frio glacial apoderou-se de mim a este pensamento: Fedora virá de carruagem ou a pé? Choverá, fará bom tempo? Mas, pensei, esteja a pé ou de carruagem, alguma vez estaremos certos do espírito caprichoso de uma mulher? Ela estará sem dinheiro e vai querer dar cem vinténs a algum menino pobre da Savoia, porque ele veste lindos farrapos. Eu não tinha uma mísera moeda e só receberia o dinheiro à noite. Ah!, como um poeta paga caro, nessas crises da juventude, o poder intelectual de que é investido pelo regime e pelo trabalho! Num instante, mil pensamentos penetrantes e dolorosos atingiram-me como dardos. Olhei o céu pela claraboia, o tempo estava bastante incerto. Em caso de chuva, podia alugar uma carruagem para o dia todo; mas assim não temeria a todo momento, em meio à minha felicidade, não encontrar Finot à noite? Não me sentia bastante forte para suportar tantos temores no seio da minha alegria. Apesar da certeza de nada encontrar, empreendi uma grande busca através do meu quarto, procurei moedas imaginárias até nas profundezas do colchão, esquadrinhei tudo, sacudi mesmo velhas botas. Tomado de uma febre nervosa, fitava meus móveis com um olhar feroz depois de ter esvaziado todos. Compreenderá você o delírio que me animou quando, ao abrir pela sétima vez a gaveta da escrivaninha, que eu examinava com aquela indolência na qual nos mergulha o desespero, avistei, colada contra uma tábua lateral, sorrateiramente agachada, mas limpa, brilhante e lúcida como uma estrela que desponta, uma bela e nobre moeda de cem vinténs? Não pedindo contas nem de seu silêncio nem da crueldade que cometera ao manter-se assim escondida, beijei-a como a um amigo fiel no infortúnio e saudei-a com um grito que ressoou no quarto. Virei-me então bruscamente e vi Pauline, pálida. "Achei", disse ela com uma voz trêmula, "que estivesse passando mal. O mensageiro..." Interrompeu-se, como se estivesse sem ar. "Minha mãe já o pagou", ela acrescentou. E desapareceu, infantil e travessa como um capricho. Pobre menina! Desejei para ela minha felicidade. Naquele momento, era como se eu tivesse na alma todo o prazer da Terra e quisesse restituir aos infelizes a parte que eu acreditava roubar-lhes. Temos sempre razão em nossos pressentimentos de adversidade: a condessa havia dispensado sua carruagem. Por um desses caprichos que as mulheres belas nem sempre explicam a si mesmas, ela queria ir ao Jardin des Plantes a pé, pelos *boulevards*. "Mas vai chover", eu disse a ela, que se divertiu em contradizer-me. Por sorte, não choveu durante o longo passeio que fizemos no Luxembourg. Ao sairmos, sentindo os pingos de uma volumosa nuvem cuja aproximação aumentava minha inquietação, tomamos um fiacre. Quando chegamos aos *boulevards*, a chuva parou, o céu recuperou a serenidade. No Museu, quis dispensar o fiacre, mas Fedora insistiu que ele esperasse. Quantas torturas! Mas conversar com ela, reprimindo um secreto delírio que certamente formulava-se em meu rosto por algum sorriso tolo e contido, passear pelo Jardin des Plantes, percorrer as aleias silvestres e sentir seu braço apoiado no meu, havia em tudo isso algo de fantástico: era um sonho em pleno dia. No entanto, os movimentos dela, quando andávamos ou parávamos, nada tinham de doce ou de amoroso, apesar de sua aparente volúpia. Quando eu buscava de algum modo associar-me à ação de sua vida, encontrava nela uma íntima e secreta vivacidade, algo como um ritmo entrecortado, excêntrico. As mulheres sem alma não têm a menor suavidade nos gestos. Assim, não estávamos unidos nem por uma mesma vontade, nem por um mesmo passo. Não há palavras que descrevam essa discordância material de dois seres, pois ainda não estamos habituados a reconhecer um pensamento no movimento. Esse fenômeno de nossa natureza é sentido instintivamente, mas não se exprime.

"Durante esses violentos paroxismos de minha paixão – continuou Raphaël após um momento de silêncio, e como se respondesse a uma objeção que tivesse feito a si mesmo –, não dissequei minhas sensações, não analisei meus prazeres nem contei as batidas do coração, como um avarento examina e pesa suas moedas de ouro. Oh não!, a experiência lança hoje sua triste luz sobre os acontecimentos passados, e a lembrança me traz essas imagens assim como as ondas do mar trazem à praia, num tempo bom, os restos de um naufrágio. "Você pode prestar-me um serviço bastante importante", disse-me a condessa, olhando-me com um ar confuso. "Depois de ter-lhe confessado minha antipatia pelo amor, sinto-me mais livre para pedir-lhe um favor em nome da amizade. Não acha que agora", ela acrescentou, rindo, "tem muito mais mérito para ajudar-me?" Eu a olhava com tristeza. Nada sentindo junto a mim, ela mostrava-se aduladora e não afetuosa; parecia-me desempenhar um papel de consumada atriz; logo em seguida, porém, sua voz, um olhar, uma palavra voltavam a despertar minhas esperanças; mas se meu amor reacendia então em meus olhos, ela suportava seus raios sem que a claridade dos seus se alterasse, pois eles pareciam estar cobertos, como os dos tigres, por uma folha de metal. Naqueles momentos, eu a detestava. "A proteção do duque de Navarreins", ela continuou, com inflexões de voz cheias de meiguice, "me seria muito útil junto a uma pessoa poderosa na Rússia, e cuja intervenção é necessária para que me façam justiça num caso relativo à minha fortuna e à minha situação na sociedade, o reconhecimento do meu casamento pelo Imperador. O duque de Navarreins não é seu primo? Uma carta dele resolveria tudo." "Eu lhe pertenço", respondi, "ordene." "Você é muito amável", ela retomou, apertando-me a mão. "Venha jantar comigo, lhe direi tudo como a um confessor." Essa mulher tão desconfiada, tão discreta, que nunca dissera a ninguém uma palavra sobre seus interesses, queria consultar-me. "Oh!, como amo agora o silêncio que você me impôs!", exclamei. "Mas gostaria de uma prova ainda mais difícil." Nesse momento, ela acolheu a embriaguez do meu olhar e não rejeitou minha admiração, portanto me amava! Chegamos à casa dela. Felizmente, o que me restava no bolso pôde satisfazer o cocheiro. Passei deliciosamente o dia sozinho com ela, em sua casa; era a primeira vez que podia vê-la assim. Até então, a sociedade, sua polidez incômoda e suas maneiras frias nos haviam sempre separado, mesmo durante seus suntuosos jantares; mas naquele momento eu estava ali como se vivesse sob seu teto, possuía-a, por assim dizer. Minha imaginação vagabunda saltava sobre os obstáculos, dispunha a meu gosto os acontecimentos da vida e mergulhava-me nas delícias de um amor feliz. Acreditando-me seu marido, admirava-a ocupada com pequenos detalhes; sentia mesmo felicidade em vê-la tirar o xale e o chapéu. Ela deixou-me a sós por um momento e voltou com os cabelos arrumados, encantadora. Esse belo penteado fora feito para mim! Durante o jantar, prodigalizou-me atenções e pôs graças infinitas numa porção de coisas que parecem insignificantes e que, no entanto, são a metade da vida. Quando nos aproximamos do fogo crepitante da lareira e nos sentamos sobre sedas, cercados das mais desejáveis criações de um luxo oriental, quando vi perto de mim essa mulher cuja beleza célebre fazia palpitar tantos corações, essa mulher tão difícil de conquistar que me falava e me fazia o objeto de seus galanteios, minha voluptuosa bem-aventurança tornou-se quase um sofrimento. Para a minha infelicidade, lembrei-me do importante negócio que devia fechar e quis ir ao encontro marcado na véspera. "Mas como, já vai?", ela falou, ao ver-me pegar o chapéu. Ela me amava! Pelo menos foi o que acreditei, ao ouvi-la pronunciar essas palavras com uma voz carinhosa. Para prolongar meu êxtase, trocaria de bom grado dois anos de minha vida por cada uma das horas que ela queria conceder-me. Minha felicidade aumentou com todo o dinheiro que eu perdia! Era meia-noite quando ela mandou-me embora. No dia seguinte, porém, minha heroína custou-me muitos remorsos, temi ter perdido o negócio das memórias, que era tão importante para mim; corri à casa de Rastignac e fomos surpreender, no momento em que se levantava, o patrocinador de meus futuros trabalhos. Finot leu-me um pequeno contrato no qual não se falava de minha tia, e, após a assinatura, entregou-me cinquenta escudos. Fomos os três almoçar. Depois de pagar meu novo chapéu, as dívidas no restaurante e outras, restaram-me apenas trinta francos; mas todas as dificuldades da vida sossegaram por alguns dias. Se eu quisesse escutar Rastignac, poderia acumular tesouros adotando o *sistema inglês*. Ele insistia que eu abrisse um crédito e fizesse empréstimos, garantindo que os empréstimos sustentariam o crédito. Segundo ele, o futuro era o mais considerável e o mais sólido de todos os capitais do mundo. Hipotecando assim minhas dívidas sobre rendimentos futuros, tornei-me freguês de seu alfaiate, um artista que compreendia o *homem jovem* e me deixaria tranquilo até o casamento. A partir desse dia, rompi com a vida monástica e estudiosa que mantive durante três anos. Ia assiduamente à casa de Fedora, onde procurei superar em aparência os impertinentes ou os heróis de salão que lá compareciam. Acreditando ter escapado para sempre da miséria, recuperei minha liberdade de espírito, esmaguei meus rivais e fui visto como um homem cheio de seduções, prestigioso, irresistível. Os mais experientes, porém, comentavam a meu respeito: "Um rapaz tão espirituoso só deve ter paixões na cabeça!" Assim enalteciam caridosamente meu espírito em detrimento de minha sensibilidade. "Ele é feliz por não amar!", diziam. "Se amasse, teria tanta vivacidade, tanta verve?" No entanto, eu me sentia amorosamente estúpido em presença de Fedora! Sozinho com ela, não sabia dizer nada ou, se falava, maldizia o amor; estava tristemente alegre como um cortesão que quer ocultar um cruel despeito. Enfim, procurei tornar-me indispensável à vida, à felicidade, à vaidade dela; diariamente a seu lado, eu era um escravo, um joguete sempre à sua disposição. Após dissipar assim minha jornada, voltava para casa a fim de trabalhar durante a noite, dormindo não mais que duas ou três horas, de manhã. Mas não sabendo usar, como

Rastignac, o sistema inglês, logo me vi sem um vintém. E assim, meu caro amigo, enfatuado sem fortuna, elegante sem dinheiro, apaixonado anônimo, recaí na vida precária, na fria e profunda infelicidade escondida sob as enganadoras aparências do luxo. Voltei a sentir então meus antigos sofrimentos, porém menos agudos; certamente já me familiarizara com suas terríveis crises. Com frequência o bolo e o chá, tão parcimoniosamente oferecidos nos salões, eram meu único alimento. Às vezes, os suntuosos jantares da condessa sustentavam-me durante dois dias. Empreguei todo o meu tempo, meus esforços e minha ciência de observação em penetrar mais fundo o impenetrável caráter de Fedora. Até então, a esperança e o desespero haviam influenciado minha opinião; eu via nela, sucessivamente, a mulher mais amorosa e a mais insensível de seu sexo. Mas essas alternâncias de alegria e tristeza tornaram-se intoleráveis: quis dar um desfecho a essa luta terrível, matando meu amor. Sinistros clarões brilhavam às vezes em minha alma e faziam-me entrever abismos entre nós. A condessa justificava todos os meus temores, eu ainda não surpreendera lágrimas em seus olhos; no teatro, uma cena comovente a encontrava fria e risonha, ela reservava toda a sua sutileza para si e não adivinhava nem a infelicidade nem a felicidade de outrem. Enfim, ela me enganara! Feliz por ter-lhe feito um sacrifício, quase aviltei-me por ela, indo ver meu primo, o duque de Navarreins, homem egoísta que se envergonhava de minha miséria e que tinha muitas queixas em relação a mim para não me odiar. Recebeu-me com aquela fria polidez que dá aos gestos e às palavras a aparência do insulto; mas seu olhar inquieto me deu pena. Tive vergonha, por ele, de sua pequenez no meio de tanta grandeza, de sua pobreza no meio de tanto luxo. Falou-me de perdas consideráveis ocasionadas por uma baixa de cotações, e eu disse-lhe então qual era o objeto de minha visita. A mudança de suas maneiras, que de glaciais tornaram-se imperceptivelmente afetuosas, enojou-me. Pois bem, meu amigo, saiba que ele foi à casa da condessa e senti-me esmagado. Fedora mostrou a ele encantamentos, atrativos desconhecidos; seduziu-o, tratou sem minha presença desse assunto misterioso, do qual não fiquei sabendo uma palavra. Para ela, eu fora um meio! Parecia nem me ver quando meu primo estava na casa dela, recebia-me então com menos prazer do que no dia em que lhe fui apresentado. Uma noite, humilhou-me diante do duque por um daqueles gestos e olhares que nenhuma palavra saberia descrever. Saí chorando, com mil projetos de vingança, concebendo terríveis violações. Seguidamente eu a acompanhava ao Bouffons; ali, junto dela, possuído pelo meu amor, contemplava-a entregando-me ao encanto de escutar a música, exaurindo minha alma no duplo gozo de amar e de perceber as batidas do meu coração harmonizadas às frases do músico. Minha paixão estava no ar, no palco; triunfava em toda parte, exceto na minha amada. Eu tomava então a mão de Fedora, mirava suas feições e seus olhos, solicitando uma fusão de nossos sentimentos, uma daquelas súbitas harmonias que, despertadas pelas notas, fazem as almas vibrar em uníssono; mas a mão dela era muda e seus olhos, nada diziam. Quando o fogo do meu coração, emanando de cada um de meus traços, a atingia fortemente no rosto, ela lançava-me aquele sorriso afetado, frase convencional que se reproduz, no Salão de pintura, nos lábios de todos os retratos. Ela não escutava a música. As divinas páginas de Rossini, de Cimarosa, de Zingarelli não lhe recordavam sentimento algum, não traduziam poesia alguma de sua vida; sua alma era árida. Fedora apresentava-se ali como um espetáculo dentro do espetáculo. Seu binóculo viajava incessantemente de camarote a camarote. Inquieta, embora tranquila, era vítima da moda; seu camarote, seu chapéu, sua carruagem, sua pessoa eram tudo para ela. Muitas vezes encontramos pessoas de colossal aparência cujo coração é terno e delicado sob um corpo de bronze; ela ocultava um coração de bronze sob seu frágil e gracioso invólucro. Minha fatal ciência rasgava-me muitos véus. Se o bom-tom consiste em esquecer-se por outrem, em pôr na voz e nos gestos uma constante doçura, em agradar os outros deixando-os contentes consigo mesmos, Fedora, apesar de sua fineza, não apagara os vestígios de sua origem plebeia; seu esquecimento de si mesma era falsidade; suas maneiras, em vez de serem inatas, haviam sido laboriosamente conquistadas; enfim, sua polidez tinha algo de servilismo. No entanto, suas palavras adocicadas eram, para seus favoritos, a expressão da bondade, seu pretensioso exagero era um nobre entusiasmo. Somente eu percebia seus esgares, despojava seu ser interior da fina casca que é suficiente para a sociedade, somente eu não me enganava com seus trejeitos, conhecia a fundo sua alma de gata. Quando um tolo a cumprimentava, a elogiava, sentia vergonha por ela. E mesmo assim a amava! Esperava derreter seu gelo sob as asas de um amor de poeta. Se por um momento eu podia abrir seu coração às ternuras da mulher, se a iniciava no sublime da devoção, via-a então perfeita, ela virava um anjo. Eu a amava como homem, como amante, como artista, quando, para tê-la, não era preciso amar; um tolo pretensioso, um calculista frio talvez tivesse triunfado. Vaidosa, cheia de artifícios, ela certamente teria entendido a linguagem da vaidade, teria deixado enredar-se nas malhas de uma intriga, teria sido dominada por um homem seco e gelado. Dores agudas penetravam-me até o fundo da alma quando ela me revelava ingenuamente seu egoísmo. Eu a via sofrendo sozinha algum dia na vida, não sabendo a quem estender a mão, não encontrando olhares amigos onde repousar os seus. Uma noite, tive a coragem de pintar-lhe, com cores vivas, sua velhice deserta, vazia e triste. À visão dessa terrível vingança da natureza enganada, ela disse uma frase atroz. "Sempre serei rica, e com dinheiro sempre podemos criar ao nosso redor os sentimentos necessários ao nosso bem-estar." Saí fulminado pela lógica desse luxo, dessa mulher, desse mundo, reprovando-me por ser tão estupidamente idólatra. Eu não amava Pauline pobre; Fedora rica não tinha o direito de rejeitar Raphaël? Nossa consciência é um juiz infalível, quando ainda não a assassinamos. "Fedora", dizia-me uma voz sofística, "não ama nem rejeita ninguém; ela é livre, mas no passado entregou-se por dinheiro. Amante ou marido, o conde russo a possuiu. Ela ainda terá uma tentação na vida! Aguarde." Nem virtuosa nem culpada, essa mulher vivia longe da humanidade, numa esfera própria, inferno ou paraíso. Aquele mistério feminino vestido de caxemira e bordados colocava em jogo, no meu coração, todos os sentimentos humanos, orgulho, ambição, amor, curiosidade. Um capricho da moda, ou a vontade de parecer original que persegue a todos, produzira a mania de elogiar um pequeno espetáculo de teatro. A condessa mostrou o desejo de ver o rosto enfarinhado de um ator que fazia as delícias de alguns pedantes, e obtive a honra de conduzi-la à primeira representação de não sei que farsa ruim. O camarote custava apenas cem vinténs, mas eu não possuía uma mísera moeda. Como ainda me faltava escrever meio volume de memórias, não ousava mendigar um auxílio a Finot, e Rastignac, minha providência, estava ausente. Essa penúria constante era como um feitiço em minha vida. Certa vez, ao sair do Bouffons no momento em que caía uma chuva forte, Fedora insistira que eu tomasse um fiacre, sem que eu pudesse subtrair-me à sua fingida preocupação comigo: não admitiu minhas desculpas, minha vontade de andar na chuva ou de ir ao jogo. Ela não adivinhava minha indigência nem no embaraço de minha atitude, nem em minhas palavras tristemente divertidas. Meus olhos avermelharam-se, mas compreendia ela um olhar? A vida dos jovens é submetida a singulares caprichos! Durante a viagem, cada giro das rodas despertou-me pensamentos que ardiam no coração; tentei arrancar uma tábua do piso do veículo, com a esperança de escapulir; mas, deparando com obstáculos invencíveis, pus-me a rir convulsivamente e caí num estado de abatimento, como um homem preso ao pelourinho. Ao chegar em casa, às primeiras palavras que balbuciei, Pauline interrompeu-me, dizendo: "Se estiver sem dinheiro..." Ah!, a música de Rossini não era nada perto dessas palavras. Mas voltemos ao espetáculo dos funâmbulos! Para poder conduzir a condessa até lá, pensei em penhorar a corrente de ouro em volta do retrato de minha mãe. Embora a casa de penhora sempre tivesse aparecido ao meu pensamento como uma das portas da prisão, preferia levar para lá minha própria cama a ter de mendigar uma esmola. O olhar de um homem a quem pedimos dinheiro causa tanto mal! Alguns empréstimos nos custam a honra, assim como algumas recusas pronunciadas por um amigo nos retiram uma última ilusão. Pauline trabalhava, sua mãe estava deitada. Lançando um olhar furtivo ao leito, cujas cortinas estavam um pouco levantadas, acreditei que a sra. Gaudin dormia profundamente, ao avistar na sombra seu perfil calmo e amarelado sobre o travesseiro. "O senhor está aflito?", disse-me Pauline, depondo o pincel sobre a caixa de tintas. "Minha pobre menina, será que pode fazer-me um grande favor?", respondi. Ela olhou-me com um ar tão feliz que estremeci. "Pauline me amava?", pensei. "Pauline", eu disse, sentando-me a seu lado para examiná-la bem. Ela compreendeu o tom interrogativo da minha voz; baixou os olhos e a observei, acreditando poder ler no seu coração como no meu, tão pura e ingênua era sua fisionomia. "Você me ama?", perguntei. "Um pouco... apaixonadamente, não!", exclamou. Ela não me amava. Sua voz brincalhona e a gentileza do gesto indicavam apenas uma alegre gratidão de menina. Confessei-lhe então minha penúria, a dificuldade em que me encontrava e pedi que me ajudasse. "Como, senhor Raphaël? Não quer ir à casa de penhora e pede-me que vá até lá?!" Corei, confundido pela lógica de uma criança. Ela pegou então minha mão, como se quisesse compensar por um carinho a verdade de sua exclamação. "Oh, eu bem que iria", disse ela, "mas não é preciso. Hoje de manhã, achei atrás do piano duas moedas de cem vinténs que caíram, sem que o senhor soubesse, entre a parede e o rodapé; coloquei-as em cima de sua mesa." "Em breve receberá o dinheiro, senhor Raphaël", disse-me a boa mãe, mostrando a cabeça entre as cortinas. "Posso emprestar-lhe alguns escudos enquanto espera." "Oh, Pauline", exclamei, apertando-lhe a mão. "Eu gostaria de ser rico!" "Ora, por quê?", ela retrucou com um ar rebelde. Sua mão trêmula na minha respondia a todas as batidas do meu coração; retirou vivamente seus dedos e examinou os meus, dizendo: "O senhor se casará com uma mulher rica! Mas ela lhe dará muito desgosto. Ah, meu Deus! Ela o matará, estou certa disso!" Havia em seu grito uma espécie de crença nas loucas superstições da mãe. "Você é muito crédula, Pauline!" "Oh, com certeza", ela falou, olhando-me aterrorizada. "A mulher que o senhor ama o matará." Retomou o pincel, molhou-o na tinta e, deixando transparecer uma forte emoção, não olhou mais para mim. Naquele momento, eu gostaria de ter acreditado em quimeras. Um homem não é completamente miserável quando é supersticioso. Muitas vezes, uma superstição é uma esperança. Ao voltar ao meu quarto, vi de fato dois nobres escudos cuja presença pareceu-me inexplicável. Nos pensamentos confusos do primeiro sono, procurei verificar minhas despesas para justificar esse achado inesperado, mas adormeci, perdido em inúteis cálculos. No dia seguinte, Pauline veio ver-me no momento em que eu saía para ir alugar um camarote. "Talvez dez francos não lhe sejam suficientes", disse-me, corando, essa boa e amável menina. "Minha mãe encarregou-me de oferecer-lhe este dinheiro. Aceite, aceite!" Lançou três escudos sobre minha mesa e quis retirar-se, mas a retive. A admiração secou as lágrimas presas nos meus olhos. "Pauline, você é um anjo!", falei. "Esse empréstimo toca-me bem menos do que o pudor de sentimento com que o oferece. Eu desejava uma mulher rica, elegante, com títulos de nobreza. Mas eu agora queria era possuir milhões e encontrar uma moça pobre como você e, como você, rica de coração, assim eu renunciaria a uma paixão fatal que me matará. Talvez tenha razão." "Basta!", ela falou, e saiu. Sua voz de rouxinol, seus gorjeios jovens ressoaram na escada. "Ela é feliz por ainda não amar", disse a mim mesmo, pensando nas torturas que vinha sofrendo havia meses. Os quinze francos de Pauline me foram muito preciosos. Fedora, imaginando as emanações da populaça na sala onde devíamos ficar durante várias horas, lamentou não ter um buquê; fui buscar-lhe flores, trouxe-lhe minha vida e minha fortuna. Sentia ao mesmo tempo remorso e prazer de dar-lhe um buquê cujo preço revelou-me o quanto a galanteria superficial praticada na sociedade tinha de dispendioso. Logo ela queixou-se do cheiro um pouco forte demais de um jasmim do México, sentiu aversão pela sala do espetáculo, por sentar-se num banco duro, censurou-me por tê-la levado ali. Mesmo estando perto de mim, quis ir embora e saiu. Impor-me noites sem dormir, dissipar dois meses de minha existência, e não agradá-la! Nunca aquele demônio foi mais gracioso nem mais insensível. No caminho de volta, sentado a seu lado numa estreita carruagem, eu respirava seu hálito, tocava sua luva perfumada, via distintamente os tesouros de sua beleza, aspirava um odor doce como o íris: a mulher inteira e nenhuma mulher. Naquele momento, um raio de luz permitiu-me ver as profundezas daquela vida misteriosa. Pensei então no livro recentemente publicado por um poeta, uma verdadeira concepção de artista talhada na estátua de Policles*. Eu acreditava ver esse monstro que, ora cavaleiro, doma um cavalo fogoso, ora moça, senta-se diante do toucador e desespera os amantes, ora amante, desespera uma virgem doce e modesta. Não podendo entender de outro modo Fedora, contei-lhe essa história fantástica; mas nada lhe revelou sua semelhança com essa poesia do impossível, ela divertiu-se de boa fé como uma criança diverte-se com uma história das *Mil e uma noites*. "Para resistir ao amor de um homem da minha idade, ao calor comunicativo desse belo contágio da alma, Fedora deve estar envolvida por algum mistério", pensei, ao voltar para casa. "Será que, como Lady Delacour**, está sendo devorada por um câncer? Sua vida é certamente uma vida artificial." A esse pensamento, senti frio. Depois formei o projeto mais extravagante e mais razoável, ao mesmo tempo, que um amante poderia conceber. Para examinar essa mulher corporalmente assim como a estudara intelectualmente, para conhecê-la enfim por inteiro, decidi passar uma noite em sua casa, em seu quarto, sem que ela soubesse. Eis como executei esse empreendimento, que me devorava a alma como um desejo de vingança no coração de um monge corso. Nos dias de recepção, Fedora reunia uma assembleia bastante numerosa para que o porteiro pudesse fazer um balanço exa-

---

* Balzac refere-se à estátua "O hermafrodita", atribuída a Policles, escultor grego do século II a.C. (N.T.)

** Personagem do romance *Belinda*, de Maria Edgeworth. (N.T.)

to entre as entradas e as saídas. Seguro de poder ficar na casa sem causar um escândalo, esperei impacientemente a próxima festa da condessa. Ao vestir-me, pus no bolso do colete um pequeno canivete inglês, na falta de um punhal. Encontrado comigo, esse instrumento literário nada teria de suspeito, e, não sabendo até onde me levaria minha resolução romanesca, queria estar armado. Quando as salas começaram a ficar cheias, fui examinar as coisas no quarto de dormir e vi que as persianas e janelas estavam fechadas. Foi uma primeira vantagem; como a camareira podia aparecer para soltar as cortinas das janelas, desatei as braçadeiras; era um grande risco antecipar assim a arrumação do quarto, mas eu havia assumido e calculado friamente os perigos da situação. Por volta da meia-noite, fui esconder-me no vão de uma janela. A fim de não deixar à mostra os pés, tentei subir na saliência do rodapé, com as costas apoiadas à parede, agarrando-me no trinco da janela. Depois de estudar meu equilíbrio, meus pontos de apoio, de calcular o espaço que me separava das cortinas, consegui familiarizar-me com as dificuldades de minha posição, de maneira a permanecer ali sem ser descoberto, se as cãibras, a tosse e os espirros me deixassem tranquilo. Para não fatigar-me inutilmente, fiquei de pé enquanto esperava o momento crítico durante o qual devia ficar suspenso como uma aranha na teia. O tafetá branco e a musselina das cortinas formavam diante de mim grandes dobras semelhantes a tubos de órgão, nas quais abri buracos com o canivete a fim de ver tudo por essas seteiras. Ouvia vagamente os murmúrios do salão, o riso, a voz estridente dos que conversavam. Esse tumulto vaporoso, essa surda agitação, foi diminuindo aos poucos. Alguns homens vieram pegar seu chapéu perto de mim, deixado sobre a cômoda da condessa. Quando roçavam as cortinas, eu estremecia ao pensar nas distrações, nos acasos dessas buscas feitas por pessoas com pressa de partir e que então bisbilhotam tudo. Considerei um bom augúrio não ter sofrido esses desastres. O último chapéu foi levado por um velho enamorado de Fedora que, julgando-se a sós, olhou o leito e soltou um grande suspiro, seguido de uma exclamação

bastante enérgica. A condessa, que estava acompanhada de apenas cinco ou seis pessoas íntimas, no budoar vizinho ao quarto, propôs-lhes tomar um chá. As calúnias, para as quais a sociedade atual reservou o pouco de crença que lhe resta, misturaram-se então a gracejos, a julgamentos espirituosos, ao ruído das taças e das colheres. Sem piedade por meus rivais, Rastignac provocava o riso por tiradas mordazes. "O sr. de Rastignac é um homem com que a gente não deve brigar", disse a condessa, rindo. "Concordo", ele respondeu com naturalidade. "Sempre tive razão em meus ódios. E em minhas amizades", acrescentou. "Meus inimigos talvez me sirvam tanto como meus amigos. Fiz um estudo bastante especial do idioma moderno e dos artifícios naturais que as pessoas empregam para tudo atacar ou para tudo defender. A eloquência ministerial é um aperfeiçoamento social. Um de nossos amigos é desprovido de inteligência? Falamos de sua probidade, de sua franqueza. A obra de outro é cansativa? Apresentamo-la como um trabalho conscencioso. Se o livro é mal escrito, elogiamos as ideias. Tal homem é mentiroso, inconstante, escapa a todo momento? Ora, ele é sedutor, tem prestígio, tem charme. É dos inimigos que se trata? Lançamos à cara deles os mortos e os vivos, invertemos os termos de nossa linguagem, e somos tão perspicazes em descobrir seus defeitos quanto sabíamos realçar as virtudes de nossos amigos. A aplicação desse binóculo de alcance moral é o segredo de nossas conversas e toda a arte do cortesão. Não usá-lo é querer combater sem armas cavaleiros de armadura que portam bandeiras. Eu uso e até abuso dele às vezes. Assim eu e meus amigos somos respeitados, pois minha espada é tão boa como minha língua."
Um dos mais fervorosos admiradores de Fedora, um jovem cuja impertinência era famosa e que fazia disso um meio de destacar-se, apanhou a luva desdenhosamente atirada por Rastignac. Ao falar de mim, ele pôs-se a elogiar exageradamente meus talentos e minha pessoa. Rastignac havia esquecido esse tipo de maledicência. Esse elogio sardônico enganou a condessa, que me imolou impiedosamente; para divertir os amigos, falou de meus segredos, de minhas pretensões, de

minhas esperanças. "Ele tem futuro", disse Rastignac. "Talvez um dia venha a tirar cruéis desforras, seus talentos igualam-se à sua coragem; assim, considero como muito ousados os que o atacam, pois ele tem memória..." "E escreve memórias", disse a condessa, a quem pareceu desagradar o profundo silêncio que reinou. "Memórias de falsa condessa, madame", replicou Rastignac. "Para escrevê-las, é preciso um outro tipo de coragem.". "Acho que ele tem muita coragem", ela acrescentou. "Pois me é fiel." Senti uma forte tentação de mostrar-me de repente aos que riam de mim, como a sombra de Banquo, em *Macbeth*. Eu perdia uma amante, mas tinha um amigo! No entanto, o amor logo soprou-me um daqueles covardes e sutis paradoxos com que ele sabe acalmar todas as nossas dores. Se Fedora me ama, pensei, não deve ela dissimular sua afeição sob um gracejo malicioso? Quantas vezes o coração não desmente as mentiras da boca? Por fim, meu impertinente rival, tendo ficado a sós com a condessa, quis partir. "Mas como! Já vai?", ela disse com uma voz cheia de meiguice e que me fez palpitar. "Não me dará mais uns momentos? Nada mais tem a dizer-me e não sacrificará por mim alguns de seus prazeres?" Ele foi embora. "Ah", ela exclamou após um bocejo. "São todos muito chatos!" E, puxando com força um cordão, o ruído de uma campainha ressoou nos aposentos. A condessa entrou no quarto cantarolando uma frase de *Pria che spunti**. Nunca ninguém a ouvira cantar, e esse mutismo dava ensejo a bizarras interpretações. Ela prometeu a seu primeiro amante – diziam –, encantado por seus talentos e com ciúmes dela no além-túmulo, não dar a ninguém uma felicidade que ele queria saborear sozinho. Estendi as forças da minha alma para aspirar os sons. De nota em nota a voz elevou-se, Fedora pareceu animar-se, as riquezas de sua garganta manifestaram-se, e a melodia adquiriu então algo de divino. A condessa tinha na voz uma clareza viva, uma exatidão de tom, qualquer coisa de harmônico e de vibrante que penetrava, remexia e afagava o coração. As mulheres músicas

---

* "Antes que desponte [no céu o amor]", ária da ópera *O casamento secreto*, de Cimarosa. (N.T.)

são quase sempre apaixonadas. Quem cantava assim devia saber amar. A beleza dessa voz, portanto, acrescentava mais um mistério a essa mulher tão misteriosa. Eu a via então como vejo você agora; ela parecia escutar-se a si mesma e sentir uma volúpia muito particular; sentia como que um gozo de amor. Aproximou-se da lareira quando terminava o motivo principal desse rondó; mas, ao calar-se, a fisionomia mudou, as feições se decompuseram e o rosto exprimiu o cansaço. Ela acabava de tirar uma máscara, seu papel de atriz terminara. Mas esse desbotamento na beleza causado por seu trabalho de artista, ou pelo cansaço da festa, não era desprovido de encanto. "Eis como ela é de verdade", pensei. Para aquecer-se, ela pôs um pé sobre a barra de bronze de proteção da lareira, tirou as luvas, soltou os braceletes e puxou por cima da cabeça uma corrente de ouro em cuja extremidade estava seu defumador ornado de pedras preciosas. Eu sentia um prazer indizível em observar esses movimentos delicados, semelhantes aos das gatas alisando os pelos ao sol. Ela olhou-se no espelho e falou em voz alta, num tom de mau humor: "Eu não estava bonita esta noite, minha pele se resseca com uma assustadora rapidez. Talvez devesse deitar mais cedo, abandonar essa vida desregrada... Mas será que Justine está brincando comigo?" Tocou de novo a campainha, a camareira apareceu. Onde era seu alojamento? Não sei. Chegou por uma escada secreta. Eu tinha curiosidade de examiná-la. Minha imaginação de poeta muitas vezes teve ciúme dessa invisível criada, uma moça morena, bem feita de corpo. "A senhora chamou?" "Duas vezes", respondeu Fedora. "Está ficando surda?" "Eu preparava o leite de amêndoas da senhora." Justine ajoelhou-se, desamarrou os laços dos sapatos, descalçou a patroa que, indolentemente estendida numa poltrona de molas junto à lareira, bocejava coçando a cabeça. Não havia senão naturalidade em todos os seus gestos, e nenhum sintoma revelou os sofrimentos secretos ou as paixões que eu supusera. "George está apaixonado, vou despedi-lo", ela falou. "Não arrumou as cortinas esta noite; o que ele está pensando?" A essa observação, todo o meu sangue refluiu no coração, mas não se falou mais em cortinas. "A existência é muito vazia", continuou a condessa. "Ai! Cuidado para não me arranhar como ontem. Olhe, veja", disse à Justine mostrando seu joelho acetinado. "Ainda estou com a marca de suas unhas!" Pôs os pés descalços em pantufas de veludo forradas de plumas, desabotoou o vestido enquanto Justine pegava um pente para ajeitar-lhe os cabelos. "Está precisando casar, senhora, ter filhos." "Filhos! Só faltaria isso para acabar comigo", exclamou. "Um marido! A que homem eu poderia... Acha que eu estava bem penteada esta noite?" "Não muito bem, senhora." "Você é uma boba." "Nada lhe assenta tão mal como encrespar demais os cabelos", continuou Justine. "As mechas bem lisas ficam-lhe bem melhor." "Verdade?" "Sim, senhora, cabelos crespos só combinam bem com as louras." "Casar? Não, não. O casamento é um comércio para o qual não nasci." Que cena terrível para um amante! Essa mulher solitária, sem pais, sem amigos, ateia no amor, não crendo em sentimento algum, não podendo senão conversar com a camareira para satisfazer a necessidade, por menor que fosse, de um desabafo cordial, natural a toda criatura humana, para dizer frases secas ou ninharias! Tive pena dela. Justine tirou-lhe o vestido. Contemplei-a com curiosidade no momento em que o último véu foi retirado. Seu busto de virgem fascinou-me; através da camisola e à luz das velas, seu corpo branco e rosado resplandeceu como uma estátua prateada brilhando sob um invólucro de gaze. Não, nenhuma imperfeição devia fazê-la temer os olhos furtivos do amor. Ah!, um belo corpo triunfará sempre sobre as resoluções mais marciais. Sentada junto ao fogo, a patroa ficou muda e pensativa, enquanto a camareira acendia a vela da lâmpada de alabastro suspensa diante do leito. Justine foi buscar um aquecedor, preparou a cama e ajudou a patroa a deitar-se; depois de um tempo bastante longo dedicado a minuciosos serviços que mostravam a profunda veneração de Fedora por si mesma, a moça partiu. A condesssa virou-se várias vezes no leito, estava agitada e suspirava; os lábios deixavam escapar um leve rumor perceptível ao ouvido, indicando movimentos de impaciência. Estendeu a mão até a mesa e pegou um frasco, despejou algumas gotas de um líquido escuro no leite e bebeu. Depois de alguns suspiros penosos, exclamou: "Meu Deus!" Essa exclamação, principalmente o acento com que a pronunciou, partiu-me o coração. Aos poucos seus movimentos reduziram-se. Tive medo, mas logo ouvi a respiração regular e forte de uma pessoa adormecida; afastei a seda farfalhante das cortinas, deixei meu esconderijo e coloquei-me ao pé da cama, olhando-a com um sentimento indefinível. Ela estava maravilhosa assim. Tinha a cabeça debaixo do braço como uma criança. Seu rosto tranquilo e belo, cercado de rendas, exprimia uma suavidade que me inflamou. Presumindo demais a meu respeito, eu não compreendera este suplício: estar tão perto e tão longe dela. Fui obrigado a sofrer todas as torturas que havia preparado para mim. *Meu Deus!* Esse resto de um pensamento desconhecido, que eu devia levar comigo como toda a luz, mudou de repente minhas ideias acerca de Fedora. Essa expressão insignificante ou profunda, sem substância ou cheia de realidades, podia ser interpretada igualmente como felicidade ou como sofrimento, como uma dor do corpo ou como uma angústia. Era imprecação ou prece, recordação ou futuro, lamento ou temor? Havia toda uma vida nessas duas palavras, vida de indigência ou de riqueza; nelas cabia mesmo um crime! O enigma escondido nesse belo semblante de mulher renascia, Fedora podia ser explicada de tantas maneiras que se tornava inexplicável. As fantasias do sopro que passava entre seus dentes, ora fraco, ora acentuado, grave ou ligeiro, formavam uma espécie de linguagem à qual eu associava pensamentos e sentimentos. Eu sonhava com ela, esperava iniciar-me em seus segredos penetrando-lhe o sono, flutuava entre mil opiniões contrárias, entre mil julgamentos. Vendo aquele belo rosto, calmo e puro, era-me impossível recusar um coração àquela mulher. Resolvi fazer mais uma tentativa. Se lhe contasse minha vida, meu amor, meus sacrifícios, talvez pudesse despertar nela a piedade, arrancar-lhe uma lágrima, a ela que nunca chorava. Havia colocado todas as minhas esperanças nessa última prova quando o ruído da rua anunciou-me o dia.

Houve um momento em que imaginei Fedora acordando em meus braços. Eu podia colocar-me suavemente a seu lado, introduzir-me no leito e abraçá-la. Essa ideia dominou-me tão cruelmente que, para resistir, fugi para o salão sem tomar cuidado algum de evitar ruídos; mas felizmente cheguei a uma porta escondida que dava para uma pequena escada. Como presumi, a chave estava na fechadura; puxei a porta com força, desci ousadamente para o pátio e, sem olhar se fora visto, em três saltos estava na rua. Dois dias depois, um autor devia ler uma comédia na casa da condessa. Fui lá com a intenção de ser o último a sair, para fazer-lhe um pedido bastante singular; queria que ela me reservasse a noite do dia seguinte, que a dedicasse inteiramente a mim, fazendo fechar sua porta. Quando me vi a sós com ela, a coragem quase faltou. Cada batida do relógio de pêndulo me apavorava. Faltavam quinze minutos para a meia-noite. "Se eu não lhe falar", disse a mim mesmo, "bato o crânio contra a quina da lareira." Concedi-me três minutos de prazo, os três minutos se passaram; não bati o crânio contra o mármore, meu coração estava pesado como uma esponja na água. "Você é muito amável", ela me disse. "Ah!", respondi, "se pudesse compreender-me!" "O que houve?", ela falou. "Está pálido." "Hesito em pedir-lhe um favor." Ela me encorajou por um gesto e lhe falei do encontro marcado. "Com todo o prazer", ela disse. "Mas por que não me fala neste momento?" "Para não enganá-la, devo mostrar-lhe a extensão desse compromisso; desejo passar a próxima noitada com você como se fôssemos irmão e irmã. Não tema, conheço suas antipatias; você pôde apreciar-me bastante para saber que nada quero que possa desagradá-la; aliás, os audaciosos nunca procedem assim. Mostrou amizade por mim, tem sido boa e cheia de indulgência. Pois bem, saiba que amanhã vou despedir-me. Não volte atrás!", exclamei, vendo que ela ia falar, e desapareci. Às oito horas de uma noite de maio último, reuni-me a sós com Fedora, no seu budoar gótico. Então não tremi, estava certo de ser bem sucedido. Minha amante devia pertencer-me ou eu me refugiaria nos braços da morte. Eu havia condenado meu amor covarde. Um homem é forte quando confessa sua fraqueza. Com um vestido caxemira azul, a condessa estava estendida num divã, os pés sobre uma almofada. Um gorro oriental, como aqueles que os pintores atribuem aos primeiros hebreus, acrescentava não sei que provocante estranheza a suas seduções. Em seu rosto havia o traço de um encanto fugaz, como a provar que a todo instante somos seres novos, únicos, sem semelhança alguma com o *nós* do futuro e o *nós* do passado. Eu nunca a vira tão deslumbrante. "Sabe", disse ela rindo, "que você excitou minha curiosidade?" "Não vou enganá-la", respondi friamente, sentando-me a seu lado e tomando-lhe a mão que me ofereceu. "Você tem uma bela voz!" "Mas nunca me ouviu cantar!", ela exclamou, deixando escapar um gesto de surpresa. "Provarei o contrário, se for necessário. Então seu canto delicioso seria ainda um mistério? Fique tranquila, não quero penetrá-lo." Ficamos cerca de meia hora a conversar familiarmente. Se adotei o tom, as maneiras e os gestos de um homem a quem Fedora nada devia recusar, também mantive todo o respeito de um amante. Assim fingindo, obtive a graça de beijar-lhe a mão; ela tirou a luva com um movimento gracioso e então mergulhei tão voluptuosamente na ilusão na qual tentava acreditar, que minha alma se derreteu e se derramou nesse beijo. Fedora deixou-se afagar com um inacreditável abandono. Mas não me acuse de bobo; se eu quisesse ter ido um pouco além desse afago fraterno, teria sentido as unhas da gata. Ficamos uns dez minutos mergulhados num profundo silêncio. Eu a admirava, atribuindo-lhe encantos que ela negava. Naquele momento, era minha, somente minha. Eu possuía essa maravilhosa criatura intuitivamente, como era possível possuí-la; abracei-a no meu desejo, segurei-a, apertei-a, minha imaginação a desposou. Venci então a condessa pelo poder de um fascínio magnético. É verdade que sempre lamentei não ter subjugado inteiramente essa mulher; mas naquele momento não queria seu corpo, desejava uma alma, uma vida, uma felicidade ideal e completa, belo sonho no qual há muito não acreditamos. "Senhora", disse-lhe finalmente, sentindo

chegar o momento derradeiro da minha embriaguez, "escute-
-me. Sabe que a amo, já disse isso mil vezes, você deveria
ter-me ouvido. Não querendo conquistar seu amor com as
graças de um pretensioso, nem com as lisonjas e as importu-
nações dos tolos, não fui compreendido. Quantas dores não
sofri por você e das quais, no entanto, é inocente! Mas dentro
de alguns momentos irá julgar-me. Há duas misérias, senhora:
a que anda descaradamente em farrapos nas ruas, que repete,
sem saber, Diógenes, que se alimenta de pouco, reduzindo a
vida ao simples; talvez mais feliz que a riqueza, pelo menos
mais despreocupada, ela toma o mundo lá onde os poderosos
não o querem mais. Há também a miséria do luxo, uma miséria espanhola, que esconde a pobreza sob um título; orgulhosa, emplumada, essa miséria de colete branco, luvas
amarelas, tem carruagens e perde uma fortuna por falta de um
centavo. Uma é a miséria do povo; a outra, a dos escroques,
dos reis e dos homens de talento: sou uma exceção. Meu nome
ordena-me antes morrer do que mendigar. Fique tranquila,
senhora, hoje sou rico, possuo da terra tudo o que preciso",
disse a ela, vendo sua fisionomia tomar aquela fria expressão
de quando somos surpreendidos por pedintes da alta sociedade.
"Lembra-se do dia em que quis ir ao teatro sem mim, achando
que não me veria lá?" Ela fez um sinal afirmativo com a cabeça.
"Gastei meu último escudo para ir vê-la aquele dia. Lembra-se
do passeio que fizemos ao Jardin des Plantes? A carruagem de
aluguel custou-me toda a minha fortuna." Contei a ela meus
sacrifícios, descrevi minha vida, não como conto a você agora,
na embriaguez do vinho, mas na nobre embriaguez do coração.
Minha paixão extravasou em palavras flamejantes, em rasgos
de sentimentos depois esquecidos, e que nem a arte nem a
lembrança saberiam reproduzir. Não foi a narração sem calor
de um amor detestado; meu amor, em sua força e na beleza
de sua esperança, inspirou-me as palavras que projetam toda
uma vida, repetindo os gritos de uma alma dilacerada. Minha
voz foi a das últimas preces feitas por um moribundo num
campo de batalha. Ela chorou e me detive. Ó Deus! Suas lágrimas eram o fruto de uma emoção fingida, comprada a cem

vinténs na porta de um teatro, eu tivera o sucesso de um bom ator. "Se eu soubesse...", ela disse. "Não diga nada. Amo-a ainda bastante neste momento para matá-la..." Ela quis puxar o cordão da campainha. Dei uma risada. "Não faça isso", continuei. "Deixarei que acabe pacificamente sua vida. Matá--la seria compreender mal o ódio! Não tema violência alguma; passei uma noite inteira ao pé de sua cama sem..." "Senhor!" disse ela, corando; mas depois dessa primeira reação de pudor que toda mulher deve ter, mesmo a mais insensível, lançou-me um olhar de desprezo e falou: "Deve ter sentido muito frio!" "Acredita, senhora, que sua beleza me seja tão preciosa?", respondi, adivinhando-lhe os pensamentos que a agitavam. "Seu rosto é para mim a promessa de uma alma mais bela que sua beleza. Ah!, os homens que veem apenas a mulher numa mulher podem comprar toda noite odaliscas dignas do serralho e ficar felizes a baixo preço! Mas sou ambicioso, queria viver de coração aberto com você, com você que não tem coração. Se viesse a pertencer a um homem, eu o mataria. Mas não, você o amaria, e talvez a morte dele a fizesse sofrer. Ah, como sofro!", exclamei. "Se esta promessa puder consolá-lo", ela disse rindo, "posso assegurar-lhe que não pertencerei a ninguém." "Pois bem", a interrompi, "você está insultando a Deus mesmo, e será punida! Um dia, deitada num divã, não podendo suportar nem o ruído nem a luz, condenada a viver numa espécie de túmulo, sofrerá males inimagináveis. Quando buscar a causa dessas lentas e vingativas dores, lembrará então as desgraças que lançou largamente em seu caminho! Tendo semeado imprecações em toda parte, receberá o ódio de volta. Somos os próprios juízes, os carrascos de uma Justiça que reina neste mundo e marcha acima da dos homens, abaixo da de Deus." "Ah!", disse ela rindo, "então sou criminosa por não amá-lo? É minha culpa? Não, não o amo; você é um homem, isso basta. Sinto-me feliz por ser sozinha; por que trocaria minha vida, egoísta, se quiser, pelos caprichos de um mestre? O casamento é um sacramento no qual comungamos apenas nossos dissabores. Além disso, as crianças me aborrecem. Não lhe preveni lealmente sobre meu caráter? Por que não se contentou com minha amizade? Gostaria de poder consolar os sofrimentos que lhe causei por não adivinhar a conta de seus pequenos escudos, aprecio a extensão de seus sacrifícios; mas somente o amor pode pagar sua devoção, suas delicadezas, e eu o amo tão pouco que esta cena me é muito desagradável." "Sinto o quanto sou ridículo, perdoe-me", eu disse com doçura sem poder reter as lágrimas. "Amo-a o bastante para escutar com delícia as palavras cruéis que pronuncia. Oh! Quisera poder assinar meu amor com meu sangue." "Todos os homens nos dizem mais ou menos essas frases clássicas", ela retomou, rindo. "Mas parece ser muito difícil morrer a nossos pés, pois em toda parte encontro esses mortos. É meia-noite; permita que eu me recolha." "E dentro de duas horas exclamará: *Meu Deus!*", retruquei. "Anteontem! Sim", disse ela rindo, "eu pensava no meu agente de câmbio, esquecera de mandá-lo converter meus rendimentos de *cinco* em *três*, e durante a jornada o *três* havia baixado." Contemplei-a com um olhar faiscante de raiva. Ah! às vezes um crime deve ser todo um poema. Eu a compreendi. Familiarizada certamente com as declarações mais apaixonadas, ela já esquecera minhas lágrimas e minhas palavras. "Você se casaria com um par de França?" perguntei-lhe friamente. "Talvez, se fosse duque." Peguei meu chapéu, me despedi. "Permita-me acompanhá-lo até a porta dos meus aposentos", ela disse, pondo uma ironia penetrante no gesto, na pose da cabeça e na voz. "Senhora..." "Pois não?" "Não a verei mais." "Assim espero", ela respondeu inclinando a cabeça de um modo impertinente. "Quer ser duquesa?", continuei, animado por uma espécie de frenesi que seu gesto acendeu no meu coração. "É louca por títulos e honrarias? Então deixe-se amar apenas por mim, ordene que minha pena fale, que minha voz ressoe apenas por você, seja o princípio secreto da minha vida, seja a minha estrela! E não me aceite como esposo se eu não for ministro, par de França, duque. Serei tudo o que quiser que eu seja!" "Empregou bem seu tempo junto ao advogado", disse ela sorrindo; "seus arrazoados têm calor." "Você tem o presente", exclamei, "eu tenho o futuro. Perco apenas uma mulher, você perde um nome, uma família. O tempo fará germinar minha vingança, há de trazer-lhe a feiura e uma morte solitária, e a mim, a glória!" "Agradeço a peroração!", ela disse, retendo um bocejo e mostrando pela atitude o desejo de não me ver mais. Essa frase impôs-me o silêncio. Lancei-lhe meu ódio num olhar e fui embora. Era preciso esquecer Fedora, curar-me de minha loucura, retomar minha solidão estudiosa ou morrer. Impus-me, portanto, trabalhos exorbitantes, quis concluir minhas obras. Durante quinze dias não saí da minha mansarda e consumi todas as minhas noites em pálidos estudos. Apesar da coragem e das inspirações do meu desespero, trabalhava com dificuldade, aos arrancos. A musa desaparecera. Não conseguia expulsar o fantasma brilhante e escarnecedor de Fedora. Cada um de meus pensamentos incubava outro pensamento doentio, sei lá que desejo, terrível como um remorso. Imitei os anacoretas da Tebaida. Sem rezar como eles, vivia como eles num deserto, escavando minha alma em vez de escavar rochedos. Teria sido capaz de cingir-me com um cinto armado de pontas, para domar a dor moral pela dor física. Uma noite, Pauline entrou em meu quarto. "Está se matando", disse ela com uma voz suplicante; "deveria sair, visitar seus amigos." "Ah, Pauline!, sua predição era verdadeira. Fedora me mata, quero morrer. A vida me é insuportável." "Mas será que há somente uma mulher no mundo?", disse ela sorrindo. "Por que colocar padecimentos infinitos numa vida tão curta?" Olhei Pauline com estupor. Ela deixou-me a sós. Não percebi quando se retirou, ouvi sua voz sem compreender o sentido das palavras. Logo fui obrigado a levar o manuscrito de minhas memórias ao meu empresário de literatura. Preocupado com minha paixão, eu ignorava como pudera viver sem dinheiro, sabia apenas que os quatrocentos e cinquenta francos que tinha a receber seriam suficientes para pagar as dívidas. Fui então buscar meu salário e encontrei Rastignac, que me achou mudado, emagrecido. "De que hospital está saindo?", disse ele. "Aquela mulher me mata", respondi. "É melhor matá-la, talvez assim não pense mais nisso", ele falou rindo. "Foi o que pensei", respondi.

"Mas se às vezes minha alma reconforta-se à ideia de um crime, violação ou assassinato, e os dois juntos, sinto-me incapaz de cometê-lo em realidade. A condessa é um admirável monstro que pediria perdão, e não sou Otelo!" "Ela é como todas as mulheres que não podemos ter", disse Rastignac interrompendo-me. "Estou louco", exclamei. "Em alguns momentos sinto a loucura rugir em meu cérebro. Minhas ideias são como fantasmas, dançam diante de mim sem que eu possa pegá-las. Prefiro a morte a esta vida. Assim, busco conscienciosamente o melhor meio de acabar essa luta. Não se trata mais da Fedora viva, da Fedora do Faubourg Saint-Honoré, mas da minha Fedora, da que está aqui", eu disse, batendo na testa. "O que acha do ópio?" "Bobagem, são sofrimentos atrozes", respondeu Rastignac. "A asfixia?" "Vulgar!" "O Sena?" "As redes de recolher cadáveres e o necrotério são muito sujos." "Um tiro de pistola?" "Se errar o tiro, ficará aleijado. Escute," ele continuou, "como todos os jovens, meditei sobre os suicidas. Quem de nós, aos trinta anos, não se matou duas ou três vezes? Nada encontrei de melhor do que consumir a existência pelo prazer. Se mergulhar numa dissolução profunda, sua paixão ou você haverão de perecer. A intemperança é a rainha de todas as mortes, meu caro. Não é ela que produz a apoplexia fulminante? A apoplexia é um tiro de pistola que nunca falha. As orgias nos prodigalizam todos os prazeres físicos; não é isso um ópio em pequenas doses? Forçando-nos a beber em excesso, a devassidão lança mortais desafios ao vinho. Os barris de malvasia do duque de Clarence não têm um gosto melhor que as águas lodosas do Sena? Cair nobremente sobre a mesa não é uma pequena asfixia periódica? Se a patrulha nos recolhe, e ficamos estendidos nos leitos frios das delegacias, não gozamos os prazeres do necrotério sem os ventres inchados, túrgidos, azuis, esverdeados, e sabendo que é só uma crise? Ah!", ele continuou, "esse longo suicídio não é uma morte de quitandeiro falido. No seu lugar, eu trataria de morrer com elegância. Se quer criar um novo gênero de morte debatendo-se assim contra a vida, acompanho-o. Estou chateado, desapontado. A alsaciana que me propuseram como esposa tem seis dedos no pé esquerdo, não posso viver com uma mulher que tem seis dedos! Ficariam sabendo, eu seria ridicularizado. Ela tem apenas dezoito mil francos de renda, sua fortuna diminui e seus dedos aumentam. Que se dane! Levando uma vida apaixonada, talvez encontremos a felicidade por acaso!" Rastignac entusiasmou-me. Esse projeto fazia brilhar muitas seduções, reacendia muitas esperanças, enfim, tinha uma cor muito poética para não agradar um poeta. "E o dinheiro?", eu disse a ele. "Não tem quatrocentos e cinquenta francos?" "Sim, mas devo ao meu alfaiate, à minha hoteleira." "Se pagar o alfaiate, você nunca será nada, nem sequer ministro." "Mas que podemos fazer com quatrocentos francos?" "Jogar." Estremeci. "Ah!", ele falou, percebendo meu pudor, "quer lançar-se no que chamo o *Sistema dissipacional* e tem medo da mesa verde!" "Ouça", respondi, "prometi a meu pai nunca pôr os pés numa casa de jogo. Essa promessa é não apenas sagrada, como também sinto um horror invencível ao passar diante dessas espeluncas; tome aqui meus cem escudos, vá sozinho. Enquanto arrisca nossa fortuna, colocarei meus assuntos em ordem e volto para esperá-lo em sua casa." Eis aí, meu caro, como me perdi. Basta um jovem encontrar uma mulher que não o ama, ou que o ama demais, para que toda a sua vida se desarranje. A felicidade absorve nossas forças, assim como a desgraça extingue nossas virtudes. De volta ao meu hotel Saint-Quentin, contemplei por muito tempo a mansarda onde havia levado a casta vida de um sábio, vida que talvez tivesse sido honrosa, longa, e que eu não deveria ter abandonado em troca da vida apaixonada que me arrastava a um abismo. Pauline surpreendeu-me em minha atitude melancólica. "O que se passa?", ela perguntou. Levantei-me friamente e contei o dinheiro que devia à mãe dela, acrescentando-lhe o valor do aluguel por seis meses. Ela examinou-me com uma espécie de terror. "Estou indo embora, querida Pauline." "Adivinhei", ela exclamou. "Escute, minha menina, não excluo a possibilidade de voltar aqui. Conserve meu quarto durante meio ano. Se eu não estiver de volta em quinze de novembro, será minha herdeira. Este manuscrito lacrado", e apontei uma pilha de papéis, "é a cópia da minha grande obra sobre *A Vontade*, deposite-o na Biblioteca do Rei. Quanto às coisas que deixo aqui, faça o que quiser com elas." Ela lançava-me olhares que pesavam no meu coração. Pauline estava ali como uma consciência viva. "Não terei mais lições?", ela falou, apontando o piano. Não respondi. "O senhor me escreverá?" "Adeus, Pauline." Puxei-a docemente para junto de mim e, em sua testa amorosa, virgem como a neve que não tocou o chão, depus um beijo de irmão, um beijo de velho. Ela fugiu. Eu não quis ver a sra. Gaudin. Coloquei a chave no seu lugar habitual e parti. Ao deixar a Rue de Cluny, ouvi atrás de mim os passos ligeiros de uma mulher. "Bordei para o senhor esta bolsa, também irá recusá-la?", disse-me Pauline. Acreditei perceber à luz do lampião de rua uma lágrima nos olhos dela, e suspirei. Talvez movidos pelo mesmo pensamento, ambos nos separamos com a pressa de quem quer fugir da peste. A vida de dissipação a que me entregava apresentou-se bizarramente, diante de mim, na imagem do quarto onde esperei, com uma nobre indiferença, o retorno de Rastignac. No meio da lareira elevava-se um relógio de pêndulo com uma Vênus, no alto, sentada sobre uma tartaruga, tendo nos braços um charuto consumido até a metade. Móveis elegantes, presentes do amor, espalhavam-se ao redor. Um par de meias velhas vadiava em cima de um divã. A confortável poltrona de molas onde me afundava tinha cicatrizes como um velho soldado; estava com os braços dilacerados e trazia, no encosto, as marcas de óleo de cabelo deixadas por todas as cabeças de amigos. A opulência e a miséria conviviam com naturalidade na cama, nas paredes, em toda parte. Parecia o palácio de Nápoles frequentado por mendigos. Era o quarto de um jogador ou de um gozador cujo luxo é inteiramente pessoal, que vive de sensações e pouco se preocupa com incoerências. Aliás, não faltava poesia a esse quadro. A vida apresentava-se ali em lantejoulas e em farrapos, súbita, incompleta como ela realmente é, mas animada e fantasiosa como num lugar onde um gatuno encontrou tudo o que faz sua alegria. Um Byron sem poemas ateara a fogueira do jovem que arrisca mil francos no jogo sem possuir uma acha de lenha, que corre de tílburi sem ter uma camisa em bom estado. No dia seguinte, uma condessa, uma atriz ou o jogo de cartas dão-lhe um enxoval de rei. Aqui, uma vela presa no estojo verde de um isqueiro; ali, um retrato de mulher despojado da moldura de ouro lavrado. Como é que um jovem naturalmente ávido de emoções renunciaria aos atrativos de uma vida tão rica de oposições e que lhe dá os prazeres da guerra em tempos de paz? Eu estava quase adormecendo quando Rastignac, com um pontapé, abriu a porta do quarto e exclamou: "Vitória! Podemos morrer com toda a comodidade!" Mostrou-me o chapéu cheio de ouro, colocou-o sobre a mesa, e dançamos ao redor como dois canibais em volta da presa, urrando, sapateando, saltando, dando-nos socos capazes de derrubar um rinoceronte e cantando à visão de todos os prazeres do mundo contidos naquele chapéu. "Vinte e sete mil francos", repetiu Rastinac, acrescentando algumas notas de dinheiro ao monte de moedas. "Para outros esse dinheiro seria suficiente para viver; mas para nós será o suficiente para morrer? Oh, sim, expiraremos num banho de ouro. Hurra!" E dançamos mais uma vez. Fizemos a partilha como herdeiros, moeda por moeda, começando pelos duplos napoleões, indo das maiores às menores, destilando nossa alegria e dizendo a cada vez: "Para você." "Para mim." "Não dormiremos", exclamou Rastignac. "Joseph, traga o ponche!", e lançou uma moeda a seu fiel empregado. "Aqui está sua parte, enterre-se, se puder." No dia seguinte, comprei móveis na casa Lesage, aluguei o apartamento onde você me conheceu, na Rue Taitbout, e encomendei ao melhor tapeceiro a decoração. Adquiri cavalos. Lancei-me num turbilhão de prazeres vazios e reais ao mesmo tempo. Jogava, ganhava e perdia, sucessivamente, enormes somas, mas somente nos bailes, na casa de amigos, nunca nas casas de jogo, pelas quais conservei meu saudável e primitivo horror. Aos poucos fui fazendo amigos. Devo a afeição deles a disputas ou àquela facilidade confiante com que revelamos nossos segredos, aviltando-nos juntos; será que essas ligações só se mantêm pelos vícios? Arrisquei algumas composições literárias que me valeram cumprimentos. Os grandes homens da literatura comercial, não vendo em mim um rival a temer, elogiaram-me, certamente menos por meus méritos pessoais do que para criticar o de seus colegas. Tornei-me um *vivedor* para usar a expressão pitoresca consagrada pela linguagem da orgia. Punha amor-próprio em matar-me prontamente, em esmagar os mais alegres companheiros com minha verve e meu poder. Estava sempre bem disposto, elegante, consideravam-me espirituoso. Nada denunciava em mim a terrível existência que faz de um homem um funil, um aparelho digestivo, um cavalo de luxo. Em breve a Devassidão mostrou-se em toda a majestade de seu horror e a compreendi! Certamente os homens sensatos e organizados, que rotulam garrafas para os herdeiros, não podem conceber nem a teoria dessa larga vida nem seu estado normal; acaso inculcaríamos poesia em homens de província para quem o ópio e o chá, tão pródigos de delícias, são apenas dois medicamentos? Em Paris mesmo, nessa capital do pensamento, não encontramos sibaritas incompletos? Incapazes de suportar o excesso do prazer, não saem fatigados de uma orgia como os bons burgueses que, tendo ouvido uma nova ópera de Rossini, condenam a música? Não renunciam eles a essa vida como um homem sóbrio que não come mais pastéis de trufas porque o primeiro causou-lhe uma indigestão? A devassidão é certamente uma arte como a poesia, e exige almas fortes. Para compreender seus mistérios, para saborear suas belezas, um homem deve de algum modo entregar-se a conscienciosos estudos. Como todas as ciências, ela é a princípio repulsiva, espinhosa. Imensos obstáculos cercam os grandes prazeres do homem, não suas pequenas delícias, mas os sistemas que erigem em hábito as sensações mais raras, que as resumem e as fertilizam criando em sua vida uma vida dramática, que requer uma exorbitante e imediata dissipação de forças. A Guerra, o Poder, as Artes são corrupções tão fora do alcance humano e tão profundas quanto a devassidão, e todas são de difícil acesso. Mas, quando se lançou ao assalto desses grandes mistérios, não marcha o homem num mundo novo? Os generais, os ministros, os artistas inclinam-se todos à dissolução, em maior ou menor grau, pela necessidade de oporem violentas distrações à sua existência tão afastada da vida comum. Afinal, a guerra é a devassidão do sangue, assim como a política é a dos interesses. Todos os excessos são irmãos. Essas monstruosidades sociais possuem a força dos abismos, elas nos atraem como Santa Helena chamava Napoleão; dão vertigens, fascinam, e queremos ver sua profundeza sem saber por quê. A ideia do infinito talvez exista nesses precipícios, talvez eles contenham algum encanto para o homem e por si sós sejam capazes de interessá-lo. Para contrastar com o paraíso de suas horas de estudo, com as delícias da concepção, o artista fatigado pede, como Deus, o repouso do domingo ou, como o diabo, as volúpias do inferno, a fim de opor o trabalho dos sentidos ao trabalho de suas faculdades. A distração de Lorde Byron não podia ser o carteado tagarela que satisfaz um negociante; poeta, ele queria a Grécia jogando contra Mahmud*. Em guerra, não se torna o homem um anjo exterminador, uma espécie de carrasco, mas gigantesco? Não é preciso haver encantamentos extraordinários para fazer-nos aceitar as atrozes dores, inimigas de nosso frágil invólucro, que cingem as paixões como um cinturão de espinhos? Embora sofra convulsivamente uma espécie de agonia após abusar do tabaco, não assistiu o fumante a deliciosas festas em não sei que regiões? Não recomeçou sempre a Europa a guerrear, sem dar-se o tempo de enxugar os pés molhados no sangue até os tornozelos? O homem de massa tem assim sua embriaguez, assim como a natureza, seus acessos de amor! Para o homem privado, para o Mirabeau que vegeta num reino pacífico e sonha com tempestades, a devassidão compreende tudo; ela é um perpétuo abraçar a vida como um todo, ou melhor, um duelo com uma força desconhecida, com um monstro. De início o monstro apavora, é preciso pegá-lo pelos chifres, são fadigas extraordinárias. A natureza deu-nos um estômago pequeno

---

* Alusão à insurreição grega contra o domínio turco, na qual Byron combateu e perdeu a vida em 1824. (N.T.)

ou preguiçoso? Nós o ampliamos, aprendemos a suportar o vinho, domesticamos a embriaguez, passamos noites sem dormir, enfim, forjamo-nos um temperamento de coronel de cavalaria, engendramo-nos uma segunda vez, como para desafiar a Deus! Quando o homem assim se metamorfoseou, quando, velho soldado, o neófito moldou sua alma à artilharia, e suas pernas à marcha, sem ainda pertencer ao monstro, mas sem saber qual deles é o mestre, ambos rolam um sobre o outro, ora vencedores, ora vencidos, numa esfera em que tudo é maravilhoso, onde as dores da alma adormecem, onde revivem apenas fantasmas de ideias. Essa luta atroz tornou-se já necessária. Ao realizar os fabulosos personagens que, segundo as lendas, venderam a alma ao diabo para obter a força de fazer o mal, o dissipador troca sua morte por todos os prazeres da vida, agora abundantes, fecundos. Em vez de percorrer longamente duas margens monótonas, no fundo de uma loja ou de um escritório, a existência agita-se e corre como uma torrente. Enfim, a devassidão certamente é para o corpo o que são os prazeres místicos para a alma. A embriaguez nos mergulha em sonhos cujas fantasmagorias são tão curiosas como podem ser as do êxtase. Temos horas maravilhosas como os caprichos de uma moça, conversas deliciosas com amigos, palavras que descrevem uma vida inteira, alegrias sinceras e espontâneas, viagens sem cansaço, poemas expostos em algumas frases. A brutal satisfação do animal, no fundo do qual a ciência foi buscar uma alma, é acompanhada de deliciosos torpores, e depois os homens suspiram entediados de sua inteligência. Não sentem todos a necessidade de um repouso completo, e não é a devassidão uma espécie de imposto que o gênio paga ao mal? Veja todos os grandes homens: se não são voluptuosos, a natureza os faz mesquinhos. Escarnecedor ou ciumento, um poder vicia-lhes a alma ou o corpo para neutralizar os esforços de seus talentos. Durante essas horas de embriaguez, os homens e as coisas comparecem diante de nós, vestidos como serviçais. Reis da criação, transformamo-la segundo nossos desejos. Através desse delírio perpétuo, o jogo despeja, a seu bel-prazer, chumbo derretido nas veias. E um dia pertencemos ao monstro; temos então, como eu tive, um despertar furioso: a impotência está sentada à cabeceira. Velhos guerreiros, a tísica nos devora; diplomatas, um aneurisma suspende em nosso coração a morte por um fio; quanto a mim, talvez uma tuberculose me diga: "Partamos!", como disse outrora a Rafael de Urbino, morto por um excesso de amor. Eis aí como vivi! Cheguei ou muito cedo ou tarde demais à vida do mundo; certamente minha força teria sido muito perigosa se não a tivesse amortecido; não se curou o universo de Alexandre, fazendo-o beber na taça de Hércules ao final de uma orgia? Enfim, para certos destinos frustrados, resta apenas o céu ou o inferno, a devassidão ou o asilo do monte Saint-Bernard. Há pouco não tive a coragem de pregar moral a estas duas criaturas – e apontou Euphrasie e Aquilina. – Não são elas minha história personificada, uma imagem de minha vida? Não posso acusá-las, elas aparecem-me como juízes.

"No meio desse poema vivo, no seio dessa extraordinária doença, tive, no entanto, duas crises muito férteis de ácidas dores. A primeira, alguns dias depois de ter-me lançado como Sardanapalo em minha fogueira, foi encontrar Fedora na entrada do teatro dos Bouffons. Esperávamos nossos carros. "Ah!, ainda o reencontro vivo." Essa frase era a tradução de seu sorriso, das maliciosas e surdas palavras que ela disse a seu galanteador do momento, contando-lhe certamente minha história e julgando meu amor como um amor vulgar. Ela aplaudia sua falsa perspicácia. Oh! Morrer por ela, adorá-la ainda, vê-la em meus excessos, em minha embriaguez, no leito das cortesãs, e sentir-me vítima de um gracejo! Não poder rasgar meu peito e dele arrancar meu amor para jogá-lo a seus pés. A outra crise foi esgotar rapidamente meu tesouro. Mas três anos de dieta haviam-me dado a mais robusta das saúdes, e, no dia em que me vi sem dinheiro, sentia-me maravilhosamente bem. Para continuar a morrer, assinei letras de câmbio de curto prazo e o dia do pagamento chegou. Cruéis emoções! E como dão vida aos corações jovens! Ainda era cedo para envelhecer; minha alma continuava jovem, animada, vigorosa. Minha primeira dívida trouxe de volta todas as minhas virtudes, que vieram a passos lentos e pareceram-me desoladas. Soube transigir com elas como com as velhas tias que começam por nos repreender e acabam por nos dar lágrimas e dinheiro. Mais severa, minha imaginação mostrava meu nome viajando, de cidade em cidade, pelas praças da Europa. *Nosso nome somos nós mesmos*, disse Eusèbe Salverte*. Depois de andar sem rumo, eu retornava, como o duplo de um alemão**, ao alojamento de onde não saíra, para despertar-me em sobressalto. Esses homens do banco, esses remorsos comerciais vestidos de cinza, portando a libré do patrão e uma placa de prata, outrora eu os via com indiferença quando passavam pelas ruas de Paris, mas agora os odiava antecipadamente. Viria um deles, uma manhã, reclamar as onze letras de câmbio que eu assinara? Minha assinatura valia três mil francos e eu mesmo não valia isso! Os oficiais de justiça indiferentes a todos os desesperos, mesmo à morte, erguiam-se diante de mim como os carrascos que dizem a um condenado: "Soaram as três horas e meia". Seus escrivães tinham o direito de apoderar-se de mim, rabiscar meu nome, sujá-lo, escarnecê-lo. *Eu devia!* Dever é então pertencer-se? Não podiam outros homens pedir contas de minha vida? Por que eu havia comido *chipolata****, tomado sorvete? Por que dormia, caminhava, pensava e divertia-me sem pagar? No meio de uma poesia, de uma ideia, ou enquanto almoçava cercado de amigos, alegrias e doces gracejos, eu podia ver entrar um senhor de terno marrom, com um velho chapéu na mão. Esse senhor será minha dívida, será minha letra de câmbio, um espectro a fazer murchar minha alegria, forçando-me a deixar a mesa para lhe falar; há de levar meu riso, minha amante e até mesmo minha cama. O remorso é mais tolerável, não nos joga na rua nem em Sainte-Pélagie****, não nos mergulha nessa execrável latrina do vício, apenas nos envia ao cadafalso, que o

---

* Autor francês de *Ensaio filosófico sobre os nomes de homens, povos e deuses*, publicado em 1824. (N.T.)

** Alusão a *Princesa Brambilla*, romance de E.T.A. Hoffmann. (N.T.)

*** Espécie de torta de cebola. (N.T.)

**** Prisão de Paris para onde eram enviados os devedores insolventes. (N.T.)

carrasco enobrece: no momento do suplício, todos creem em nossa inocência, ao passo que a sociedade não deixa uma virtude ao devasso sem dinheiro. E essas dívidas de duas patas, vestidas de verde, portando lunetas azuis ou guarda-chuvas coloridos, essas dívidas em carne e osso com as quais damos de cara numa esquina, essa gente terá o horrível privilégio de dizer: "O sr. de Valentin me deve e não pagou. Tenho-o na mão. Ah! E que não finja estar mal de saúde!" Precisamos cumprimentar nossos credores, cumprimentá-los com amabilidade. "Quando me pagará?", eles dizem. E somos obrigados a mentir, a implorar dinheiro a outro homem, a curvar-nos diante de um tolo sentado junto à caixa, a receber seu olhar frio, seu olhar de sanguessuga mais odioso que uma bofetada, a suportar sua moral calculista e sua crassa ignorância. Uma dívida é uma obra de imaginação que eles não compreendem. Impulsos da alma arrebatam, subjugam com frequência quem toma um empréstimo, ao passo que nada de grande subjuga, nada de generoso guia os que vivem do dinheiro e só conhecem o dinheiro. A letra de câmbio pode, enfim, transformar-se num velho encarregado de família, acompanhado de virtudes. E eu seria devedor, talvez, de um quadro expressivo de Greuze*, de um paralítico cercado pelos filhos, da viúva de um soldado, que me estenderiam as mãos suplicantes. Terríveis credores com os quais é preciso chorar e a quem devemos, mesmo quando os pagamos, o amparo. Na véspera do prazo de vencimento, deitei-me com a falsa calma das pessoas que dormem antes de sua execução, antes de um duelo; elas sempre deixam-se embalar por uma mentirosa esperança. Mas ao despertar, quando retomei o sangue-frio e senti a alma aprisionada na pasta de um banqueiro, incluída em listas, escrita a tinta vermelha, minhas dívidas saltaram como gafanhotos; estavam no meu relógio de pêndulo, nas minhas poltronas, ou incrustadas nos móveis que eu utilizava com mais prazer. Transformados em vítimas das harpias do Châtelet**, esses doces escravos materiais iam ser levados por oficiais de justiça e

---

* Pintor francês conhecido por seus retratos de cenas familiares. (N.T.)

** Tribunal onde se decidiam questões de direito civil e comercial. (N.T.)

brutalmente jogados na rua. Ah! Meu espólio era ainda eu mesmo. A campainha do apartamento ressoava no meu coração, atingia-me onde os reis são atingidos, na cabeça. Era um martírio, sem o céu por recompensa. Sim, para um homem generoso, uma dívida é o inferno, mas o inferno com oficiais de justiça e agentes comerciais. Uma dívida não paga é a baixeza, um começo de vigarice e, pior que tudo, uma mentira! Ela prepara os crimes, junta as tábuas do cadafalso. Minhas letras de câmbio foram protestadas. Três dias depois as paguei, da seguinte forma. Um especulador veio propor-me que lhe vendesse a ilha que eu possuía no Loire e onde está o túmulo de minha mãe. Aceitei. Ao assinar o contrato no notário do meu comprador, senti no fundo do escritório escuro um frescor semelhante ao de uma caverna. Estremeci ao reconhecer o mesmo frio úmido que se apoderara de mim junto à cova onde jazia meu pai. Tomei essa coincidência como um funesto presságio. Parecia-me ouvir a voz de minha mãe e ver sua sombra; não sei que estranho poder fazia ressoar meu próprio nome em meu ouvido, em meio a dobres de sinos! O preço de minha ilha deixou-me, pagas todas as dívidas, com dois mil francos. Certamente poderia ter voltado à pacífica existência do sábio, retornar à minha mansarda após ter experimentado a vida, com a cabeça cheia de observações imensas e gozando já de uma espécie de reputação. Mas Fedora não soltava sua presa. Seguidamente nos encontrávamos. Eu fazia meu nome ser-lhe repetido aos ouvidos por seus amantes, admiradores de meu espírito, meus cavalos, meus sucessos, minhas carruagens. Ela permanecia fria e insensível a tudo, mesmo a esta frase horrível dita por Rastignac: "Ele se mata por você!" Eu encarregava o mundo inteiro de minha vingança, mas não estava feliz! Escavando assim a vida até a lama, sentia ainda mais as delícias de um amor compartilhado, perseguia esse fantasma através de minhas dissipações, no seio das orgias. Para a minha desgraça, eu era enganado nessas belas crenças, era punido por meus benefícios com a ingratidão, recompensado por meus erros com mil prazeres. Sinistra filosofia, mas verdadeira para o devasso! Enfim,

Fedora transmitira-me a lepra de sua vaidade. Ao sondar sua alma, encontrei-a gangrenada, apodrecida. O demônio marcara com seu esporão a minha testa. Doravante era-me impossível passar sem as agitações contínuas de uma vida a todo momento arriscada e sem os execráveis refinamentos da riqueza. Se eu fosse milionário, teria continuado jogando, comendo, correndo. Não queria mais ficar a sós comigo mesmo. Tinha necessidade de cortesãs, de falsos amigos, de vinho e boa comida para entorpecer-me. Os laços que ligam um homem à família estavam rompidos em mim para sempre. Condenado às galés do prazer, devia cumprir meu destino de suicida. Nos últimos dias de minha fortuna, pratiquei a cada noite excessos inacreditáveis; mas a cada manhã a morte restituía-me à vida. Como alguém com rendas vitalícias, poderia tranquilamente ver minha casa pegar fogo. Por fim, fiquei só com uma moeda de vinte francos e lembrei então a sorte de Rastignac no jogo..."

– Oh, oh! – exclamou Raphaël de repente, pensando em seu talismã, que tirou do bolso.

Seja porque, fatigado das lutas daquele longo dia, não tivesse mais a força de governar a inteligência nas ondas do vinho e do ponche, seja porque, exasperado pelas imagens de sua vida, aos poucos se embriagasse na torrente de suas palavras, Raphaël animou-se, exaltou-se como um homem completamente privado de razão.

– Para os diabos a morte! – exclamou, brandindo a Pele. – Quero viver agora! Sou rico, tenho todas as virtudes. Nada me resistirá! Quem não seria bom quando pode tudo? Ah, ah! Se eu quiser duzentos mil francos de renda, os terei. Saúdem-me, porcos deitados nesse tapete como num chiqueiro! Esta famosa propriedade é minha! Sou rico, posso comprar vocês todos, mesmo o deputado que está aí roncando. Vamos, canalhas da alta sociedade, glorifiquem-me! Sou o papa.

Nesse momento, as exclamações de Raphaël, até então cobertas pelo baixo contínuo dos roncos, foram subitamente ouvidas. Muitos dos que dormiam despertaram aos gritos, maldizendo num coro de imprecações o importuno que, na sua ruidosa embriaguez, mal apoiava-se nas pernas.

– Calem-se! – retrucou Raphaël. – Cães, de volta a suas casinhas! Émile, tenho tesouros, darei a você charutos de Havana!

– Estou ouvindo – respondeu o poeta. – *Fedora ou a morte!* Continue. Essa Fedora açucarada o enganou. Todas as mulheres são filhas de Eva. Sua história não é nem um pouco dramática.

– Ah, seu fingido, então dormia?

– Não! Fedora ou a morte, estou ouvindo.

– Acorde! – exclamou Raphaël, golpeando Émile com a Pele de onagro como se dela quisesse tirar um fluido elétrico.

– Raios! – falou Émile, levantando-se e segurando Raphaël pelo meio do corpo. – Meu amigo, considere que está com mulheres de má fama!

– Sou milionário.

– Se não é milionário, pelo menos está embriagado.

– Embriagado de poder. Posso matá-lo!... Silêncio, sou Nero, sou Nabucodonosor!

– Mas Raphaël, estamos em má companhia, devia ficar em silêncio, por dignidade.

– Minha vida tem sido um silêncio demasiado longo. Agora vou vingar-me do mundo inteiro. Não me divertirei dissipando o vil metal, vou imitar e resumir minha época consumindo vidas humanas, inteligências, almas. Eis um luxo que não é mesquinho, a opulência da peste! Vou lutar contra a febre amarela, azul, verde, contra os exércitos e os cadafalsos. Posso ter Fedora. Mas não, não quero Fedora, é minha doença, morro por causa de Fedora! Quero esquecer Fedora.

– Se continuar gritando, levo-o para a sala de jantar.

– Está vendo esta Pele? É o testamento de Salomão. Salomão, esse reizinho pretensioso, está em meu poder. Possuo a Arábia, mesmo a mais desértica. O universo me pertence, você me pertence, se eu quiser. Se eu quiser, está ouvindo? Tome cuidado. Posso comprar sua banca de jornalista, será meu criado. Escreverá versos para mim, porá meus papéis em ordem. Criado, valete! E valete quer dizer: "Ele passa bem porque não pensa em nada".

Ao ouvir essa frase, Émile levou Raphaël para a sala de jantar.

– Está certo, meu amigo – disse ele –, sou seu criado. Mas você será redator-chefe de um jornal, portanto, cale-se, seja decente, por consideração a mim! Não é meu amigo?

– Claro que sou! Você terá charutos de Havana com esta Pele. Sempre a Pele, meu amigo, a Pele soberana! Excelente tópico, posso curar calos! Sofre de calos? Resolverei seu problema.

– Nunca o vi tão estúpido.

– Estúpido, meu amigo? Não. Esta pele diminui quando tenho um desejo... é uma antífrase. O brâmane, há um brâmane por trás disso! Devia ser um brâmane brincalhão, porque os desejos, como sabe, devem aumentar...

– Sim, é verdade.

– Eu digo...

– Sim, isso é verdade, penso como você. O desejo aumenta...

– Eu digo que a Pele...

– Sim.

– Você não crê em mim. Conheço-o, meu amigo, é mentiroso como um novo rei.

– Como quer que eu concorde com as divagações de sua embriaguez?

– Olhe, eu aposto, posso provar! Tomemos a medida.

– Arre, ele não vai dormir! – desabafou Émile, vendo Raphaël vasculhar a sala de jantar.

Animado de uma habilidade de símio, graças à singular lucidez que o bêbado às vezes adquire em contraste com as obtusas visões da embriaguez, Raphaël conseguiu encontrar uma pequena mesa e um guardanapo, repetindo sempre:

– Tomemos a medida, tomemos a medida!

– Está bem, está bem – repetiu, Émile –, tomemos a medida!

Os dois amigos estenderam o guardanapo e puseram em cima dele a Pele de onagro. Émile, cuja mão parecia estar mais firme que a de Raphaël, descreveu com uma pena molhada de tinta os contornos do talismã, enquanto o amigo lhe dizia:

– Desejei duzentos mil francos de renda, não é verdade? Pois bem, quando os tiver, verá como a Pele diminuirá.

– Sim, mas agora durma. Quer que o acomode sobre este canapé? Então, sente-se bem?

– Sim, meu bebê da imprensa. Você me divertirá, espantará minhas moscas. O amigo da desgraça tem o direito de ser o amigo do poder. Assim lhe darei cha... ru... tos de Hav...

– Está bem, fique chocando seu ouro, milionário.

– E você, seus artigos. Boa noite. Não vai dar um boa-noite a Nabucodonosor? Amor! Um brinde à França!... Glória e rique... rique...

Em breve os dois amigos uniram seus roncos à música que ressoava nos salões. Concerto inútil! As velas extinguiram-se uma a uma, fazendo estalar suas arandelas de cristal. A noite envolveu com uma gaze essa longa orgia na qual o relato de Raphaël fora como uma orgia de palavras, de palavras sem ideias e de ideias que muitas vezes careciam de expressão.

No dia seguinte, por volta do meio-dia, a bela Aquilina levantou-se, bocejando, fatigada, e com a face marcadas pelo veludo estampado de um banquinho sobre o qual repousara a cabeça. Euphrasie, despertada pelo movimento da companheira, ergueu-se de um salto, soltando um grito rouco; seu belo rosto, tão branco e viçoso na véspera, estava amarelo e pálido como o de uma moça levada ao hospital. Aos poucos os convivas foram se mexendo, emitindo gemidos sinistros, sentindo os braços e as pernas entorpecidos, oprimidos por um cansaço ao despertar. Um criado veio abrir as persianas e as janelas dos salões. Os quentes raios do sol, cintilando na cabeça dos adormecidos, os chamavam de volta à vida. Os movimentos do sono haviam destruído o edifício dos penteados e ceifado a elegância das roupas. As mulheres atingidas pela luz do dia apresentavam um aspecto horrível: os cabelos pendiam sem graça, as fisionomias tinham outra expressão e os olhos, sem brilho, afundavam-se de cansaço. A tez biliosa, tão sensível à luz, causava horror; os rostos linfáticos, brancos e moles quando em repouso, haviam ficado verdes; as bocas, antes deliciosas, vermelhas, agora secas e brancas, traziam os estigmas medonhos da embriaguez. Os homens renegavam suas amantes noturnas ao vê-las assim descoloridas, cadavéricas como flores esmagadas na rua após a passagem da procissão. Esses homens desdenhosos estavam ainda mais horríveis. O aspecto daquelas faces humanas com olheiras e olhos fundos que nada pareciam ver, entorpecidas pelo vinho, embrutecidas por um sono incômodo, mais fatigante que reparador, era de arrepiar. Esses rostos desfigurados, nos quais apareciam a nu os apetites físicos sem a poesia para enfeitá-los, tinham algo de feroz e de friamente bestial. Esse despertar do vício sem roupas nem maquiagem, esse esqueleto do mal, esfarrapado, frio e privado dos sofismas do espírito ou dos encantamentos do luxo, assustou aqueles intrépidos atletas, por mais habituados que fossem à devassidão. Artistas e cortesãs guardaram silêncio ao examinarem com um olhar feroz a desordem daqueles aposentos onde tudo fora devastado, arrasado pelo fogo das paixões. Um riso satânico elevou-se de repente, quando Taillefer, ouvindo o surdo estertor de seus convidados, tentou saudá-los por um esgar; seu rosto suado e sanguinolento fez pairar sobre essa cena infernal a imagem do crime sem remorso*. O quadro completou-se. Era a vida lamacenta em meio ao luxo, uma horrível mistura de pompa e miséria humanas, a devassidão voltando a despertar após ter pressionado com suas mãos fortes todos os frutos da vida, para deixar ao redor apenas ignóbeis restos ou mentiras nas quais não crê. Era como se a Morte sorrisse no meio de uma família de pesteados: não mais perfumes nem luzes ofuscantes, não mais alegria nem desejos, mas o desgosto com seu odor nauseabundo e sua pungente filosofia; o sol brilhante como a verdade e um ar puro como a virtude contrastavam com uma atmosfera quente, carregada de miasmas, os miasmas de uma orgia! Embora habituadas ao vício, várias daquelas

---

* Balzac intercala aqui uma nota: "Ver *L'auberge rouge* [A estalagem vermelha]". (N.T.)

moças pensaram no seu despertar de outrora, quando, inocentes e puras, entreviam pelas janelas campestres, ornadas de madressilvas e rosas, uma paisagem encantada pelos alegres gorjeios da cotovia, vaporosamente iluminada pelos raios da aurora e as fantasias do orvalho. Outras recordaram o desjejum em família, a mesa ao redor da qual riam inocentemente os filhos e o pai, onde tudo respirava um encanto indefinível, onde as iguarias eram simples como os corações. Um artista pensava na paz de seu ateliê, em sua casta estátua, no gracioso modelo que o esperava. Um jovem, lembrando-se do processo do qual dependia a sorte de uma família, pensava na transação importante que reclamava sua presença. O estudioso sentia saudade do gabinete onde um nobre estudo o chamava. Quase todos queixavam-se de si mesmos. Foi nesse momento que Émile, viçoso e rosado como o mais bonito dos vendedores de uma loja da moda, apareceu, rindo.

– Vocês estão mais feios do que guarda-costas de oficial de justiça – exclamou. – Hoje não poderão fazer nada, o dia está perdido e acho que está na hora do almoço.

Ao ouvir essas palavras, Taillefer saiu para dar ordens. As mulheres foram languidamente até os espelhos para corrigir a desordem de suas roupas. Todos se mexeram. Os mais viciosos censuraram os mais moderados. As cortesãs zombaram dos que pareciam não encontrar forças para continuar aquele rude festim. Pouco depois, esses espectros animaram-se, formaram grupos, interrogaram-se e sorriram. Alguns criados ágeis e expeditos prontamente repuseram os móveis e cada coisa em seu lugar. Os convivas dirigiram-se então à sala de jantar. Ali, embora tudo trouxesse a marca inapagável dos excessos da véspera, houve pelo menos um vestígio de vida e de pensamento, como nas últimas convulsões de um moribundo. Como no cortejo da terça-feira gorda, a saturnal era enterrada por máscaras fatigadas de suas danças, ébrias de embriaguez, e que queriam convencer de impotência o prazer, para não confessarem sua própria impotência. No momento em que essa intrépida assembleia se acercou da mesa do capitalista, Cardot, que na véspera desaparecera prudentemente após o jantar para terminar a orgia no leito conjugal, mostrou sua face oficiosa na qual vagava um doce sorriso. Ele parecia ter adivinhado alguma herança a degustar, a partilhar, a inventariar, a despachar, uma herança cheia de certidões a fazer, rica de honorários, tão suculenta como o filé no qual o anfitrião enterrava a faca.

– Oh, oh! – exclamou de Cursy –, vamos almoçar em presença do notário.

– Chega bem na hora para avaliar e rubricar todas essas peças – disse o banqueiro, mostrando-lhe o festim.

– Não há testamento a fazer, mas talvez contratos de casamento – respondeu o notário que, havia um ano, estava pela primeira vez muito bem casado.

– Oh, oh!
– Ah, ah!

– Um instante – replicou Cardot, que fora interrompido por um coro de gracejos maldosos. – Venho aqui por um assunto sério. Trago seis milhões a um de vocês. (Silêncio profundo.) Senhor – disse ele a Raphaël que, nesse momento, enxugava sem cerimônia os olhos numa ponta do guardanapo –, a senhora sua mãe não tinha o nome de solteira O'Flaharty?

– Sim – respondeu Raphaël bastante maquinalmente. – Barbe-Marie.

– Está com sua certidão de nascimento e a da sra. de Valentin? – perguntou Cardot.

– Creio que sim.

– Pois bem, o senhor é o único herdeiro do major O'Flaharty, falecido em agosto de 1828, em Calcutá.

– É uma fortuna *incalcutável*! – exclamou o julgador.

– Como o major dispôs por testamento várias somas em favor de algumas instituições públicas, sua herança foi reclamada à Companhia das Índias pelo governo francês – continuou o notário. – Neste momento ela é líquida e palpável. Há quinze dias eu procurava em vão os sucessores da srta. Barbe-Maria O'Flaharty, quando ontem, à mesa...

Nesse momento, Raphaël ergueu-se de súbito, deixando escapar o gesto brusco de um homem que recebe um ferimento.

Houve como uma aclamação silenciosa; a primeira reação dos convivas foi ditada por uma surda inveja, todos os olhos voltaram-se para ele como chamas. Depois, um murmúrio, semelhante ao de uma plateia irritada, um rumor de tumulto começou, cresceu, cada um dizendo uma palavra para saudar essa fortuna imensa anunciada pelo notário. Trazido de volta à razão pela brusca obediência da sorte, Raphaël estendeu sobre a mesa o guardanapo com o qual, havia pouco, medira a Pele de onagro. Sem nada escutar, pôs em cima o talismã e estremeceu violentamente ao ver uma pequena distância entre o contorno traçado pela linha e o da Pele.

– Mas o que há com ele? – falou Taillefer. – Conseguiu sua fortuna sem esforço.

– *Segure-o, Châtillon** – disse Bixiou a Émile –, a alegria vai matá-lo.

Uma horrível palidez cobriu os músculos da face desfigurada do herdeiro; as feições se contraíram, as saliências do rosto ficaram brancas e as concavidades escuras, como uma máscara lívida de olhos fixos. Ele via a *Morte*. Esse banquete esplêndido cercado de cortesãs desbotadas, de rostos fartos, essa agônica alegria era uma imagem viva de sua vida. Raphaël olhou três vezes o talismã que cabia com folga dentro das impiedosas linhas impressas no guardanapo, tentou duvidar; mas um claro pressentimento aniquilava sua incredulidade. O mundo pertencia-lhe, ele podia tudo e nada mais queria. Como um viajante no meio do deserto, tinha um pouco d'água para a sede e devia medir a vida pelo número de goles. Via que cada desejo lhe custaria dias de vida. E então acreditava na Pele de onagro, escutava-se respirar, sentia-se já doente, perguntava-se: "Não estou tuberculoso? Não morreu minha mãe de tuberculose?"

– Ah! Raphaël, você vai divertir-se muito! O que me dará? – dizia Aquilina.

– Bebamos à morte do tio, o major Martin O'Flaharty! Eis aí um homem.

– Será par de França.

---

* Citação de uma frase de *Zaïre*, peça de Voltaire. (N.T.)

– Ora, o que é um par de França depois de Julho? – disse o julgador.

– Terá um camarote no Bouffons?

– Espero que presenteie todos nós – disse Bixiou.

– Um homem como ele sabe fazer as coisas com grandeza – disse Émile.

As aclamações dessa assembleia risonha ressoavam nos ouvidos de Valentin sem que ele pudesse compreender o sentido de uma só palavra; pensava vagamente na existência mecânica e sem desejos de um camponês da Bretanha, cheio de filhos, lavrando o campo, comendo pão preto, bebendo cidra no pichel, acreditando na Virgem e no Rei, comungando na Páscoa, dançando aos domingos na relva e nada entendendo do sermão do pároco. O espetáculo oferecido naquele momento a seus olhos, aqueles lambris dourados, aquelas cortesãs, aquele banquete, aquele luxo, apertava-lhe a garganta e fazia-o tossir.

– Deseja aspargos? – perguntou-lhe o banqueiro.

– *Não desejo nada* – respondeu Raphaël com uma voz trovejante.

– Bravo! – replicou Taillefer. – Está compreendendo a fortuna, ela é um diploma de impertinência. Você é um dos nossos! Senhores, um brinde ao poder do dinheiro. O sr. de Valentin, seis vezes milionário, chega ao poder. Ele é rei, pode tudo, está acima de tudo, como todos os ricos. Para ele, agora, *Os franceses são iguais perante a lei* é uma mentira inscrita na abertura da Constituição. Ele não obedecerá às leis, elas é que lhe obedecerão. Não há cadafalso nem carrasco para os milionários!

– Sim – replicou Raphaël –, eles mesmos são seus carrascos.

– É mais um preconceito! – gritou-lhe o banqueiro.

– Bebamos – disse Raphaël, pondo o talismã no bolso.

– Que está fazendo? – disse Émile segurando-lhe a mão. E logo acrescentou, dirigindo-se à assembleia bastante surpresa com as maneiras de Raphaël: – Senhores, saibam que nosso amigo Valentin, que digo?, *o senhor marquês de Valentin*, possui um segredo para fazer fortuna. Seus desejos realizam-se no momento mesmo em que os formula. A menos que queira ser visto como um lacaio, um homem sem coração, ele enriquecerá todos nós.

– Ah, meu querido Raphaël, quero um colar de pérolas! – exclamou Euphrasie.

– Se é generoso, me dará duas carruagens com belos e velozes cavalos! – disse Aquilina.

– Deseje cem mil francos de renda para mim.

– Caxemiras!

– Pague minhas dívidas!

– Faça meu tio magro sofrer uma apoplexia!

– Raphaël, estará quite comigo por dez mil francos de renda.

– Quantos donativos! – exclamou o notário.

– Ele deveria curar-me da gota.

– Faça baixar os juros – gritou o banqueiro.

Todas essas frases partiram como os feixes que encerram um fogo de artifício, e eram desejos talvez mais sérios do que brincalhões.

– Meu caro amigo – disse Émile com um ar grave –, contento-me com duzentos mil francos de renda, vamos, ande logo!

– Émile, então não sabe a que preço?

– Bela desculpa! – exclamou o poeta. – Não devemos nos sacrificar pelos amigos?

– Quase tenho vontade de desejar a morte a vocês todos – respondeu Valentin, lançando um olhar sombrio e profundo sobre os convivas.

– Os moribundos são furiosamente cruéis – disse Émile rindo. Depois acrescentou, falando sério: – Você está rico. Pois bem, não dou dois meses para que se torne imundamente egoísta. Já ficou estúpido, não compreende uma piada. Não lhe faltava senão acreditar nessa Pele de onagro.

Raphaël, intimidado com as zombarias dessa assembleia, ficou em silêncio, bebeu em excesso e embriagou-se para esquecer por um momento seu funesto poder.

A AGONIA

Nos primeiros dias de dezembro, um velho septuagenário seguia, apesar da chuva, pela Rue de Varennes, levantando o nariz à porta de cada mansão e procurando o endereço do sr. marquês Raphaël de Valentin, com a ingenuidade de uma criança e o ar absorto dos filósofos. A marca de um forte desgosto em combate com um caráter despótico estampava-se no rosto cercado de longos cabelos grisalhos em desalinho, secos como um velho pergaminho retorcido no fogo. Se um pintor encontrasse essa figura singular, vestida de preto, magra e ossuda, certamente a teria, de volta ao ateliê, desenhado em seu álbum, escrevendo abaixo do retrato: *Poeta clássico em busca de uma rima.* Após verificar o número que lhe fora indicado, essa palingenesia viva de Rollin* bateu levemente à porta de uma magnífica mansão.

– O sr. Raphaël está? – perguntou o velho a um porteiro de libré.

– O sr. marquês não recebe ninguém – respondeu o criado, engolindo uma enorme fatia de pão molhada numa tigela de café.

– O carro dele está aí – disse o velho desconhecido, apontando uma elegante carruagem estacionada sob uma cobertura que parecia uma tenda de brim, e que também abrigava os degraus da escada. – Ele vai sair, vou esperá-lo.

– Ah, meu velho, vai esperar até amanhã de manhã – disse o porteiro. – Há sempre uma carruagem pronta para o patrão. Não insista, por favor, eu perderia seiscentos francos de renda vitalícia se deixasse entrar uma única vez um estranho sem autorização.

Nesse momento, um velho alto, cujo traje assemelhava-se ao de um bedel ministerial, apareceu no vestíbulo e desceu rapidamente alguns degraus para examinar melhor o visitante.

---

* Palingenesia é a imagem ressuscitada de um ser. Charles Rollin (1661-1741), autor de um célebre *Traité des études*, é lembrado aqui como o representante dos estudos clássicos. (N.T.)

– Aí está o sr. Jonathas – disse o porteiro. – Fale com ele.

Os dois velhos, atraídos por uma simpatia ou por uma curiosidade mútua, encontraram-se no meio do amplo pátio de entrada, num ponto onde cresciam alguns tufos de ervas entre as pedras do calçamento. Um silêncio assustador reinava na mansão. O aspecto de Jonathas parecia guardar um mistério que se expressava nas menores coisas dessa casa tristonha. O primeiro cuidado de Raphaël, ao receber a imensa herança do tio, fora descobrir onde vivia o velho servidor devotado, com a afeição do qual podia contar. Jonathas chorou de alegria ao rever o jovem patrão, de quem acreditava ter-se despedido para sempre; mas nada igualou sua felicidade quando o marquês o promoveu às eminentes funções de administrador. O velho Jonathas tornou-se um poder intermediário entre Raphaël e o mundo inteiro. Zelador supremo da fortuna do patrão, executor cego de um pensamento desconhecido, ele era como um sexto sentido através do qual as emoções da vida chegavam a Raphaël.

– Eu desejava falar com o sr. Raphaël – disse o velho a Jonathas, subindo alguns degraus da escada para proteger-se da chuva.

– Falar com o sr. marquês! – exclamou o administrador. – Ele mal dirige a palavra a mim que sou quase seu pai, que sou o marido de sua ama de leite.

– Mas eu também sou quase o pai dele – disse o velho. – Se sua esposa o aleitou no passado, eu mesmo o fiz sugar o seio das musas. Ele é minha cria, meu menino, *carus alumnus!* Modelei seu cérebro, cultivei seu entendimento, desenvolvi seu gênio e, ouso dizer, para minha honra e glória. Não é ele um dos homens mais notáveis de nossa época? Estudou comigo no secundário, dei-lhe aulas de retórica. Sou seu professor.

– Ah, é o sr. Porriquet!

– Precisamente. Mas será...

– Psiu, psiu! – fez Jonathas a dois moços de cozinha cujas vozes rompiam o silêncio claustral em que a casa estava mergulhada.

– Mas será – retomou o professor – que o sr. marquês está doente?

– Meu caro senhor – respondeu Jonathas –, só Deus sabe o que há com meu patrão. Veja, não existem em Paris duas casas semelhantes à nossa. Duas casas, percebe? Acho que não. O sr. marquês decidiu comprar essa mansão, que antes pertenceu a um duque e par. Gastou trezentos mil francos para mobiliá-la. Percebe? Trezentos mil francos é uma fortuna. E cada peça de nossa casa é um verdadeiro milagre. Ao ver essa magnificência, eu disse a mim mesmo: "É como a casa do seu falecido avô! O jovem marquês vai receber a cidade e a corte!" Mas não. O patrão não quer ver ninguém, leva uma vida estranha. Está compreendendo, sr. Porriquet? Uma vida inconciliável. Levanta-se todo dia à mesma hora. Somente eu, percebe?, posso entrar no seu quarto. Abro a porta às sete horas, seja inverno ou verão. É uma combinação estranha. Entro e digo: "Sr. marquês, precisa levantar-se e vestir-se". Ele se levanta e se veste. Alcanço-lhe o robe, sempre feito da mesma maneira e com o mesmo tecido. Sou obrigado a substituí-lo quando não serve mais, para evitar-lhe o trabalho de pedir um novo. Imaginação minha! Na verdade, ele tem mil francos para gastar por dia, faz o que quer, esse meu menino. E o amo tanto que, se me desse uma bofetada na face direita, lhe ofereceria a esquerda! Se me pedisse para fazer as coisas mais difíceis, eu as faria, compreende? De resto, encarregou--me de tantas ninharias que tenho com que me ocupar. Se lê os jornais, tenho ordens de colocá-los no mesmo lugar, na mesma mesa. Compareço também à mesma hora para fazer--lhe a barba e não tremo. O cozinheiro perderia mil escudos de renda vitalícia que o esperam após a morte do patrão, se o almoço não fosse pontualmente servido às dez da manhã e o jantar precisamente às cinco da tarde. O cardápio está programado para o ano inteiro, dia por dia. O sr. marquês nada precisa desejar. Tem morangos quando há morangos, e a primeira cavala que chega em Paris ele a come. O programa está impresso, ele sabe de cor, de manhã, o que terá no jantar. Veste-se à mesma hora, usando os mesmos trajes e as mesmas roupas de baixo, sempre deixados por mim, compreende? Sobre a mesma poltrona. Devo também zelar pela conservação das roupas e, supondo que o casaco se rasgue, substituí-lo por outro sem dizer-lhe uma palavra. Se o tempo está bom, entro e digo ao patrão: "Não acha que deveria sair, senhor?" Ele me responde sim ou não. Se decide passear, não precisa esperar os cavalos, eles estão sempre atrelados; o cocheiro permanece inconciliavelmente pronto, de chicote na mão, como está vendo. À noite, depois da janta, o patrão vai um dia à ópera e outro aos Ital... não, ainda não foi aos Italianos, só pude conseguir um camarote ontem. Durante os intervalos do dia em que não faz nada, ele lê, lê sempre, compreende? É uma ideia que ele tem. Tenho ordem de ler para ele o *Journal de la librairie*, a fim de comprar livros novos e de que os encontre junto à lareira no dia mesmo da publicação. Tenho instruções de entrar de hora em hora em seus aposentos, para cuidar do fogo, para ver se nada lhe falta; ele me deu um livrinho para que o aprendesse de cor, onde estão escritos todos os meus deveres, um verdadeiro catecismo. No verão, devo usar montes de gelo para manter a temperatura agradável e espalhar flores novas por toda parte. Ele é rico, tem mil francos a gastar por dia, pode ter esses caprichos. Durante muito tempo foi privado do necessário, o pobre menino! Não atormenta ninguém, é simples e bom como o pão, nunca diz nada, mas exige silêncio completo na mansão e no jardim. Enfim, meu patrão não tem um único desejo a formar, tudo é seguido à risca, com estrita vigilância. E ele tem razão, se os domésticos não são fiscalizados, vira bagunça. Digo-lhe tudo o que deve fazer e ele me escuta. O senhor não poderia acreditar a que ponto a coisa chegou. Seus aposentos estão dispostos em... como é mesmo que se diz? Ah! em fila. Pois bem, suponhamos que ele abra a porta do quarto ou do gabinete, crac! Todas as portas se abrem sozinhas por um mecanismo. Assim ele pode ir de uma ponta à outra da casa sem encontrar uma única porta fechada. Para nós, é gentil, cômodo e agradável. Mas nos custou caro. Enfim, certo dia ele me disse: "Jonathas, você cuidará de mim como de uma criança em cueiros". Sim, em cueiros, senhor, foi o que ele disse. "Pensará por mim nas minhas necessidades". Sou o mestre, compreende?, e ele é quase o criado. Por quê?

Ah, isso é o que ninguém no mundo sabe, exceto ele e o bom Deus. É inconciliável!

– Ele escreve um poema – exclamou o velho professor.

– O senhor acredita que ele escreve um poema? Então é algo muito escravizante! Mas veja, acho que não. Ele me repete com frequência que quer viver como uma *vegetação*, *vegetando*. E ainda ontem, sr. Porriquet, olhava uma tulipa e dizia ao vestir-se: "Eis aí minha vida. *Vergeto*, meu pobre Jonathas." Nessa hora, alguns dizem que ele é *monômano*. É inconciliável!

– Tudo me prova, Jonathas – retomou o professor com uma gravidade magistral que impôs um profundo respeito ao velho camareiro –, que seu patrão ocupa-se de uma grande obra. Está mergulhado em vastas meditações e não quer ser distraído pelas preocupações da vida vulgar. No meio de seus trabalhos intelectuais, um homem de gênio esquece tudo. Um dia o célebre Newton...

– Newton?... Ahn... não o conheço – disse Jonathas.

– Newton, um grande geômetra – prosseguiu Porriquet –, passou vinte e quatro horas com o cotovelo apoiado sobre uma mesa; quando saiu do devaneio, acreditava ainda estar no dia anterior, como se tivesse dormido. Quero ver esse meu menino, posso ser-lhe útil.

– Um minuto! – exclamou Jonathas. – Mesmo que fosse o rei da França (o antigo, entenda-me), não poderia entrar a menos que forçasse as portas e passasse por cima do meu corpo. Devo ir até ele, sr. Porriquet, dizer que se encontra aqui e perguntar-lhe desta forma: "Devo fazê-lo subir?" Ele responderá *sim* ou *não*. Nunca lhe digo: *Gostaria? Deseja? Quer?* Essas palavras estão riscadas da conversação. Certa vez uma delas escapou-me. "Quer matar-me?", ele disse, furioso.

Jonathas deixou o velho no vestíbulo, fazendo-lhe um sinal para não avançar; mas logo voltou com uma resposta favorável e conduziu o emérito professor através dos suntuosos aposentos cujas portas estavam todas abertas. Porriquet avistou de longe seu aluno junto à lareira. Vestindo um robe de linhas largas e afundado numa poltrona de molas, Raphaël lia o jornal. A extrema melancolia que parecia dominá-lo expressava-se na atitude doentia do corpo curvado, estava pintada na testa e no rosto, pálido como uma flor estiolada. Ele distinguia-se pela espécie de graça efeminada e pelas extravagâncias que caracterizam as doentes ricas. As mãos, semelhantes às de uma jovem graciosa, tinham uma brancura indolente e delicada. Os cabelos louros, agora mais escassos, encaracolavam-se junto às têmporas com uma graça requintada. Um barrete grego, com uma borla um pouco grande demais para o leve tecido de caxemira de que era feito, pendia para um lado da cabeça. Ele deixara cair aos pés a faca de malaquita engastada de ouro e utilizada para cortar as folhas de um livro. Sobre os joelhos estava a boquilha de âmbar de um magnífico *hukka** indiano, cujas espirais esmaltadas jaziam como uma serpente no quarto, e ele esquecia de aspirar seus agradáveis perfumes. No entanto, a fraqueza geral do corpo era desmentida pelos olhos azuis onde a vida parecia ter-se refugiado, onde brilhava um sentimento extraordinário que se destacava à primeira vista. Esse olhar causava uma impressão incômoda. Uns veriam nele o desespero, outros adivinhariam um combate interior, terrível como um remorso. Era o olhar profundo do impotente que recalca os desejos no fundo do coração, ou o do avarento que se delicia em pensamento com todos os prazeres que o dinheiro pode lhe dar, recusando-se a eles para não diminuir seu tesouro; ou o olhar de Prometeu acorrentado, de Napoleão vencido que toma conhecimento, em 1815, do erro estratégico cometido pelos inimigos, que pede o comando por mais vinte e quatro horas e não o obtém. Verdadeiro olhar de conquistador e de condenado! E também o olhar que, vários meses antes, Raphaël lançara sobre o Sena ou sobre sua última moeda no jogo. Ele submetia sua vontade, sua inteligência, ao bom senso de um velho camponês que, na função de doméstico havia cinquenta anos, ainda mal se civilizara. Quase alegre de tornar-se uma espécie de autômato, abdicava da vida para viver e despojava a alma de todas as

---

* Espécie de cachimbo, semelhante ao narguilé. (N.T.)

poesias do desejo. Para melhor lutar com o poder cruel cujo desafio aceitara, fizera-se casto à maneira de Orígenes*, castrando a imaginação. Um dia após ter subitamente enriquecido por um testamento, ele vira diminuir a Pele de onagro e fora à casa de seu notário. Ali, um médico em voga contara seriamente, durante a sobremesa, a maneira como um suíço acometido de tuberculose havia se curado. Esse homem não dissera uma palavra durante dez anos e submetera-se a respirar apenas seis vezes por minuto na atmosfera pesada de um estábulo, seguindo um regime alimentar extremamente frugal. "Serei esse homem!", disse Raphaël a si mesmo, querendo viver a qualquer preço. No seio do luxo, passou a viver como uma máquina a vapor. Assim, quando o velho professor examinou esse jovem cadáver, ele estremeceu; tudo parecia-lhe artificial nesse corpo franzino e débil. Ao ver o marquês com o olhar devorador, a fronte carregada de pensamentos, não pôde reconhecer o aluno de tez rosada e fresca, de membros juvenis, cuja lembrança guardara. Se o clássico professor, crítico sagaz e conservador do bom gosto, tivesse lido lorde Byron, teria acreditado ver Manfred onde quisera ter visto Childe Harold**.

– Bom dia, mestre Porriquet – disse Raphaël a seu professor, pressionando os dedos gelados do velho com a mão úmida e ardente. – Como vai?

– Estou bem – respondeu o velho, assustado ao contato daquela mão febril. – E você?

– Oh! Espero manter-me em boa saúde.

– Certamente está escrevendo um belo livro!

– Não – respondeu Raphaël – *Exegi monumentum****, mestre Porriquet; terminei uma grande página e disse adeus para sempre à Ciência. Nem sei onde se encontra meu manuscrito.

– Mas seu estilo é puro, não é? – perguntou o professor. – Espero que não tenha adotado a linguagem bárbara dessa nova escola que acredita fazer maravilhas reinventando Ronsard.

---

* O teólogo Orígenes (185-254) teria voluntariamente se castrado para poder instruir as mulheres sem cair em tentação. (N.T.)

** Personagens de Byron. Manfred está à beira da morte, enquanto Childe Harold é um viajante. (N.T.)

*** Citação das *Odes* de Horácio: "Concluí um monumento..." (N.T.)

– Meu livro é uma obra puramente fisiológica.

– Oh, isso basta! – retomou o professor. – Nas ciências, a gramática deve submeter-se às exigências das descobertas. Contudo, meu filho, um estilo claro, harmonioso, a língua de Massillon, de Buffon, do grande Racine, um estilo clássico, enfim, nunca prejudica. Mas meu amigo – disse o professor, interrompendo-se –, eu ia esquecendo o objeto de minha visita. É uma visita interessada.

Lembrando-se tarde demais da verbosa elegância e das eloquentes perífrases a que um longo professorado habituara seu mestre, Raphaël quase arrependeu-se de tê-lo recebido; mas no momento em que ia desejar que ele se retirasse, conteve prontamente esse secreto desejo, lançando um olhar furtivo à Pele de onagro, suspensa diante dele e aplicada sobre um tecido branco onde seus contornos fatídicos estavam cuidadosamente desenhados por uma linha vermelha que a enquadrava com exatidão. Desde a fatal orgia, Raphaël sufocava o mais leve de seus caprichos e vivia de modo a não causar a menor contração naquele terrível talismã. A Pele de onagro era como um tigre com o qual precisava viver, sem despertar sua ferocidade. Assim, escutou pacientemente os exageros do velho professor, que levou uma hora a contar-lhe as perseguições que sofrera desde a revolução de julho. Querendo um governo forte, Porriquet emitira o voto patriótico de deixar os comerciantes em seus balcões, os homens de Estado no controle dos assuntos públicos, os advogados no Tribunal, os pares de França no Luxembourg; mas um dos ministros populares do rei-cidadão banira-o de sua cátedra, acusando-o de carlismo. O velho estava sem trabalho, sem aposentadoria e sem comida. Como pagava a pensão de um pobre sobrinho no seminário de Saint-Sulpice, ele vinha, menos para si mesmo do que para o filho adotivo, pedir a intercessão de seu ex-aluno junto ao novo ministro, não para reintegrá-lo no cargo, mas para conseguir um emprego em algum colégio de província. Raphaël debatia-se com uma invencível sonolência quando a voz monótona do professor cessou de ressoar nos seus ouvidos. Obrigado por cortesia a mirar os olhos brancos e quase imóveis desse velho que falava lenta e pesadamente, ele sentia-se tomado de um estupor, magnetizado por uma inexplicável força de inércia.

– Pois bem, meu bom mestre Porriquet – disse sem saber precisamente a que interrogação respondia –, nada posso fazer, absolutamente nada. *Desejo sinceramente* que o senhor consiga...

Nesse momento, sem perceber o efeito que essas palavras banais, cheias de egoísmo e indiferença, produziram na testa amarela e enrugada do velho, Raphaël ergueu-se como um cabrito assustado. Viu uma pequena linha branca entre a borda da pele escura e a lista vermelha; soltou um grito tão terrível que o pobre professor ficou apavorado.

– Vá embora, velho estúpido! – exclamou –, será nomeado professor! Não podia pedir-me uma renda vitalícia de mil escudos em vez de um desejo homicida? Sua visita nada me teria custado. Há cem mil empregos na França e tenho apenas uma vida! Uma vida de homem vale mais que todos os empregos do mundo. Jonathas!

Jonathas apareceu.

– Veja o que fez, seu tríplice idiota; por que me propôs receber esse senhor? – falou, apontando o velho petrificado. – Pus minha alma em suas mãos para que a despedaçasse? Neste momento você me arranca dez anos de existência! Mais um erro como esse e me conduzirá à morada para onde levei meu pai. Não teria sido melhor possuir a bela Fedora do que ajudar esta velha carcaça, este farrapo humano? Tenho ouro para ele. Aliás, ainda que todos os Porriquet do mundo morressem de fome, que diferença faria?

A cólera embranquecera o rosto de Raphaël; uma leve espuma escorria nos lábios trêmulos e a expressão dos olhos era sanguinária. Ante essa figura, os dois velhos foram tomados de um tremor convulsivo, como duas crianças diante de uma serpente. O jovem caiu sobre a poltrona; produziu-se uma espécie de reação em sua alma e as lágrimas correram abundantemente dos olhos flamejantes.

– Oh, minha vida! Minha bela vida! – disse ele. – Não mais bons pensamentos, nem mais amor, nem mais nada! –

Virou-se para o professor. – O mal está feito, meu velho amigo – continuou com uma voz suave. – Recompensei amplamente seus cuidados. E minha desgraça terá produzido, pelo menos, o bem de um homem digno e bom.

Havia tanta alma na inflexão que modulou essas palavras quase ininteligíveis, que os dois velhos começaram a chorar como se chora ao ouvir uma canção enternecedora cantada numa língua estrangeira.

– Ele é epilético – disse Porriquet em voz baixa.

– Reconheço sua bondade, meu amigo – prosseguiu docemente Raphaël –, está querendo escusar-me. Mas deixe-me agora. Amanhã ou depois de amanhã, ou talvez mesmo hoje à noite, receberá sua nomeação, pois a *resistência* triunfou sobre o *movimento**. Adeus.

O velho retirou-se, penetrado de horror e muito preocupado com a saúde moral de Valentin. A cena tivera algo de sobrenatural para ele. Duvidava de si mesmo e interrogava-se como se tivesse despertado de um pesadelo.

– Escute, Jonathas – retomou o jovem, dirigindo-se ao velho servidor –, procure compreender a missão que lhe confiei!

– Sim, senhor marquês.

– Sou como um homem colocado fora da lei comum.

– Sim, senhor marquês.

– Todos os prazeres da vida juntam-se ao redor do meu leito de morte e dançam como belas mulheres diante de mim; se os chamar, morrerei. Sempre a morte! Você deve ser uma barreira entre mim e o mundo.

– Sim, senhor marquês – repetiu o velho criado, enxugando as gotas de suor que se acumulavam na testa enrugada. – Mas, se não quer ver belas mulheres, como fará esta noite no teatro dos Italianos? Uma família inglesa de retorno a Londres cedeu-me os ingressos para o resto da temporada e o senhor tem um belo camarote. Oh, um camarote soberbo, no primeiro andar!

---

* Alusão aos partidos que participaram da revolução de 1830. Os da *Resistência* não queriam levar adiante as reformas propostas pelos do *Movimento*. (N.T.)

Mergulhado num profundo devaneio, Raphaël não escutava mais.

Estão vendo essa carruagem luxuosa, esse cupê simples por fora, mas em cujas cortinas destaca-se o escudo de uma antiga e nobre família? Quando esse cupê passa rapidamente, as costureirinhas o admiram, cobiçam seu cetim amarelo, o tapete da Savonnerie, os passamanes graciosos como palha de arroz, as almofadas macias e os vidros silenciosos. Dois lacaios de libré mantêm-se na parte traseira desse veículo aristocrático; mas no interior, sobre a seda, jaz uma cabeça ardente e com olheiras fundas, a cabeça de Raphaël, triste e pensativo. Imagem fatal da riqueza! Ele atravessa Paris como um foguete, chega à entrada do teatro Favard; baixam o estribo, dois criados o sustentam, uma multidão invejosa o observa. "O que faz esse aí para ser tão rico?", diz um pobre estudante de direito que, sem dinheiro, não podia ouvir os mágicos acordes de Rossini. Raphaël segue lentamente pelos corredores do teatro, não espera satisfação alguma desses prazeres outrora tão cobiçados. Enquanto aguarda o segundo ato de *Semíramis*, passeia pelo *foyer*, pelas galerias, sem pensar no seu camarote, no qual ainda não entrara. O sentimento de propriedade já não existia mais no fundo do seu coração. Como todos os enfermos, pensava apenas no seu mal. Apoiado na proteção da lareira, em torno da qual circulavam, no meio do *foyer*, novos e velhos elegantes, antigos e novos ministros, pares sem pariato e pariatos sem par, como os que a revolução de julho produziu, Raphaël viu a alguns passos dele, entre todas as cabeças, uma figura estranha e sobrenatural. Piscando os olhos de maneira bastante insolente, avançou em direção a essa criatura bizarra a fim de contemplá-la mais de perto. "Que admirável pintura!", pensou. As sobrancelhas, os cabelos, os bigodes à Mazarino que o desconhecido exibia vaidosamente, estavam tingidos de preto; mas, aplicado sobre uma cabeleira certamente muito branca, o cosmético produzira uma cor violácea e falsa cujos tons mudavam conforme os reflexos mais ou menos fortes das luzes. O rosto estreito e liso, no qual as rugas eram cobertas por espessas camadas de ruge e pó, exprimia ao mesmo tempo astúcia e inquietude. A maquiagem faltava em alguns pontos da face, fazendo sobressair sua decrepitude e sua tez de chumbo; assim, era impossível não rir ao ver essa cabeça de queixo e testa proeminentes, semelhante às grotescas figuras de madeira esculpidas na Alemanha pelos pastores em suas horas de folga. Um observador que examinasse alternadamente esse velho Adônis e Raphaël talvez reconhecesse no marquês os olhos de um jovem sob a máscara de um velho, e no desconhecido os olhos opacos de um velho sob a máscara de um jovem. Valentin buscava lembrar em que circunstância vira esse velhote seco, bem engravatado, que calçava botas, fazia ressoar as esporas e cruzava os braços como se dispusesse de todas as forças de uma petulante juventude. Seu andar não acusava dificuldade alguma, nada de artificial. Seu terno elegante, cuidadosamente abotoado, disfarçava uma antiga e forte compleição, dando-lhe o aspecto de um velho enfatuado que quer acompanhar a moda. Aquele boneco cheio de vida tinha para Raphaël todos os encantos de uma aparição, e ele o contemplava como um velho Rembrandt enegrecido, recentemente restaurado, envernizado e posto em nova moldura. Essa comparação o fez redescobrir o rasto da verdade em suas confusas lembranças: reconheceu, então, o vendedor de curiosidades, o homem a quem devia sua desgraça. Nesse momento, um riso mudo escapou desse fantástico personagem, desenhou-se nos lábios frios, esticados por uma dentadura postiça. Ao ver esse riso, a imaginação de Raphaël mostrou-lhe, nesse homem, a semelhança impressionante com a cabeça ideal que os pintores deram ao Mefistófeles de Goethe. Mil superstições apoderaram-se então da alma forte de Raphaël, ele acreditou no poder do demônio, em todos os sortilégios relatados nas lendas da Idade Média e revividos pelos poetas. Recusando-se com horror à sorte de Fausto, invocou subitamente o céu, acometido, como os moribundos, de uma fervorosa fé em Deus e na Virgem Maria. Uma radiosa e fresca luz permitiu-lhe ver o céu de Michelangelo e de Sanzio de Urbino, com nuvens, um velho de barba branca, cabeças aladas, uma bela mulher sentada numa auréola. Agora compreendia e adotava essas admiráveis criações, cujas fantasias quase humanas explicavam-lhe sua aventura e davam-lhe ainda uma esperança. Mas, quando seus olhos voltaram ao *foyer* do teatro, viu, em vez da Virgem, uma mulher sedutora, a detestável Euphrasie, a dançarina de corpo leve e flexível, com um vestido maravilhoso, coberta de pérolas orientais, aproximar-se de seu velho impaciente e exibir-se, insolente, atrevida, de olhos faiscantes, àquela gente invejosa e especuladora, a fim de mostrar a riqueza sem limites do comerciante cujos tesouros ela dissipava. Raphaël lembrou-se do desejo brincalhão com que acolhera o fatal presente do velho, e saboreou os prazeres da vingança ao contemplar a humilhação profunda daquela sublime sabedoria, cuja queda parecia impossível poucos meses atrás. O sorriso fúnebre do centenário dirigia-se a Euphrasie, que respondeu com uma frase de amor; ele ofereceu-lhe o braço seco, deu duas ou três voltas pelo *foyer*, recolhendo com delícia os olhares de paixão e os cumprimentos lançados pela multidão à sua amante, sem ver os risos desdenhosos, sem ouvir os gracejos mordazes que lhe faziam.

— De que cemitério essa jovem vampira desenterrou esse cadáver? — exclamou o mais elegante de todos os românticos.

Euphrasie pôs-se a sorrir. O gozador era um jovem de cabelos louros, olhos azuis e brilhantes, esbelto, de bigodes, com um fraque curto, chapéu inclinado sobre a orelha, réplica pronta, linguagem de acordo com seu tipo.

"Quantos velhos", disse Raphaël a si mesmo, "coroam uma vida de probidade, trabalho e virtude por uma loucura. Este tem os pés gelados e faz amor."

— E então, meu senhor — falou Valentin, detendo o comerciante e lançando um olhar a Euphrasie —, não lembra mais as severas máximas de sua filosofia?

— Ah! — respondeu o velho com uma voz já debilitada — sou agora feliz como um jovem. Eu havia tomado a existência pelo avesso. Há toda uma vida numa hora de amor.

Nesse momento, ouviu-se o sinal de reinício do espetáculo e todos deixaram o *foyer* para voltar a seus lugares. O velho e Raphaël separaram-se. Ao entrar no seu camarote, o marquês avistou Fedora do outro lado da sala, precisamente na frente dele. Tendo certamente chegado havia pouco, a condessa lançava a echarpe para trás, descobria o pescoço, fazia os pequenos gestos indescritíveis de uma mulher coquete ocupada em exibir-se: todos os olhos estavam concentrados nela. Um jovem par de França a acompanhava, ela pediu-lhe o binóculo que lhe dera para segurar. Pelo gesto, pela maneira como olhou esse novo parceiro, Raphaël adivinhou a tirania que sofria seu sucessor. Provavelmente fascinado como ele antes estivera, iludido como ele, e como ele lutando com a força de um amor verdadeiro contra os cálculos frios dessa mulher, o jovem devia estar padecendo os tormentos aos quais Valentin felizmente renunciara. Uma alegria inexprimível animou o rosto de Fedora quando, depois de apontar o binóculo para todos os camarotes e de examinar rapidamente os vestidos, teve a consciência de esmagar com seus enfeites e sua beleza as mais belas, as mais elegantes mulheres de Paris; pôs-se a rir para mostrar os dentes brancos, agitou a cabeça ornada de flores para fazer-se admirar, seu olhar percorreu cada um dos camarotes, zombando de um gorro mal colocado sobre a testa de uma princesa russa ou de um chapéu de mau gosto que cobria a cabeça de uma filha de banqueiro. Mas, de repente, ela empalideceu ao deparar com os olhos fixos de Raphaël; o amante desdenhado a fulminou com um intolerável olhar de desprezo. Enquanto nenhum de seus amantes banidos desconhecia seu poder, Valentin, único no mundo, estava imune a suas seduções. Um poder impunemente desafiado corre o risco de ruína. Essa máxima está gravada mais profundamente no coração de uma mulher do que na cabeça dos reis. Assim, Fedora via em Raphaël a morte de seus encantos e de seu coquetismo. Uma frase dita recentemente por ele, no teatro da Ópera, já se tornara célebre nos salões de Paris. O gume desse terrível epigrama causara à condessa uma ferida incurável. Na França, sabemos cauterizar uma chaga, mas não conhecemos ainda um remédio ao mal que uma frase produz. No momento em que todas as mulheres passaram a olhar alternadamente o marquês e a condessa, Fedora certamente quis ocultar-se nas masmorras de alguma Bastilha, pois, apesar de seu talento para a dissimulação, as rivais adivinharam-lhe o sofrimento. E seu último consolo também escapou. Estas palavras deliciosas: "Sou a mais bela!", essa frase eterna que acalmava todos os dissabores da vaidade, era agora uma mentira.

No começo do segundo ato, uma mulher veio sentar-se junto a Raphaël, num camarote que até então permanecera vazio. A plateia inteira deixou escapar um murmúrio de admiração. Esse mar de faces humanas agitou suas ondas inteligentes e todos os olhos voltaram-se para a desconhecida. Jovens e velhos fizeram um tumulto tão prolongado que, quando subia a cortina, os músicos da orquestra primeiro viraram-se para pedir silêncio, mas logo uniram-se aos aplausos e aumentaram seus confusos rumores. Conversas animadas surgiram em cada camarote. As mulheres manejavam seus binóculos, os velhos rejuvenescidos limpavam com a pele das luvas o vidro de suas lunetas. O entusiasmo aos poucos se acalmou, cantos ressoaram no palco e a ordem foi restabelecida. A alta sociedade, envergonhada de ter cedido a um movimento natural, retomou a frieza aristocrática de suas maneiras polidas. Os ricos não querem surpreender-se com nada, precisam reconhecer, à primeira visão de uma obra bela, o defeito que os dispensará da admiração, sentimento vulgar. No entanto, alguns homens permaneceram imóveis sem escutar a música, perdidos num deslumbramento ingênuo, ocupados em contemplar a vizinha de Raphaël. Valentin avistou numa frisa, acompanhado de Aquilina, a ignóbil e sangrenta figura de Taillefer, que lhe dirigiu um esgar de aprovação. Depois avistou Émile que, de pé junto à orquestra, parecia dizer-lhe: "Mas olhe para a bela criatura que está a seu lado!" Por fim viu Rastignac, sentado junto da sra. de Nucingen e de sua filha, que torcia as luvas como um homem desesperado de estar preso ali, sem poder ir até a divina desconhecida. A vida de Raphaël dependia de um pacto ainda não violado que fizera consigo mesmo; ele prometera-se jamais olhar atentamente mulher alguma e, para proteger-se de uma tentação, trazia uma luneta de cabo cuja lente, artisticamente trabalhada, destruía a harmonia dos mais belos traços, dando-lhes um aspecto medonho. Ainda exposto ao terror que o assaltara de manhã, quando, por um simples desejo de cortesia, o talismã prontamente se encolhera, Raphaël resolveu firmemente não virar-se para sua vizinha. Sentado como uma duquesa, de costas na ponta do camarote, ele retirava com impertinência metade da visão do palco à desconhecida, dando a impressão de desprezá-la, de ignorar mesmo que uma bela mulher se achava atrás dele. A vizinha copiava com exatidão a postura de Valentin. Apoiava o cotovelo na borda do camarote e inclinava de lado a cabeça, ao olhar os cantores, como se estivesse posando para um pintor. Ambos pareciam dois amantes que estão de mal, que viram as costas um para o outro, mas acabam por se beijar à primeira palavra de amor. Em alguns momentos, os enfeites de penas ou os cabelos da desconhecida roçavam a cabeça de Raphaël e causavam-lhe uma sensação voluptuosa contra a qual lutava corajosamente; ele logo sentiu o doce contato das pontas de seda que guarneciam o vestido, o próprio vestido fez ouvir o murmúrio brando de suas pregas, num roçar repleto de sortilégios. Por fim, o movimento imperceptível que a respiração imprimia no peito, nas costas, nas roupas dessa bela mulher, em toda a sua vida suave, comunicou-se subitamente a Raphaël como uma faísca elétrica; o tule e o rendado transmitiram fielmente a seu ombro, como uma cócega, o delicioso calor daquelas costas brancas e nuas. Por um capricho da natureza, esses dois seres desunidos pelo bom-tom, separados pelos abismos da morte, respiraram juntos e pensaram talvez um no outro. O penetrante perfume do aloé acabou por inebriar Raphaël. Sua imaginação atiçada por um obstáculo, e que as barreiras tornavam ainda mais caprichosa, desenhou-lhe rapidamente uma mulher em traços de fogo. Ele virou-se bruscamente. Por certo chocada ao ver-se em contato com um estranho, a desconhecida fez um gesto semelhante; seus rostos, animados pelo mesmo pensamento, ficaram frente a frente:

– Pauline!
– Senhor Raphaël!

Petrificados, ambos se olharam por um instante em silêncio. Raphaël via Pauline num vestido simples e de bom gosto. Através da gaze que cobria castamente o busto, olhos hábeis podiam perceber uma brancura de lírio e adivinhar formas que mesmo uma mulher teria admirado. E havia sempre sua modéstia virginal, sua celeste candura, sua graciosa atitude. O tecido do vestido acusava o tremor que fazia palpitar o corpo como palpitava o coração.

– Oh, venha amanhã! – disse ela. – Vá ao hotel Saint-Quentin buscar seus papéis. Estarei lá ao meio-dia. Seja pontual.

Ela levantou-se precipitadamente e desapareceu. Raphaël quis seguir Pauline, mas teve medo de comprometê-la; ficou, olhou para Fedora e achou-a feia; não podendo, porém, compreender uma única frase da música, sufocando naquela sala e com o coração repleto, saiu e voltou para casa.

– Jonathas – disse ao velho doméstico no momento em que se deitava –, dê-me meia gota de láudano com um pouco de açúcar e amanhã só me desperte vinte minutos antes do meio-dia.

– Quero ser amado por Pauline – ele disse no dia seguinte, olhando para o talismã com uma indefinível angústia.

A Pele não fez movimento algum, parecia ter perdido sua força contrátil; ela certamente não podia realizar um desejo já realizado.

– Ah! – exclamou Raphaël, sentindo-se livre como de uma capa de chumbo que teria vestido desde o dia em que o talismã lhe fora dado. – Está mentindo, não me obedece mais, o pacto acabou! Sou livre, viverei. Era só uma brincadeira de mau gosto!

Ao dizer essas palavras, ele não ousava crer no próprio pensamento. Vestiu-se de maneira simples como outrora e quis ir a pé até sua antiga casa, tentando reportar-se em pensamento àqueles dias felizes em que se entregava sem perigo à fúria de seus desejos, em que ainda não havia julgado todos os prazeres humanos. Ele andava e via, não mais a Pauline do hotel Saint-Quentin, mas a Pauline da véspera, a amante perfeita, tantas vezes sonhada, moça inteligente, amorosa e artista, que compreendia os poetas, que compreendia a poesia e vivia no seio do luxo; em uma palavra, Fedora dotada de uma bela alma, ou Pauline condessa e duas vezes mais milionária que Fedora. Quando chegou à soleira gasta, junto à laje quebrada daquela porta onde tantas vezes tivera pensamentos de desespero, uma velha senhora o recebeu e disse:

– É o sr. Raphaël de Valentin?

– Sim, minha senhora – ele respondeu.

– Então conhece seu antigo alojamento – ela prosseguiu –, está sendo esperado.

– Este hotel ainda é dirigido pela sra. Gaudin? – ele perguntou.

– Oh, não, senhor! Agora a sra. Gaudin é baronesa. Mora numa bela casa própria, do outro lado do rio. Seu marido voltou. Sim! E voltou com muito dinheiro. Disseram que podia comprar o bairro inteiro de Saint-Jacques, se quisesse. Ela deu-me de graça sua licença comercial e seu contrato de arrendamento. Ah, é uma mulher muito boa, nem um pouco orgulhosa, igual hoje ao que era ontem!

Raphaël subiu com presteza até sua mansarda e, ao chegar aos últimos degraus da escada, ouviu os sons do piano. Pauline estava ali, num modesto vestido de percalina; mas o corte do vestido, as luvas, o chapéu e o xale, negligentemente lançados sobre o leito, revelavam toda uma fortuna.

– Ah, chegou enfim! – exclamou Pauline, virando a cabeça e levantando-se num movimento espontâneo de alegria.

Corando, Raphaël veio sentar-se junto dela, envergonhado e feliz; olhou-a sem dizer nada.

– Por que foi que nos deixou? – ela prosseguiu, baixando os olhos no momento em que seu rosto corava. – O que tem feito?

– Ah! Pauline, eu fui, ainda sou, muito infeliz.

– Eu sei! – ela disse enternecida. – Adivinhei sua sorte ontem ao vê-lo bem-vestido, aparentemente rico, mas na realidade, não é mesmo, sr. Raphaël?, ainda vive como antes.

Valentin não pôde reter algumas lágrimas que molharam seus olhos. Ele falou:

– Pauline!... eu... Não concluiu, seus olhos cintilaram de amor e seu coração extravasou no olhar.

– Oh, ele me ama, ele me ama! – exclamou Pauline.

Raphaël assentiu com a cabeça, pois não tinha condições de pronunciar uma só palavra. A esse gesto, a jovem tomou-lhe a mão, apertou-a e disse-lhe, ora rindo, ora soluçando:

– Ricos, ricos, felizes, ricos, tua Pauline está rica! Mas eu deveria estar bem pobre hoje. Quantas vezes disse que pagaria esta frase: *ele me ama*, com todos os tesouros da terra! Ó, meu Raphaël! Possuo milhões. Sei que gosta do luxo, ficará contente; mas deve amar meu coração também, nele há tanto amor por você! Não sabe? Meu pai voltou, sou uma rica herdeira. Minha mãe e ele deixaram-me inteiramente dona do meu destino; sou livre, compreende?

Tomado por uma espécie de delírio, Raphaël segurava as mãos de Pauline e as beijava tão ardentemente, tão avidamente, que seu beijo parecia ser uma espécie de convulsão. Pauline soltou as mãos e as pôs nos ombros de Raphaël, aproximando-se dele; em mútua compreensão, eles se abraçaram e se beijaram com aquele puro e delicioso fervor, livre de qualquer outro pensamento, que se exprime num único beijo, o primeiro beijo pelo qual duas almas tomam posse de si mesmas.

– Ah! – falou Pauline, voltando a sentar na cadeira – não quero mais deixá-lo. Não sei de onde me vem tanta ousadia! – prosseguiu, corando.

– Ousadia, minha Pauline? Oh! Não tenha medo, isso é amor, amor verdadeiro, eterno e profundo como o meu, não é mesmo?

– Oh! Fale, fale, fale – disse ela. – Sua boca ficou muito tempo muda para mim!

– Então me amava?

– Oh Deus, se o amava! Quantas vezes chorei, aqui, ao arrumar seu quarto, deplorando sua miséria e a minha. Teria me vendido ao diabo para não vê-lo sofrendo! Mas hoje, *meu* Raphaël, pois me pertence, é minha essa bela cabeça, é meu o seu coração, sim, seu coração, principalmente, eterna riqueza!... Onde é mesmo que eu estava? – prosseguiu após uma pausa. – Ah! sim, temos três, quatro, cinco milhões, acredito. Se eu fosse pobre, talvez sonhasse usar seu nome, ser chamada sua esposa; mas agora que sou rica, gostaria ainda e sempre de ser sua criada. Olhe, Raphaël, ao oferecer meu coração, minha pessoa, minha fortuna, não lhe dou hoje nada mais do que no dia em que pus ali – e apontou a gaveta da mesa – uma moeda de cem vinténs. Oh! Como sua alegria me fez mal, então.

– Por que é rica? – exclamou Raphaël. – Por que não tem vaidade? Nada posso fazer por você.

E torceu as mãos de felicidade, de desespero, de amor.

– Mesmo que fosse a sra. marquesa de Valentin, sei muito bem, alma celeste, que esse título e minha fortuna não valerão...

– ...um único de seus cabelos – ela completou.

– Eu também, tenho milhões; mas o que é a riqueza agora para nós? Ah! Tenho minha vida, posso oferecê-la a você, tome-a.

– Oh! Seu amor, Raphaël, seu amor vale o mundo inteiro. Basta que pense em mim para que eu seja a mais feliz das felizes!

– Vão nos ouvir – disse Raphaël.

– Ora, não há ninguém – ela respondeu, deixando escapar um gesto malicioso.

– Então vem – disse Raphaël, estendendo-lhe os braços.

Ela saltou sobre os joelhos e juntou as mãos em volta do pescoço de Raphaël:

– Beije-me, por todas as aflições que me causou, para apagar o sofrimento que suas alegrias me deram, por todas as noites que passei a pintar meus leques.

– Seus leques!

– Já que somos ricos, meu tesouro, posso contar tudo. Pobre criança! Como é fácil enganar os homens de espírito! Acaso podia ter coletes brancos e camisas limpas duas vezes por semana pagando à lavadeira três francos por mês? E você bebia duas vezes mais leite do que podia comprar o dinheiro que nos dava. Eu o enganava em tudo; no fogo, no óleo, no dinheiro!... Oh! Raphaël, não case comigo – disse ela rindo –, sou uma pessoa muito astuciosa.

– Mas como fazia então?

– Eu trabalhava até as duas da madrugada – ela respondeu – e dava à minha mãe metade do que ganhava com os leques, a outra metade a você.

Eles se olharam durante um momento, ambos aturdidos de alegria e de amor.

– Oh! – disse Raphaël – certamente um dia pagaremos essa felicidade por alguma horrível tristeza.

– Está casado? – exclamou Pauline. – Ah! Não quero cedê-lo a mulher alguma.

– Estou livre, minha querida.

– Livre – ela repetiu. – Livre e meu!

Deixou-se escorregar sobre os joelhos dele, juntou as mãos e olhou para Raphaël com um devotado ardor.

– Tenho medo de ficar louca. Como você é gentil! – ela falou, passando a mão sobre os cabelos louros do amado. – Ela é estúpida, a sua condessa Fedora! Que prazer senti ontem ao ver-me admirada por todos os homens. Ela nunca foi aplaudida, ela! Diga, querido, quando minhas costas tocaram seu braço, ouvi dentro de mim alguma voz que me gritou: "Ele está aqui." Virei-me e vi você. Oh! Resolvi fugir porque minha vontade era abraçá-lo na frente de todo o mundo.

– É bem feliz de poder falar – disse Raphaël. – Quanto a mim, tenho o coração apertado. Queria chorar e não posso. Não retire a mão. Parece que eu poderia ficar a vida inteira olhando-a assim, feliz, contente.

– Oh! Repita isso, meu amor!

– Mas o que são as palavras? – continuou Valentin, deixando cair uma lágrima quente nas mãos de Pauline. – Mais tarde, tentarei dizer-lhe meu amor, por enquanto só posso senti-lo...

– Ah! Essa bela alma, esse belo gênio, esse coração que conheço tão bem, tudo me pertence, assim como lhe pertenço.

– Para sempre, minha doce criatura – disse Raphaël com uma voz comovida. – Você será minha mulher, meu gênio bom. Sua presença sempre dissipou minhas tristezas e refrescou minha alma; neste momento, seu sorriso angélico purifica-me, por assim dizer. Acredito começar uma vida nova. O passado cruel e minhas tristes loucuras parecem ser apenas sonhos ruins. Perto de você sou puro, respiro o ar da felicidade. Oh! Fique aqui para sempre! – acrescentou, pressionando-a docemente sobre seu coração palpitante.

– Venha a morte quando quiser! – exclamou Pauline em êxtase. – Eu vivi.

Feliz aquele que adivinhar suas alegrias, ele as terá conhecido!

– Oh! meu Raphaël – disse Pauline depois de um longo silêncio –, eu queria que no futuro ninguém mais entrasse nesta querida mansarda.

– Precisamos murar a porta, pôr uma grade na claraboia e comprar a casa – respondeu o marquês.

– Isso mesmo – disse ela. E, após um momento de silêncio: – Quase esquecemos de procurar seus manuscritos!

Puseram-se a rir com uma doce inocência.

– Ora! Pouco me importam todas as ciências – exclamou Raphaël.

– E a glória, senhor?

– Você é minha única glória.

– Estava bem infeliz quando fez essas garatujas – disse ela, folheando os papéis.

– Minha Pauline...

– Oh, sim, sou tua Pauline. E então?

– Onde mora?

– Na Rue Saint-Lazare. E você?

– Rue de Varennes.

– Como estaremos longe um do outro até que... – Deteve-se, olhando seu amado com um ar coquete e malicioso.

– Mas continuaremos separados – respondeu Raphaël – no máximo por uns quinze dias.

– É verdade. Dentro de quinze dias estaremos casados! – Ela saltou como uma criança. – Oh! Sou uma filha desnaturada – acrescentou –, não penso mais em pai, em mãe, em nada mais no mundo! Acho que não sabe, meu querido, meu pai está bastante doente. Voltou das Índias muito mal. Por pouco não morreu no Havre, onde fomos buscá-lo. Ah, meu Deus! – ela exclamou olhando para o seu relógio. – Já são três horas. Devo estar junto dele às quatro, quando despertar. Eu é que cuido da casa: minha mãe faz todas as minhas vontades, meu pai me adora, mas não quero abusar da bondade deles, seria errado! Meu pobre pai, foi ele que me sugeriu ir ao teatro ontem; você irá vê-lo amanhã, não é mesmo?

– A sra. marquesa de Valentin quer dar-me a honra de aceitar meu braço?

– Ah! Vou levar a chave deste quarto – ela continuou. – Não é um palácio, não é nosso tesouro?

– Pauline, mais um beijo.

– Mil! Meu Deus, será sempre assim? – ela falou, olhando para Raphaël. – Parece que estou sonhando!

Desceram lentamente a escada; depois, unidos num mesmo passo, vibrando juntos sob o peso da mesma felicidade, encostados um ao outro como duas pombas, chegaram à praça da Sorbonne, onde a carruagem de Pauline a esperava.

– Quero ir à sua casa – ela exclamou. – Quero ver seu quarto, seu gabinete, sentar-me à mesa onde trabalha. Será como no passado – acrescentou, corando. – Joseph – ela disse a um criado –, vou até a Rue de Varennes antes de voltar para casa. São três e quinze, devo estar de volta às quatro. Georges apressará os cavalos.

E em poucos minutos os dois amantes foram levados até a mansão de Valentin.

– Ah! Como estou contente de examinar tudo isso – disse Pauline, tocando a seda das cortinas que cercavam o leito de Raphaël. – Quando eu dormir, estarei aqui, em pensamento. Vou imaginar sua cabeça querida sobre este travesseiro. Diga-me, Raphaël, não pediu o conselho de alguém para mobiliar sua mansão?

— De ninguém.

— Verdade? Não foi alguma mulher que...

— Pauline!

— Oh, sinto um terrível ciúme! Você tem bom gosto. Amanhã quero ter um leito semelhante ao seu.

Raphaël, inebriado de felicidade, abraçou Pauline.

— Oh! Meu pai, meu pai! — ela disse.

— Vou levá-la de volta, pois quero estar longe de você o mínimo possível — disse Raphaël.

— Como é carinhoso! Eu não ousava propor isso...

— Então você não é minha vida?

Seria fastidioso registrar fielmente essas adoráveis bobagens do amor, cujo valor está apenas na voz, no olhar, num gesto intraduzível. Valentin reconduziu Pauline até sua casa e retornou, sentindo no coração tanto prazer quanto o homem pode sentir e suportar neste mundo. Quando sentou-se em sua poltrona, junto ao fogo, pensando na súbita e completa realização de todas as suas esperanças, uma ideia fria atravessou-lhe a alma como a lâmina de um punhal no peito; olhou para a Pele de onagro, ela havia encolhido ligeiramente. Pronunciou o grande palavrão francês, sem as jesuíticas reticências da abadessa des Andouillettes*, inclinou a cabeça sobre o encosto da poltrona e ficou imóvel, de olhos fixos numa patera, sem vê-la.

— Ó Deus! — exclamou. — Todos os meus desejos, todos! Pobre Pauline!

Pegou uma régua, mediu o que a manhã lhe custara de existência:

— Não me restam mais que dois meses — disse.

Um suor gelado saiu-lhe dos poros. De repente, obedecendo a um inexprimível impulso de raiva, pegou a Pele de onagro e exclamou:

— Sou muito estúpido! — e saiu, correu, atravessou os jardins e jogou o talismã no fundo de um poço.

— Vamos em frente! — disse. — Ao diabo todas essas tolices!

---

* Personagem de *Tristram Shandy*, de Sterne. (N.T.)

Raphaël deixou-se então levar pela felicidade de amar e viveu de coração aberto com Pauline. O casamento, retardado por dificuldades pouco interessantes de narrar, devia celebrar-se nos primeiros dias de março. Eles haviam se testado, não duvidavam de si mesmos; tendo a felicidade revelado toda a força de uma afeição mútua, nunca duas almas, dois temperamentos foram tão perfeitamente unidos, como eles, pela paixão. Conhecendo-se melhor, amaram-se ainda mais: em ambos a mesma delicadeza, o mesmo pudor, a mesma volúpia, a mais doce das volúpias, a dos anjos; nenhuma nuvem no céu; alternadamente, os desejos de um tornavam-se lei para o outro. Ricos, não havia capricho que não pudessem satisfazer, mas não tinham capricho algum. Um gosto requintado, o sentimento do belo, uma verdadeira poesia animavam a alma da esposa; desdenhando os enfeites da riqueza, um sorriso do amado parecia-lhe mais belo do que todas as pérolas de Ormuz, a musselina ou as flores formavam seus mais ricos ornamentos. Aliás, Pauline e Raphaël evitavam a sociedade; a solidão deles era tão bela, tão fecunda! Todas as noites, pontualmente, os ociosos viam esse gracioso casal entrar, meio às escondidas, no teatro dos Italianos ou da Ópera. Se de início algumas maledicências divertiram os salões, logo a torrente de acontecimentos políticos em Paris fez esquecer dois amantes inofensivos. Enfim, como uma escusa para os hipócritas, o casamento fora anunciado e felizmente os criados mantinham-se discretos; assim, nenhuma maldade mais grave puniu a felicidade dos dois.

No final de fevereiro, época em que dias muito bonitos fazem pensar nas alegrias da primavera, Pauline e Raphaël faziam juntos seu desjejum numa pequena estufa, espécie de salão cheio de flores, e no mesmo nível do jardim. O suave e pálido sol do inverno, cujos raios passavam através de arbustos raros, amenizava a temperatura. Os olhos alegravam-se com os vigorosos contrastes das diversas folhagens, com as cores dos tufos floridos, com todas as fantasias da luz e da sombra. Quando Paris inteira aquecia-se ainda diante das tristes lareiras, os dois jovens esposos riam sob um caramanchão de camélias, lilases e urzes. Suas cabeças elevavam-se acima dos narcisos, das açucenas e das rosas de Bengala. Nessa estufa voluptuosa e rica, os pés pisavam uma esteira africana colorida como um tapete. As paredes cobertas de um brim verde não apresentavam o menor sinal de umidade. A mobília era de madeira aparentemente grosseira, mas sua superfície polida brilhava de limpeza. Um gatinho agachado em cima da mesa, para onde o atraíra o cheiro do leite, deixava-se lambuzar de café por Pauline. Ela divertia-se com ele, não deixando que se aproximasse do creme mas permitindo que o cheirasse, a fim de exercitar sua paciência e treiná-lo ao combate; ria a cada uma das caretas do bichinho e fazia mil brincadeiras para impedir Raphaël de ler o jornal que, já umas dez vezes, lhe caíra das mãos. Havia uma felicidade abundante nessa cena matinal, inexprimível como tudo o que é natural e verdadeiro. Raphaël continuava a fingir que lia o jornal e contemplava furtivamente Pauline às voltas com o gato, sua Pauline envolta num longo penhoar que deixava transparecer um pouco o corpo, sua Pauline de cabelos desarrumados e que exibia um pezinho branco com veias azuladas numa pantufa de veludo preto. Encantadora em roupas caseiras, deliciosa como as fantásticas figuras de Westall*, ela parecia ao mesmo tempo menina e mulher, talvez mais menina do que mulher; gozava de uma felicidade pura e conhecia apenas, do amor, as primeiras alegrias. No momento em que, absorto em seu doce devaneio, Raphaël esquecera o jornal, Pauline o pegou, o amarrotou, fez com ele uma bola, o lançou no jardim, e o gato saiu correndo atrás da política que girava, como sempre, sobre si mesma. Quando Raphaël, distraído por essa cena infantil, quis continuar a ler e fez o gesto de juntar do chão o jornal que não havia mais, risadas francas e alegres brotaram, espontâneas como o canto de um pássaro.

– Tenho ciúmes do jornal – disse ela, enxugando as lágrimas que seu riso infantil fizera correr. – Não é uma deslealdade – continuou, voltando a ser mulher – ler proclamações russas em minha presença e preferir a prosa do imperador Nicolau a palavras e olhares de amor?

---

* Richard Westall (1765-1836), um ilustrador de obras literárias. (N.T.)

– Eu não lia, meu anjo amado, eu olhava você.

Nesse momento, os passos pesados do jardineiro, cujos sapatos com biqueira faziam ranger a areia das aleias, foram ouvidos perto da estufa.

– Desculpe, senhor marquês, se o interrompo e a senhora, mas trago-lhe uma curiosidade como nunca vi igual. Ao retirar há pouco, com sua licença, um balde d'água, recolhi uma singular planta marinha! Aqui está! Deve estar acostumada à água, pois não estava molhada nem úmida, mas completamente seca, e sem graxa. Como o senhor marquês conhece melhor essas coisas do que eu, achei que devia trazê-la e que ela podia interessá-lo.

E o jardineiro mostrou a Raphaël a inexorável Pele de onagro, que não tinha mais que uns quinze centímetros quadrados de superfície.

– Obrigado, Vanière – disse Raphaël. – Essa coisa é muito curiosa.

– O que houve, meu anjo? Está pálido! – exclamou Pauline.

– Pode ir, Vanière.

– Sua voz me assusta – continuou a jovem –, está estranhamente alterada. O que tem? O que sente? Onde dói? Está passando mal! Um médico! – ela gritou. – Jonathas, socorro!

– Cale-se, minha Pauline – respondeu Raphaël recuperando o sangue-frio. – Vamos sair. Perto de mim há uma flor cujo perfume me incomoda. Será essa verbena?

Pauline lançou-se ao inocente arbusto, arrancou-o pelo caule e o atirou no jardim.

– Oh! anjo – ela falou, apertando Raphaël num abraço tão forte quanto seu amor e oferecendo-lhe com langor os lábios vermelhos –, ao vê-lo empalidecer, compreendi que não viveria sem você: sua vida é minha vida. Raphaël, passe a mão sobre minhas costas! Ainda sinto ali a *pequena morte*, ainda sinto frio. Seus lábios estão ardendo. E sua mão?... Está gelada! – acrescentou.

– Louca! – exclamou Raphaël.

– Por que essa lágrima? – ela disse. – Deixe-me bebê-la.

— Oh! Pauline, Pauline! Você me ama em excesso.

— Algo de extraordinário se passa com você, Raphaël? Diga a verdade, logo saberei seu segredo. Dê-me isto! — e tomou-lhe a Pele de onagro.

— Você é meu carrasco! — bradou o jovem, lançando um olhar de horror ao talismã.

— Que mudança de voz! — respondeu Pauline, deixando cair o fatal símbolo do destino.

— Você me ama? — ele prosseguiu.

— Se o amo? Tem cabimento essa pergunta?

— Então deixe-me, vá embora!

E a pobre menina saiu.

— Como! — exclamou Raphaël ao ficar sozinho. — Num século de luzes em que aprendemos que os diamantes são os cristais do carbono, numa época em que tudo se explica, em que a polícia levaria um novo Messias ao tribunal e submeteria seus milagres à Academia das Ciências, num tempo em que não acreditamos mais senão nas rubricas dos notários, eu acreditaria, eu!, numa espécie de *Mené, Thequel, Pharsin**? Não, por Deus! Não penso que o Ser Supremo possa sentir prazer em atormentar uma honesta criatura. Vamos consultar os sábios.

Ele logo chegou, entre o mercado de vinhos, imenso depósito de tonéis, e o hospício da Salpêtrière, imenso seminário de bebedeira, a um pequeno lago onde brincavam patos de espécies raras e cujas cores variadas, como as dos vitrais de uma catedral, cintilavam aos raios do sol. Havia ali patos de todo o mundo, gritando, agitando-se na lama, formando uma espécie de assembleia dos patos reunida contra sua vontade, mas felizmente sem constituição nem princípios políticos, e vivendo sem encontrar caçadores, sob o olhar dos naturalistas que de vez em quando os examinavam.

— Ali está o sr. Lavrille — disse um guarda-chaves a Raphaël, que lhe perguntara pelo grande pontífice da zoologia.

---

* "Contado, pesado, dividido"; palavras em aramaico com que o profeta Daniel (5, 25) anuncia ao rei Baltazar o fim próximo de Babilônia.

O marquês viu um homenzinho profundamente mergulhado em judiciosas meditações diante de dois patos. Esse cientista, de meia-idade, tinha feições doces, ainda mais suavizadas por um ar solícito; mas em toda a sua pessoa reinava uma preocupação científica. A peruca, que a todo momento ele coçava e que estava bizarramente puxada para trás, deixava ver uma linha de cabelos brancos e indicava o furor das descobertas que, como todas as paixões, nos arranca tão poderosamente das coisas deste mundo que perdemos a consciência do *eu*. Raphaël, homem de ciência e de estudo, admirou esse naturalista cujas vigílias eram dedicadas ao crescimento dos conhecimentos humanos e cujos erros mesmos serviam à glória da França; mas uma mulher vulgar certamente teria rido da solução de continuidade que havia entre a calça e o colete listado do sábio, interstício castamente preenchido, aliás, por uma camisa toda enrugada pelos movimentos sucessivos de abaixar-se e levantar-se, ao longo de suas observações zoogenéticas.

Após umas primeiras frases de cortesia, Raphaël acreditou necessário dirigir ao sr. Lavrille um elogio banal sobre seus patos.

– Oh! somos ricos em patos – respondeu o naturalista. – Este gênero, aliás, como o senhor certamente sabe, é o mais fecundo da ordem dos palmípedes. Começa com o cisne e termina com o pato comum, compreendendo cento e trinta e sete variedades de indivíduos bem distintos, com seus nomes, seus costumes, suas pátrias, sua fisionomia, e que não se parecem entre si mais do que um branco se parece com um negro. Na verdade, senhor, quando comemos um pato, na maioria das vezes nem suspeitamos a extensão... – Ele interrompeu-se ao ver um belo patinho que subia o declive do lago. – Está vendo aí o cisne de gravata, pobre filho do Canadá, vindo de longe para nos mostrar sua plumagem castanha e cinzenta, sua gravatinha preta? Veja, ele se coça... Ali adiante está o famoso ganso de pluma ou pato êider, cujas penas formam o edredom em que dormem nossas namoradas; não é uma beleza? Quem não admiraria esse ventre de um branco avermelhado, esse bico verde? Acabo de testemunhar – prosseguiu – uma cruza na qual já tinha perdido as esperanças. O acasalamento deu certo e vou aguardar impacientemente o resultado. Estou orgulhoso de obter uma centésima trigésima oitava espécie à qual meu nome talvez será dado! Aí estão os novos esposos – disse ele, mostrando dois patos. – Ela é uma gansa risonha (*anas albifrons*), ele, o grande pato-marreco (*anas ruffina* de Buffon). Durante muito tempo hesitei entre o pato-marreco, o pato de sobrancelhas brancas e o pato-trombeteiro (*anas clypeata*): olhe, aí está o trombeteiro, esse bandido castanho--escuro de pescoço esverdeado e tão elegantemente irisado. Mas o pato-marreco estava de crista inflada e, assim, como há de compreender, não vacilei. Falta-nos aqui apenas o pato de barrete preto. Alguns estudiosos afirmam unanimemente que esse pato seja uma cópia do pato cerceta de bico curvado; quanto a mim... – Fez um gesto admirável que descrevia ao mesmo tempo a modéstia e o orgulho dos cientistas, orgulho cheio de obstinação, modéstia cheia de suficiência. – Não penso assim, acrescentou. Veja, meu caro senhor, não estamos aqui para nos divertir. Neste momento ocupo-me da monografia do gênero pato... Mas fale, estou a seu dispor.

Dirigindo-se a uma bela casa da Rue de Buffon, Raphaël submeteu a Pele de onagro ao exame do sr. Lavrille.

– Conheço esse material – respondeu o cientista após examinar com a lupa o talismã. – Serviu como cobertura de alguma caixa. O chagrém é bastante antigo! Hoje os fabricantes de estojos preferem usar o *galuchat*. Como o senhor certamente sabe, o *galuchat* é feito com a pele do *raja sephen*, um peixe do Mar Vermelho...

– Mas, e isto, senhor, já que tem a extrema bondade...

– Isto – respondeu o cientista, interrompendo-o – é outra coisa: entre o *galuchat* e o chagrém existe a mesma diferença que entre o oceano e a terra, entre um peixe e um quadrúpede. No entanto, a pele do peixe é mais dura que a pele do animal terrestre. Isto – disse ele mostrando o talismã – é, como o senhor certamente sabe, um dos produtos mais curiosos da zoologia.

– Diga! – exclamou Raphaël.

– Senhor – respondeu o cientista afundando na poltrona –, isto é uma pele de asno.

– Eu sei – disse o jovem.

– Existe na Pérsia – continuou o naturalista – um asno extremamente raro, o onagro dos antigos, *equus asinus*, o *kulan* dos tártaros; Pallas* foi observá-lo e o trouxe para a ciência. De fato, esse animal foi tido por muito tempo como fantástico. Como sabe, ele é célebre na Escritura sagrada; Moisés proibiu cruzá-lo com os congêneres. Mas o onagro é ainda mais famoso pelos abusos de que foi objeto, e dos quais falam com frequência os profetas bíblicos. Pallas, como o senhor certamente sabe, declara, em suas *Act. Petrop.*, tomo II, que essas extravagâncias são ainda religiosamente acreditadas entre os persas e os nogais como um remédio infalível contra os males dos rins e a gota ciática. Nós, pobres parisienses, nem sequer suspeitamos isso. O Museu não possui onagro. Que soberbo animal! – continuou o sábio. – Ele é cheio de mistérios: seu olho possui uma espécie de superfície refletora a que os orientais atribuem o poder da fascinação; seu pelo é mais elegante e polido que o dos nossos mais belos cavalos; é sulcado de faixas mais ou menos fulvas e se parece muito com a pele da zebra. Possui algo de macio, de ondulante, de gorduroso ao tato. Sua visão iguala-se em precisão à do homem. Um pouco maior que os nossos burros domésticos, é dotado de uma coragem extraordinária. Se eventualmente é surpreendido, defende-se com uma notável superioridade contra os animais ferozes. Quanto à rapidez de sua marcha, pode se comparar ao voo das aves; um onagro, senhor, venceria na corrida os melhores cavalos árabes e persas. Segundo o pai do consciencioso dr. Niebuhr, cuja morte recente lamentamos, como sabe, a velocidade média dessas admiráveis criaturas é de sete mil passos geométricos por hora. Nossos asnos degenerados não lembram nem de longe esse asno independente e orgulhoso. Ele tem um porte ágil, animado, uma expressão fina, inteligente, uma fisionomia graciosa, movimentos cheios

---

* Peter Pallas (1741-1811), naturalista alemão. (N.T.)

de elegância! É o rei zoológico do Oriente. As superstições turcas e persas dão-lhe mesmo uma misteriosa origem, e o nome de Salomão mistura-se aos relatos que os contadores de histórias do Tibete e da Tartária fazem sobre as proezas atribuídas a esse nobre animal. Enfim, um onagro domesticado vale uma fortuna; é quase impossível capturá-lo nas montanhas, onde salta como um cabrito e parece voar como uma ave. A fábula dos cavalos alados, nosso Pégaso, certamente nasceu nesses países, onde os pastores puderam ver com frequência um onagro saltando de um rochedo a outro. Os asnos de montaria, obtidos na Pérsia pelo cruzamento de uma jumenta com um onagro domesticado, são pintados de vermelho, segundo uma tradição imemorial. Esse costume talvez deu origem ao nosso provérbio: "Mau como um asno vermelho". Numa época em que a história natural era muito negligenciada na França, penso que um viajante deve ter trazido um desses animais curiosos que suportam com muita impaciência a escravidão. Daí o ditado! A pele que o senhor me apresenta – continuou o cientista – é a pele de um onagro. Há discussões sobre a origem do nome. Uns afirmam que *chagri* é uma palavra turca, outros, que é a cidade onde esse resíduo zoológico sofre uma preparação química bem descrita por Pallas e que lhe dá a granulação particular que admiramos; o sr. Martellens escreveu-me que *châagri* é um riacho.

– Senhor, agradeço-lhe as informações que dariam uma admirável nota a algum Dom Calmet*, se os beneditinos ainda existissem; mas tive o cuidado de informá-lo que este fragmento era primitivamente de um tamanho igual... a este mapa geográfico – disse Raphaël, apontando a Lavrille um atlas aberto. – Mas de três meses para cá contraiu-se sensivelmente...

– Compreendo, senhor – prosseguiu o cientista. – Todos os restos de seres primitivamente organizados estão sujeitos a uma degradação natural, fácil de conceber, e cujos progressos dependem das influências atmosféricas. Os próprios metais se dilatam ou se contraem de uma maneira perceptível, os

---

* Monge do século XVIII, conhecido por suas obras históricas e seus comentários bíblicos longos e minuciosos. (N.T.)

engenheiros observaram espaços bastante consideráveis entre grandes pedras primitivamente mantidas por barras de ferro. A ciência é vasta e a vida humana muito curta. Assim, não temos a pretensão de conhecer todos os fenômenos da natureza.

– Senhor – disse Raphaël um tanto confuso –, desculpe a pergunta que vou lhe fazer. Tem certeza de que esta Pele está sujeita às leis ordinárias da zoologia, de que ela pode dilatar-se?

– Oh, certamente... Ah, droga! – disse o sr. Lavrille, tentando estirar o talismã. E acrescentou: – Mas se quiser ver Planchette, o célebre professor de mecânica, ele certamente encontrará um meio de agir sobre esta Pele, de amolecê-la, de distendê-la.

– Oh, o senhor salvou-me a vida!

Raphaël despediu-se e correu até a casa de Planchette, deixando o sábio naturalista em seu gabinete cheio de redomas e plantas dessecadas. Sem saber, ele levava dessa visita toda a ciência humana: uma nomenclatura! Lavrille assemelhava-se a Sancho Pança contando a Dom Quixote a história das cabras, divertia-se em contar animais e em catalogá-los. Ao aproximar-se do túmulo, conhecia somente uma pequena fração dos incomensuráveis números do grande rebanho lançado por Deus através do oceano dos mundos, com um objetivo ignorado. Raphaël estava contente. "Vou segurar meu asno pelas rédeas", exclamava. Sterne havia dito antes dele: "Poupemos nosso asno, se quisermos chegar à velhice." Mas o animal é tão caprichoso!

Planchette era um homem alto e magro, verdadeiro poeta perdido numa perpétua contemplação, ocupado em olhar sempre um abismo sem fundo, *o movimento*. O vulgo chama de loucos esses espíritos sublimes, homens incompreendidos que vivem numa admirável indiferença ao luxo e ao mundo, que ficam dias inteiros a fumar um charuto apagado ou que chegam a um salão sem ter casado exatamente os botões de suas roupas com as botoeiras. Um dia, após terem medido durante muito tempo o vazio, ou amontoado diversos X sob Aa – gG, eles chegaram a uma lei natural e decompuseram o mais simples dos princípios; de repente, a multidão admira uma nova máquina ou um novo veículo cuja estrutura fácil nos espanta e nos confunde! O cientista modesto sorri, dizendo a seus admiradores: "Que foi que eu criei? Nada. O homem não inventa uma força, ele a dirige, e a ciência consiste em imitar a natureza."

Raphaël surpreendeu o físico plantado sobre as duas pernas, como um enforcado sobre o patíbulo. Planchette examinava uma bolinha de ágata que rolava sobre um quadrante solar, esperando que ela se detivesse. O pobre homem não recebera medalhas nem pensão do governo, pois não sabia dourar seus cálculos. Feliz de viver à espreita de uma descoberta, não pensava nem na glória, nem no mundo, nem nele mesmo, vivendo a ciência pela ciência.

– Isto é indefinível! – exclamou. E acrescentou, ao perceber Raphaël: – Ah! Estou a seu dispor. Como vai a mamãe? Fale com minha mulher.

"Eu teria podido viver assim", pensou Raphaël, que tirou o cientista de seu devaneio ao perguntar-lhe o meio de agir sobre o talismã que lhe apresentou.

– Ainda que possa rir de minha credulidade, senhor – disse o marquês –, não lhe esconderei nada. Esta Pele parece possuir uma força de resistência contra a qual nada pode prevalecer.

– Senhor – disse Planchette – as pessoas do mundo tratam sempre a Ciência com muita arrogância, todos dizem mais ou menos o que disse um monarquista a Lalande, trazendo-lhe umas senhoras depois do eclipse: "Quer ter a bondade de recomeçar?" Que efeito o senhor quer produzir? A Mecânica tem por finalidade aplicar as leis do movimento ou neutralizá-las. Quanto ao movimento em si mesmo, declaro-lhe com humildade, somos incapazes de defini-lo. No entanto, observamos alguns fenômenos constantes que regem a ação dos sólidos e dos fluidos. Ao reproduzir as causas geradoras desses fenômenos, podemos transportar os corpos, transmitir-lhes uma força de locomoção numa velocidade determinada, projetá-los, dividi-los simplesmente ou ao infinito, seja quebrando-os, seja pulverizando-os; e também torcê-los, imprimir-lhes uma rotação, modificá-los, comprimi-los, dilatá-los, distendê-los. Esta ciência, senhor, apoia-se sobre um único fato. Veja esta bolinha – continuou. – Está sobre esta pedra, aqui. Agora está ali. Com que nome chamaremos esse ato tão fisicamente natural e tão moralmente extraordinário? Movimento, locomoção, mudança de lugar? Um nome será uma solução? Eis aí, no entanto, toda a ciência. Nossas máquinas empregam ou decompõem esse ato, esse fato. Esse ligeiro fenômeno, adaptado a massas, pode fazer explodir Paris. Podemos aumentar a velocidade em detrimento da força, e a força em detrimento da velocidade. O que são a força e a velocidade? Nossa ciência é incapaz de dizer, assim como é incapaz de criar um movimento. Um movimento, seja qual for, é um imenso poder, e o homem não inventa poderes. O poder é uno como é o movimento, a essência do poder. Tudo é movimento. O pensamento é um movimento. A natureza está fundada sobre o movimento. A morte é um movimento cujos fins pouco conhecemos. Se Deus é eterno, acredita que ele está sempre em movimento? Deus é o movimento, talvez. Eis por que o movimento é inexplicável como ele, profundo como ele, sem limites, incompreensível, intangível. Quem jamais tocou, compreendeu, mediu o movimento? Sentimos seus efeitos sem vê-los. Não podemos sequer negá-lo, como negamos a Deus. Onde ele está? Onde não está? De onde parte? Onde está seu princípio, onde está seu fim? Ele nos envolve, nos pressiona e nos escapa. É evidente como um fato, obscuro como uma abstração, ao mesmo tempo efeito e causa. Precisamos dele como do espaço, e o que é o espaço? Só o movimento é que o revela; sem o movimento, não é mais do que uma palavra sem sentido. Problema insolúvel, semelhante ao vazio, semelhante à criação, ao infinito, o movimento confunde o pensamento humano, e tudo o que o homem pode conceber a seu respeito é que não o conceberá jamais. Entre cada um dos pontos sucessivamente ocupados por essa bolinha no espaço – continuou o sábio –, há um abismo para a razão humana, o abismo no qual caiu Pascal. Para agir sobre a substância desconhecida, que queremos submeter a uma força desconhecida, devemos primeiro estudar essa substância; de acordo com sua natureza, ou ela se romperá sob um choque, ou resistirá; se se divide e nossa intenção não é dividi-la, não atingiremos a meta proposta. Queremos comprimi-la? É preciso transmitir um movimento igual a todas as partes da substância de modo a diminuir uniformemente o intervalo que as separa. Queremos dilatá-la? Então temos que imprimir a cada molécula uma força excêntrica igual, pois, sem a observância exata dessa lei, produziremos soluções de continuidade. Existem, meu senhor, modos infinitos, combinações sem limites no movimento. Que efeito o senhor deseja?

– Senhor – disse Raphaël, impaciente –, desejo uma pressão qualquer bastante forte para distender indefinidamente esta Pele...

– Sendo a substância finita – respondeu o matemático –, ela não poderia ser indefinidamente distendida, mas a compressão multiplicará necessariamente a extensão de sua superfície em detrimento da espessura; ela se adelgaçará até que a matéria falte...

– Obtenha esse resultado – exclamou Raphaël – e ganhará milhões!

– Eu roubaria seu dinheiro – respondeu o professor com a fleuma de um holandês. – Vou demonstrar-lhe em duas palavras a existência de uma máquina sob a qual o próprio Deus seria esmagado como uma mosca. Ela reduziria um homem ao estado de mata-borrão, um homem de botas, esporas, gravata, chapéu, com dinheiro, joias, tudo...

– Que máquina horrível!

– Em vez de lançar seus filhos n'água, os chineses deveriam utilizá-los assim – prosseguiu o cientista, sem pensar no respeito do homem por sua progênie.

Inteiramente dominado por sua ideia, Planchette pegou um vaso de flores, furado no fundo, e colocou-o sobre a pedra do gnômon; depois foi buscar um pouco de barro num canto do jardim. Raphaël estava enfeitiçado como uma criança a quem a ama de leite conta uma história maravilhosa. Após colocar o barro dentro do vaso, Planchette tirou do bolso uma podadeira, cortou dois ramos de sabugueiro e pôs-se a escavar-lhes o miolo, assobiando, como se Raphaël não estivesse ali.

– Eis os elementos da máquina – disse.

Mediante uma junção no barro, ele prendeu um dos tubos de madeira no fundo, de modo que sua abertura correspondesse à do vaso. Parecia um enorme cachimbo. Espalhou sobre a pedra uma camada de barro, dando-lhe a forma de uma pá, colocou o vaso de flores na parte mais larga e fixou o ramo de sabugueiro na porção que representava o cabo. Por fim, encheu de barro a extremidade de um dos tubos de sabugueiro, adaptou nele o outro ramo oco, verticalmente, praticando uma nova junção para ligá-lo ao ramo horizontal, a fim de que o ar, ou algum fluido ambiental, pudesse circular nessa máquina improvisada e corresse desde a entrada do tubo vertical, passando pelo canal intermediário, até o grande vaso sem flores.

– Este aparelho, senhor – disse a Raphaël, com a seriedade de um acadêmico que pronuncia seu discurso de posse – é uma das mais admiráveis concepções do grande Pascal.

– Não compreendo.

O sábio sorriu. Foi até uma árvore frutífera pegar uma garrafinha que o farmacêutico lhe enviara com um líquido para matar formigas; quebrou o fundo do frasco, fez um funil e o adaptou cuidadosamente ao buraco do ramo oco que fixara verticalmente na argila, em oposição ao grande reservatório representado pelo vaso; depois, despejou com um regador a quantidade necessária de água para que ela atingisse o mesmo nível no vaso e na pequena entrada circular do sabugueiro. Raphaël pensava em sua Pele de onagro.

– Senhor – disse o físico – a água é tida ainda hoje como um corpo incompressível, não esqueça esse princípio fundamental; no entanto, ela se comprime, mas tão ligeiramente que podemos considerar sua capacidade contrátil como nula. Está vendo a superfície que apresenta a água ao chegar à superfície do vaso de flores?

– Sim, senhor.

– Pois bem, suponha essa superfície mil vezes mais extensa do que o orifício do tubo de sabugueiro pelo qual despejei o líquido. Veja, vou retirar o funil.

– Certo.

– Pois bem, senhor, se por um meio qualquer eu aumentar o volume dessa massa introduzindo mais água pelo orifício do pequeno tubo, o fluido, forçado a descer, subirá no reservatório representado pelo vaso de flores até que o líquido chegue ao mesmo nível em ambos...

– É evidente – disse Raphaël.

– Mas há uma diferença – prosseguiu o cientista. – Se a estreita coluna d'água acrescentada no tubo vertical apresentar uma força igual ao peso de uma libra, por exemplo, como sua ação se transmite fielmente à massa líquida e reage em todos os pontos que ela apresenta no vaso de flores, haverá inúmeras colunas d'água que, tendendo todas a se elevarem como que impelidas por uma força igual à que faz descer o líquido no bastão de sabugueiro vertical, produzirão necessariamente aqui – disse Planchette mostrando a Raphaël a abertura do vaso de flores – uma força mil vezes mais considerável que a força introduzida ali.

E o cientista mostrou com o dedo, ao marquês, o tubo de madeira plantado verticalmente no barro.

– Isso é muito simples – disse Raphaël.

Planchette sorriu.

– Em outros termos – continuou, com a tenacidade lógica própria dos matemáticos –, seria preciso, para impedir a irrupção da água, exercer, sobre cada parte da grande superfície, uma força igual à força que age no conduto vertical, mas com esta diferença: se a coluna líquida tiver um pé de altura, as inúmeras pequenas colunas da grande superfície terão apenas uma pequeníssima elevação. Agora – disse Planchette, dando um piparote em seus bastões – substituamos este aparelho grotesco por tubos metálicos de força e dimensão convenientes: se cobrirmos com um disco de platina móvel a superfície fluida do grande reservatório, se a essa platina opusermos uma outra cuja resistência e a solidez sejam a toda prova, e se, além disso, formos acrescentando água incessantemente pelo pequeno tubo vertical à massa líquida, o objeto, preso entre os dois planos sólidos, deve necessariamente ceder à imensa ação que o comprime indefinidamente. O meio de introduzir constantemente água pelo pequeno tubo é coisa fácil em mecânica, assim como o modo de transmitir a força da massa líquida a uma platina. Bastam dois pistões e algumas válvulas. Compreende então, meu caro senhor – disse ele pegando o braço de Valentin –, por que praticamente não existe substância que, tomada entre essas duas resistências indefinidas, não seja forçada a expandir-se?

– Como! Então o autor das *Cartas provinciais* inventou... – exclamou Raphaël.

– Ele mesmo, senhor. A Mecânica não conhece nada de mais simples nem de mais belo. O princípio contrário, a expansibilidade da água, criou a máquina a vapor. Mas a água só é expansível até um certo grau, enquanto sua incompressibilidade, sendo uma força de certo modo negativa, é necessariamente infinita.

– Se esta Pele expandir-se – disse Raphaël –, prometo-lhe elevar uma estátua colossal a Blaise Pascal, instituir um prêmio de cem mil francos para o melhor problema de mecânica resolvido a cada dez anos, deixar um dote a suas sobrinhas e sobrinhas-netas, e ainda construir um hospital destinado aos matemáticos que ficarem loucos ou pobres.

– Seria muito útil – disse Planchette. E, com a calma de um homem que vive numa esfera completamente intelectual, acrescentou: – Amanhã iremos à casa de Spieghalter. Esse distinto físico-mecânico acaba de fabricar, baseado em meus planos, uma máquina aperfeiçoada com a qual uma criança poderia colocar dentro de um chapéu mil feixes de feno.

– Até amanhã, senhor.
– Até amanhã.

E há quem fale mal da Mecânica! – exclamou Raphaël consigo mesmo. – Não é a mais bela de todas as ciências? A outra, com seus onagros, suas classificações, seus patos, seus gêneros e seus frascos cheios de monstros, serve quando muito para marcar os pontos num bilhar público.

No dia seguinte, Raphaël veio, muito alegre, buscar Planchette e eles foram juntos à Rue de Santé, nome de augúrio favorável*. Na casa de Spieghalter, o jovem viu-se numa oficina imensa, seus olhos perceberam uma série de forjas rubras que rugiam. Era uma chuva de fogo, um dilúvio de pregos, um oceano de pistões, parafusos, alavancas, vigas, limas, porcas, um mar de ferro fundido, de madeiras, de válvulas e de aço em barras. A limalha atacava a garganta. Havia ferro no ar, os homens estavam cobertos de ferro, tudo cheirava a ferro, o ferro tinha vida, estava organizado, fluidificava-se, andava e pensava, tomando todas as formas, obedecendo a todos os caprichos. Através do rugido dos foles, do *crescendo* dos martelos, do assobio dos tornos que faziam o ferro grunhir, Raphaël chegou a uma grande peça, limpa e bastante arejada, onde pôde contemplar à vontade a enorme prensa de que lhe falara Planchette. Admirou chapas de ferro fundido e peças gêmeas de ferro unidas por um indestrutível elo.

– Se girar sete vezes esta manivela rapidamente – disse-lhe Spieghalter, mostrando-lhe uma prensa de ferro polido –, fará uma chapa de aço saltar em milhares de pedaços que lhe entrarão pelas pernas como agulhas.

– Caramba! – exclamou Raphaël.

O próprio Planchette introduziu a pele de onagro entre as duas platinas da prensa soberana e, cheio daquela segurança que as convicções científicas produzem, manobrou energicamente o aparelho.

– Deitem-se todos, senão morreremos – gritou Spieghalter com uma voz trovejante, ele mesmo jogando-se ao chão.

Um assobio horrível ressoou na oficina. A água contida na máquina rompeu o ferro fundido, produziu um jato de uma força incomensurável que, felizmente, dirigiu-se a uma velha forja, derrubando-a, fazendo-a rolar e torcer, como um furacão que se abate sobre uma casa e a leva consigo.

---

* *Santé* significa saúde, brinde, saudação. (N.T.)

– Oh! – disse tranquilamente Planchette – o chagrém continua intacto como meus olhos! Mestre Spieghalter, havia alguma falha no seu ferro fundido ou algum interstício no grande tubo.

– Não, não, conheço meu material! Pode levar de volta essa coisa, o diabo está alojado nela.

O alemão pegou um martelo de ferreiro, pôs a Pele sobre uma bigorna e, com toda a força de sua cólera, desferiu sobre o talismã o mais terrível golpe jamais ouvido em sua oficina.

– Não ficou nenhuma marca! – exclamou Planchette, acariciando o chagrém rebelde.

Os operários acorreram. O contramestre pegou a Pele e a mergulhou no carvão em brasa de uma forja. Todos, em semicírculo ao redor do fogo, esperaram com impaciência o efeito de um enorme fole. Raphaël, Spieghalter e o professor Planchette ocupavam o centro daquela multidão enegrecida e atenta. Vendo todos aqueles olhos brancos, aquelas cabeças empoeiradas de ferro, aquelas roupas escuras e luzentes, aqueles peitos peludos, Raphaël acreditou-se transportado ao mundo noturno e fantástico das baladas alemãs. O contramestre pegou a Pele com pinças depois de tê-la deixado no fogo durante dez minutos.

– Devolva-me – disse Raphaël.

O contramestre apresentou-a como por brincadeira a Raphaël. O marquês pôde apalpar facilmente a Pele fria e maleável em seus dedos. Um grito de horror elevou-se, os operários fugiram, na oficina deserta ficaram apenas Valentin e Planchette.

– Decididamente, há algo de diabólico aqui dentro – exclamou Raphaël, desesperado. – Assim, nenhuma força humana poderá dar-me mais um dia!

– Agi mal, senhor – respondeu o matemático com um ar contrito. – Devíamos ter submetido esta Pele singular à ação de um laminador. Onde eu estava com a cabeça ao propor uma pressão?

– Fui eu que sugeri – replicou Raphaël.

O cientista respirou como um réu absolvido por doze jurados. No entanto, interessado pelo problema estranho que essa pele lhe oferecia, ele refletiu por um momento e disse:

— Precisamos tratar essa substância desconhecida com reagentes. Vamos ver Japhet, a Química talvez seja mais bem-sucedida que a Mecânica.

Valentin fez os cavalos da carruagem andarem a trote largo, na esperança de encontrar o famoso químico Japhet em seu laboratório.

— E então, meu velho amigo – disse Planchette ao avistar Japhet sentado numa poltrona e contemplando um precipitado –, como vai a Química?

— Está dormindo. Nada de novo. Mas a Academia reconheceu a existência da salicina. Só que a salicina, a asparagina, a vauquelina*, a digitalina não são descobertas.

— Não podendo inventar coisas – disse Raphaël –, parece que vocês apenas inventam nomes.

— É isso mesmo, meu jovem!

— Olhe – disse o professor Planchette ao químico –, tente decompor esta substância; se extrair um princípio qualquer, vou nomeá-la antecipadamente *diabolina*, pois, ao tentar comprimi-la, acabamos de quebrar uma prensa hidráulica.

— Vejamos, vejamos isso – disse alegremente o químico –, talvez seja um novo corpo simples.

— Senhor – disse Raphaël –, isso é simplesmente um pedaço de pele de asno.

— Como disse? – respondeu gravemente o célebre químico.

— Não estou gracejando – replicou o marquês, apresentando-lhe a Pele de onagro.

O barão Japhet aplicou sobre a Pele as papilas nervosas de sua língua, tão hábil em degustar os sais, os ácidos, os álcalis, os gases, e disse após algumas tentativas:

— Nenhum gosto! Vamos fazê-la beber um pouco de ácido ftórico**.

Submetida à ação desse princípio, tão rápido em desorganizar os tecidos animais, a Pele não sofreu alteração alguma.

— Isto não é chagrém – exclamou o químico. – Vamos tratar esse misterioso desconhecido como um mineral e puxá-

---

* A atual estricnina. (N.T.)

** Atualmente, ácido fluorídrico. (N.T.)

-lo pelo focinho, pondo-o num cadinho infusível onde tenho, precisamente, potassa vermelha.

Japhet saiu e logo voltou.

– Senhor – disse ele a Raphaël – deixe-me tirar um pedaço dessa singular substância, ela é tão extraordinária...

– Um pedaço! – exclamou Raphaël. – Nem mesmo do tamanho de um fio de cabelo. Mas tente! – disse, com um ar ao mesmo tempo triste e brincalhão.

O sábio quebrou um estilete ao querer cortar a Pele, tentou rompê-la por uma forte descarga de eletricidade, depois submeteu-a à ação da pilha voltaica, mas os raios de sua ciência fracassaram diante do estranho talismã. Eram sete horas da noite. Planchette, Japhet e Raphaël, não sentindo a passagem do tempo, esperavam o resultado de uma última experiência. O chagrém saiu vitorioso de um terrível choque a que foi submetido, graças a uma quantidade razoável de cloreto de azoto.

– Estou perdido! – exclamou Raphaël. – Deus está aí. Vou morrer.

Ele deixou os dois cientistas estupefatos.

– Não vamos contar essa aventura à Academia, nossos colegas zombariam de nós – disse Planchette ao químico depois de uma longa pausa, durante a qual eles se olharam sem ousar comunicar os pensamentos.

Os dois cientistas eram como cristãos saindo de seus túmulos sem encontrar um Deus no céu. A ciência? Impotente! Os ácidos? Água comum! A potassa vermelha? Desonrada! A pilha voltaica e o raio? Dois bilboquês!

– Uma prensa hidráulica cortada como uma fatia de pão! – acrescentou Planchette.

– Acredito no diabo – disse o barão Japhet após um momento de silêncio.

– E eu em Deus – respondeu Planchette.

Os dois estavam em seus papéis. Para um físico mecânico, o universo é uma máquina que exige um operário. Para a química, essa obra de um demônio que vai decompondo tudo, o mundo é um gás dotado de movimento.

– Não podemos negar o fato – prosseguiu o químico.

– Ora! Para o nosso consolo, os senhores doutrinários criaram este nebuloso axioma: "Burro como um fato".

– Axioma seu – replicou o químico. – A mim, parece-me feito como um burro.

Puseram-se a rir e foram jantar como pessoas que não veem mais que um fenômeno num milagre.

Ao voltar para casa, Valentin estava às voltas com uma raiva fria; não acreditava mais em nada, suas ideias confundiam-se no cérebro, giravam e vacilavam como a de todo homem diante de um fato impossível. Ele queria acreditar em algum defeito secreto na máquina de Spieghalter, a incapacidade da ciência e do fogo não o surpreendiam; mas a maleabilidade da Pele quando a apalpava, e sua dureza quando os meios de destruição à disposição do homem dirigiam-se contra ela, o assustavam. Esse fato incontestável dava-lhe vertigem.

– Estou louco – disse a si mesmo. – Embora desde a manhã esteja em jejum, não tenho fome nem sede, e sinto no peito um fogo que me queima.

Recolocou a pele de onagro na moldura onde estivera antes guardada e, após traçar com uma linha vermelha o contorno atual do talismã, sentou-se na poltrona.

– Oito horas já! – exclamou. – Este dia passou como um sonho.

Apoiou o cotovelo no braço da poltrona, a cabeça na mão esquerda, e ficou perdido numa daquelas meditações fúnebres, naqueles pensamentos devoradores cujo segredo os condenados à morte levam consigo.

– Ah! Pauline – disse em voz alta –, pobre criança! Há abismos que o amor não saberia transpor, apesar da força de suas asas. Nesse momento, ouviu muito distintamente um suspiro abafado e reconheceu, por um dos mais tocantes privilégios da paixão, a respiração de Pauline. – Oh, eis a minha sentença! – disse ele. – Se ela estivesse aqui, queria morrer nos seus braços.

Uma risada franca, muito alegre, o fez virar a cabeça em direção ao leito e ele viu através das cortinas diáfanas o rosto de Pauline, sorridente como uma criança feliz com uma molecagem bem-sucedida; seus belos cabelos caíam em inúmeros cachos sobre os ombros, como uma rosa de Bengala sobre um monte de rosas brancas.

– Enganei Jonathas – disse ela. – Este leito não pertence a mim, que sou tua mulher? Não me censure, querido, queria apenas dormir a seu lado, surpreendê-lo. Perdoe-me esta loucura. Saltou da cama com um movimento de gata, mostrou-se radiosa através da musselina e sentou-se sobre os joelhos de Raphaël: – De que abismo falava, meu amor? – ela perguntou, deixando ver na testa uma expressão preocupada.

– Da morte.

– Você me fere – ela respondeu. – Há certas ideias nas quais nós, pobres mulheres, não podemos nos deter, elas nos matam. Será força de amor ou falta de coragem? Não sei. A morte não me assusta – acrescentou, rindo. – Morrer com você, amanhã de manhã, juntos, num último beijo, seria uma felicidade. É como se eu tivesse vivido mais de cem anos. Que importa o número de dias se, numa noite, numa hora, esgotamos toda uma vida de paz e de amor?

– Tem razão, o céu fala por sua linda boca. Deixe que eu a beije e morramos – disse Raphaël.

– Morramos então – ela respondeu, rindo.

Por volta das nove horas da manhã, a luz passava pelas frestas das persianas; atenuada pela musselina das cortinas, ela já deixava ver as ricas cores do tapete e os móveis forrados de seda do quarto onde repousavam os dois amantes. Algumas douraduras cintilavam. Um raio de sol vinha morrer sobre a macia colcha que os jogos do amor haviam lançado ao chão. Pendurado num grande toucador com espelho, o vestido de Pauline desenhava-se como uma vaporosa aparição. Os sapatinhos estavam jogados, longe da cama. Um rouxinol veio pousar no peitoril da janela; seus gorjeios repetidos e o ruído das asas subitamente abertas quando voou despertaram Raphaël.

— Para morrer — disse ele, concluindo um pensamento começado no sonho –, é preciso que meu organismo, esse mecanismo de carne e osso animado por minha vontade e que faz de mim um indivíduo *homem*, apresente uma lesão sensível. Os médicos devem conhecer os sintomas da vitalidade atacada e poderão me dizer se estou são ou doente.

Contemplou sua mulher adormecida que lhe segurava a cabeça, exprimindo assim durante o sono as ternas solicitudes do amor. Graciosamente estendida como uma adolescente e com o rosto voltado para ele, Pauline parecia olhá-lo ainda e oferecer-lhe a linda boca entreaberta, com uma respiração uniforme e pura. Seus pequenos dentes de porcelana realçavam o vermelho dos lábios frescos nos quais vagava um sorriso; a cor da pele estava mais viva e sua brancura era, por assim dizer, mais branca naquele momento do que nas horas mais amorosas do dia. Seu gracioso abandono, tão repleto de confiança, juntava à sedução do amor os atrativos da infância adormecida. As mulheres, mesmo as mais espontâneas, obedecem ainda, durante o dia, a algumas convenções sociais que encadeiam as ingênuas expansões de sua alma; mas o sono parece devolvê-las à vida imediata que enfeita a primeira idade: Pauline não se envergonhava de nada, como uma daquelas celestes criaturas nas quais a razão ainda não lançou nem pensamentos nos gestos, nem segredos no olhar. Seu perfil destacava-se vivamente sobre a fina cambraia de linho do travesseiro; a renda franzida, misturada a seus cabelos em desalinho, dava-lhe um aspecto brejeiro. Mas ela estava adormecida no prazer, seus longos cílios colavam-se à face como para proteger a vista de uma luz muito forte ou para favorecer aquele recolhimento da alma quando tenta reter uma volúpia perfeita, mas fugaz. Sua orelha pequena, branca e rosada, emoldurada por um cacho de cabelos e parecendo uma concha de renda transparente, teria enlouquecido um artista, um pintor, um velho, teria talvez restituído à razão algum insensato. Ver a amante adormecida, sorrindo enquanto dorme, tranquila sob nossa proteção, amando-nos mesmo em sonho, no momento em que a criatura parece deixar de existir, e oferecendo-nos ainda uma boca muda que no sono nos fala do último beijo; ver uma mulher confiante, seminua, mas envolvida em seu amor como num manto, e casta no seio da desordem; admirar suas roupas espalhadas, uma meia de seda rapidamente tirada na véspera para nos agradar, um cinto desatado que nos mostra uma fé infinita, não é isso uma alegria sem nome? Esse cinto é um poema inteiro: a mulher que ele protegia não existe mais, ela nos pertence, tornou-se *nossa*; daí por diante, traí-la é ferirmo-nos a nós mesmos. Enternecido, Raphaël contemplou esse quarto repleto de amor, cheio de lembranças, onde a luz adquiria tonalidades voluptuosas, e voltou-se para essa mulher de formas puras, jovens, apaixonada ainda, cujos sentimentos, principalmente, eram dele e de mais ninguém. Ele desejou viver sempre. Quando seu olhar pousou em Pauline, ela logo abriu os olhos como se um raio de sol a tivesse atingido.

– Bom dia, amigo! – ela disse sorrindo. – Você está lindo, malvado!

As duas cabeças, marcadas de uma graça devida ao amor, à juventude, à semiclaridade e ao silêncio, formavam uma daquelas divinas cenas cuja magia passageira pertence só aos primeiros dias da paixão, assim como a espontaneidade e a candura são os atributos da infância. Infelizmente, essas alegrias primaveris do amor, do mesmo modo que os risos da meninice, acabam por fugir e por viver só na lembrança para nos desesperar, ou para nos lançar algum perfume consolador, segundo os caprichos de nossas meditações secretas.

– Por que despertou? – disse Raphaël. – Estava tão bom vê-la adormecida, quase chorei de alegria.

– Eu também – ela respondeu – chorei esta noite ao contemplar seu repouso, mas não de alegria. Escute, Raphaël, está escutando? Quando dorme, sua respiração não é tranquila, há no peito algo que ressoa e que me dá medo. Tem uma tosse seca durante o sono, muito parecida com a de meu pai, que está morrendo de tísica. Reconheci no ruído de seus pulmões alguns sinais dessa doença estranha. E depois estou certa de que tinha febre, sua mão estava úmida e quente. Querido! Você é jovem – disse ela com um tremor. – Poderia curar-se, mesmo se, por infelicidade... Mas não – exclamou alegremente –, não há infelicidade, há que vencer a doença, dizem os médicos.

Com os dois braços enlaçou Raphaël e tomou sua respiração por um daqueles beijos em que a alma se entrega:

– Não desejo viver velha – disse. – Morramos jovens os dois e vamos ao céu com as mãos cheias de flores.

– Esses projetos se fazem sempre quando estamos com boa saúde – respondeu Raphaël enfiando as mãos na cabeleira de Pauline; mas ele teve então um horrível acesso de tosse, dessas tosses graves e sonoras que parecem sair de um ataúde, que fazem empalidecer a testa dos doentes e os deixam trêmulos, suados, depois de lhes terem agitado os nervos, sacudido as costelas, fatigado a coluna vertebral e posto um estranho peso nas veias. Pálido, abatido, Raphaël deitou-se lentamente, derreado como um homem cujas forças dissiparam-se num último esforço. Pauline fitou-o com olhos fixos, aumentados pelo medo, e ficou imóvel, branca, silenciosa.

– Não façamos mais loucuras, meu anjo – disse ela, querendo ocultar a Raphaël os horríveis pressentimentos que a assaltavam.

Cobriu o rosto com as mãos, pois via o medonho esqueleto da *Morte*. A cabeça de Raphaël ficara lívida e oca como um crânio arrancado das profundezas de um cemitério para servir aos estudos de algum sábio. Pauline lembrou-se da exclamação que escapara de Valentin, na véspera, e disse a si mesma:

– Sim, há abismos que o amor não pode atravessar, mas nos quais deve ser sepultado.

Alguns dias depois dessa cena de desolação, Raphaël, numa manhã de março, viu-se sentado numa poltrona, cercado de quatro médicos que o haviam colocado à luz diante da janela de seu quarto, e que sucessivamente examinavam-lhe o pulso, apalpavam-no, interrogavam-no com um aparente interesse. O doente examinava os pensamentos deles, interpretando os gestos e as menores rugas que se formavam em suas testas.

Essa consulta era sua última esperança. Aqueles juízes supremos iam pronunciar-lhe uma sentença de vida ou de morte. Assim, para arrancar da ciência humana sua última palavra, Valentin convocara os oráculos da medicina moderna. Graças à sua fortuna e ao seu nome, os três sistemas entre os quais flutuam os conhecimentos humanos estavam ali diante dele. Três desses doutores traziam consigo toda a filosofia médica, representando o combate que travam entre si a Espiritualidade, a Análise e não sei que Ecletismo zombeteiro. O quarto médico era Horace Bianchon, homem cheio de futuro e de ciência, talvez o mais distinto dos novos médicos, prudente e modesto defensor da juventude estudiosa que se prepara para recolher a herança dos tesouros acumulados desde cinquenta anos pela Escola de Paris, e que construirá talvez o monumento para o qual os séculos precedentes trouxeram tantos materiais diversos. Amigo do marquês e de Rastignac, desde alguns dias vinha prestando-lhe seus cuidados e o ajudava a responder às perguntas dos três professores, a quem explicava às vezes, com uma certa insistência, os diagnósticos que lhe pareciam revelar uma tísica pulmonar.

— Acaso praticou muitos excessos, levou uma vida dissipada, entregou-se a grandes trabalhos intelectuais? – perguntou a Raphaël aquele dos três doutores cuja cabeça quadrada, o rosto largo, a compleição enérgica pareciam indicar um gênio superior ao dos dois antagonistas.

— Quis matar-me pela devassidão após ter trabalhado durante três anos numa vasta obra da qual os senhores talvez se ocuparão um dia – respondeu Raphaël.

O grande doutor sacudiu a cabeça em sinal de contentamento e como se dissesse a si mesmo: "Eu estava certo disso!"

Esse doutor era o ilustre Brisset, líder dos organicistas, sucessor dos Cabanis e dos Bichat, o médico dos espíritos positivos e materialistas, que veem no homem um ser finito, unicamente sujeito às leis de seu próprio organismo, e cujo estado normal ou as anomalias deletérias se explicam por causas evidentes.

A essa resposta, Brisset olhou silenciosamente para um homem de porte médio cujo rosto avermelhado, de olhos ardentes, parecia pertencer a algum sátiro antigo, e que, com as costas apoiadas no vão da janela, contemplava atentamente Raphaël sem dizer nada. Homem de exaltação e de crença, o doutor Caméristus, líder dos vitalistas, poético defensor das doutrinas abstratas de Van Helmont, via na vida humana um princípio elevado, secreto, um fenômeno inexplicável que zomba dos bisturis, engana a cirurgia, escapa aos medicamentos da farmacologia, aos x da álgebra, às demonstrações da anatomia, e ri de nossos esforços; seria uma espécie de chama intangível, invisível, submetida a alguma lei divina, e que muitas vezes permanece num corpo condenado pelas sentenças da medicina, assim como também abandona os organismos mais viáveis.

Um sorriso sardônico pairava nos lábios do terceiro; o doutor Maugredie, espírito distinto, mas cético e trocista, que acreditava apenas no escalpelo, concedia a Brisset a morte de um homem em perfeita saúde e reconhecia, com Caméristus, que um homem podia viver ainda após a morte. Via algo de bom em todas as teorias, mas não adotava uma; afirmava que o melhor sistema médico era não ter um e considerar apenas os fatos. Panúrgio da Escola de Paris, rei da observação, esse grande explorador e zombador, o homem das tentativas desesperadas, examinava a Pele de onagro.

— Eu gostaria de ser testemunha da coincidência que existe entre seus desejos e o encolhimento desta pele – disse ele ao marquês.

— Para quê? – exclamou Brisset.

— Para quê? – repetiu Caméristus.

— Ah, estão de acordo! – respondeu Maugredie.

— Essa contração é muito simples – disse Brisset.

— Ela é sobrenatural – falou Caméristus.

— De fato – replicou Maugredie, simulando um ar grave e devolvendo a Raphaël a Pele de onagro –, o enrugamento da pele é um fato inexplicável, no entanto natural, que desde a origem do mundo faz o desespero da medicina e das mulheres belas.

Depois de muito examinar os três doutores, Valentin não descobriu neles simpatia alguma por seus males. Todos os três, silenciosos a cada resposta, avaliavam-no com indiferença e interrogavam-no sem lamentá-lo. Na cortesia deles transparecia a insensibilidade. Fosse certeza, fosse reflexão, suas palavras eram tão raras e indolentes que, em alguns momentos, Raphaël os julgou distraídos. De vez em quando, apenas Brisset respondia: "Certo, certo" a todos os sintomas desesperadores cuja existência era demonstrada por Bianchon. Camérístus permanecia mergulhado num profundo devaneio, Maugredie parecia um autor cômico que estudava dois originais para transportá-los fielmente ao palco. O rosto de Horace revelava um pesar profundo, um enternecimento cheio de tristeza. Era médico havia muito pouco tempo para ficar insensível diante da dor e impassível junto a um leito fúnebre; não sabia extinguir dos olhos as lágrimas amigas que impedem um homem de ver claro e saber, como um general de exército, o momento propício à vitória sem escutar os gritos dos que morrem. Depois de ficarem cerca de meia hora a tomar, de certo modo, as medidas da doença e do doente, como faz um alfaiate com um jovem que lhe encomenda um traje de casamento, eles disseram alguns lugares-comuns, chegaram mesmo a falar de assuntos públicos; depois, quiseram passar ao gabinete de Raphaël para trocar suas ideias e comunicar a sentença.

– Senhores – disse-lhes Valentin –, posso assistir ao debate?

Brisset e Maugredie opuseram-se vivamente e, apesar da insistência do doente, recusaram-se a deliberar em sua presença. Raphaël submeteu-se ao costume, pensando que podia esgueirar-se num corredor de onde ouviria facilmente as discussões médicas que os três professores iam fazer.

– Senhores – disse Brisset ao entrar – permitam-me dar-lhes prontamente minha opinião. Não quero impô-la nem vê-la controvertida: em primeiro lugar, porque é clara, precisa e resulta de uma semelhança completa entre um de meus pacientes e o caso que fomos chamados a examinar; depois, porque me esperam no hospital. A importância do fato que exige lá minha presença me escusará ser o primeiro a tomar a palavra. O *caso* que nos ocupa mostra-se também fatigado por trabalhos intelectuais... O que ele fez exatamente, Horace? – perguntou, dirigindo-se ao jovem médico.

– Uma teoria da vontade.

– Ah, diabos! Mas é um vasto tema. Ele está fatigado, como eu disse, por excessos de pensamento, por desvios de regime, pelo uso repetido de estimulantes muito fortes. Assim, a ação violenta do corpo e do cérebro viciou o funcionamento de todo o organismo. É fácil reconhecer, senhores, nos sintomas da face e do corpo, uma tremenda irritação no estômago, a neurose do grande nervo simpático, a forte sensibilidade do epigastro e a contração dos hipocôndrios. Os senhores perceberam o crescimento e a saliência do fígado. Enfim, o sr. Bianchon observou constantemente a digestão de seu paciente e nos disse que era difícil, laboriosa. Não existe mais, propriamente falando, estômago; o homem desapareceu. O intelecto está atrofiado porque ele não digere mais. A alteração progressiva do epigastro, centro da vida, viciou todo o sistema. Dali partem irradiações constantes e manifestas, a desordem chegou ao cérebro pelo plexo nervoso, o que explica a irritação excessiva desse órgão. É um caso de monomania. O doente está dominado por uma ideia fixa. Para ele, essa Pele de onagro contrai-se realmente e talvez ela tenha sido sempre como a vimos; mas, contraia-se ou não, esse chagrém é para ele a mosca que certo vizir tinha no nariz. Sugiro aplicar imediatamente sanguessugas no epigastro, para acalmar a irritação desse órgão no qual o homem inteiro reside; mantendo o doente em dieta, a monomania cessará. Não preciso dizer mais ao doutor Bianchon, ele deve conhecer o conjunto e os detalhes do tratamento. Talvez haja complicações da doença, talvez as vias respiratórias estejam igualmente irritadas; mas julgo o tratamento do aparelho intestinal muito mais importante, mais necessário, mais urgente, que o dos pulmões. O estudo tenaz de assuntos abstratos e algumas paixões violentas produziram graves perturbações nesse mecanismo vital; mas ainda há tempo de corrigir-lhe o funcionamento, nada foi seriamente danificado. Você pode salvar facilmente seu amigo – disse ele a Bianchon.

– Nosso sábio colega toma o efeito pela causa – respondeu Caméristus. – Sim, as alterações tão bem observadas por ele existem no paciente, mas o estômago não estabeleceu gradualmente irradiações no organismo e em direção ao cérebro, como raios que partem de uma rachadura na vidraça. Foi preciso um golpe para quebrar o vidro; esse golpe, quem o desferiu? Sabemos? Observamos suficientemente o enfermo? Conhecemos todos os acidentes de sua vida? Senhores, o princípio vital, a *arqué* de Van Helmont está atingida nele, a vitalidade mesma foi atacada em sua essência; a centelha divina, a inteligência transitória que serve como de ligação à máquina e que produz a vontade, a ciência da vida, cessou de regular os fenômenos diários do mecanismo e as funções de cada órgão; daí provêm as desordens tão bem apreciadas pelo meu douto confrade. O movimento não foi do epigastro ao cérebro, mas do cérebro ao epigastro. Não – disse ele batendo com força no peito –, não sou um estômago feito homem! Não, nem tudo está aí. Não me sinto com coragem de dizer que, se tenho um bom epigastro, o resto funciona bem. Não podemos – prosseguiu mais suavemente – submeter a uma mesma causa física e a um tratamento uniforme os distúrbios graves que acometem, com maior ou menor seriedade, pacientes diferentes. Os homens não são iguais. Todos temos órgãos particulares, diversamente afetados, diversamente alimentados, capazes de executar missões diferentes e de desenvolver temas necessários à realização de uma ordem de coisas que nos é desconhecida. A porção do grande todo, que por uma alta vontade vem operar e manter em nós o fenômeno da animação, formula-se de maneira distinta em cada homem e faz dele um ser aparentemente finito, mas que por um ponto coexiste com uma causa infinita. Assim, devemos estudar cada caso separadamente, penetrá-lo, reconhecer em que consiste sua vida, qual é sua potência. Da moleza de uma esponja molhada até a dureza de uma pedra-pomes, há variações infinitas. Eis aí o homem. Entre as organizações esponjosas dos vasos linfáticos e o vigor metálico dos músculos de alguns homens destinados a uma longa vida, que erros não cometerá o sistema único, implacável, da cura pelo abatimento, pela prostração das forças humanas que os senhores supõem sempre irritadas! Portanto, gostaria de sugerir um tratamento inteiramente moral, um exame aprofundado do ser íntimo. Vamos buscar a causa do mal nas entranhas da alma e não nas entranhas do corpo! Um médico é um ser inspirado, dotado de um gênio particular, a quem Deus concede o poder de ler na vitalidade, como dá aos profetas olhos para contemplar o futuro, ao poeta, a faculdade de evocar a natureza, ao músico, a de combinar os sons numa ordem harmoniosa cujo modelo talvez esteja lá no alto!...

– Sempre sua medicina absolutista, monárquica e religiosa! – disse Brisset, murmurando.

– Senhores – falou prontamente Maugredie, cobrindo com presteza a exclamação de Brisset – não percamos de vista o doente...

– Eis o que é a ciência! – disse Raphaël tristemente a si mesmo. – Minha cura flutua entre um rosário e uma fileira de sanguessugas, entre o bisturi de Dupuytren e a oração do príncipe de Hohenlohe! Sobre a linha que separa o fato da palavra, a matéria do espírito, está Maugredie, duvidando. O *sim* e o *não* perseguem-me em toda parte! Sempre o *Carymary, Carymara* de Rabelais: estou espiritualmente doente, *carymary*! ou materialmente doente, *carymara*! Vou viver? Eles ignoram. Pelo menos Planchette foi mais franco ao dizer-me: "Não sei".

Nesse momento, Valentin ouviu a voz do doutor Maugredie.

– O doente é monômano, está certo, concordo! – exclamou. – Mas ele tem duzentos mil francos de renda, tais monômanos são muito raros, e devemos a eles pelo menos um conselho. Quanto a saber se o epigastro reagiu sobre o cérebro ou o cérebro sobre o epigastro, poderemos talvez verificar o fato quando ele estiver morto. Resumindo, então: ele está doente, é um fato incontestável. Precisa de um tratamento qualquer. Deixemos de lado as doutrinas. Apliquemos sanguessugas para acalmar a irritação intestinal e a neurose, sobre a existência das quais estamos de acordo, e o enviemos depois às águas termais: deste modo agiremos segundo os dois sistemas. Se está tuberculoso, praticamente não podemos salvá-lo; assim...

Raphaël deixou rapidamente o corredor e foi sentar-se de volta na poltrona. Os quatro médicos logo saíram do gabinete. Horace tomou a palavra e disse-lhe:

– Estes senhores reconheceram unanimemente a necessidade de uma aplicação imediata de sanguessugas no estômago e a urgência de um tratamento ao mesmo tempo físico e moral. Primeiro, um regime dietético, a fim de acalmar a irritação de seu organismo.

Aqui, Brisset fez um sinal de aprovação.

– Depois, um regime higiênico para regular seu moral. Assim, o aconselhamos unanimemente a ir à estação de águas de Aix, na Savoia, ou à de Mont-Dore, em Auvergne, se preferir; o ar e a situação da Savoia são mais agradáveis que os do Cantal, mas siga seu gosto.

Aqui, o doutor Caméristus deixou escapar um gesto de assentimento.

– Estes senhores – continuou Bianchon –, tendo reconhecido ligeiras alterações no aparelho respiratório, concordaram com a utilidade de minhas prescrições anteriores. Eles acham que sua cura é fácil e dependerá do emprego corretamente alternado desses diversos meios... E...

– *E eis por que sua filha ficou muda** – disse Raphaël, sorrindo e chamando Horace a seu gabinete, para pagar-lhe o preço dessa inútil consulta.

– Eles são lógicos – respondeu-lhe o jovem médico. – Caméristus sente, Brisset examina, Maugredie duvida. Não tem o homem uma alma, um corpo e uma razão? Uma dessas três causas principais age em nós de uma maneira mais ou menos forte, e a ciência humana será sempre humana. Creia-

---

* Citação de uma frase de *Le Médecin malgré lui*, de Molière (ato II, cena VI), numa situação comparável que sublinha a ignorância dos médicos. (N.T.)

-me, Raphaël, nós não curamos, ajudamos a curar. Entre a medicina de Brisset e a de Caméristus, existe ainda a medicina expectante; mas para praticar esta última com sucesso, teríamos de conhecer o doente há dez anos. No fundo da medicina há negação, como em todas as ciências. Portanto, procure viver com moderação, faça uma viagem à Savoia; o melhor é e será sempre confiar na natureza.

Um mês depois, de volta de uma caminhada e numa bela tarde de verão, algumas das pessoas que tinham vindo às águas de Aix estavam reunidas nos salões do Círculo. Sentado junto a uma janela e de costas viradas para a assembleia, Raphaël permaneceu por muito tempo a sós, mergulhado num daqueles devaneios maquinais durante os quais nossos pensamentos nascem, se encadeiam, se dissipam sem adquirir formas, e passam por nós como nuvens ligeiras levemente coloridas. A tristeza é então suave, a alegria, vaporosa, e a alma está quase adormecida. Deixando-se levar por essa vida sensual, Valentin banhava-se na cálida atmosfera do entardecer, saboreando o ar puro e perfumado das montanhas, feliz por não sentir nenhuma dor e por ter finalmente reduzido ao silêncio sua ameaçadora Pele de onagro. No momento em que os tons avermelhados do poente extinguiram-se nos cimos, a temperatura refrescou, ele deixou seu lugar e fechou a janela.
— Senhor — disse-lhe uma velha senhora —, teria a bondade de não fechar a janela? Está muito abafado.
Essa frase feriu o tímpano de Raphaël com dissonâncias de uma aspereza singular; foi como a frase dita imprudentemente por um homem em cuja amizade queríamos acreditar e que destrói uma doce ilusão de sentimento ao revelar um profundo egoísmo. O marquês lançou à velha senhora o olhar frio de um diplomata impassível, chamou um criado e disse-lhe secamente, quando chegou:
— Abra esta janela!
Estas palavras provocaram uma surpresa insólita em todos os rostos. A assembleia pôs-se a murmurar, olhando para o doente com um ar mais ou menos expressivo, como se ele tivesse cometido alguma grave impertinência. Raphaël, que

não estava privado de sua primitiva timidez de jovem, teve uma reação de vergonha; mas sacudiu o torpor, retomou a energia e pediu a si mesmo uma explicação para essa estranha cena. De repente, um rápido movimento animou seu cérebro, o passado apareceu-lhe numa visão distinta em que as causas do sentimento que ele inspirava surgiram em relevo como as veias de um cadáver no qual, por meio de alguma injeção, os naturalistas colorem as menores ramificações; ele próprio reconheceu-se nesse quadro fugaz e acompanhou sua existência, dia por dia, pensamento por pensamento. Viu-se, não sem surpresa, sombrio e distraído no seio daquele mundo risonho, sempre pensando em seu destino, preocupado com seu mal, parecendo desdenhar a conversa mais insignificante, evitando as intimidades efêmeras que se estabelecem facilmente entre os viajantes, certamente porque esperam não mais se encontrar. Viu-se pouco interessado pelos outros e, enfim, semelhante aos rochedos insensíveis tanto às carícias como à fúria das ondas. Depois, por um raro privilégio de intuição, pôde ler em todas as almas: ao avistar sob a luz de um candelabro o crânio amarelo e o perfil sardônico de um velho, lembrou-se de ter ganho dinheiro dele sem ter-lhe proposto uma revanche. Mais adiante, viu uma mulher bonita cujas provocações haviam-no deixado frio; cada rosto reprovava-lhe uma dessas faltas aparentemente inexplicáveis, mas cujo crime consiste sempre numa invisível ferida causada ao amor-próprio. Involuntariamente, ele machucara todas as pequenas vaidades que gravitavam a seu redor. Os convidados de suas festas ou aqueles a quem oferecera seus cavalos estavam irritados com seu luxo; surpreso com tal ingratidão, poupara-lhes esse tipo de humilhação, e então eles sentiram-se desprezados e o acusaram de aristocracia. Sondando assim os corações, ele pôde decifrar-lhes os pensamentos mais secretos; sentiu horror da sociedade, de sua polidez, de seu verniz. Rico e com um espírito superior, ele era invejado, odiado; seu silêncio frustrava a curiosidade, sua modéstia parecia arrogância para aquela gente mesquinha e superficial. Adivinhou o crime latente, irremissível, de que o culpavam: ele escapava à jurisdição de sua mediocridade.

Rebelde ao despotismo inquisidor dessas pessoas, sabia passar sem elas; para vingar-se dessa realeza clandestina, todos haviam se coligado instintivamente para fazer-lhe sentir seu poder, submetê-lo a algum ostracismo, e ensinar-lhe que eles também podiam passar sem ele. Tomado inicialmente de piedade ante essa visão do mundo, logo estremeceu ao pensar na dócil força que lhe erguia desse modo o véu de carne sob o qual está sepultada a natureza moral, e fechou os olhos como para nada mais ver. Mas subitamente uma cortina negra foi puxada sobre essa sinistra fantasmagoria de verdade, e ele viu-se no horrível isolamento que espera as Potestades e as Dominações. Nesse momento, teve um violento acesso de tosse. Longe de recolher uma única daquelas palavras aparentemente indiferentes, mas que ao menos simulam uma espécie de compaixão polida entre pessoas de sociedade reunidas ao acaso, ouviu interjeições hostis e queixas murmuradas em voz baixa. A Sociedade não se dignava sequer a disfarçar-se para ele, talvez porque a adivinhasse. "A doença dele é contagiosa." "O presidente do clube deveria proibir-lhe a entrada no salão." "Em boa sociedade, não se tosse desse jeito." "Quando um homem está assim doente, não deve frequentar as águas." "Ele fará expulsar-me daqui." Raphaël levantou-se para escapar à maldição geral e saiu andando pela sala. Quis encontrar uma proteção e voltou para perto de uma moça desocupada, a quem pensou em dirigir algumas lisonjas; mas, à sua aproximação, ela virou as costas e fingiu olhar os que dançavam. Raphaël temeu consumir seu talismã já durante aquela noitada; não sentia nem vontade nem coragem de estabelecer uma conversa; deixou o salão e refugiou-se na sala de bilhar. Ali, ninguém falou com ele, nem o cumprimentou, nem dirigiu o mais rápido olhar de benevolência. Seu espírito naturalmente meditativo revelou-lhe, por uma intuição, a causa geral e racional da aversão que provocava. Esse pequeno mundo obedecia, talvez sem saber, à grande lei que rege a alta sociedade, cuja moral implacável expôs-se inteiramente aos olhos de Raphaël; um olhar retrospectivo mostrou-lhe o modelo completo dessa moral em Fedora. Ele não devia encontrar mais simpatia por seus males na casa desta do que a que encontrava agora, nesse lugar, por suas misérias de coração. A alta sociedade expulsa de seu seio os infelizes, como um homem saudável expulsa de seu corpo um princípio mórbido. Ela abomina as dores e os infortúnios, teme seu contágio, nunca hesita entre estes e os vícios: o vício é um luxo. Por mais majestosa que seja uma infelicidade, a sociedade sabe diminuí-la, ridicularizá-la por um epigrama; desenha caricaturas para lançar ao rosto dos reis destronados as afrontas que acredita ter recebido deles; como as jovens romanas do Circo, nunca perdoa o gladiador que cai; vive de ouro e de zombaria. *Morte aos fracos!* é a sentença dessa espécie de ordem equestre instituída em todas as nações da Terra, pois em toda parte é formada pelos ricos, e essa sentença está escrita no fundo dos corações empedernidos pela opulência ou alimentados pela aristocracia. Basta pensar nas crianças num colégio: essa imagem resumida da sociedade, e imagem tanto mais verdadeira por ser mais ingênua e mais franca, mostra-nos sempre uns pobres hilotas destinados ao sofrimento e à dor, incessantemente colocados entre o desprezo e a piedade, e a quem o Evangelho promete o céu. Ou basta descer na escala dos seres organizados: se uma ave adoece no galinheiro, as outras perseguem-na com bicadas, arrancam-lhe as penas e matam-na. Fiel a essa cartilha do egoísmo, a sociedade mostra-se rigorosa com as misérias bastante ousadas para vir afrontar suas festas, para importunar seus prazeres. Todo aquele que sofre no corpo ou na alma, que não tem dinheiro ou poder, é um pária. Que fique no seu deserto; se transpuser esses limites, encontrará o inverno em toda parte: frieza de olhares, frieza de maneiras, de palavras, de coração; e será feliz se não colher o insulto onde esperava ver brotar um consolo. Moribundos, fiquem em seus leitos abandonados! Velhos, permaneçam sozinhos em seus lares frios! Pobres moças sem dote, gelem e ardam nos seus sótãos solitários! Se a sociedade tolera uma infelicidade, não é para moldá-la em seu uso próprio? Não é para tirar proveito dela, sujeitá-la, pôr-lhe um freio, uma sela, montá-la, fazer dela um prazer? Mal-humoradas damas de companhia, componham rostos alegres! Suportem os gases de sua pretensa benfeitora, carreguem seus cachorros! Rivais de seus cães de raça ingleses, divirtam-na, adivinhem os pensamentos dela e depois se calem! E você, rei dos criados sem libré, parasita descarado, deixe o caráter em casa; faça a digestão como faz seu anfitrião, chore com ele, ria com ele, considere suas piadas engraçadas; se quiser falar mal dele, aguarde sua queda. É assim que a sociedade honra a infelicidade: matando-a ou expulsando-a, aviltando-a ou castrando-a.

Essas reflexões surgiram no coração de Raphaël com a presteza de uma inspiração poética; ele olhou ao redor e sentiu aquele frio sinistro que a sociedade destila para afastar as misérias, e que atinge a alma ainda mais fortemente que o corpo gelado ao vento frio de dezembro. Cruzou os braços sobre o peito, apoiou as costas à parede e caiu numa melancolia profunda. Pensava na escassa felicidade que esse terrível controle social oferece ao mundo. O que era aquilo? Divertimentos sem prazer, gracejos sem alegria, festas sem satisfação, delírio sem volúpia; enfim, a madeira ou as cinzas de uma lareira, mas sem o brilho das chamas. Quando ergueu a cabeça, viu-se sozinho, os jogadores tinham se retirado. "Para fazê-los adorar minha tosse, bastaria que eu lhes revelasse meu poder!", disse a si mesmo. E, com esse pensamento, lançou o desprezo como um manto entre o mundo e ele.

No dia seguinte, o médico da estação termal veio vê-lo com um ar afetuoso e inquietou-se com sua saúde. Raphaël sentiu um movimento de alegria ao ouvir as palavras amigas que lhe foram dirigidas. Viu as feições do doutor marcadas de doçura e bondade, os cachos de sua peruca loura respiravam filantropia, o corte do casaco quadrado, o vinco das calças, os sapatos grandes como os de um *quaker*, tudo, mesmo o pó circularmente espalhado pelo rabicho da peruca sobre as costas ligeiramente curvadas, revelava um caráter apostólico, exprimia a caridade cristã e o devotamento de um homem que, zelando por seus pacientes, aceitara jogar o uíste e o gamão bastante bem para ganhar sempre o dinheiro deles.

– Senhor marquês – disse ele após conversar longamente com Raphaël –, vou certamente dissipar sua tristeza. Conheço agora bastante sua constituição para afirmar que os médicos de Paris, cujos grandes talentos me são conhecidos, enganaram-se sobre a natureza de sua doença. Salvo um acidente, senhor marquês, poderá viver a vida de Matusalém. Seus pulmões são tão fortes como os foles de uma forja, e seu estômago envergonharia o de uma avestruz; mas, se permanecer numa temperatura elevada, corre o risco de ser levado rapidamente ao cemitério. O senhor marquês irá compreender-me em duas palavras. A química demonstrou que a respiração constitui no homem uma verdadeira combustão, cuja maior ou menor intensidade depende da afluência ou da escassez dos princípios flogísticos acumulados pelo organismo particular a cada indivíduo. No seu caso, há oxigênio em abundância; se é permitido expressar-me assim, o senhor é superoxigenado pela compleição ardente dos homens destinados às grandes paixões. Respirando o ar puro e cristalino que acelera a vida nos homens de fibra mole, o senhor intensifica uma combustão já muito rápida. Uma das condições de sua existência, portanto, é a atmosfera espessa dos estábulos, dos vales. Sim, o ar vital do homem devorado pelo gênio encontra-se nas ricas pastagens da Alemanha, em Baden-Baden, em Toeplitz. Se não tiver horror da Inglaterra, a atmosfera brumosa desse país acalmará sua incandescência; mas nossas águas, situadas uns quatrocentos metros acima do nível do Mediterrâneo, lhe são funestas. É a minha opinião – e deixou escapar um gesto de modéstia –, que lhe dou contra os nossos interesses, pois, seguindo-a, teremos a infelicidade de perdê-lo.

Sem essas últimas palavras, Raphaël teria sido seduzido pela falsa simplicidade do médico, mas ele era muito bom observador para não perceber na voz, no gesto e no olhar que acompanharam essa frase docemente brincalhona, a missão de que o homenzinho fora certamente encarregado pela assembleia de seus alegres pacientes. Aqueles ociosos de tez rosada, aquelas velhas entediadas, aqueles ingleses nômades, aquelas mulheres afastadas dos maridos e conduzidas às águas pelos amantes, resolviam então expulsar um pobre moribundo débil, infeliz, aparentemente incapaz de resistir a uma perseguição diária! Raphaël aceitou o combate, vendo um divertimento nessa intriga.

– Já que ficaria desolado com minha partida – respondeu ao doutor –, vou tentar seguir seu conselho, mas permanecendo aqui. A partir de amanhã, mandarei construir uma casa onde modificaremos o ar de acordo com sua prescrição.

Interpretando o sorriso amargamente galhofeiro que veio vagar nos lábios de Raphaël, o médico contentou-se em despedir-se, sem encontrar uma palavra a dizer.

O lago do Bourget é uma imensa taça de montanhas, cheia de brechas, onde brilha, duzentos ou trezentos metros acima do Mediterrâneo, uma gota d'água azul como em nenhuma outra parte do mundo. Visto do alto do Dent-du-chat, esse lago é como uma turquesa extraviada. Essa bela gota d'água tem nove léguas de contorno e, em alguns pontos, cerca de cento e cinquenta metros de profundidade. Estar ali num barco, sobre aquela superfície e debaixo de um belo céu, ouvir apenas o ruído dos remos, ver montanhas nebulosas no horizonte, admirar a neve resplandecente da Maurienne francesa, passar sucessivamente dos blocos de granito, cobertos de veludo por fetos ou arbustos pequenos, às alegres colinas, tendo de um lado o deserto, do outro uma rica natureza, como um pobre que assiste ao jantar de um rico; essas harmonias e essas dissonâncias compõem um espetáculo onde tudo é grande, onde tudo é pequeno. O aspecto das montanhas muda as condições da ótica e da perspectiva: um pinheiro de trinta metros parece um caniço, largos vales afiguram-se tão estreitos como um sendeiro. Esse lago é o único no qual se pode fazer uma confidência de coração a coração. Ali se pensa e ali se ama. Em nenhum outro lugar veríamos um entendimento mais belo entre a água, o céu, as montanhas e a terra. Ali se encontram bálsamos para todas as crises da vida. Esse lugar guarda o segredo das dores, consolando-as, aliviando-as, lançando no amor algo de grave, de recolhido, que torna a paixão mais profunda, mais pura. Ali um beijo se engrandece. Mas é sobretudo o lago das lembranças; ele as favorece dando-lhes a cor de suas ondas, espelho no qual tudo se reflete. Raphaël suportava seu fardo apenas no meio dessa bela paisagem, lá podia permanecer indolente, sonhador e sem desejos. Depois da visita do doutor, ele foi passear e desembarcou na ponta deserta de uma graciosa colina junto à qual está situada a aldeia de Saint-Innocent. Dessa espécie de promontório, a vista alcança os montes de Bugey, ao pé dos quais corre o Ródano, e o fundo do lago; mas dali Raphaël gostava de contemplar, na margem oposta, a abadia melancólica de Haute-Combe, sepultura dos reis da Sardenha, prosternados diante das montanhas como peregrinos chegados ao fim de sua viagem. Um ruído uniforme e cadenciado de remos quebrou o silêncio dessa paisagem e deu-lhe uma voz monótona, como as salmodias dos monges. Surpreso de encontrar excursionistas nessa parte do lago geralmente solitária, o marquês examinou, sem sair de seu devaneio, as pessoas sentadas no barco e reconheceu, na popa, a velha que o interpelara duramente na véspera. Quando o barco passou diante de Raphaël, ele foi saudado apenas pela dama de companhia dessa senhora, uma pobre moça nobre que lhe pareceu ver pela primeira vez. Depois de alguns instantes, quando já esquecera os excursionistas logo desaparecidos atrás do promontório, ouviu perto dele o roçar de um vestido e o ruído de passos ligeiros. Ao virar-se, viu a dama de companhia; por seu ar constrangido, percebeu que ela queria lhe falar e foi ao encontro dela. Com uns trinta e cinco anos de idade, alta e magra, seca e fria, ela estava, como todas as solteironas, bastante embaraçada com seu próprio olhar, que não combinava mais com um andar indeciso, acanhado, sem elasticidade. Ao mesmo tempo velha e moça, ela exprimia por uma certa dignidade de atitude o valor que dava a seus tesouros e a suas perfeições. Aliás, tinha os gestos monásticos e discretos das mulheres habituadas a amar a si mesmas, certamente para não faltar a seu destino de amor.

– Senhor, sua vida corre perigo, não volte mais ao Círculo – disse ela a Raphaël, dando alguns passos para trás como se sua virtude já estivesse comprometida.

– Mas senhorita – respondeu Valentin sorrindo –, por favor explique-se mais claramente, já que se dignou vir até aqui...

– Ah! – ela continuou –, sem o forte motivo que me traz, eu não correria o risco de cair no desagrado da senhora condessa, pois, se um dia ela souber que o avisei...

– E quem diria isso a ela, senhorita? – exclamou Raphaël.

– É verdade – respondeu a solteirona, lançando-lhe o olhar tiritante de uma coruja posta ao sol. – Mas pense no senhor – ela continuou. – Vários rapazes que querem expulsá-lo das águas decidiram provocá-lo, forçá-lo a bater-se em duelo.

A voz da velha senhora ressoou na distância.

– Senhorita – disse o marquês – minha gratidão...

Mas sua protetora já se afastava, ao ouvir novamente a voz esganiçada da patroa nos rochedos.

"Pobre mulher! As misérias se entendem e se socorrem sempre", pensou Raphaël, sentando-se ao pé de uma árvore.

A chave de todas as ciências é, sem a menor dúvida, o ponto de interrogação; devemos a maior parte das grandes descobertas ao "Como?", e a sabedoria na vida consiste talvez em perguntar-se a todo momento: "Por quê?" Mas essa presciência habitual também destrói nossas ilusões. Assim, tendo tomado, sem premeditação filosófica, a boa ação da solteirona como texto de seus pensamentos vagabundos, Valentin acabou por considerá-la cheia de fel.

"Que eu seja amado por uma dama de companhia", pensou, "nisso não há nada de extraordinário: tenho vinte e sete anos, um título e duzentos mil francos de renda! Mas que sua patroa, que disputa com as gatas a palma da hidrofobia, a tenha trazido de barco até junto a mim, não é algo estranho e maravilhoso? Essas duas mulheres, vindas à Savoia para dormir como marmotas, e que ao meio-dia perguntam se já clareou, teriam se levantado antes das oito, hoje, para vir como por acaso até aqui?"

E logo percebeu nessa solteirona e na sua ingenuidade quadragenária uma nova transformação dessa sociedade artificiosa e implicante, uma astúcia mesquinha, um complô mal feito, uma birra de padre ou de mulher. O duelo era uma invenção ou queriam apenas assustá-lo? Insolentes e maçantes como moscas, essas almas estreitas haviam conseguido picar sua vaidade, despertar seu orgulho, excitar sua curiosidade. Não querendo passar por bobo nem por covarde, e talvez divertindo-se com esse pequeno drama, ele foi ao Círculo nessa mesma noite. De pé, apoiado no mármore da lareira, permaneceu tranquilo no meio do salão principal, controlando-se para não dar motivo a provocações; mas examinava os rostos e, de certo modo, desafiava a assembleia com sua circunspecção. Como um cão fila seguro de sua força, esperava o combate em casa, sem latir inutilmente. No final da noitada, percorreu a sala de jogos, indo da porta de entrada à do bilhar, onde de vez em quando lançava um olhar aos rapazes que ali jogavam uma partida. Depois de algumas voltas, ouviu seu nome pronunciado por eles. Embora falassem em voz baixa, Raphaël adivinhou facilmente que era o objeto de um debate e acabou por captar algumas frases ditas em voz alta. "Você? – Sim, eu! – Duvido! – Quer apostar? – Oh! Ele irá." No momento em que Valentin, curioso de conhecer o assunto da aposta, deteve-se para escutar atentamente a conversa, um jovem alto e forte, de boa aparência, mas com o olhar fixo e impertinente dos que se apoiam em algum poder material, saiu do bilhar.

— Senhor – disse ele num tom calmo dirigindo-se a Raphaël –, fui encarregado de informar-lhe uma coisa que parece ignorar: sua cara e sua pessoa desagradam aqui a todo o mundo e a mim em particular; é polido demais para não querer sacrificar-se ao bem geral, assim, lhe peço que não mais se apresente no Círculo.

— Senhor, essa brincadeira, feita já no Império em várias guarnições, tornou-se hoje de muito mau gosto – respondeu friamente Raphaël.

— Não estou brincando – respondeu o jovem. – Repito: sua saúde sofreria muito com sua permanência aqui; o calor, as luzes, o ar do salão, a companhia prejudicam sua doença.

— Onde estudou medicina? – perguntou Raphaël.

— Senhor, tornei-me bacharel em tiro com Lepage, em Paris, e doutor com Cérisier, o rei do florete.

– Resta-lhe uma última graduação a fazer – replicou Valentin –, estude o Código de cortesia, será um perfeito cavalheiro.

Nesse momento, os rapazes, sorrindo ou silenciosos, saíram do bilhar. Os outros jogadores, agora atentos, deixaram suas cartas para escutar uma disputa que satisfazia suas paixões. Sozinho no meio desse mundo inimigo, Raphaël procurou manter o sangue-frio e não cometer qualquer falta; mas, quando seu antagonista permitiu-se um sarcasmo em que o ultraje assumia uma forma eminentemente incisiva e espirituosa, ele respondeu gravemente:

– Senhor, hoje não se esbofeteia mais um homem, mas não sei com que palavra qualificar uma conduta tão covarde como a sua.

– Basta, basta! Vocês se explicarão amanhã – disseram vários rapazes que se colocaram entre os dois desafiantes.

Raphaël saiu do salão, considerado como ofensor e tendo aceito um encontro perto do castelo de Bordeau, num pequeno gramado em declive, não longe de uma estrada recentemente aberta e por onde o vencedor podia dirigir-se a Lyon. Raphaël devia necessariamente ou ficar na cama, ou abandonar as águas de Aix. De todo modo, a sociedade triunfava. No dia seguinte, às oito da manhã, o adversário de Raphaël, acompanhado de duas testemunhas e de um cirurgião, foi o primeiro a chegar no local.

– Estaremos muito bem aqui, o tempo está ótimo para um duelo – exclamou alegremente, olhando para a abóbada azul do céu, as águas do lago e os rochedos sem o menor pensamento de dúvida nem de pesar. – Se o ferir no ombro – continuou –, ele ficará de cama um mês, não é, doutor?

– Pelo menos – respondeu o cirurgião. – Mas deixe esse salgueiro em paz, caso contrário, cansará sua mão e não controlará mais o tiro. Poderá matar seu homem em vez de feri-lo.

Ouviu-se o ruído de uma carruagem.

– Aí está ele – disseram as testemunhas, ao avistarem na estrada um carro de viagem com quatro cavalos atrelados e conduzido por dois postilhões.

– Que sujeito estranho! – disse o adversário de Valentin – vem morrer de carruagem.

Tanto num duelo como no jogo, os mais leves incidentes influem sobre a imaginação dos atores fortemente interessados no sucesso de um lance; assim, o jovem aguardou com certa inquietação a chegada dessa carruagem, que estacionou na estrada. O velho Jonathas foi o primeiro a descer, pesadamente, para ajudar Raphaël a sair; amparou-o com os braços débeis e os cuidados minuciosos que um amante presta à sua amada. Os dois perderam-se de vista no caminho que separava a estrada do local designado para o combate, e só reapareceram um longo tempo depois: caminhavam lentamente. Os quatro espectadores dessa cena singular sentiram uma emoção profunda ao verem Valentin apoiado no braço de seu servidor: pálido e desfigurado, andava como quem sofre da gota, de cabeça baixa e calado. Pareciam dois velhos igualmente destruídos, um pelo tempo, o outro pelo pensamento; o primeiro tinha a idade escrita nos cabelos brancos, o jovem não tinha mais idade.

– Não dormi, senhor – disse Raphaël a seu adversário.

Essa frase glacial e o olhar terrível que a acompanhou fizeram estremecer o verdadeiro provocador, que teve a consciência de sua culpa e uma vergonha secreta de sua conduta. Havia na atitude, no som da voz e no gesto de Raphaël algo de estranho. O marquês fez uma pausa e todos imitaram seu silêncio. A inquietude e a emoção estavam no auge.

– Ainda há tempo – continuou – para que me dê uma pequena satisfação; faça isso, senhor, caso contrário vai morrer. Neste momento ainda confia em sua habilidade, sem recuar à ideia de um combate no qual acredita ter toda a vantagem. Pois bem, senhor, sou generoso, previno-o de minha superioridade. Possuo um poder terrível. Para aniquilar sua habilidade, para cobrir seu olhar, fazer tremer sua mão e palpitar seu coração, para matá-lo inclusive, basta-me desejar. Não quero ser obrigado a exercer meu poder, custa-me muito caro usá-lo. O senhor não será o único a morrer. Assim, se não aceitar pedir desculpas, sua bala se desviará para as águas daquela cascata apesar do seu hábito do assassinato, enquanto a minha atingirá seu coração sem que eu o vise.

Nesse momento, vozes confusas interromperam Raphaël. Ao pronunciar essas palavras, o marquês mantivera constantemente dirigido ao adversário a insuportável claridade de seu olhar fixo, empertigara-se mostrando um rosto impassível, como o de um louco maligno.

– Faça-o calar-se – disse o jovem à sua testemunha –, a voz dele retorce-me as entranhas.

– Pare, senhor! Suas palavras são inúteis – disseram a Raphaël o cirurgião e as testemunhas.

– Senhores, estou cumprindo um dever. Esse jovem tem disposições testamentárias a fazer?

– Basta, basta!

O marquês permaneceu de pé, imóvel, sem perder um instante de vista seu adversário que, dominado por uma força quase mágica, parecia um pássaro diante de uma serpente: obrigado a suportar esse olhar homicida, ele o evitava e tornava novamente a encará-lo.

– Dê-me água, tenho sede – disse ele à testemunha.

– Está com medo?

– Sim – respondeu. – O olhar desse homem me queima e me fascina.

– Não quer pedir desculpas?

– Não há mais tempo.

Os dois adversários foram colocados a quinze passos um do outro. Cada um dispunha de um par de pistolas e, segundo o protocolo da cerimônia, deviam disparar dois tiros, depois do sinal dado pelas testemunhas.

– Que está fazendo, Charles? – perguntou o rapaz que auxiliava o adversário de Raphaël. – Pôs a bala antes da pólvora!

– Estou morto – ele respondeu, murmurando. – Vocês puseram-me defronte ao sol.

– Ele está atrás do senhor – disse-lhe Valentin com uma voz grave e solene, carregando lentamente a pistola e sem inquietar-se nem com o sinal dado, nem com o adversário que o mirava.

Essa segurança sobrenatural tinha algo de terrível que assustou mesmo os dois postilhões, atraídos até ali por uma curiosidade cruel. Brincando com seu poder, ou querendo experimentá-lo, Raphaël falava a Jonathas e olhava para ele, no momento em que o adversário disparou. A bala de Charles atingiu um ramo de salgueiro e ricocheteou na água. Disparando ao acaso, Raphaël atingiu seu adversário no coração; sem prestar atenção na queda do rapaz, ele examinou imediatamente a Pele de onagro para ver o que lhe custava uma vida humana. O talismã não estava maior que uma pequena folha de carvalho.

– Então, o que estão olhando aí, postilhões? A caminho! – disse o marquês.

Ao chegar nessa mesma noite à França*, ele logo tomou o rumo do Auvergne e dirigiu-se às águas de Mont-Dore. Durante essa viagem, surgiu-lhe no coração um daqueles pensamentos súbitos que caem na alma como um raio de sol através de espessas nuvens num obscuro vale. Tristes claridades, sabedorias implacáveis! Elas iluminam os fatos acontecidos, revelam nossos erros e nos põem sem perdão diante de nós mesmos. Ele compreendeu, de repente, que a posse do poder, por imenso que fosse, não dava a ciência de servir-se dele. O cetro é um brinquedo nas mãos de uma criança, um machado nas de Richelieu e, nas de Napoleão, uma alavanca para fazer inclinar o mundo. O poder nos deixa tais como somos e só engrandece os grandes. Raphaël poderia ter feito tudo e nada fizera.

Nas águas de Mont-Dore, ele reencontrou aquele mundo que sempre se afastava dele com a mesma pressa dos animais que fogem de um dos seus, estendido morto, depois de tê-lo farejado de longe. Esse ódio era recíproco. Sua última aventura dera-lhe uma aversão profunda pela sociedade. Assim, seu primeiro cuidado foi procurar um abrigo afastado, nos arredores das águas. Sentia instintivamente a necessidade de reaproximar-se da natureza, das emoções verdadeiras e daquela vida vegetativa a que nos entregamos complacentemente no meio dos campos. Um dia após sua chegada, escalou, não sem

---

* A Savoia, onde estava Raphaël, pertencia então ao rei da Sardenha. (N.T.)

dificuldade, o pico de Sancy, e visitou os vales superiores, as paisagens aéreas, os lagos ignorados, as rústicas choupanas dos montes Dore, cujos atrativos rudes e selvagens começam a tentar os pincéis de nossos artistas. Às vezes, veem-se ali admiráveis paisagens cheias de graça e de frescor que contrastam vigorosamente com o aspecto sinistro dessas montanhas desoladas. A cerca de meia légua da aldeia, Raphaël descobriu um local onde, graciosa e alegre como uma criança, a natureza parecia comprazer-se em ocultar tesouros; vendo esse retiro pitoresco e ingênuo, resolveu viver ali, onde a vida devia ser tranquila, espontânea, frugal como a de uma planta.

Imaginem um cone invertido, mas um cone de granito com um grande orifício, espécie de funil cujas bordas eram recortadas por anfractuosidades estranhas: aqui, superfícies sem vegetação, uniformes, azuladas, e nas quais os raios solares refletiam-se como num espelho; ali, rochedos cindidos por fendas, enrugados por ravinas, de onde pendiam pedaços de lava cuja queda era lentamente preparada pelas águas pluviais, e muitas vezes coroados de algumas árvores mirradas que os ventos torturavam; depois, aqui e ali, saliências obscuras e frescas de onde elevavam-se castanheiros altos como cedros, ou grutas amareladas que abriam uma boca negra e profunda, envolta de sarças, de flores e provida de uma língua de verdura. No fundo dessa taça, talvez a antiga cratera de um vulcão, havia um pequeno lago cuja água pura tinha o brilho do diamante. Em volta dessa bacia profunda, cercada de granito, salgueiros, gladíolos, freixos e de muitas plantas aromáticas então floridas, reinava uma pradaria verde como um relvado inglês; a relva fina e graciosa era regada pelas infiltrações que corriam entre as fendas dos rochedos e adubada pelos restos vegetais que as tempestades não cessavam de arrastar dos altos cimos para o fundo. Irregularmente recortado em dentes de lobo como a base de uma saia, o lago teria talvez um hectare de extensão; o prado, conforme os rochedos se aproximavam mais ou menos da água, tinha um terço ou metade dessa superfície; em alguns pontos, mal havia espaço para a passagem das vacas. A uma certa altitude, a vegetação cessava. O granito assumia no alto as formas mais extravagantes e adquiria aquelas tonalidades vaporosas que fazem as montanhas elevadas parecerem um pouco as nuvens do céu. Ao doce aspecto do vale, esses rochedos nus opunham as imagens selvagens e estéreis da desolação, das ameaças de desmoronamento, com formas tão caprichosas que uma dessas pedras é chamada *O capuchinho*, por assemelhar-se a um monge. Às vezes, essas agulhas, esses amontoamentos audaciosos, essas cavernas aéreas iluminavam-se sucessivamente de acordo com o curso do sol ou as fantasias da atmosfera, e tingiam-se de ouro, de púrpura, ficavam de um rosa vivo ou então opacos, cinzentos. Essas alturas ofereciam um espetáculo contínuo e cambiante como os reflexos irisados do pescoço dos pombos. Com frequência, entre duas faixas de lava que alguém diria separadas por um golpe de machado, um belo raio de luz penetrava, na aurora ou no pôr do sol, até o fundo dessa risonha corbelha para brincar nas águas do lago, como a risca dourada que passa pela fenda de uma janela e atravessa um quarto espanhol, cuidadosamente fechado na hora da *siesta*. Quando o sol pairava acima da velha cratera preenchida de água por alguma revolução antediluviana, os flancos rochosos aqueciam-se, o antigo vulcão parecia em atividade, e seu rápido calor despertava os germes, fecundava a vegetação, coloria as flores e amadurecia os frutos desse pequeno recanto ignorado. Quando chegou ali, Raphaël avistou algumas vacas pastando no prado; andando alguns passos em direção ao lago, viu, no lugar onde o terreno era mais largo, uma modesta casa construída de granito e coberta de madeira. O telhado dessa espécie de cabana, em harmonia com o local, era ornado de musgo, de hera e de flores que indicavam uma grande antiguidade. Um fio de fumaça, que não assustava mais as aves, saía da chaminé em ruína. Junto à porta havia um grande banco entre duas madressilvas enormes, vermelhas de flores e perfumadas. Mal se viam as paredes sob os pâmpanos da vinha e as guirlandas de rosas e jasmins que cresciam ao acaso e livremente. Indiferentes a esse ornamento campestre, os moradores não se preocupavam com ele e deixavam à natureza sua graça virgem e travessa. Cueiros pendurados numa groselheira secavam ao sol. Um gato estava sentado sobre uma máquina de cortar cânhamo e, embaixo, um tacho amarelo, recentemente areado, jazia em meio a cascas de batata. Do outro lado da casa, Raphaël avistou uma cerca de espinheiros secos, destinada certamente a impedir que as galinhas devastassem as frutas e a horta. O mundo parecia terminar ali. Essa habitação assemelhava-se aos ninhos de aves engenhosamente fixados, com arte e negligência ao mesmo tempo, no vão de uma rocha. Era uma natureza ingênua e boa, uma rusticidade verdadeira, mas poética, porque florescia a mil léguas de nossas poesias enfeitadas; não tinha analogia com ideia alguma, procedia apenas dela mesma, verdadeiro triunfo do acaso. No momento em que Raphaël chegou, o sol lançava seus raios da direita à esquerda e fazia brilhar as cores da vegetação, pondo em relevo, ou enfeitando com as magias da luz, com as oposições da sombra, o fundo amarelo ou cinzento dos rochedos, os diferentes verdes da folhagem, os conjuntos azuis, vermelhos ou brancos das flores, as trepadeiras e suas campânulas, o veludo furta-cor do musgo, os cachos purpurinos da urze, mas sobretudo a superfície da água clara onde se refletiam fielmente os cimos graníticos, as árvores, a casa e o céu. Nesse quadro delicioso, tudo tinha seu lustro, desde a mica brilhante até o tufo de ervas amarelas escondido num suave claro-escuro. Tudo ali era harmonioso de ver: a vaca malhada de pelo luzente, as frágeis flores aquáticas que pendiam, acima d'água, como franjas onde se agitavam insetos vestidos de azul e esmeralda, e as raízes das árvores, como cabeleiras arenosas que coroavam uma informe figura de pedra. O cheiro tépido das águas, das flores e das grutas que perfumavam esse reduto solitário causou em Raphaël uma sensação quase voluptuosa. O silêncio majestoso que reinava nesse lugar, esquecido talvez pelo coletor de impostos, foi de repente interrompido pelo latido de dois cachorros. As vacas viraram a cabeça em direção à entrada do vale, mostrando a Raphaël seus focinhos úmidos, e voltaram a pastar depois de tê-lo estupidamente contemplado. Suspensos nas pedras como por magia, uma cabra e seu filhote vieram aos saltos colocar-se numa superfície de granito junto a Raphaël, parecendo interrogá-lo. Os latidos dos cachorros atraíram para fora um menino, que permaneceu de boca aberta; depois apareceu um velho de cabelos brancos e estatura média. Essas duas criaturas combinavam com a paisagem, o ar, as flores e a casa. A saúde transbordava naquela natureza fértil, a velhice e a infância ali eram belas; enfim, havia em todas aquelas existências uma naturalidade primordial, uma rotina de felicidade que desmentia nossas pregações filosóficas e curava o coração de suas paixões enfáticas. O velho pertencia aos modelos preferidos pelos vigorosos pincéis de Schnetz; era um rosto moreno cujas numerosas rugas pareciam ásperas ao tato, nariz reto, maçãs do rosto salientes e com veias avermelhadas como uma velha folha de vinha, contornos angulosos, todos os traços da força, mesmo ali de onde a força desaparecera; as mãos calejadas, embora não trabalhassem mais, conservavam pelos brancos e raros; sua atitude de homem verdadeiramente livre fazia pensar que na Itália, talvez, teria virado um bandido para preservar sua preciosa liberdade. O menino, verdadeiro montanhês, tinha olhos negros que podiam encarar o sol sem piscar, uma tez de bistre, cabelos castanhos em desalinho. Era rápido e decidido, natural em seus movimentos como um pássaro; malvestido, deixava ver uma pele branca e viçosa através das roupas rasgadas. Os dois permaneceram em silêncio, um ao lado do outro, movidos pelo mesmo sentimento, oferecendo na fisionomia a prova de uma identidade perfeita em suas vidas igualmente ociosas. O velho adotara as brincadeiras da criança e a criança, o humor do velho, por uma espécie de pacto entre duas fraquezas, entre uma força prestes a findar e uma força prestes a desenvolver-se. Pouco depois apareceu uma mulher de uns trinta anos na soleira da porta. Ela fiava enquanto andava. Era uma auvérnia típica, de ar alegre, franca, com dentes brancos: o rosto do Auvergne, o corpo do Auvergne, o penteado e o vestido do Auvergne, os seios arredondados do Auvergne e seu jeito de falar. Era uma idealização completa da região; costumes laboriosos, ignorância, economia, cordialidade, tudo estava ali.

Ela saudou Raphaël, eles passaram a conversar; os cachorros acalmaram-se, o velho sentou-se num banco ao sol e o menino acompanhou a mãe a toda parte onde ela ia, silencioso, mas escutando, examinando o estranho.

– Não sente medo aqui, minha boa senhora?

– E de que teríamos medo, senhor? Quando barramos a entrada, quem poderia chegar aqui? Oh, não temos medo algum. Aliás – disse ela, fazendo o marquês entrar na sala principal da casa –, o que os ladrões viriam nos roubar?

Mostrou paredes enegrecidas pela fumaça, nas quais todo ornamento consistia naquelas imagens coloridas de azul, vermelho e verde, que representam a *Morte do que vendeu fiado*, a *Paixão de Jesus Cristo* e os *Granadeiros da Guarda Imperial*; depois, aqui e ali, no quarto, um velho leito de nogueira com colunas, uma mesa de pés torneados, banquinhos, a amassadeira de pão, toicinho pendurado no teto, sal num pote, um fogão; em cima da lareira, ornamentos de gesso amarelados e coloridos. Ao sair da casa, Raphaël avistou, no meio dos rochedos, um homem que segurava uma enxada e, inclinado, curioso, olhava a casa.

– Aquele é o nosso homem – disse a auvérnia, deixando escapar o sorriso típico das camponesas. – Está lavrando lá no alto.

– E esse velho é seu pai?

– Desculpe, senhor, é o avô do nosso homem. Está com cento e dois anos. Pois bem, levou a pé nosso garoto a Clermont! Foi um homem forte; agora não faz outra coisa senão dormir, beber e comer. Está sempre divertindo-se com o garoto. Às vezes o pequeno quer levá-lo lá em cima, e ele vai.

Imediatamente, Valentin dicidiu viver entre esse velho e essa criança, respirar na sua companhia, comer pão e beber água com eles, dormir seu sono, ter nas veias o sangue deles. Capricho de moribundo! Tornar-se uma das ostras desse rochedo, salvar a casca por mais alguns dias ludibriando a morte, foi para ele o arquétipo da moral individual, a verdadeira fórmula da existência humana, o belo ideal da vida, da vida simples, da verdadeira vida. Chegou-lhe ao coração um profundo pensamento de egoísmo que absorveu o universo. A seus olhos, não houve mais universo, o universo passou inteiramente para dentro dele. Para os doentes, o mundo começa na cabeceira e termina aos pés do leito. Essa paisagem foi o leito de Raphaël.

Quem, uma vez na vida, não espionou os passos e o trajeto de uma formiga, não enfiou uma palha no único orifício pelo qual respira uma lesma amarela, não estudou os caprichos de uma delicada libélula, não admirou as inúmeras veias, coloridas como uma rosa de catedral gótica, que se destacam contra o fundo avermelhado das folhas de um jovem carvalho? Quem não observou durante muito tempo, deliciosamente, o efeito da chuva e do sol sobre um telhado castanho, ou não contemplou as gotas do orvalho, as pétalas das flores, o recorte variado de seus cálices? Quem não mergulhou nesses devaneios materiais, indolentes e ocupados, sem finalidade e que no entanto conduzem a algum pensamento? Quem não viveu, enfim, a vida da infância, a vida preguiçosa, a vida do selvagem sem os seus trabalhos? Assim viveu Raphaël durante vários dias, sem preocupações, sem desejos, experimentando uma sensível melhora, um bem-estar extraordinário, que acalmou suas inquietudes e apaziguou seus sofrimentos. Ele escalava os rochedos, ia sentar-se num pico de onde seus olhos abarcavam uma paisagem de extensão imensa. Ali, permanecia jornadas inteiras como uma planta ao sol, como uma lebre na toca. Ou então, familiarizando-se com os fenômenos da vegetação, com as vicissitudes do céu, observava o progresso de todas as obras, na terra, nas águas ou no ar. Tentou associar-se ao movimento íntimo dessa natureza e identificar-se da maneira mais completa à sua passiva obediência, submetendo-se à lei despótica e conservadora que rege as existências instintivas. Não queria mais encarregar-se de si mesmo. Como os criminosos de outrora que, perseguidos pela justiça, eram salvos se atingiam a sombra de um altar, ele tentava introduzir-se no santuário da vida. Conseguiu tornar-se parte integrante dessa larga e poderosa frutificação; desposou as intempéries do ar, habitou todos os vãos de rochas, aprendeu os costumes e os hábitos de todas as plantas, estudou o regime das águas, suas nascentes, e travou conhecimento com os animais. Enfim, uniu-se tão perfeitamente a essa terra animada que, de certo modo, compreendeu sua alma e penetrou seus segredos. Para ele, as formas infinitas de todos os reinos eram os desenvolvimentos de uma mesma substância, as combinações de um mesmo movimento, vasta respiração de um ser imenso que agia, pensava, andava, crescia, e com o qual ele queria crescer, andar, pensar, agir. Misturou fantasticamente sua vida à vida desse rochedo, implantou-se nele. Graças a essa poderosa iluminação, convalescença artificial, semelhante aos benéficos delírios concedidos pela natureza como interrupção na dor, Valentin desfrutou os prazeres de uma segunda infância durante os primeiros momentos de sua temporada nessa risonha paisagem. Despreocupado, ele descobria ninharias, empreendia mil coisas sem concluir nenhuma, esquecia no dia seguinte os projetos da véspera; estava feliz e acreditou-se salvo. Uma manhã, ficou por acaso na cama até o meio-dia, mergulhado naquele devaneio entre o sono e a vigília que dá às realidades a aparência da fantasia e às quimeras o relevo da existência; de repente, sem saber de início se não continuava a sonhar, ouviu, pela primeira vez, o boletim de sua saúde dado por sua anfitriã a Jonathas, que, como todo dia, vinha pedir notícias dele. A auvérnia certamente acreditava que Valentin ainda dormia e não baixou o diapasão de sua voz montanhesa.

– Não está melhor nem pior – ela dizia. – Ainda tosse a noite toda como se vomitasse a alma. Tosse e escarra tanto, esse pobre senhor, que dá pena. Eu e meu homem nos perguntamos de onde ele tira a força para tossir assim. É de cortar o coração. Que doença danada! A verdade é que ele não está nada bem! Sempre temos medo de encontrá-lo morto na cama, de manhã. Está realmente pálido como um Jesus de cera! Nossa! Quando o vejo ao levantar-se, seu pobre corpo é magro como um prego. E já nem cheira bem! Mas ele pouco se importa, sai andando por aí como se tivesse saúde a vender. É corajoso e não se queixa. Mas, realmente, estaria melhor em baixo do que em cima da terra, pois sofre a paixão de Deus. Não é o que desejamos, senhor, não é em absoluto o nosso interesse. Mesmo se não nos desse o que nos dá, ainda assim gostaríamos dele. Não é em absoluto o interesse que nos move. Ah, meu Deus! – ela continuou – Só mesmo os parisienses para ter essas malditas doenças! Onde será que pegam isso? Pobre moço, é certo que não acabará bem. Essa febre, veja, o está minando, arruinando! E ele nem suspeita, não sabe disso, senhor, não percebe nada. Não chore, senhor Jonathas! Pense que ele será feliz se não sofrer mais. Deveria fazer uma novena por ele. Já vimos belas curas pelas novenas, e pagaríamos um círio para salvar uma criatura tão doce, tão boa, um cordeiro pascal.

A voz de Raphaël estava muito fraca para que pudesse fazer-se ouvir; assim, ele foi obrigado a suportar essa tagarelice horrível. No entanto, a impaciência o tirou da cama e ele apareceu na soleira da porta:

– Velho bandido – gritou a Jonathas –, está querendo ser meu carrasco?

A camponesa acreditou ver um espectro e fugiu.

– Proíbo-o – continuou Raphaël – de ter a menor preocupação com minha saúde.

– Sim, senhor marquês – respondeu o velho servidor, enxugando as lágrimas.

– E, de agora em diante, não venha mais aqui sem minha ordem.

Jonathas quis obedecer; mas, antes de retirar-se, lançou ao marquês um olhar fiel e compadecido no qual Raphaël leu sua sentença de morte. Desencorajado, subitamente entregue ao sentimento verdadeiro de sua situação, Valentin sentou-se junto à porta, cruzou os braços sobre o peito e baixou a cabeça. Jonathas, assustado, aproximou-se do patrão.

– Senhor?...

– Vá embora, vá embora – disse-lhe o doente.

Durante a manhã do dia seguinte, Raphaël, tendo escalado os rochedos, sentou-se junto a uma gruta cheia de musgo, de onde podia ver o caminho estreito pelo qual vinha-se da estação de águas à sua habitação. Na base da encosta, avistou Jonathas conversando mais uma vez com a camponesa. Um poder maldoso fez-lhe interpretar os movimentos de cabeça, os gestos de desespero, a sinistra ingenuidade daquela mulher, e trouxe-lhe mesmo suas fatais palavras no vento e no silêncio. Penetrado de horror, ele refugiou-se nos mais altos cimos das montanhas e lá ficou até o anoitecer, sem poder expulsar os sinistros pensamentos suscitados novamente em seu coração pelo cruel interesse de que era o objeto. De repente, a camponesa surgiu diante dele como uma sombra no anoitecer; por uma extravagância de poeta, ele quis ver, em sua saia listada de branco e preto, uma vaga semelhança com as costelas secas de um espectro.

– O sereno está caindo, meu caro senhor – disse ela. – Se continuar aí, ficará todo molhado. Volte para casa. Não é bom respirar o sereno, ainda mais que não comeu nada desde a manhã.

– Com mil raios, velha feiticeira! – ele exclamou. – Ordeno que me deixe viver como eu quiser ou vou embora daqui. Já basta cavar minha cova todas as manhãs, não venha cavá-la também à noite.

– Sua cova, senhor? Cavar sua cova? Mas onde está sua cova? Gostaríamos de vê-lo sólido como nosso pai e não na cova! Nossa vida já é tão curta!

– Basta! – disse Raphaël.

– Pegue o meu braço, senhor.

– Não!

O sentimento que o homem mais dificilmente suporta é a piedade, sobretudo quando a merece. O ódio é um estimulante, ele faz viver, inspira a vingança; mas a piedade mata, enfraquece ainda mais nossa fraqueza. É a maldade disfarçada na lisonja, é o desprezo na ternura ou a ternura na ofensa. Raphaël encontrou no velho centenário uma piedade triunfante, no garoto, uma piedade curiosa, na mulher, uma piedade impertinente, no marido dela, uma piedade interessada; mas, não importa sob que forma esse sentimento se mostrasse, era sempre um presságio de morte. Um poeta faz de tudo um poema, terrível ou alegre, conforme as imagens que o atingem; sua alma exaltada rejeita os matizes suaves e escolhe sempre as cores vivas e definidas. Aquela piedade produziu no coração de Raphaël um horrível poema de luto e de melancolia. Ele certamente não havia pensado na franqueza dos sentimentos naturais quando desejou reaproximar-se da natureza. No momento em que se acreditava a sós debaixo de uma árvore, acometido de uma febre reincidente da qual nunca triunfava sem sair abatido por uma terrível luta, ele via os olhos brilhantes e fluidos do garoto, observando-o atrás de um tufo de ervas como um selvagem, examinando-o com aquela curiosidade infantil na qual há zombaria e prazer ao mesmo tempo, e um misto de interesse e de insensibilidade. O terrível: *Irmão, temos de morrer*, dos trapistas, parecia constantemente escrito nos olhos dos camponeses com os quais Raphaël vivia. Ele não sabia o que mais temer, se suas palavras ingênuas ou seu silêncio; tudo neles o incomodava. Uma manhã, viu dois homens vestidos de preto que deram uma volta a seu redor, o farejaram e o examinaram às escondidas; depois, fingindo ter vindo ali para passear, fizeram-lhe perguntas banais às quais ele respondeu brevemente. Reconheceu neles o médico e o padre da estação termal, certamente enviados por Jonathas, chamados por seus hospedeiros ou atraídos pelo cheiro de uma morte próxima. Entreviu então seu próprio enterro, ouviu o canto dos padres, contou as velas e não viu senão através de um véu as belezas daquela natureza rica, no seio da qual acreditava ter reencontrado a vida. Tudo o que havia pouco lhe anunciara uma longa existência, profetizava-lhe agora um fim próximo. No dia seguinte, partiu para Paris, depois de fartar-se com os votos melancólicos e cordialmente queixosos que seus hospedeiros lhe dirigiram.

Tendo viajado durante toda a noite, despertou num dos mais belos vales do Bourbonnais, cujos panoramas rodopiavam diante dele, rapidamente desaparecidos como as imagens vaporosas de um sonho. A natureza exibia-se a seus olhos com uma cruel sedução. Ele via o Allier desenrolar, numa rica perspectiva, sua faixa líquida e brilhante; depois, lugarejos modestamente escondidos no fundo de uma garganta de rochedos amarelados mostravam a ponta de seus sinos; mais adiante, os moinhos de um pequeno vale descobriam-se subitamente depois de vinhedos monótonos; apareciam graciosos castelos, aldeias suspensas ou majestosos álamos às margens da estrada; finalmente, o Loire e sua longa esteira ornada de diamantes reluziu no meio das areias douradas. Seduções sem fim! A natureza agitada, como uma criança esperta, mal contendo o amor e a seiva do mês de junho, atraía com fatalidade os olhares extintos do doente. Ele puxou as persianas da carruagem e voltou a dormir. No fim da tarde, depois de passar por Cosne, foi despertado por uma música alegre e viu-se diante de uma festa de aldeia. A estação ficava perto da praça. Enquanto os postilhões ocupavam-se com a troca dos cavalos, ele viu as danças daquela população alegre, as moças enfeitadas de flores, bonitas, provocantes, os rapazes animados, e as carantonhas dos velhos camponeses alegremente avermelhadas pelo vinho. As crianças brincavam, as velhas falavam rindo, tudo tinha uma voz, o prazer enfeitava mesmo as roupas e as mesas preparadas para a festa. A praça e a igreja ofereciam uma imagem da felicidade; os telhados, as janelas e as portas também pareciam endomingados. Como os moribundos impacientes com o menor ruído, Raphaël não pôde reprimir uma sinistra interjeição, nem o desejo de impor silêncio àqueles violinos, de aniquilar aquele movimento, de ensurdecer aqueles clamores, de dissipar aquela festa insolente. Subiu com tristeza em sua carruagem. Quando olhou para a praça, viu a alegria em pânico, os camponeses em fuga e os bancos desertos. No tablado da orquestra, um músico cego continuava a tocar em sua clarineta uma melodia estridente. Essa música sem dançarinos, esse velho solitário de perfil carrancudo, malvestido, despenteado e escondido na sombra de uma tília, eram como uma imagem fantástica do desejo de Raphaël. Caía uma daquelas fortes chuvas que as nuvens elétricas de junho despejam bruscamente e que passam em seguida. Era algo tão natural que Raphaël, depois de olhar no céu algumas nuvens esbranquiçadas trazidas pelo vento, nem pensou em examinar sua Pele de onagro. Acomodou-se no canto da carruagem, que logo seguiu pela estrada.

No dia seguinte estava de volta à sua casa, em seu quarto, junto à lareira. Fizera acender o fogo, sentia frio; Jonathas trouxe-lhe cartas, eram todas de Pauline. Abriu a primeira sem pressa e a desdobrou como se fosse o papel acinzentado de uma notificação enviada pelo coletor de impostos: "Partiu, mas é uma fuga, meu Raphaël. Como! Ninguém pode me dizer onde está? E, se eu não souber, quem mais saberia?" Sem querer saber mais nada, ele pegou as cartas e as lançou no fogo, observando com um olhar opaco e sem calor as chamas que torciam o papel perfumado, revirando-lhe as pontas, despedaçando-o.

Alguns fragmentos rolaram pelas cinzas, deixando ver começos de frase, palavras, pensamentos em parte destruídos, e que ele quis recolher das chamas por um divertimento maquinal.

"... Sentada à porta... esperei... Capricho... obedeço... Rivais... eu, não!... tua Pauline... ama... então não existe mais Pauline?... Se quisesse deixar-me, não teria me abandonado... Amor eterno... Morrer..."

Essas palavras deram-lhe uma espécie de remorso; pegou as tenazes e retirou das chamas um último pedaço de carta.

"...Tenho sofrido", dizia Pauline, "mas não tenho me queixado, Raphaël. Ao afastar-se de mim, certamente quis poupar-me o peso de alguns desgostos. Talvez um dia há de matar-me, mas é bom demais para fazer-me sofrer. Pois bem, não se afaste mais assim. Venha, posso enfrentar os maiores suplícios, mas perto de você. A tristeza que me impusesse não seria mais uma tristeza: tenho no coração muito mais amor do que mostrei. Posso suportar tudo, menos chorar longe de você e não saber o que você..."

Raphaël pôs sobre a lareira esse fragmento de carta enegrecido pelas chamas, depois bruscamente o atirou ao fogo. Esse papel era uma imagem demasiado viva de seu amor e de sua vida fatal.

– Vá chamar o sr. Bianchon – disse ele a Jonathas.

Horace veio e encontrou Raphaël na cama.

– Meu amigo, pode receitar-me um soporífero leve que me mantenha numa contínua sonolência, sem que seu uso constante me faça mal?

– Nada mais fácil – respondeu o jovem doutor. – No entanto, terá de ficar de pé algumas horas do dia, para comer.

– Algumas horas? – disse Raphaël, interrompendo-o. – Não, não quero estar de pé durante mais de uma hora por dia.

– O que está querendo com isso? – perguntou Bianchon.

– Dormir é ainda viver – respondeu o doente.

– Não deixe entrar ninguém, nem que seja a srta. Pauline de Witschnau – disse Valentin a Jonathas enquanto o médico escrevia a receita.

– E então, sr. Horace, há alguma chance? – perguntou o velho doméstico ao jovem doutor, ao acompanhá-lo até a saída.

– Ele pode viver muito tempo ou morrer esta noite. No caso dele, as chances de vida e de morte são iguais. Não estou compreendendo o que se passa – respondeu o médico, deixando escapar um gesto de dúvida. – É preciso distraí-lo.

– Distraí-lo? O senhor não o conhece. Outro dia ele matou um homem sem dizer aí! Nada o distrai.

Raphaël ficou durante vários dias mergulhado no nada de seu sono artificial. Graças ao poder material exercido pelo ópio sobre nossa alma imaterial, esse homem de imaginação tão poderosamente ativa rebaixou-se ao nível daqueles animais preguiçosos que se aviltam no seio das florestas, sob a forma de um vegetal, sem dar um passo para apanhar uma presa fácil. Extinguiu mesmo a luz do céu, a luz não entrava mais em sua casa. Por volta das oito da noite, saía do leito: sem ter uma consciência lúcida de sua existência, satisfazia a fome, para em seguida deitar-se de novo. Suas horas frias e enrugadas não lhe traziam senão imagens confusas, aparências, claro-escuros sobre um fundo negro. Sepultara-se num profundo silêncio, numa negação do movimento e da inteligência. Certa noite, despertou mais tarde do que de costume e não encontrou seu jantar servido. Chamou Jonathas.

— Você pode partir — disse a ele. — Eu o fiz rico, será feliz em seus dias de velhice. Mas não quero mais que brinque com minha vida... E então, miserável? Tenho fome. Onde está meu jantar? Responda!

Jonathas deixou escapar um sorriso de contentamento, pegou uma vela cuja luz bruxuleava na obscuridade profunda dos aposentos da mansão; conduziu o patrão, que parecia um autômato, a uma vasta galeria e abriu bruscamente a porta. Inundado de luz, Raphaël ficou imediatamente ofuscado, surpreendido por um espetáculo inédito. Viu seus lustres carregados de velas, as flores mais raras de sua estufa artisticamente dispostas, uma mesa resplandecente de prataria, ouro e porcelanas; um banquete de rei, fumegante, e cujas iguarias excitavam as papilas nervosas do paladar. Viu seus amigos convocados, junto a mulheres enfeitadas e encantadoras, de pescoço nu, ombros descobertos, cabelos cheios de flores, olhos brilhantes, as belezas mais diversas e provocadoras sob voluptuosos disfarces: uma fazia sobressair suas formas atraentes por uma jaqueta irlandesa, outra vestia a saia lasciva das andaluzas; esta, seminua como Diana Caçadora, aquela, modesta e amorosa sob o traje da srta. de La Vallière*, ofereciam-se igualmente à embriaguez. Nos olhos de todos os convivas brilhavam a alegria, o amor, o prazer. No momento em que a face mortiça de Raphaël apareceu no vão da porta, houve uma súbita aclamação, rápida, rutilante como os raios dessa festa improvisada. As vozes, os perfumes, a luz, aquelas mulheres de uma penetrante beleza atingiram todos os seus sentidos, tornaram a despertar seu apetite. Uma deliciosa música, vinda de uma sala vizinha, cobriu com uma torrente de harmonia esse tumulto embriagador e completou aquela estranha visão. Raphaël sentiu sua mão tocada por uma mão carinhosa, uma mão de mulher cujos braços brancos e viçosos erguiam-se para abraçá-lo, a mão de Aquilina. Ele compreendeu que esse quadro não era vago e fantástico como as imagens fugazes de seus sonhos descoloridos, deu um grito sinistro, fechou bruscamente a porta e desferiu uma bofetada no velho criado.

---

* A favorita do rei Luís XIV. (N.T.)

— Monstro, então jurou matar-me? — exclamou. Depois, ainda trêmulo com o perigo que correra, encontrou forças para retornar ao quarto, bebeu uma forte dose de sonífero e deitou-se.

— Que diabo! — disse Jonathas, recompondo-se. — No entanto, o sr. Bianchon disse-me claramente para distraí-lo.

Era cerca de meia-noite. Nessa hora, Raphaël, por algum capricho fisiológico, e para o espanto e o desespero das ciências médicas, resplandecia de beleza durante o sono. Um rosa vivo coloria suas faces brancas. A fronte, graciosa como a de uma moça, exprimia o gênio. A vida estava em flor nesse rosto tranquilo e repousado. Parecia uma criança adormecida sob a proteção da mãe. O sono era um sono bom, os lábios vermelhos deixavam passar uma respiração regular e pura; ele sorria, certamente transportado em sonho a uma vida bela. Talvez tivesse cem anos, talvez os netos estivessem lhe desejando longos dias; talvez, sentado sob a folhagem em seu banco rústico sob o sol, avistasse, como o profeta, do alto da montanha, a terra prometida, numa distância benfazeja!

— Encontrei você!

Essas palavras, pronunciadas com uma voz cristalina, dissiparam as figuras nebulosas de seu sono. À luz da lâmpada, ele viu sentada junto ao leito sua Pauline, mas Pauline embelezada pela ausência e pela dor. Raphaël ficou estupefato à visão daquele rosto branco como as pétalas de uma flor aquática e que, cercado de longos cabelos negros, parecia ainda mais branco na obscuridade. Lágrimas haviam traçado seu caminho brilhante nas faces e estavam suspensas, prestes a cair ao menor movimento. Vestida de branco, com a cabeça inclinada e apenas tocando o leito, ela estava ali como um anjo descido dos céus, como uma aparição que um sopro podia fazer desaparecer.

— Ah, esqueci tudo! — ela falou no momento em que Raphaël abriu os olhos. — Tenho voz somente para dizer: "Sou tua!". Sim, meu coração é só amor. Ah, anjo da minha vida, você nunca foi tão belo! Seus olhos resplandecem. Agora percebo tudo! Foi buscar a saúde sem mim, tinha medo de mim... Pois bem...

– Vá embora, deixe-me – respondeu enfim Raphaël com uma voz surda. – Vamos, vá embora! Se ficar, morrerei. Quer que eu morra?

– Morrer? – ela repetiu. – Será que pode morrer sem mim? Morrer como, se é jovem? Morrer como, se o amo? Morrer! – acrescentou com uma voz profunda e gutural, tomando as mãos dele num movimento de loucura. – Frias – disse. – Será uma ilusão?

Raphaël tirou de baixo do travesseiro o pedaço da Pele de onagro, frágil e pequeno como a folha de uma pervinca, e mostrou a ela:

– Pauline, bela imagem da minha vida, digamo-nos adeus – disse.

– Adeus? – ela repetiu com um ar surpreso.

– Sim, isto é um talismã que realiza meus desejos e representa minha vida. Veja o que resta. Se continuar olhando para mim, vou morrer...

A moça acreditou que Valentin enlouquecera, pegou o talismã e foi buscar uma lâmpada. Iluminada pela luz vacilante que se projetava igualmente sobre Raphaël e o talismã, ela examinou atentamente o rosto do amante e a última parcela da Pele mágica. Ao ver Pauline, bela de terror e de amor, ele não pôde mais controlar seu pensamento: as lembranças das cenas carinhosas e das alegrias delirantes da paixão triunfaram em sua alma há muito adormecida e reavivaram-se como um fogo mal extinto.

– Pauline, vem!... Pauline!

Um grito terrível saiu da garganta da moça, seus olhos dilataram-se, as sobrancelhas, violentamente puxadas por uma dor desconhecida, afastaram-se com horror; ela lia nos olhos de Raphaël um daqueles desejos furiosos que antes a envaideciam; mas, à medida que esse desejo crescia, a Pele, contraindo-se, fazia-lhe cócegas na mão. Sem refletir, ela fugiu para a sala contígua e fechou a porta.

– Pauline, Pauline! – gritou o moribundo correndo atrás dela – Eu a amo, adoro você, quero você! Se não abrir a porta, vou amaldiçoá-la! Quero morrer por você!

Com uma força inusitada, último clarão de vida, ele derrubou a porta e viu sua amada, seminua, contorcendo-se sobre um canapé. Pauline tentara em vão rasgar o peito e, para conseguir uma morte rápida, buscava estrangular-se com o xale.

– Se eu morrer, ele viverá! – ela dizia, procurando inutilmente apertar o nó. Os cabelos estavam desfeitos sobre os ombros nus, as roupas estavam em desordem; mas, nessa luta com a morte, ela, de olhos molhados e rosto inflamado, torcendo-se num horrível desespero, apresentava a Raphaël, ébrio de amor, belezas que aumentaram ainda mais seu delírio; ele lançou-se sobre ela com a rapidez de uma ave de rapina, rasgou o xale e quis tomá-la nos braços.

O agonizante buscou palavras para exprimir o desejo que devorava todas as suas forças, mas encontrou apenas os sons estrangulados de um estertor no peito que, a cada respiração, parecia vir mais do fundo, das entranhas. Por fim, não podendo mais articular um som, mordeu Pauline no seio. Jonathas apareceu, apavorado com os gritos que ouvia, e tentou arrancar da moça o cadáver junto ao qual ela encolhia-se num canto.

– O que quer? – ela disse. – Ele é meu, eu o matei! Bem que eu havia previsto!

Epílogo

— E o que foi feito de Pauline?
— Ah! Pauline... Bem, alguma vez já ficou numa doce noite de inverno diante da lareira doméstica, voluptuosamente entregue a lembranças de amor ou de juventude, contemplando as estrias produzidas pelo fogo num pedaço de carvalho? Ora a combustão desenha os quadrados vermelhos de um tabuleiro de damas, ora tem reflexos de veludo; pequenas chamas azuis correm, saltam e brincam sobre o fundo ardente das brasas. Vem um pintor desconhecido e serve-se dessa chama; por um artifício único, ele traça no seio dessas flamejantes tonalidades violetas ou púrpuras uma figura sobrenatural e de uma delicadeza extraordinária, fenômeno fugaz que o acaso nunca repetirá: é uma mulher de cabelos agitados pelo vento e cuja figura exprime uma paixão deliciosa: o fogo no fogo! Ela sorri, ela expira, nunca mais tornaremos a vê-la. Adeus, flor da chama, adeus, princípio incompleto, inesperado, que chegou muito cedo ou muito tarde para ser um belo diamante.
— Mas Pauline?
— Não percebe? Eu recomeço. Afaste-se, deixe-a passar! Ei-la que chega, a rainha das ilusões, a mulher que passa como um beijo, a mulher viva como um relâmpago, brotando ardente, como ele, do céu, a criatura incriada, somente espírito e amor. Ela assumiu uma espécie de corpo de chama, ou então, para ela, a chama animou-se por um momento! As linhas de suas formas são de uma pureza que a gente diria vir do céu. Não resplandece como um anjo? Não ouvimos o frêmito aéreo de suas asas? Mais ligeira que o pássaro, ela desce junto a nós e seus olhos fascinam; seu hálito doce, mas poderoso, atrai nossos lábios com uma força mágica; ela foge e nos arrasta, não sentimos mais o chão. Queremos afagar uma única vez com a mão, com nossa mão fanatizada, esse corpo de neve, roçar seus cabelos dourados, beijar seus olhos brilhantes. Algo de vaporoso nos embriaga, uma música encantadora nos enfeitiça. Estremecemos com todos os nervos, somos só desejo

e sofrimento. Ó felicidade sem nome! Tocamos os lábios dessa mulher, mas de repente uma dor atroz nos desperta. Ha! Ha! Sua cabeça tocou a quina do leito, você beijou o mogno escuro, as douraduras frias, algum bronze, um amor de cobre.

– Mas Pauline, senhor!

– Ainda não percebe? Escute! Numa bela manhã, ao partir de Tours, um jovem que embarcou no *La Ville d'Angers* segurava a mão de uma bela mulher. Assim unidos, os dois admiraram por muito tempo, acima das longas águas do Loire, uma figura branca, artificialmente surgida no meio da neblina como um fruto das águas e do sol, ou como um capricho das nuvens e do ar. Sucessivamente ondina e sílfide, essa fluida criatura esvoaçava no ar como uma palavra que buscamos em vão, que corre na memória sem deixar-se apanhar. Ela passeava entre as ilhas, agitava a cabeça entre os altos álamos; depois, gigantesca, fazia ou resplandecer as incontáveis dobras de seu vestido, ou brilhar a auréola que o sol descrevia em volta de seu rosto; pairava sobre os vilarejos, sobre as colinas, e parecia impedir que o barco a vapor passasse diante do castelo de Ussé. Era como o fantasma da Dame des Belles Cousines*, que queria defender seu país contra as invasões modernas.

– Bem, quanto a Pauline, acho que compreendo. E Fedora?

– Oh, você reencontrará Fedora. Ontem estava no teatro, esta noite irá à ópera. Está em toda parte. Ela é, se quiser, a Sociedade.

Paris, 1830-1831.

---

* Personagem de *Le Petit Jehan de Saintré*, de Antoine de La Salle (1451). (N.T.)

CRONOLOGIA

1799 – 20 de maio: Nasce em Tours, no interior da França, Honoré Balzac, segundo filho de Bernard-François Balzac (antes, Balssa) e Anne-Charlotte-Laure Sallambier (outros filhos seguirão: Laure, 1800; Laurence, 1802; e Henri-François, 1807).

1807 – Aluno interno no Colégio dos Oratorianos, em Vendôme, onde ficará seis anos.

1813-1816 – Estudos primários e secundários em Paris e Tours.

1816 – Começa a trabalhar como auxiliar de tabelião e matricula-se na Faculdade de Direito.

1819 – É reprovado num dos exames de bacharel. Decide tornar-se escritor. Nessa época, é muito influenciado pelo escritor escocês Walter Scott (1771-1832).

1822 – Publicação dos cinco primeiros romances de Balzac, sob os pseudônimos de lorde R'Hoone e Horace de Saint-Aubin. Início da relação com madame de Berny (1777-1836).

1823 – Colaboração jornalística em vários jornais, o que dura até 1833.

1825 – Lança-se como editor. Torna-se amante da duquesa de Abrantès (1784-1838).

1826 – Por meio de empréstimos, compra uma gráfica.

1827 – Conhece o escritor Victor Hugo. Entra como sócio em uma fundição de tipos gráficos.

1828 – Vende sua parte na gráfica e na fundição.

1829 – Publicação do primeiro texto assinado com seu nome, *Le Dernier Chouan* ou *La Bretagne en 1800* (posteriormente *Os Chouans*), de "Honoré Balzac", e de *A fisiologia do casamento*, de autoria de "um jovem solteiro".

1830 – *La Mode* publica *El Verdugo*, de "H. de Balzac". Demais obras em periódicos: *Estudo de mulher, O elixir da* *longa vida, Sarrasine,* etc. Em livro: *Cenas da vida privada,* com contos.

1831 – *A pele de onagro* e *Contos filosóficos* o consagram como romancista da moda. Início do relacionamento com a marquesa de Castries (1796-1861). *Os proscritos, A obra-prima desconhecida, Mestre Cornélius,* etc.

1832 – Recebe uma carta assinada por "A Estrangeira", na verdade Ève Hanska. Em periódicos: *Madame Firmiani, A mulher abandonada.* Em livro: *Contos jocosos.*

1833 – Ligação secreta com Maria du Fresnay (1809-1892). Encontra madame Hanska pela primeira vez. Em periódicos: *Ferragus,* início de *A duquesa de Langeais, Teoria do caminhar, O médico de campanha.* Em livro: *Louis Lambert.* Publicação dos primeiros volumes (*Eugénie Grandet* e *O ilustre Gaudissart*) de *Études des moeurs au XIXème siècle,* que é dividido em "Cenas da vida privada", "Cenas da vida de província", "Cenas da vida parisiense": a pedra fundamental da futura *A comédia humana.*

1834 – Consciente da unidade da sua obra, pensa em dividi-la em três partes: *Estudos de costumes, Estudos filosóficos* e *Estudos analíticos.* Passa a utilizar sistematicamente os mesmos personagens em vários romances. Em livro: *História dos treze* (menos o final de *A menina dos olhos de ouro*), *A busca do absoluto, A mulher de trinta anos;* primeiro volume de *Estudos filosóficos.*

1835 – Encontra madame Hanska em Viena. Folhetim: *O pai Goriot, O lírio do vale* (início). Em livro: *O pai Goriot,* quarto volume de *Cenas da vida parisiense* (com o final de *A menina dos olhos de ouro*). Compra o jornal *La Chronique de Paris.*

1836 – Inicia um relacionamento amoroso com "Louise", cuja identidade é desconhecida. Publica, em seu próprio jornal, *A missa do ateu, A interdição,* etc. *La Chronique de Paris* entra em falência. Pela primeira vez na França um romance (*A solteirona,* de Balzac) é publicado em folhetins diários no *La presse.* Em livro: *O lírio do vale.*

1837 – Últimos volumes de *Études des moeurs au XIXème siècle* (contendo o início de *Ilusões perdidas*), *Estudos filosóficos*, *Facino Cane, César Birotteau*, etc.

1838 – Morre a duquesa de Abrantès. Folhetim: *O gabinete das antiguidades*. Em livro: *A casa de Nucingen*, início de *Esplendores e misérias das cortesãs*.

1839 – Retira candidatura à Academia em favor de Victor Hugo, que não é eleito. Em folhetim: *Uma filha de Eva, O cura da aldeia, Beatriz,* etc. Em livro: *Tratado dos excitantes modernos*.

1840 – Completa-se a publicação de *Estudos filosóficos*, com *Os proscritos, Massimilla Doni* e *Seráfita*. Encontra o nome *A comédia humana* para sua obra.

1841 – Acordo com os editores Furne, Hetzel, Dubochet e Paulin para publicação de suas obras completas sob o título *A comédia humana* (17 tomos, publicados de 1842 a 1848, mais um póstumo, em 1855). Em folhetim: *Um caso tenebroso, Ursule Mirouët, Memórias de duas jovens esposas, A falsa amante*.

1842 – Folhetim: *Albert Savarus, Uma estreia na vida,* etc. Saem os primeiros volumes de *A comédia humana*, com textos inteiramente revistos.

1843 – Encontra madame Hanska em São Petersburgo. Em folhetim: *Honorine* e a parte final de *Ilusões perdidas*.

1844 – Folhetim: *Modeste Mignon, Os camponeses,* etc. Faz um *Catálogo das obras que conterá A comédia humana* (ao ser publicado, em 1845, prevê 137 obras, das quais 50 por fazer).

1845 – Viaja com madame Hanska pela Europa. Em folhetim: a segunda parte de *Pequenas misérias da vida conjugal, O homem de negócios*. Em livro: *Outro estudo de mulher,* etc.

1846 – Em folhetim: terceira parte de *Esplendores e misérias das cortesãs, A prima Bette*. O editor Furne publica os últimos volumes de *A comédia humana*.

1847 – Separa-se da sua governanta, Louise de Brugnol, por exigência de madame Hanska. Em testamento, lega a madame Hanska todos os seus bens e o manuscrito de *A comédia humana* (os exemplares da edição Furne corrigidos à mão por ele próprio). Simultaneamente em romance-folhetim: *O primo Pons*, *O deputado de Arcis*.

1848 – Em Paris, assiste à Revolução e à proclamação da Segunda República. Napoleão III é presidente. Primeiros sintomas de doença cardíaca. É publicado *Os parentes pobres*, o 17º volume de *A comédia humana*.

1850 – 14 de março: Casa-se com madame Hanska. Os problemas de saúde se agravam. O casal volta a Paris. Diagnosticada uma peritonite. Morre a 18 de agosto. O caixão é carregado da igreja Saint-Philippe-du-Roule ao cemitério Père-Lachaise pelos escritores Victor Hugo e Alexandre Dumas, pelo crítico Sainte-Beuve e pelo ministro do Interior. Hugo pronuncia o elogio fúnebre.

Coleção **L&PM** POCKET

900. As veias abertas da América Latina – Eduardo Galeano
901. Snoopy: Sempre alerta! (10) – Charles Schulz
902. Chico Bento: Plantando confusão – Mauricio de Sousa
903. Penadinho: Quem é morto sempre aparece – Mauricio de Sousa
904. A vida sexual da mulher feia – Claudia Tajes
905. 100 segredos de liquidificador – José Antonio Pinheiro Machado
906. Sexo muito prazer 2 – Laura Meyer da Silva
907. Os nascimentos – Eduardo Galeano
908. As caras e as máscaras – Eduardo Galeano
909. O século do vento – Eduardo Galeano
910. Poirot perde uma cliente – Agatha Christie
911. Cérebro – Michael O'Shea
912. O escaravelho de ouro e outras histórias – Edgar Allan Poe
913. Piadas para sempre (4) – Visconde da Casa Verde
914. 100 receitas de massas light – Helena Tonetto
915. (19). Oscar Wilde – Daniel Salvatore Schiffer
916. Uma breve história do mundo – H. G. Wells
917. A Casa do Penhasco – Agatha Christie
919. John M. Keynes – Bernard Gazier
920. (20). Virginia Woolf – Alexandra Lemasson
921. Peter e Wendy *seguido de* Peter Pan em Kensington Gardens – J. M. Barrie
922. Aline: numas de colegial (5) – Adão Iturrusgarai
923. Uma dose mortal – Agatha Christie
924. Os trabalhos de Hércules – Agatha Christie
926. Kant – Roger Scruton
927. A inocência do Padre Brown – G.K. Chesterton
928. Casa Velha – Machado de Assis
929. Marcas de nascença – Nancy Huston
930. Aulete de bolso
931. Hora Zero – Agatha Christie
932. Morte na Mesopotâmia – Agatha Christie
934. Nem te conto, João – Dalton Trevisan
935. As aventuras de Huckleberry Finn – Mark Twain
936. (21). Marilyn Monroe – Anne Plantagenet
937. China moderna – Rana Mitter
938. Dinossauros – David Norman
939. Louca por homem – Claudia Tajes
940. Amores de alto risco – Walter Riso
941. Jogo de damas – David Coimbra
942. Filha é filha – Agatha Christie
943. M ou N? – Agatha Christie
945. Bidu: diversão em dobro! – Mauricio de Sousa
946. Fogo – Anaïs Nin
947. Rum: diário de um jornalista bêbado – Hunter Thompson
948. Persuasão – Jane Austen
949. Lágrimas na chuva – Sergio Faraco
950. Mulheres – Bukowski
951. Um pressentimento funesto – Agatha Christie
952. Cartas na mesa – Agatha Christie
954. O lobo do mar – Jack London
955. Os gatos – Patricia Highsmith
956. (22). Jesus – Christiane Rancé
957. História da medicina – William Bynum
958. O Morro dos Ventos Uivantes – Emily Brontë
959. A filosofia na era trágica dos gregos – Nietzsche
960. Os treze problemas – Agatha Christie
961. A massagista japonesa – Moacyr Scliar
963. Humor do miserê – Nani
964. Todo o mundo tem dúvida, inclusive você – Édison de Oliveira
965. A dama do Bar Nevada – Sergio Faraco
969. O psicopata americano – Bret Easton Ellis
970. Ensaios de amor – Alain de Botton
971. O grande Gatsby – F. Scott Fitzgerald
972. Por que não sou cristão – Bertrand Russell
973. A Casa Torta – Agatha Christie
974. Encontro com a morte – Agatha Christie
975. (23). Rimbaud – Jean-Baptiste Baronian
976. Cartas na rua – Bukowski
977. Memória – Jonathan K. Foster
978. A abadia de Northanger – Jane Austen
979. As pernas de Úrsula – Claudia Tajes
980. Retrato inacabado – Agatha Christie
981. Solanin (1) – Inio Asano
982. Solanin (2) – Inio Asano
983. Aventuras de menino – Mitsuru Adachi
984. (16). Fatos & mitos sobre sua alimentação – Dr. Fernando Lucchese
985. Teoria quântica – John Polkinghorne
986. O eterno marido – Fiódor Dostoiévski
987. Um safado em Dublin – J. P. Donleavy
988. Mirinha – Dalton Trevisan
989. Akhenaton e Nefertiti – Carmen Seganfredo e A. S. Franchini
990. On the Road – o manuscrito original – Jack Kerouac
991. Relatividade – Russell Stannard
992. Abaixo de zero – Bret Easton Ellis
993. (24). Andy Warhol – Mériam Korichi
995. Os últimos casos de Miss Marple – Agatha Christie
996. Nico Demo: Aí vem encrenca – Mauricio de Sousa
998. Rousseau – Robert Wokler
999. Noite sem fim – Agatha Christie
1000. Diários de Andy Warhol (1) – Editado por Pat Hackett
1001. Diários de Andy Warhol (2) – Editado por Pat Hackett
1002. Cartier-Bresson: o olhar do século – Pierre Assouline
1003. As melhores histórias da mitologia: vol. 1 – A.S. Franchini e Carmen Seganfredo

1004. **As melhores histórias da mitologia: vol. 2** – A.S. Franchini e Carmen Seganfredo
1005. **Assassinato no beco** – Agatha Christie
1006. **Convite para um homicídio** – Agatha Christie
1008. **História da vida** – Michael J. Benton
1009. **Jung** – Anthony Stevens
1010. **Arsène Lupin, ladrão de casaca** – Maurice Leblanc
1011. **Dublinenses** – James Joyce
1012. **120 tirinhas da Turma da Mônica** – Mauricio de Sousa
1013. **Antologia poética** – Fernando Pessoa
1014. **A aventura de um cliente ilustre** *seguido de* **O último adeus de Sherlock Holmes** – Sir Arthur Conan Doyle
1015. **Cenas de Nova York** – Jack Kerouac
1016. **A corista** – Anton Tchékhov
1017. **O diabo** – Leon Tolstói
1018. **Fábulas chinesas** – Sérgio Capparelli e Márcia Schmaltz
1019. **O gato do Brasil** – Sir Arthur Conan Doyle
1020. **Missa do Galo** – Machado de Assis
1021. **O mistério de Marie Rogêt** – Edgar Allan Poe
1022. **A mulher mais linda da cidade** – Bukowski
1023. **O retrato** – Nicolai Gogol
1024. **O conflito** – Agatha Christie
1025. **Os primeiros casos de Poirot** – Agatha Christie
1027(25). **Beethoven** – Bernard Fauconnier
1028. **Platão** – Julia Annas
1029. **Cleo e Daniel** – Roberto Freire
1030. **Til** – José de Alencar
1031. **Viagens na minha terra** – Almeida Garrett
1032. **Profissões para mulheres e outros artigos feministas** – Virginia Woolf
1033. **Mrs. Dalloway** – Virginia Woolf
1034. **O cão da morte** – Agatha Christie
1035. **Tragédia em três atos** – Agatha Christie
1037. **O fantasma da Ópera** – Gaston Leroux
1038. **Evolução** – Brian e Deborah Charlesworth
1039. **Medida por medida** – Shakespeare
1040. **Razão e sentimento** – Jane Austen
1041. **A obra-prima ignorada** *seguido de* **Um episódio durante o Terror** – Balzac
1042. **A fugitiva** – Anaïs Nin
1043. **As grandes histórias da mitologia greco-romana** – A. S. Franchini
1044. **O corno de si mesmo & outras historietas** – Marquês de Sade
1045. **Da felicidade** *seguido de* **Da vida retirada** – Sêneca
1046. **O horror em Red Hook e outras histórias** – H. P. Lovecraft
1047. **Noite em claro** – Martha Medeiros
1048. **Poemas clássicos chineses** – Li Bai, Du Fu e Wang Wei
1049. **A terceira moça** – Agatha Christie
1050. **Um destino ignorado** – Agatha Christie
1051(26). **Buda** – Sophie Royer
1052. **Guerra Fria** – Robert J. McMahon
1053. **Simons's Cat: as aventuras de um gato travesso e comilão – vol. 1** – Simon Tofield
1054. **Simons's Cat: as aventuras de um gato travesso e comilão – vol. 2** – Simon Tofield
1055. **Só as mulheres e as baratas sobreviverão** – Claudia Tajes
1057. **Pré-história** – Chris Gosden
1058. **Pintou sujeira!** – Mauricio de Sousa
1059. **Contos de Mamãe Gansa** – Charles Perrault
1060. **A interpretação dos sonhos: vol. 1** – Freud
1061. **A interpretação dos sonhos: vol. 2** – Freud
1062. **Frufru Rataplã Dolores** – Dalton Trevisan
1063. **As melhores histórias da mitologia egípcia** – Carmem Seganfredo e A.S. Franchini
1064. **Infância. Adolescência. Juventude** – Tolstói
1065. **As consolações da filosofia** – Alain de Botton
1066. **Diários de Jack Kerouac – 1947-1954**
1067. **Revolução Francesa – vol. 1** – Max Gallo
1068. **Revolução Francesa – vol. 2** – Max Gallo
1069. **O detetive Parker Pyne** – Agatha Christie
1070. **Memórias do esquecimento** – Flávio Tavares
1071. **Drogas** – Leslie Iversen
1072. **Manual de ecologia (vol.2)** – J. Lutzenberger
1073. **Como andar no labirinto** – Affonso Romano de Sant'Anna
1074. **A orquídea e o serial killer** – Juremir Machado da Silva
1075. **Amor nos tempos de fúria** – Lawrence Ferlinghetti
1076. **A aventura do pudim de Natal** – Agatha Christie
1078. **Amores que matam** – Patricia Faur
1079. **Histórias de pescador** – Mauricio de Sousa
1080. **Pedaços de um caderno manchado de vinho** – Bukowski
1081. **A ferro e fogo: tempo de solidão (vol.1)** – Josué Guimarães
1082. **A ferro e fogo: tempo de guerra (vol.2)** – Josué Guimarães
1084(17). **Desembarcando o Alzheimer** – Dr. Fernando Lucchese e Dra. Ana Hartmann
1085. **A maldição do espelho** – Agatha Christie
1086. **Uma breve história da filosofia** – Nigel Warburton
1088. **Heróis da História** – Will Durant
1089. **Concerto campestre** – L. A. de Assis Brasil
1090. **Morte nas nuvens** – Agatha Christie
1092. **Aventura em Bagdá** – Agatha Christie
1093. **O cavalo amarelo** – Agatha Christie
1094. **O método de interpretação dos sonhos** – Freud
1095. **Sonetos de amor e desamor** – Vários
1096. **120 tirinhas do Dilbert** – Scott Adams
1097. **200 fábulas de Esopo**
1098. **O curioso caso de Benjamin Button** – F. Scott Fitzgerald
1099. **Piadas para sempre: uma antologia para morrer de rir** – Visconde da Casa Verde
1100. **Hamlet (Mangá)** – Shakespeare

1101. **A arte da guerra (Mangá)** – Sun Tzu
1104. **As melhores histórias da Bíblia (vol.1)** – A. S. Franchini e Carmen Seganfredo
1105. **As melhores histórias da Bíblia (vol.2)** – A. S. Franchini e Carmen Seganfredo
1106. **Psicologia das massas e análise do eu** – Freud
1107. **Guerra Civil Espanhola** – Helen Graham
1108. **A autoestrada do sul e outras histórias** – Julio Cortázar
1109. **O mistério dos sete relógios** – Agatha Christie
1110. **Peanuts: Ninguém gosta de mim... (amor)** – Charles Schulz
1111. **Cadê o bolo?** – Mauricio de Sousa
1112. **O filósofo ignorante** – Voltaire
1113. **Totem e tabu** – Freud
1114. **Filosofia pré-socrática** – Catherine Osborne
1115. **Desejo de status** – Alain de Botton
1118. **Passageiro para Frankfurt** – Agatha Christie
1120. **Kill All Enemies** – Melvin Burgess
1121. **A morte da sra. McGinty** – Agatha Christie
1122. **Revolução Russa** – S. A. Smith
1123. **Até você, Capitu?** – Dalton Trevisan
1124. **O grande Gatsby (Mangá)** – F. S. Fitzgerald
1125. **Assim falou Zaratustra (Mangá)** – Nietzsche
1126. **Peanuts: É para isso que servem os amigos (amizade)** – Charles Schulz
1127(27). **Nietzsche** – Dorian Astor
1128. **Bidu: Hora do banho** – Mauricio de Sousa
1129. **O melhor do Macanudo Taurino** – Santiago
1130. **Radicci 30 anos** – Iotti
1131. **Show de sabores** – J.A. Pinheiro Machado
1132. **O prazer das palavras** – vol. 3 – Cláudio Moreno
1133. **Morte na praia** – Agatha Christie
1134. **O fardo** – Agatha Christie
1135. **Manifesto do Partido Comunista (Mangá)** – Marx & Engels
1136. **A metamorfose (Mangá)** – Franz Kafka
1137. **Por que você não se casou... ainda** – Tracy McMillan
1138. **Textos autobiográficos** – Bukowski
1139. **A importância de ser prudente** – Oscar Wilde
1140. **Sobre a vontade na natureza** – Arthur Schopenhauer
1141. **Dilbert (8)** – Scott Adams
1142. **Entre dois amores** – Agatha Christie
1143. **Cipreste triste** – Agatha Christie
1144. **Alguém viu uma assombração?** – Mauricio de Sousa
1145. **Mandela** – Elleke Boehmer
1146. **Retrato do artista quando jovem** – James Joyce
1147. **Zadig ou o destino** – Voltaire
1148. **O contrato social (Mangá)** – J.-J. Rousseau
1149. **Garfield fenomenal** – Jim Davis
1150. **A queda da América** – Allen Ginsberg
1151. **Música na noite & outros ensaios** – Aldous Huxley
1152. **Poesias inéditas & Poemas dramáticos** – Fernando Pessoa
1153. **Peanuts: Felicidade é...** – Charles M. Schulz
1154. **Mate-me por favor** – Legs McNeil e Gillian McCain
1155. **Assassinato no Expresso Oriente** – Agatha Christie
1156. **Um punhado de centeio** – Agatha Christie
1157. **A interpretação dos sonhos (Mangá)** – Freud
1158. **Peanuts: Você não entende o sentido da vida** – Charles M. Schulz
1159. **A dinastia Rothschild** – Herbert R. Lottman
1160. **A Mansão Hollow** – Agatha Christie
1161. **Nas montanhas da loucura** – H.P. Lovecraft
1162(28). **Napoleão Bonaparte** – Pascale Fautrier
1163. **Um corpo na biblioteca** – Agatha Christie
1164. **Inovação** – Mark Dodgson e David Gann
1165. **O que toda mulher deve saber sobre os homens: a afetividade masculina** – Walter Riso
1166. **O amor está no ar** – Mauricio de Sousa
1167. **Testemunha de acusação & outras histórias** – Agatha Christie
1168. **Etiqueta de bolso** – Celia Ribeiro
1169. **Poesia reunida (volume 3)** – Affonso Romano de Sant'Anna
1170. **Emma** – Jane Austen
1171. **Que seja em segredo** – Ana Miranda
1172. **Garfield sem apetite** – Jim Davis
1173. **Garfield: Foi mal...** – Jim Davis
1174. **Os irmãos Karamázov (Mangá)** – Dostoiévski
1175. **O Pequeno Príncipe** – Antoine de Saint-Exupéry
1176. **Peanuts: Ninguém mais tem o espírito aventureiro** – Charles M. Schulz
1177. **Assim falou Zaratustra** – Nietzsche
1178. **Morte no Nilo** – Agatha Christie
1179. **Ê, soneca boa** – Mauricio de Sousa
1180. **Garfield a todo o vapor** – Jim Davis
1181. **Em busca do tempo perdido (Mangá)** – Proust
1182. **Cai o pano: o último caso de Poirot** – Agatha Christie
1183. **Livro para colorir e relaxar** – Livro 1
1184. **Para colorir sem parar**
1185. **Os elefantes não esquecem** – Agatha Christie
1186. **Teoria da relatividade** – Albert Einstein
1187. **Compêndio da psicanálise** – Freud
1188. **Visões de Gerard** – Jack Kerouac
1189. **Fim de verão** – Mohiro Kitoh
1190. **Procurando diversão** – Mauricio de Sousa
1191. **E não sobrou nenhum e outras peças** – Agatha Christie
1192. **Ansiedade** – Daniel Freeman & Jason Freeman
1193. **Garfield: pausa para o almoço** – Jim Davis
1194. **Contos do dia e da noite** – Guy de Maupassant
1195. **O melhor de Hagar 7** – Dik Browne
1196(29). **Lou Andreas-Salomé** – Dorian Astor
1197(30). **Pasolini** – René de Ceccatty
1198. **O caso do Hotel Bertram** – Agatha Christie
1199. **Crônicas de motel** – Sam Shepard

1200. **Pequena filosofia da paz interior** – Catherine Rambert
1201. **Os sertões** – Euclides da Cunha
1202. **Treze à mesa** – Agatha Christie
1203. **Bíblia** – John Riches
1204. **Anjos** – David Albert Jones
1205. **As tirinhas do Guri de Uruguaiana 1** – Jair Kobe
1206. **Entre aspas (vol.1)** – Fernando Eichenberg
1207. **Escrita** – Andrew Robinson
1208. **O spleen de Paris: pequenos poemas em prosa** – Charles Baudelaire
1209. **Satíricon** – Petrônio
1210. **O avarento** – Molière
1211. **Queimando na água, afogando-se na chama** – Bukowski
1212. **Miscelânea septuagenária: contos e poemas** – Bukowski
1213. **Que filosofar é aprender a morrer e outros ensaios** – Montaigne
1214. **Da amizade e outros ensaios** – Montaigne
1215. **O medo à espreita e outras histórias** – H.P. Lovecraft
1216. **A obra de arte na era de sua reprodutibilidade técnica** – Walter Benjamin
1217. **Sobre a liberdade** – John Stuart Mill
1218. **O segredo de Chimneys** – Agatha Christie
1219. **Morte na rua Hickory** – Agatha Christie
1220. **Ulisses (Mangá)** – James Joyce
1221. **Ateísmo** – Julian Baggini
1222. **Os melhores contos de Katherine Mansfield** – Katherine Mansfield
1223. (31). **Martin Luther King** – Alain Foix
1224. **Millôr Definitivo: uma antologia de *A Bíblia do Caos*** – Millôr Fernandes
1225. **O Clube das Terças-Feiras e outras histórias** – Agatha Christie
1226. **Por que sou tão sábio** – Nietzsche
1227. **Sobre a mentira** – Platão
1228. **Sobre a leitura *seguido do* Depoimento de Céleste Albaret** – Proust
1229. **O homem do terno marrom** – Agatha Christie
1230. (32). **Jimi Hendrix** – Franck Médioni
1231. **Amor e amizade e outras histórias** – Jane Austen
1232. **Lady Susan, Os Watson e Sanditon** – Jane Austen
1233. **Uma breve história da ciência** – William Bynum
1234. **Macunaíma: o herói sem nenhum caráter** – Mário de Andrade
1235. **A máquina do tempo** – H.G. Wells
1236. **O homem invisível** – H.G. Wells
1237. **Os 36 estratagemas: manual secreto da arte da guerra** – Anônimo
1238. **A mina de ouro e outras histórias** – Agatha Christie
1239. **Pic** – Jack Kerouac
1240. **O habitante da escuridão e outros contos** – H.P. Lovecraft
1241. **O chamado de Cthulhu e outros contos** – H.P. Lovecraft
1242. **O melhor de Meu reino por um cavalo!** – Edição de Ivan Pinheiro Machado
1243. **A guerra dos mundos** – H.G. Wells
1244. **O caso da criada perfeita e outras histórias** – Agatha Christie
1245. **Morte por afogamento e outras histórias** – Agatha Christie
1246. **Assassinato no Comitê Central** – Manuel Vázquez Montalbán
1247. **O papai é pop** – Marcos Piangers
1248. **O papai é pop 2** – Marcos Piangers
1249. **A mamãe é rock** – Ana Cardoso
1250. **Paris boêmia** – Dan Franck
1251. **Paris libertária** – Dan Franck
1252. **Paris ocupada** – Dan Franck
1253. **Uma anedota infame** – Dostoiévski
1254. **O último dia de um condenado** – Victor Hugo
1255. **Nem só de caviar vive o homem** – J.M. Simmel
1256. **Amanhã é outro dia** – J.M. Simmel
1257. **Mulherzinhas** – Louisa May Alcott
1258. **Reforma Protestante** – Peter Marshall
1259. **História econômica global** – Robert C. Allen
1260. (33). **Che Guevara** – Alain Foix
1261. **Câncer** – Nicholas James
1262. **Akhenaton** – Agatha Christie
1263. **Aforismos para a sabedoria de vida** – Arthur Schopenhauer
1264. **Uma história do mundo** – David Coimbra
1265. **Ame e não sofra** – Walter Riso
1266. **Desapegue-se!** – Walter Riso
1267. **Os Sousa: Uma família do barulho** – Mauricio de Sousa
1268. **Nico Demo: O rei da travessura** – Mauricio de Sousa
1269. **Testemunha de acusação e outras peças** – Agatha Christie
1270. (34). **Dostoiévski** – Virgil Tanase
1271. **O melhor de Hagar 8** – Dik Browne
1272. **O melhor de Hagar 9** – Dik Browne
1273. **O melhor de Hagar 10** – Dik e Chris Browne
1274. **Considerações sobre o governo representativo** – John Stuart Mill
1275. **O homem Moisés e a religião monoteísta** – Freud
1276. **Inibição, sintoma e medo** – Freud
1277. **Além do princípio de prazer** – Freud
1278. **O direito de dizer não!** – Walter Riso
1279. **A arte de ser flexível** – Walter Riso
1280. **Casados e descasados** – August Strindberg
1281. **Da Terra à Lua** – Júlio Verne
1282. **Minhas galerias e meus pintores** – Kahnweiler

1283. A arte do romance – Virginia Woolf
1284. Teatro completo v. 1: As aves da noite *seguido de* O visitante – Hilda Hilst
1285. Teatro completo v. 2: O verdugo *seguido de* A morte do patriarca – Hilda Hilst
1286. Teatro completo v. 3: O rato no muro *seguido de* Auto da barca de Camiri – Hilda Hilst
1287. Teatro completo v. 4: A empresa *seguido de* O novo sistema – Hilda Hilst
1289. Fora de mim – Martha Medeiros
1290. Divã – Martha Medeiros
1291. Sobre a genealogia da moral: um escrito polêmico – Nietzsche
1292. A consciência de Zeno – Italo Svevo
1293. Células-tronco – Jonathan Slack
1294. O fim do ciúme e outros contos – Proust
1295. A jangada – Júlio Verne
1296. A ilha do dr. Moreau – H.G. Wells
1297. Ninho de fidalgos – Ivan Turguêniev
1298. Jane Eyre – Charlotte Brontë
1299. Sobre gatos – Bukowski
1300. Sobre o amor – Bukowski
1301. Escrever para não enlouquecer – Bukowski
1302. 222 receitas – J. A. Pinheiro Machado
1303. Reinações de Narizinho – Monteiro Lobato
1304. O Saci – Monteiro Lobato
1305. Memórias da Emília – Monteiro Lobato
1306. O Picapau Amarelo – Monteiro Lobato
1307. A reforma da Natureza – Monteiro Lobato
1308. Fábulas *seguido de* Histórias diversas – Monteiro Lobato
1309. Aventuras de Hans Staden – Monteiro Lobato
1310. Peter Pan – Monteiro Lobato
1311. Dom Quixote das crianças – Monteiro Lobato
1312. O Minotauro – Monteiro Lobato
1313. Um quarto só seu – Virginia Woolf
1314. Sonetos – Shakespeare
1315. (35). Thoreau – Marie Berthoumieu e Laura El Makki
1316. Teoria da arte – Cynthia Freeland
1317. A arte da prudência – Baltasar Gracián
1318. O louco *seguido de* Areia e espuma – Khalil Gibran
1319. O profeta *seguido de* O jardim do profeta – Khalil Gibran
1320. Jesus, o Filho do Homem – Khalil Gibran
1321. A luta – Norman Mailer
1322. Sobre o sofrimento do mundo e outros ensaios – Schopenhauer
1323. Epidemiologia – Rodolfo Sacacci
1324. Japão moderno – Christopher Goto-Jones
1325. A arte da meditação – Matthieu Ricard
1326. O adversário secreto – Agatha Christie
1327. Pollyanna – Eleanor H. Porter
1328. Espelhos – Eduardo Galeano
1329. A Vênus das peles – Sacher-Masoch
1330. O 18 de brumário de Luís Bonaparte – Karl Marx
1331. Um jogo para os vivos – Patricia Highsmith
1332. A tristeza pode esperar – J.J. Camargo
1333. Vinte poemas de amor e uma canção desesperada – Pablo Neruda
1334. Judaísmo – Norman Solomon
1335. Esquizofrenia – Christopher Frith & Eve Johnstone
1336. Seis personagens em busca de um autor – Luigi Pirandello
1337. A Fazenda dos Animais – George Orwell
1338. 1984 – George Orwell
1339. Ubu Rei – Alfred Jarry
1340. Sobre bêbados e bebidas – Bukowski
1341. Tempestade para os vivos e para os mortos – Bukowski
1342. Complicado – Natsume Ono
1343. Sobre o livre-arbítrio – Schopenhauer
1344. Uma breve história da literatura – John Sutherland
1345. Você fica tão sozinho às vezes que até faz sentido – Bukowski
1346. Um apartamento em Paris – Guillaume Musso
1347. Receitas fáceis e saborosas – José Antonio Pinheiro Machado
1348. Por que engordamos – Gary Taubes
1349. A fabulosa história do hospital – Jean-Noël Fabiani
1350. Voo noturno *seguido de* Terra dos homens – Antoine de Saint-Exupéry
1351. Doutor Sax – Jack Kerouac
1352. O livro do Tao e da virtude – Lao-Tsé
1353. Pista negra – Antonio Manzini
1354. A chave de vidro – Dashiell Hammett
1355. Martin Eden – Jack London
1356. Já t disse adeus, e agora, como te esqueço? – Walter Riso
1357. A viagem do descobrimento – Eduardo Bueno
1358. Náufragos, traficantes e degredados – Eduardo Bueno
1359. Retrato do Brasil – Paulo Prado
1360. Maravilhosamente imperfeito, escandalosamente feliz – Walter Riso
1361. É... – Millôr Fernandes
1362. Duas tábuas e uma paixão – Millôr Fernandes
1363. Selma e Sinatra – Martha Medeiros
1364. Tudo que eu queria te dizer – Martha Medeiros
1365. Várias histórias – Machado de Assis
1366. A sabedoria do Padre Brown – G. K. Chesterton
1367. Capitães do Brasil – Eduardo Bueno
1368. O falcão maltês – Dashiell Hammett
1369. A arte de estar com a razão – Arthur Schopenhauer
1370. A visão dos vencidos – Miguel León-Portilla

lepmeditores
www.lpm.com.br
o site que conta tudo

IMPRESSÃO:

PALLOTTI
GRÁFICA

Santa Maria - RS | Fone: (55) 3220.4500
www.graficapallotti.com.br